UNA FAMÍLIA EXEMPLAR

l'àncora

Genís Sinca

UNA FAMÍLIA EXEMPLAR

Premi Josep Pla 2013

Edicions Destino

El jurat del Premi Josep Pla 2013 el formaven:
Sebastià Alzamora, Berta Bruna, Rosa Cabré,
Antoni Pladevall i Àlex Susanna.

Carrer Peu de la Creu, 4. 08001 Barcelona
Primera edició: febrer del 2013
Segona impressió: març del 2013
ISBN: 978-84-9710-231-5
Dipòsit legal: B. 1.904-2013
Fotocomposició: Víctor Igual, S. L.
Imprès a: Egedsa

A l'amic Josep M. Sáez, font d'inspiració constant, que una nit d'estiu, a la plaça del Sol de Barcelona, m'aconsellà escriure sobre l'univers local més fascinant que mai havia conegut: la ciutat de Manresa. I aquí va començar tot.

Laban contestà a Jacob: «No és costum a la nostra terra de casar la petita abans de la gran».

Gènesi, 29:26

«Cada home porta dins seu la forma completa de la humana condició».

Montaigne, *Assaigs*, cap. II, vol. III

«Qui fila massa prim, es trenca».

Petrarca, *Canzoniere*

PRIMERA PART

1

EL DOCTOR BOU

Veiem un moment aquest home, Joan Bou Vilagrassa, l'estampa endormiscada del doctor Bou, el conegut pediatre tortosí, instants abans que comenci la tragicòmica història de la seva davallada, l'esdeveniment inesperat que ha d'ensorrar un dels universos mèdics més singulars i curiosos que mai hagin existit al país. Envoltat de llibres, enfonsat en la butaca davant de l'escriptori, l'estampa del mític doctor resta immòbil, compacta i desafectada com la talla d'un bust de marbre enmig de la gran sala, en la penombra d'aquesta última tarda de diumenge de maig del 2004, com una peça més en el museu de joguines velles i objectes descolorits en què ha quedat convertida, després de quaranta anys d'exercici, la segona planta d'una de les cases més antigues i notables de Tortosa, pertanyent als Antich, la família de la dona.

Les espatlles fornides, el coll carregat i la barba boscosa han fet que es comparés aquest bust egregi amb la imatge darwiniana i simiesca del famós evolucionista, però les faccions aproximadament negroides, de front estret, llavis molsuts i tarota esclafada, la conformació cepada del doctor, en definitiva, fan més exacta la comparació amb algun tipus rar d'homínid, més tosc, aclaparat i bestial; un home primitiu, encara que il·lustrat, és clar, immers en el cofoisme marmori de la migdiada, els ulls momentàniament closos en la tranquil·litat de la tarda, repapat, cellajunt, reflexiu, preocupat, que fa que en realitat la imatge del pediatre, lluny d'atemorir, sigui en el fons totalment benèvola, d'una bonhomia esfereïdora, entranyable, o sigui, un aspecte de bon jan que espanta.

Bou sempre duu una ensaïmada de cabells pèl-rojos embolicada al cap, dels pocs que encara li queden a la base del clatell i als costats de la testa. Amb aquests blens exageradament llargs, que fa anys que es deixa créixer, i l'ajuda d'una quantitat impressionant de laca, mira de tapar les clarianes d'una calvície evident sense poder evitar que moltes vegades, sobretot en dies de vent, se li desprengui un manyoc encolat de cabell rogenc i li quedi tot solt, penjat al costat del cap com una liana encarcarada, fet que percep tothom menys ell; només se n'adona quan torna a arribar a casa. Aleshores, el doctor repeteix un gest molt seu, indestriable del retrat: es repassa amb fermesa, amb la mà plana i estesa, el rodó de l'ensaïmada, a fi i efecte de tornar-se a embolicar la cabellera dels costats i del clatell cap amunt, de manera circular, per cobrir la corona del crani. Altres cops, més dramàtics, la ventada és capaç d'aixecar una ala sencera de cabell, que en ocasions sembla que li obri una tapa.

Bou és capaç de fer expressions facials inoblidables.

Com ara, quan de sobte, potser pel soroll dels roncs que ell mateix produeix, que momentàniament el desvetllen, obre un ull, només un, com fan els gossos de manera instintiva quan dormen, mirant sense mirar en la penombra del despatx i la tarda, com per comprovar que tot segueix al seu lloc; un ull gros, injectat de mel, feréstec, amatent al silenci de la casa en aquest darrer instant abans que tot s'enfonsi, atent a la calma inusual, perplexa i delirant que l'envolta, com si la mateixa edificació, tan integrada en la història dels seus personatges, amb aquesta tranquil·litat estranya els avisés, els fes estar alerta i els dotés d'una intuïció poderosa més enllà de la pròpia percepció. Ple d'aquesta inquietud premonitòria, en un gest reflex, mig adormit, el doctor treu les mans de sota l'escriptori, també gruixudes i cobertes de pèl rogenc, i les recolza sobre la pila de folis desordenats que té al davant; les mans reposen toves, pesades en el gran secret, com si amb aquest gest, emportat per l'impuls d'una angoixa inesperada, s'hagués vist en la necessitat inconscient de protegir el tresor literari d'un cop de vent inexistent; després d'anys d'estudi, d'immersions maratonianes en els arxius històrics de mitja comarca i d'infinitat de diumenges a la tarda abocat als papers i a la taula, estava convençut d'haver fet un descobriment remarcable, una troballa que, com a mínim, sacsejaria la història de la genealogia arreu del món: la investigació profunda de certs detalls íntims, fins a cert punt inconfessables, d'algunes peculiaritats punyents de la família política, els Antich, un treball centrat sobretot en les singularitats destacades —quasi pornogràfiques— d'alguns personatges femenins de la nissaga, que omplia el doctor d'una excitació científica indescriptible. Estava decidit a tirar endavant la investigació, tot i que de moment els punts de vista i les conclusions de les seves anàlisis genòmiques tan sorprenents i trencadores —o sigui, la interpretació de la muntanya de paperots ratllats de línies contínues, discontínues, noms i dates que se li havia anat amuntegant— encara eren secrets. Ningú sabia què hi feia exactament tantes hores tancat al despatx. Fins al moment no n'havia volgut dir res, ni tan sols a la dona. Ho havia volgut mantenir en silenci, amb el màxim zel i misteri, però ara sentia que era el moment d'iniciar la segona fase del treball. Havent dinat havia pujat al despatx per iniciar la redacció de les conclusions genealògiques; sol, enmig de la consulta, l'estampa bescolluda del cèlebre pediatre es disposa a trobar l'instant per començar a escriure per fi, just abans que de manera imprevista aparegui la Marina, la primera de les dues noies (de cinc fills que ha tingut amb l'esposa), pugi atabalada les escales i, sense avisar ni dir que arribava de Barcelona, esquerdi l'hora sagrada de la migdiada i amb una explosió d'entusiasme, impropi en una noia tan normalment enraonada i prudent, irrompi precipitadament al despatx, faci la volta a l'escriptori, li salti a la falda, com si en lloc de trenta-dos anys en tingués dotze, i comenci a exclamar «papà, que em caso», sense que ell ni la dona hagin vist mai, ni un sol cop, Ricard Mirabaix, el xicot de Manresa amb qui la nena sortia des de feia només cinc mesos.

Moments abans que tot això passés, en el silenci estrany de la casa, ple d'aquest neguit una mica visionari, el doctor de sobte havia obert els dos ulls. Li havia semblat que sentia remor a la sala. Sense pràcticament moure el cap, va clavar una pentinada ràpida al despatx: Bou tenia els ulls increïblement grossos, terriblement sortits, de manera excessiva i malaltissa, vidriosos, com si no li cabessin a les conques i maldessin per saltar-li de la cara; amb tota probabilitat es tractava d'un problema de tiroides que mai s'havia fet revisar. Quan mirava semblava que hagués vist la mare de Déu o que hagués estat testimoni d'una aparició. Aquest tret li acabava de donar una expressivitat exagerada; feia una mica de feresa, però aquella mirada hiperbòlica, com dues bombolles de sabó plenes de la vacuïtat indolora, sotmesa i expectant d'un infant, li era del tot característica. Els glòbuls van fixar-se ara en un joc de sis copes de vidre, petites, graciosíssimes, un conjunt vistós molt bonic que hi havia en un dels prestatges atapeïts de la biblioteca, la llibreria que cobria el llarg i ample de la paret que tenia al davant, a vessar de volums enfonsats i decorada amb objectes de tot tipus, col·locats talment com en un museu, en l'espai lliure que quedava davant dels llibres. En destacava aquest joc de copes, tocades amb un peu de plata molt fi, que en recorria la base, que a vegades produïa reflexos impossibles i en ocasions també fins una sèrie de drings estranyament melòdics, que simpatitzaven amb el motor d'algun cotxe que passava pel carrer. A les prestatgeries també hi havia records de viatges, objectes mèdics antics, una col·lecció de fòrceps rovellats, pots de farmàcia. Els ulls del doctor, permanentment sorpresos, es van moure cap a un costat per fixar-se en la petita nevera que havia tingut sempre a la consulta, on es guardaven les vacunes; el giny estava proveït d'un mecanisme de refredament de l'any de la picor, que sovint s'espatllava i zumzejava com un eixam. Però tampoc era això el que li havia cridat l'atenció, sinó el «blub» espasmòdic del que, sense cap dubte, era l'autèntica estrella del despatx: un fetus humà, una mica fastigós, de sis mesos de vida, tancat en una campana de vidre plena de formol.

El fetus, que havia aconseguit, segons explicava, a la facultat de medicina quan havia obert la consulta a Tortosa, servia bàsicament per distreure les criatures més mogudes: l'avortament, en la posició captinguda típica de qualsevol embrió en fase avançada, amb les extremitats recollides, els ditets definits, units encara per un tel, i els artells tendres en cada una de les articulacions, feia el seu efecte: el cap enorme en proporció al cos encongit, fistonejat de venes blaves i foscors reconcentrades, d'aspecte una mica pútrid, gangrenós, formava part indiscutible de la parafernàlia de la consulta. Primer, el metge de nens asseia la criatura a la llitera, havent assegurat que la campana era visible a l'infant, mentre el fetus lluïa en tota la seva grogor translúcida prop del gran finestral (que donava al carrer), en una immobilitat camacurta i paradoxal, arronsat en la posició fetal que el definia. De cop, sobretot quan el nen plorava, arribava el bombolleig sobtat que el doctor provocava dissimuladament amb un pedal sota la llitera, i a través del serpejar d'una mànega de goma color xiclet que zigzaguejava rere les prestatgeries per anar a parar a la campana de vidre insuflava una glopada d'aire, provocava un «blub» i movia el fetus, tot desplaçant-lo lentament i de manera misteriosa dins el recipient hermètic, presa d'una esgarrifança amniòtica; el «blub» en general deixava els nens bocabadats: la criatura esvalotada callava, el trapella quedava perplex, el més rebel escagarrinat, predisposat per a l'adequada exploració pediàtrica; el petit pacient, i a vegades també la mare, quedaven captivats per la imatge inhòspita del fetus flotant, que si s'esperava prou temps ascendia cap amunt en la campana, colpejava silenciós la part superior del vidre i tornava a descendir pausat cap al fons groguenc del pot. Si el doctor veia que la criatura se li tornava a desmarxar, només havia de tornar a accionar el pedal un parell de vegades, introduir més aire a la campana i, «blub blub», el nen quedava de nou fascinat, commogut davant la mobilitat renovada del fetus.

Però el mecanisme havia envellit, i alguns cops fallava: potser entrava aire a la mànega i llavors la campana proferia un «blub» inesperat que removia la densitat melosa del líquid conservador. És clar que les criatures no percebien el mecanisme de la mànega amagada, com tampoc s'adonaven que el metge que els visitava era el rei mag panotxa de cada Nadal a Tortosa. Quan arribava el moment de disfressar-lo de Gaspar, a Bou li deixaven anar els cabells llargs, que li cobrien les espatlles, i feia les delícies dels maquilladors de la comissió de festes de l'Ajuntament; segons li deien, fotent-se'n una mica, la rojor anava a joc amb la corona daurada de llauna que li posaven; també li incorporaven unes alces considerables als talons, unes alces que, sense dir-ho a ningú, el doctor sovint també es posava els dies de cada dia. Sorprenentment, Bou s'avenia de grat a aquest joc de disfressa nadalenca, més enllà del motiu religiós que l'empenyia. Tal com feia a la consulta, aprofitava els seus dots innats per al teatre i l'espectacle, i en gaudia de manera difícilment imaginable.

Com que era especialista en nens complicats, si el número del fetus «blub blub» fallava, algunes vegades, fart dels ploramiques i rondinaires, s'havia arribat a aixecar de cop i en tota la seva petitesa còmica —Bou feia metre seixanta— s'arrencava la bata com un animal, es descordava completament la camisa i es desfeia l'ensaïmada embolicada del cap. Amb el fregall desfilat com si s'hagués electrocutat, es posava a ballar com un posseït enmig de la sala, i davant la sorpresa de mare i criatura començava a proferir tot de crits guturals i ballava amb la mateixa gràcia turística i desenfrenada d'un polinesi, com si ho hagués fet tota la vida. Les mares no se'n sabien avenir, però el truc no fallava: els nens paraven de plorar, i es quedaven amb la boca oberta. Si s'esqueia, arreplegava unes faldilles tahitianes d'aborigen d'un dels prestatges de la llibreria, que ell i la dona havien portat d'un viatge a la Polinèsia francesa, i com si al doctor li faltés un bull o estigués a les portes de la bogeria, s'esplaiava a cor què vols fins que s'ajeia davant de l'escriptori, rebentat, escrivia la recepta, sempre encara amb la camisa oberta, i acordava així dia i hora per a la següent visita, que generalment era d'un any per l'altre. Els testimonis que havien tingut oportunitat d'assistir a aquest espectacle se'n feien creus, sobretot perquè la notícia era sota la camisa: el pediatre era extraordinàriament pelut.

Si per rematar la descripció, abans que en aquesta tarda de diumenge el doctor Bou deixi de ser-ho, si el poguéssim aixecar un moment de la butaca mitjançant uns fils invisibles que el tibessin amunt per les espatlles, com es faria amb un titella, i li poguéssim descordar el batí i també la camisa, en la penombra d'aquest museu hi descobriríem un ésser d'uns cent quilos de pes, amb la convergència tremenda d'una gran panxa, però si, a més, fent un esforç d'imaginació notable, el poguéssim contemplar sense la resta de roba, tal com va arribar al món, semblaria que la seva mare havia parit una moneta. Té el cos completament recobert de pèl roig, de manera que és inevitable comparar el personatge amb la imatge exacta d'un ximpanzé: les cames curtes, una mica garrelles, els braços excessivament llargs; les extremitats superiors superen el límit de la cintura. La pilositat corporal, d'una gamma rica en vermells i rubescències, depenent de cap on tiraven les rinxolades, era d'un tipus de pèl fort i cargolat, que fins li arribava a cobrir parts inusuals com els genolls o les zones del darrere les espatlles, no cal dir del davant. A la panxa i a la pitrera, el pèl se li arremolinava a vegades de manera perfecta, formant flors de rosella en alguns punts; en d'altres, el pèl s'esvalotava en mates àmplies i virulentes, com les tempestes huracanades als mapes de meteorologia.

Per compensar aquesta imatge tan salvatge i pilosa, sobretot des que s'havia casat, Bou acostumava a anar tapat de dalt a baix. I molt ben vestit i arreglat: gràcies en part a la dona, gastava la mena d'elegància rústica, carrinclona i apagesada que alguns cops tenen la gent de comarques. Les mànigues li anaven massa llargues; li tapaven part de les mans. Era una elegància que bevia directament del ruralisme menestral del seu passat més immediat. Els seus pares havien estat ampostencs de soca-rel, cultivadors d'arròs de tota la vida al delta de l'Ebre, i ell mateix havia nascut en una barraca. Però el casament amb la Remei Antich i l'ofici de metge l'havien suavitzat, transformat progressivament en un senyor, un senyor de comarques. Des que havia obert la consulta privada el 1964 a la mateixa casa dels Antich, s'havia acostumat a portar vestit, americana i armilla, però sobretot llacet, hàbit que mai havia abandonat i que li donava aquest aire d'elegància artificial i campestre. Portar corbatí era per a ell un costum tan ferm que no se'l treia ni en diumenge. Ni tan sols se'n desprenia a l'estiu; tampoc quan la xafogor arribava a la ciutat directament de les maresmes. Sempre portava la camisa cordada fins a dalt, fent l'efecte d'una pulcritud rigorosa, d'estretor continguda i d'un cert ofec. Del coll en sortia una mata rinxolada de pèl, com una petita flama que li eixia del cos, talment com si el doctor s'estigués cremant per dintre, sota la capa de roba que li tapava la catifa vermellosa del pit. Com a màxim, només es permetia descordar-se el botó i el llaç el diumenge a la tarda, sempre que estigués sol al despatx, sense visites a la casa. El llacet de colors, desnuat, caient-li a banda i banda, feia l'efecte de dues salamandres bessones, grasses, reposant l'una al costat de l'altra.

Bou no era un gran metge, en el sentit estrictament científic del terme, però sí un relacions públiques nat: els seus dots de comunicació eren excepcionals, aprofitava els recursos farandulers de què disposava i la seva capacitat teatral i d'oratòria, que era única; es deia que era un xic sobreactuat, és cert, però així s'havia convertit en un pediatre de prestigi (per les representacions improvisades en consulta, tan efectives amb les criatures rebels) i també, almenys durant unes setmanes, va arribar a ser candidat per ocupar l'alcaldia de la ciutat. Se n'havia parlat molt. Massa. El doctor era un veí conegut i popular, ocurrent, simpàtic, increïblement culte i trempat; un home de fiar, i alhora responsable i entenimentat, almenys això es deia: en ell hi confluïen una sèrie de factors i característiques que haurien semblat idonis per ocupar el tron municipal. Almenys per uns dies, havia semblat que la candidatura prenia força. Després de més de tres dècades, la consulta s'havia convertit en centre obligat de consulta pediàtrica, però també de secrets i confessions de tota mena. Tenia mitja comarca ficada a la butxaca, i moltes famílies (fins molt després que els nens creixessin i ja no es fessin visitar) tenien dipositada en ell la mena de confiança cega que en algunes localitats els vilatans atorguen als personatges que han aconseguit certa notorietat. En aquesta consulta sovint s'hi resolien problemes que no eren estrictament mèdics. Algunes famílies, a més de la confiança, també tenien dipositada en Bou la serenitat, i altres, fins i tot els estalvis; durant un temps havia guardat a la caixa forta els pagarés i les accions de la dona d'un tal Casas, que s'ho jugava tot a les màquines escurabutxaques. Aquest aire pontifici que oferia, amb el seu corbatí, la mirada humida, permanentment sorpresa, els cabells planxats al voltant del cap, feia que molta gent, sense saber exactament per què, s'hi sentissin atrets, com de forma magnètica, i acudissin al despatx per buidar el pap, esbravar-se i explicar el que no se'ls hauria acudit dir a casa. Moltes mares s'hi confessaven, es desfogaven.

Bou se les escoltava, llargament i pacient. Amb el temps, s'havia convertit en un vertader poder a l'ombra. Un home d'un pes moral incontrovertible; una figura plena d'altivesa, orgull i bonhomia. Ho sabia tot de tothom, i aviat també, des de jove, d'alguna manera va acabar sent el cronista oficial de la història de la ciutat. Escrivia una columna setmanal en el full parroquial i era jurat del premi literari Sebastià Juan Arbó. La consulta s'havia acabat convertint igualment en centre de reunió. Semblava que no hi havia assumpte o problema que el popular pediatre no pogués resoldre. Passés el que passés, tard o d'hora s'havia de parlar amb Bou. Amb un cop de telèfon, una visita (en persona!), un sopar, una trobada, aquest metge havia estat capaç de solucionar conflictes municipals a vegades delicats. Una institució amb cames, en definitiva, que en el moment de ser proposat per a alcalde ningú s'havia atrevit a criticar. Almenys al començament. Perquè també és veritat que ben aviat havien començat a sorgir pegues. Bou també tenia enemics. Deien d'ell que era massa de dretes, que era proper a l'Opus Dei i que, per a més inri, havia comès, com a mínim, un parell de badades mèdiques remarcables. Era sabut que una nena de sis anys de l'Ampolla havia mort per culpa seva, per no haver-li sabut diagnosticar una encefalitis aguda a temps. Un altre nen havia hagut de ser ingressat en estat de xoc per un error de Bou, segons s'afirmava, després que aquest li hagués receptat sulfamides sense saber que hi era al·lèrgic. Així doncs, en pocs dies els diaris de Tarragona s'havien omplert de fets negatius en contra de la candidatura. Es va començar a comentar que Bou era massa xerraire, que a la consulta només feia que pallassades i que era un simple «mico pelut», segons paraules textuals d'un articulista del *Diari de Tarragona*. També va començar a córrer la veu que en realitat els seus diagnòstics mèdics eren superficials, incomplets, sense contingut. Potser és veritat que se'l va atacar en excés, tal vegada de manera injusta; algú va escriure en una carta al director que el doctor, a les parelles amb problemes, només feia que despatxar-los del consultori recomanant que se n'anessin a menjar arròs a ca la Nuri, que després es fiquessin al llit i que no l'emprenyessin més. En una altra carta es demanava a l'alcaldable que expliqués l'origen exacte del fetus humà que s'exposava a la finestra del consultori, i una altra mare havia denunciat a la ràdio que el seu fill patia de malsons des del dia que el pediatre s'havia posat a ballar enmig de la sala mig despullat.

Per postres, es va saber, segons testimoni d'uns veïns d'Amposta, que de jove havia volgut ser actor. Va ser la gota que havia fet vessar el vas. Es veu que, de noi, havia interpretat algunes obres d'Àngel Guimerà amb un grup d'amics, i s'assegurava que com a actor Bou era nefast i que fins i tot havia intentat representar Shakespeare, fet que li havia valgut el sobrenom, que els més grans encara recordaven, de *Xècspir d'Amposta*, fent mofa de l'afectació amb què el doctor pronunciava el nom de l'escriptor anglès.

Tot plegat, i altres aspectes que no havien acabat de transcendir, li havia acabat d'enfonsar la candidatura. Inesperadament, la gent se n'havien rigut i havien afirmat que sort n'havia tingut que s'hagués casat amb una Antich, que gràcies a aquest fet el jove metge havia pogut obrir consulta i que ella l'havia salvat del fracàs en la carrera d'actor, de la qual només quedaven representacions esporàdiques amb joves pacients de confiança. En resum, no havia tingut una joventut exemplar, i entre una cosa i l'altra el *Xècspir d'Amposta* no havia arribat a alcalde.

Ferit, emprenyat, el doctor s'havia retirat novament al cau de la consulta. Havia semblat que no l'afectava, però tot allò l'havia anat devorant per dintre; en el fons, havia quedat tocat i dolgut amb la seva ciutat. De fet, en el moment d'escriure aquesta crònica, coincidint amb l'època en què el doctor considerava la possibilitat de jubilar-se abans d'hora per mirar d'escriure alguna cosa de profit, estava convençut de poder publicar amb èxit el treball genealògic que feia mesos que preparava, i que tan secretament l'obsessionava. Estava decidit a donar el cop amb un tema ben tortosí, un assaig exemplar que, malgrat tot, per una cosa i una altra mai acabava d'arrencar. En aquesta tarda encalmada, abans que tot plegat se n'anés avall, hi començaria a donar l'embranzida definitiva. Per agafar el to, decidí aixecar-se un moment; es cordà el batí sobre la panxa, agafà delicadament una copa de vidre de la prestatgeria i s'acostà a la pintura, un quadre bucòlic, de caça, que tenia just darrere la butaca; l'obrí com si fos un armari i enfonsà la mà en la caixa forta que hi havia al darrere per treure'n una ampolla de Mascaró. Omplí el vaset fins a dalt i amb un lleu cop de clatell s'ho va beure de cop, com sovint també feia. Desà l'ampolla, tornà a tancar la caixa i el quadre, retornà la copa amb les altres, es deixà caure a la butaca i tancà les parpelles en la brillantor ambarina del cop de conyac;

respirà fondo: en el silenci flagrant de la casa, les mans sobre el batibull de línies i noms i dates, es tornà a quedar adormit, sense ni tan sols parar esment al «blub blub» que tornava a bellugar el fetus de la campana.

2

LES ANTICH

Bou estava segur d'haver fet una descoberta sensacional; en la reconstrucció de l'arbre genealògic dels Antich, llinatge riquíssim de comerciants d'arròs, arrendadors, cacics i administradors agrícoles, rascant en els arxius històrics de la ciutat i del registre civil de diversos pobles, havia fet comprovacions que li permetien afirmar amb certa rotunditat que els quatre-cents anys d'història de la saga s'havien sostingut gràcies a l'empenta excepcional d'alguns dels seus personatges femenins. L'evidència li confirmava que almenys vuit dones de l'estirp, esquitxades en diverses generacions i èpoques del quadre, havien estat dotades d'un impuls físic i moral tan fabulós, tan fora del comú, que havien fet prevaler no només el llinatge del cognom amb una manera de fer, treballar i viure pròpies, sinó que havien construït un dels negocis d'emmagatzemament i distribució de gra més influents de l'oest del Mediterrani.

A Bou de seguida li havia semblat que es tractava d'una força anònima que no s'havia explicat mai, no almenys en els termes de fertilitat i voluntat de prevalença tan espectacular i femenina amb què ell ho havia esbrinat. Havia pogut remuntar-se fins al 1618, als dos personatges lleidatans que havien originat la saga, però sobretot s'havia centrat primer en la matrona més preeminent de totes, Maria Antich Antich, que havia inaugurat la branca tortosina i més potent de la família quan el 1835 s'havia traslladat de Lleida a Tortosa amb el seu nebot, Hermenegildo Antich, de només setze anys, per casar-s'hi i començar de zero una nova vida; en l'arc de vuit anys havien tingut set fills, l'un darrere l'altre. Però el més impactant havia estat descobrir que, a Lleida, ella ja havia tingut nou fills amb l'anterior marit. Després de setmanes d'estudi, al doctor no li semblava que hi hagués hagut cap tall familiar traumàtic ni escàndol evident. Era com si, simplement, Maria Antich Antich no n'hagués tingut prou amb el primer espòs, Maximilià Antich (a la vegada cosí seu); semblava que se li hagués esgotat, i a tenor d'aquesta potència vital inusitada hagués decidit anar-se'n amb el nebot i mirar de progressar a Tortosa. Per força la tia Maria —així és com Bou havia sentit que s'identificava el mític personatge a les sobretaules de casa la seva dona i també de la sogra— havia hagut de tractar-se d'una personalitat poc habitual. El pediatre va descobrir que la tia Maria no tan sols havia represès la nissaga de manera extraordinària al Baix Ebre amb el negoci agrícola, sinó que, lluny de ser-hi mal vista, s'havia convertit en llegendària per un fet que l'havia fet saltar d'emoció i que, com a conseqüència, havia provocat l'inici impagable del seu estudi genealògic: algunes contalles populars explicaven que aquella dona tan ben posada s'havia guanyat la gent per haver alletat mitja comarca en temps de les guerres carlines, sense que Bou pogués esbrinar com ni de quina manera s'ho havia fet. Més enllà del que de forma summament reservada ja havia sentit comentar per casa, el doctor, totalment fascinat, va posar mans a l'obra. Els dissabtes al matí es feia fonedís de la consulta. Sempre vestit amb americana, armilla i corbatí, net i polit, amb la cabellera enganxada al cap, recorria els contorns del paisatge ebrenc a la recerca de personatges que el poguessin informar. Com que, a més de pediatre, també era epidemiòleg, quan tornava a casa per dinar Bou explicava a la dona que de manera puntual estava investigant un seguit d'epidèmies històriques amb pagesos d'alguns conreus de la desembocadura de l'Ebre.

La veritat és que el doctor estava entusiasmat: les anècdotes al voltant de l'impuls natural d'aquella Antich, totalment fora de la mitjana, se li multiplicaven dissabte rere dissabte. S'anava assabentant de fets interessants i complementant el quadre al voltant del personatge inicial. Havia sabut, per exemple, que la Maria Antich havia tingut el darrer fill (Claudi) amb trenta-vuit anys, una proesa per l'època. N'havia fet setze, de fills, en l'arc de vint-i-dos anys, i de manera ininterrompuda des dels catorze!

Aviat també va descobrir que el cas de la tia Maria no era un fet aïllat sinó repetitiu i cíclic en la nissaga. Aquelles matrones eren pertot arreu i sovint també quasi sempre devien haver estat embarassades; com que els vuit fills de la Maria i l'Hermenegildo es deien Antich Antich, circumstància que havia acabat de multiplicar la difusió del cognom i dels personatges, començà a quadrar informacions i va descobrir que algunes cròniques de l'època relacionaven alguns elements femenins de l'estirp amb un frenesí reproductiu mai vist. Va trobar llegendes que es remuntaven a la saga lleidatana, iniciada per Pepita Antich i Claudi Antich, també cosins, i a la dèria particular d'aquesta parella tan curiosa d'anomenar els fills mascles (havien tingut dotze nois i sis noies) amb noms d'emperador romà —Maximilià, August, Adrià, Romà...—, costum inamovible dels Antich que s'havia mantingut fins a l'actualitat. Va trobar que la mítica parella s'havia casat el 1618, i que una cançó popular assegurava que ella estava proveïda d'una pitrera de campionat i que ja aleshores es comentava la seva fertilitat prolífica, fora de tota mida. De fet, el costum d'alletar multituds necessitades semblava que venia d'aquí. Bou va descobrir que la tal Pepita Antich s'havia dedicat durant una temporada a alimentar tot un regiment de soldats amb el fruit preeminent dels seus pits. Emportat per la imatge dels soldats amorrats a la pitrera impenitent d'aquesta Pepita primigènia, tan desbordant, impulsat per la fascinació d'una recerca històrica tan francament excitant, el doctor va començar a identificar i classificar altres contes i llegendes de l'anecdotari popular que s'estenien en el mateix sentit, i el resultat de la investigació va acabar sent espaterrant. En conjunt, les Antich conformaven un conjunt femení certament peculiar. Tenia a les mans un tros de nissaga que no sabia ni per on començar a explicar. Les anècdotes brotaven d'arreu fins a l'actualitat.

Bou recollí el que temps enrere ja havia sentit explicar de manera saltejada a ca la sogra, batalles de sobretaula que en el seu moment havia menyspreat perquè li havien semblat massa exagerades per ser veritat, i no hi havia parat prou atenció. A més, les seves cunyades, quan sortia el tema d'aquelles antecessores tan ufanes, marejaven la perdiu i no feien més que riure, i aprofitaven per destacar un altre fet remarcable: per regla general, els homes casats amb una Antich, temps enllà, havien viscut una mitjana d'edat de quaranta anys. Semblava que era cert. Bou també esbrinà que, amb freqüència, elles sobrevivien als marits, així que sovint havien pogut tornar a començar de zero amb certa facilitat. No era casual haver sentit a ca la sogra allò de «les Antich viuen dues vegades», perquè en alguns casos era veritat.

Aquest cop, el doctor no havia amollat. Seguí els estudis amb celeritat; empaità la pista portentosa de les Antich. El dia que havia aconseguit identificar una altra història, la de la tia Remei, germana del pare de la seva esposa, que ell encara havia conegut, s'havia esbarriat els cabells al mig de la sala. Dona de gran fortalesa i determinació, uns veïns li havien ratificat, amb una barreja de vergonya i orgull, el que Bou ja havia sentit en rumors alguna vegada: en temps de la guerra civil espanyola, la tia Remei havia alletat una escola de nens sencera. És clar que la família havia volgut mantenir la discreció i l'anonimat de la història; aquestes matrones eren tan bèsties que fins havien alimentat regiments de soldats i col·legis. Era normal que tot plegat a casa s'hagués volgut expressar amb reserva, però realment era com si la fortalesa d'un gen fortíssim incrustat en el cognom s'hagués traslladat intacta en el temps, a través d'elles, durant quatre segles. Fins aleshores se n'havia sabut ben poc. Tanmateix, ningú podia negar la supervivència d'un caràcter tan ferm, fins i tot més enllà de la saga.

Josefina Adell, la seva sogra, era exemple clar d'un fet encara més sorprenent. Arran del seu casament amb el segon marit, Josep Antich, aquella senyora tímida, retreta, captinguda i sense fills es va transformar; com si el contacte amb els Antich l'hagués reviscolat, en només cinc anys va tenir cinc fills. Com per simpatia, havia estat com si a l'Adell se li hagués empeltat la fortalesa femenina de les cunyades.

És lícit que Bou s'obsessionés amb les seves investigacions, perquè les proves que anava obtenint eren excel·lents, i s'ha de reconèixer que tot plegat tenia pinta de treball històric interessant i de primer nivell. Per calibrar la capacitat adaptativa d'aquest gen tan potent, es va dedicar a dibuixar en el quadre, al costat de cada matrona, pits de diversa grandària i consideració, depenent de la descendència que hagués tingut la senyora en qüestió, i de l'abast de les llegendes d'alletament multitudinari que se li atribuïen. En el cas de la tia Maria, la primera amb aquest apel·latiu, com que de manera oficial havia tingut disset fills i havia alimentat un nombre incomptable de soldats, al costat del seu nom el pediatre hi havia dibuixat dues figures ovals de gran format, amb un parell d'aurèoles també ben fosques i grans. En el cas de la Pepita Antich, amb un rèdit total de divuit fills, va dibuixar-hi uns melons igualment considerables, encara que amb unes aurèoles més discretes, tot i que igualment respectables. El quadre genòmic de la família política del doctor es va anar complementant amb un seguit de pitreres de conformació diversa, segons les proeses aconseguides per la fertilitat de cadascuna. Quan va arribar a la zona més actual de l'arbre, les fotografies familiars de què disposava li van facilitar la tasca. Els àlbums estaven alineats precisament en les prestatgeries atapeïdes que folraven la consulta. Adelerat, comprovà el que temps enrere també havia endevinat a les sobretaules de ca la sogra. Repassà els àlbums de manera exhaustiva. Les imatges antigues, i no tan antigues, revelaven el secret: aquells volums de fotografies folrats de pell van ser la prova definitiva per poder comprovar l'exuberància mamària de les Antich. En el major dels casos, es tractava de senyores amples i fornides, amb un do de pit espectacular: la tia Remei, la tia Maria, una altra cosina també anomenada Pepita, totes ratificaven la grossor de pitram que el pediatre havia intuït i suposat.

De fet, l'objecte d'estudi més proper el tenia a casa, en la figura de la seva esposa, Remei Antich Adell, d'unes qualitats personals extraordinàries i una davantera indescriptible, mastodòntica, descomunal. *Doña* Remei trencava motlles, exemple directe de les atribucions excepcionals de les predecessores. Havien tingut cinc fills i a tots cinc els havia alletat fins als set o vuit anys; a vegades simultàniament, a dues bandes.

Anys més tard, quan la crònica —tan desgraciada— d'aquest enfonsament ja era un fet irreversible i llastimosament consumat, el mateix doctor, deprimit, mig trastocat, visiblement envellit pel que aleshores estava a punt de succeir, acabà confessant al cronista d'aquesta història que ell mateix en persona una vegada havia volgut comprovar la capacitat làctica de *Doña* Remei, «imparable», segons l'havia definit. Atret per aquest fet inusual, un vespre, quan els fills encara eren petits, havia suplicat a l'esposa que el deixés amorrar a un dels seus immensos pits, a vessar de llet. Quan ho explicava, encara se li feia la boca aigua. «Era com xuclar un trosset de la nostra història», havia dit. Mesos més tard, el pediatre i la dona s'havien vist en la necessitat de començar a buidar les mames de manera manual, mitjançant un giny extractor que el mateix doctor havia dissenyat amb un joc de tubs, dipòsits i mànegues que *a posteriori* havia patentat.

Com també deia, almenys els seus cinc fills estaven lligats a aquella força genètica imparable. De moment, en la tarda implacable d'aquest últim diumenge a la tarda, roncant de plaer, el doctor repassava mentalment com estructuraria l'assaig, el fresc enorme de la família política que li permetria recuperar la reputació que tant anhelava. Mirava d'imaginar com ho hauria escrit Giuseppe Tomasi di Lampedusa, el cèlebre autor d'*Il Gattopardo*, per narrar el tremp d'aquelles senyores superlatives, de pitreres tan exemplars i generoses. Feia volar coloms. Rumiava. Endormiscat, ja es veia recollint premis d'alguna cosa, el que fos; enmig del «blub blub» ocasional del fetus, i del dring esporàdic de les copes de cristall a la prestatgeria, el doctor somiava: creia haver trobat en aquesta història familiar l'origen, l'essència, el pinyol caracterològic de tota una cultura, de tot un poble, «la força interna», que deia, amb tot el risc que comportava, «blub blub», i la importància extrema que donava a la família política, a la poderosa vibració del cognom Antich, a la propietat, a la impressió d'arrelament, a la grandària dels pits d'aquelles autèntiques aixecadores de pes, «blub blub», a la genètica i als anys de naixement dels seus personatges, com si tot estigués lligat. Al pis de baix, en la distància, el doctor sentia la dona feinejar a la cuina amb un soroll de pots i olles ostensible. *Doña* Remei rentava els plats del dinar.

Amb vista a la jubilació imminent, Bou es disposava a rebaixar el ritme de visites particulars. En poques setmanes tenia pensat aparcar la feina i, per fi, posar ordre definitiu al garbuix d'informació. Però hi havia un fet que el preocupava, el «problema de les nenes», com deien amb la muller. La Rosabel i la Marina darrerament havien estat una fixació per a ells. No hi havia manera que posessin seny, com també reclamaven. Ni el doctor ni la seva esposa comprenien el que passava, «blub blub». S'afanyaven a dir que eren bones noies, això sí, però que no hi havia manera que, amb els trenta complerts, seguissin el camí iniciat pels germans —l'únic possible, segons ells— de trobar una bona parella, casar-s'hi i formar família. Els altres tres fills, els mascles, estaven col·locats, «ben col·locats», com hauria dit *doña* Remei amb orgull de nissaga. El primer, l'August, biòleg al Parc Natural del Delta de l'Ebre, s'havia casat amb una zoòloga de prestigi que treballava en el seu mateix departament; el segon, el Romà, era la mà dreta d'un polític d'Esquerra Republicana vingut a menys però localment potent; és clar que el Romà estava casat amb una noia una mica rebel, que, per exemple, no havia volgut batejar el nen quan havia arribat el moment, circumstància gravíssima que *doña* Remei havia delegat *ipso facto* a la mà esquerra del marit. Cara a cara amb el doctor, l'il·lustre pediatre, amb la seva capacitat d'oratòria, la noia no havia seguit discutint aquell assumpte i la criatura havia estat batejada: tot havia quedat clar; certs costums familiars a can Antich no es podien tocar. El tercer fill, el Maximilià, feia anys que arrossegava una depressió, però tenien la gran sort que estava casat, «ben casat», amb una noia de l'Ampolla que se'n cuidava i se l'estimava molt. Així que ells estaven col·locats, però elles no.

La depressió del Max els havia fet més laxos, més fluixos amb l'avenir de les nenes. Havien permès que se n'anessin a estudiar a Barcelona i que visquessin soles en un pis del carrer Balmes (amb Consell de Cent). Les nenes havien viatjat força, parlaven idiomes, i també havien sortit molt de nit. Pel doctor, era quasi com si la força natural de les Antich s'hagués distret una mica en aquest parell de mosses. La Marina havia estudiat filologia anglesa, era més formal i aplicada. La Rosabel havia començat la mateixa carrera però no havia aconseguit acabar-la; sens dubte, era més desmarxada. Ara se'ls havia allargat el temps d'estudi, però tot i així no s'acabaven d'establir. El pis de Barcelona era un orgue de gats. I una despesa innecessària. Els pares les pressionaven. Com aquell que no vol la cosa, quan els diumenges venien a dinar a Tortosa, a la sobretaula es treia el tema de l'aparellament. Calia anar pel bon camí, casar-se i, tal vegada, tornar a casa. Elles no en feien ni cas. Sovint reien. La Rosabel, malcarada, amb freqüència s'aixecava de taula i se'n tornava cap a Barcelona. La laxitud dels últims anys havia fet arribar a la conclusió al doctor que, darrerament, en aquella casa tothom feia el que li donava la gana. I, malgrat tot, Bou es mostrava convençut que aviat la situació es resoldria, que tot estaria bé i que el temps li jugaria a favor. Sobretot per les presses d'avançar la jubilació i donar empenta al gran secret de sobre la taula del despatx. I també a una altra dèria particular concreta: anar més a la seva. Enllestir la investigació, però també «baixar» més a Barcelona, com deia, tenir més llibertat, i encara més misteriosament, cremar els cartutxos d'una joventut perduda, anar al teatre, potser ficar-se en alguna companyia o associació relacionada. Obrir-se, viure una mica, en definitiva. Per això tenia ganes d'omplir les caselles de la Rosabel i la Marina i ja està.

Es tornava a endormiscar quan els ulls color mel es van obrir de cop, esbatanats, atents al darrer glop de conyac i als xiscles i les exclamacions que venien del pis de baix, primer des del rebedor i tot seguit a través d'un tumult d'escales, com una glopada que li pujava des de l'estómac cap a la porta de la consulta. Aleshores va descobrir amb esglai que la Marina, esbufegant, irrompia atropellada en la penombra de la sala, trencant l'hora sagrada de la migdiada i repetint com un lloro allò de «papà, que em caso»; va sentir la veu d'aquella ombra que, sense aturar-se, es precipitava cap a ell amb els braços separats del cos, fent la volta a la taula de manera vertiginosa, tan prodigiosament descontrolada que amb la mateixa sobreexcitació indeturable amb què gairebé va caure i va estar a punt d'obrir-se el cap amb la vora de l'escriptori va aconseguir redreçar-se, abalançar-se sobre seu i saltar-li a la falda com una secallona, «papà, que em caso».

3

L'ANELL

Pare i filla van quedar enfonsats en la butaca entre espeternecs de fustes i sorolls de molles; amb una mà encara sobre els papers i l'altra mirant d'envoltar-li la cintura, el doctor mirava d'aturar la seqüència de saltirons de la filla gran sobre la falda. Sobrepassat, confós, aconseguí posar en marxa el llum de la taula, un d'aquells clàssics de mampara verda. Amb el revers de la mà plana va fer un gest ràpid per repassar-se el rodó de l'ensaïmada i tot seguit s'allisà també el llaç desfet sobre la pitrera; amb els ulls esbatanats en la vidriositat interrompuda de la migdiada, i de la copa de conyac, es quedà mirant la noia. Amb el temps, Bou recordaria amb vivesa el desconcert del primer instant, la mala impressió que li produí l'anunci del casament amb el tal Mirabaix, una barreja d'alarma, estupefacció i enuig tan ferma que el deixà virtualment clavat. El fet de trobar-se amb una filla de trenta-dos anys asseguda a la falda li suposà una novetat tan immediatament indigerible i a la vegada tan extraordinàriament sorprenent que, més enllà del fastigueig d'una decisió que havia estat presa de manera insensata i precipitada, en aquell moment va ser incapaç de reaccionar. Bou tastava un seguit de sentiments retrobats, perquè la paraula *casament* o qualsevol circumstància relacionada amb la família, els fills, el compromís, li feia posar els ulls en blanc; entrava en èxtasi literalment.

La Marina era una noia de pota gruixuda, no gaire alta, amb tendència a l'obesitat sense arribar a ser grossa. Amb deu quilos menys hauria pogut acostar-se a la bellesa espectacular de la germana petita, la Rosabel, camallarga, estreta, més proporcionada; aquest fet ja per si mateix hauria suavitzat la grandària pectoral que per regla general compartien les Antich. En el cas de la Marina, que només superava el pare d'un parell de dits, l'alçada tan minsa només feia que ressaltar-li la pitrera, que ella des de petita havia procurat dissimular posant-se jerseis i roba dues talles més petita; el remei era pitjor que la malaltia, perquè la mesura només feia que ressaltar la impressió d'ofegament i grandària.

Sota la llum de l'escriptori, atent al gronxador de la noia i a la maleïda frase, tot i que ara tan sols la mormolava, el doctor contemplà amb brevetat el que semblava un anell de compromís, petitíssim, que la Marina intentava mostrar sota el llum de l'escriptori. Mentre ella, movent la mà, seguia mirant de produir-hi reflexos impossibles, Bou tornà a contemplar el rostre de la filla. El doctor s'hi reconeixia; li agradava pensar que la Marina era la seva viva imatge. Realment, ningú hauria dubtat que eren pare i filla, encara que les faccions amples de la cara, de les galtes i la boca, l'estretor del front i dels ulls del pediatre en la Marina eren més suaus, fins i tot agradables. A vegades s'assemblava al pare per l'entusiasme i les sortides de to, que denotaven una personalitat fantasiosa, puntualment arrauxada. Però era molt bona noia; feia cara de tan bona persona que sovint, sobretot si es quedava embadocada per algun fet que la impressionava, com que la seva fisonomia no era tan contundent ni endimoniadament simiesca com la del metge, i alguns cops també es quedava amb la boca mig oberta, amb un trosset de llengua fora, semblava una bleda assolellada. La Marina representava la part benefactora dels Antich, de generositat i distinció familiar; tot en ella inspirava conciliació, bondat. Tothom hauria coincidit en una definició única: era un encant. Una mica innocent, però amable i encisadora en extrem. És clar que no era tan peluda com el pare. Havia aconseguit dissimular les faccions grotesques dels Bou deixant-se des de petita el cabell llarg, d'un pèl-roig molt viu, rotundament panotxa, que li queia ondulat pels costats de la cara i deixava entreveure la finestra rodona d'uns ulls grossos, també color mel, envoltats d'una constel·lació de pigues que li esquitxaven la cara.

Sense voler-la fer fora de la falda, el doctor intentà col·locar-se millor la noia sobre una sola cama, mirant que s'estigués quieta d'una vegada per inspeccionar millor l'anell. El retruny d'escales els va desviar l'atenció. *Doña* Remei va aparèixer per l'ull fosc de l'escalinata, tota pesada, *plof plof*. La senyora sempre duia un drap a la mà. I com sempre feia, aprofità el viatge al segon pis per passar-lo per la barana. Com que clavava la petja a cada graó, com faria un escalador en un ascens costerut, lentament i pausadament l'arribada produïa un ressò de cruiximent de fustes, com si el balanceig de la senyora sacsegés l'edificació. La decoració, els mobles, les escales, les baranes, les prestatgeries, el parquet del terra i fins i tot algun llit estava construït amb fusta de melis, negrosa, senyorívola, antiquíssima, elegant i sorollosa; en ocasions, sobretot en dies de ventada, es produïen remors i espeternecs en tota l'estructura, una mica fantasmals, com si en lloc d'una casa fossin en un vaixell d'època.

Quan la Remei va arribar a dalt de tot, deixà anar un esbufec. Se'ls quedà mirant en la penombra, amb les mans en el barril de la cintura, palplantada a l'entrada de la consulta: una figura precolombina, d'obesitat contundent però tova, d'aquelles senyores destinades a convertir-se en càntir. L'esposa de Bou, que tothom anomenava senyora Antich, que antany havia estat un xic més alta que el marit, amb els anys s'havia apernilat, però només en la part del tronc: les cames li havien quedat escanyolides i ara sostenien la carcassa d'un cos botit, de pits immensos i panxa ampla. La gent es feia creus que unes cames tan increïblement primes i escarransides tinguessin la força per sostenir i transportar un cos tan ferreny i compacte. Quasi sempre estava fatigada, li feien mal els peus, i és per això que s'havia acostumat a portar unes sabatilles d'àvia de color negre, una mica tètriques, deformades pel pes en la part externa, que rematava amb uns mitjons de tennis blancs, conjunt amb el qual no tenia problema per sortir al carrer, amb l'única diferència que llavors procurava posar-se unes mitges color carn, amb goma per sota del genoll, que, igual que els mitjons, sovint també li acabaven baixant fins als turmells i deixaven al descobert dues canyes ratllades de venes blaves. Una imatge molt d'estar per casa, gens presumptuosa, a l'altra banda de qualsevol voluntat de glamur, però digna, superdomèstica, que *doña* Remei rematava amb alguna de les seves bates eternes, pràcticament incolores, de màniga curta. Les bates li deixaven al descobert uns braços plens, gruixuts, amb la molsudesa típica, d'aspecte sa, dels pernils d'un bebè molt ben alimentat, que a l'hivern enrogien amb vivesa quan fregava la vorera davant de casa, i a l'estiu també, però en aquest cas per efecte del sol sobre la pell tan blanca. Igual que el marit, la vestimenta de la senyora Antich no distingia temperatures, ni climes ni estacions de l'any. Sempre anava igual. Semblava una dona de fer feines. Però en realitat era més que això: era una supersecretària que portava l'administració, el telèfon, la gestió de les visites, deixant a part les feines domèstiques de casa, drap en mà. *Doña* Remei també tenia un conjunt de tres o quatre rebeques, «rebequetes», que en deia, per arreglar-se una mica; aquesta peça en general la portava descordada i tampoc li tancava; només la duia per cobrir-se les espatlles. Tenia unes altres sabatilles, però les negres no se les canviava mai.

Com sempre, el doctor clavà una llambregada a la dona amb una expressió de menyspreu indescriptible, com si l'haguessin molestat en el si d'una concentració inviolable i preciosa, abstret en la inspecció entotsolada de l'anell, o pel disgust de l'olor de caldo que sempre arribava amb ella. De manera invariable, la Remei se'l quedava mirant amb uns ulls mínims, petits, premuts en la pròpia miopia, enfonsats ara en la reconcentració crítica amb què reprovava la precipitació de l'anunci. Fos com fos, el doctor mai no li aguantava la mirada, tampoc. Tal com més endavant ell mateix recordaria, aquell dia *doña* Remei portava la testa embolicada amb un mocador de cap, fet que contribuïa a enxiquir-li encara més els ulls i la cara, un rostre autènticament rural, totalment apagesat, que podria haver estat el compendi resumit del seguit de fesomies anònimes que poblaven el quadre de les Antich.

El retrat de *doña* Remei no seria complet sense descriure el gest i la força d'uns llavis permanentment premuts: contemplava qualsevol situació i escena amb una mena de preocupació constant, d'exigència màxima; un encaparrament analític grandiós, netament inquisitiu i summament crític, que donava a la boca la forma mimètica d'un bec d'ànec, llarg, aplanat en forma de pala. La Remei era d'aquelles persones que sempre fan morros.

Mirant de reüll l'ànec plantat a l'entrada del despatx, expectant, sorruda, esperant a veure què s'havia de fer, el doctor va girar la vista cap a l'anell amb la mateixa suficiència escèptica i veient, amb irritació, com la dona aprofitava per posar bé amb un xut de sabatilla la punta de la catifa persa, que havia quedat rebregada amb l'entrada triomfal de la filla. Quantes vegades recordaria la primera sensació de desconfiança i sospita inicial. Ni el doctor ni la seva dona podien passar per alt que encara no els haguessin presentat el noi, i aquest era un fet inconcebible: no havien vist Ricard Mirabaix ni un sol cop.

Sens dubte, el noi en qüestió era prudent, estalviador, discret, i la tenia ben enamorada. Mentre analitzava aquell anell pírric, escanyolit, mirant d'extreure algun tipus de lluor del brillant, fent anar la mà de la filla d'una banda a l'altra com si estiguessin ballant, i tractant a la vegada de no trencar la màgia d'un moment tan desgraciat, s'adonava que el desig irrefrenable de col·locar la filla gran havia exercit sobre ella, més que no pas en la Rosabel, una pressió excessiva, tot i que ara, en el desconcert inicial, l'alegria d'ella era tan desbordant i les ganes de casar-la també que, més enllà de l'enuig per una decisió tan inesperada, l'instant semblava dominat per la urgència accelerada de tot plegat. Tanmateix, el fet que no s'hagués preocupat de fer les presentacions oportunes va fer pensar a Bou que l'amor que els unia devia ser irreprotxable, i ell, una joia de xicot. Així que la mala impressió només s'allargà uns moments: contemplar-la exultant, sota la mirada inflexible de la Remei, va acabar de fer el fet.

Com que últimament havia arrelat en ell la convicció que havia estat excessivament dur amb els fills, ara a la Marina estava decidit a concedir-li el que no havia permès als altres fills; en definitiva, es volia mostrar més flexible i plantar una mica de cara a la dona, que els seguia esperant palplantada, com volent dir: «Joan, fes alguna cosa». Al mateix temps, en el desconcert vergonyant de l'excitació que el doctor de seguida havia sentit per l'anell escanyolit de Mirabaix, tornà a posar la mà de la filla contra el llum de l'escriptori; mirava d'extreure'n algun tipus de reflex impossible en l'instant en què *doña* Remei, amb un gest brusc, va prémer l'interruptor de l'aranya de vidre que penjava del centre del despatx. La llum sobtada posà en relleu l'exposició de les peces rares i pintoresques «blub blub» que tan pintorescament combinaven amb la sumptuosa col·lecció de volums de la biblioteca, la col·lecció de Shakespeare folrada en pell, la rojor excelsa de l'obra completa de Josep Pla, en estranya barreja amb el món purament infantil, de joguines, que caracteritzava la consulta. Enlluernat, Bou contemplà la lluminària com una realitat enutjosa, com si realment el molestés. Fitant de reüll la nansa resolutiva dels braços de la dona falcats en el barril de la cintura, sota la llum sobtada, l'anell relluí amb una insuficiència aclaparadora, perdut en la immensitat de la cristallera del llum, d'on penjaven, per cert, uns vidrots antiquíssims en forma de llàgrima, del segle XVII, herència dels ancestres Antich de Lleida.

En la voluntat de no aigualir l'empenta il·lusionada de la Marina, en un primer moment el doctor va voler bavejar amb ella. L'anell no era pas més gros del que ell havia ofert a l'esposa feia dècades. Però havia de fer alguna cosa per compensar el desbordament d'una alegria tan excessiva; fer veure que s'ho prenia seriosament. Quantes vegades rememoraria la primera notícia que havia tingut de Mirabaix i el fet de no haver estat més dur.

La noia s'esforçava per extreure alguna virtut de la joia. Però tenint clar que la parella tenia ganes de resoldre la qüestió amb celeritat, el doctor imità la senyora i començà a contemplar la pedreta amb un afany gemmològic totalment crític, sense amagar la seva desolació, fins que mostrà de manera oberta que el petit objecte no li feia el pes. Tornà a mirar la Remei de cua d'ull; observà que ella feia tot de passes sobre la catifa persa. Bou no podia sinó deixar-se estar de celebracions anticipades i demostrar l'encaparrament que el fastiguejava. Va fer baixar la mà de la filla i, prement-la amb força en la morbidesa pilosa dels seus dits, esborrà el somriure, deixà d'amanyagar-la i fent-se enrere es pentinà el cabell amb les dues mans. Havia de posar seny; sota la mirada atenta de l'ànec, havia de posar en marxa el mateix protocol que amb els altres fills. El bust romà va quedar immòbil, reflexivament petrificat, els ulls closos, com si es tornés a adormir, però els tornà a obrir, els glòbuls botits, enlluernats, més enllà de la joia, escoltant estupefacte les afirmacions de la Marina, que insistia que els Mirabaix eren «bona gent» i que el Ricard era «un bon nano». En el moment d'exigir, potser amb excessiva contundència, algun aspecte més consistent al voltant del personatge, i de dir-li que ja no era una nena i que per favor baixés de la seva falda, la noia es posà a plorar.

Bou no suportava el plor, ni veure ningú somicar; l'omplia de basarda. El posava nerviós. La Marina, que era una noia prudent, assenyada, «una ONG amb cames», que deia el seu pare, i també l'alegria de la casa, doncs veure-la plorar sanglotant d'aquella manera, somicant com una bleda, cosa que no havia vist des que era una adolescent, li va trencar el cor. Al doctor li passava el mateix amb amics i pacients: senzillament, ho trobava insuportable, però encara més quan qui veia plorar era algú de casa. El sofriment aliè, l'angoixa dels altres, el superava. Per això s'havia fet metge, amb la idea romàntica d'assuaujar el dolor, que amb els nens ja el superava completament; llavors es veia obligat a fer alguna cosa, a actuar. Va apartar la noia de la cama calenta;

mare i filla van quedar de costat, davant la taula, sota l'aranya il·luminada, estranyament similars, estranyament bessones en el temps, com en el judici final d'un abans i un després momentani, esperant l'actuació decisiva del pare. Condescendent, seriós, commogut enmig d'aquest petit drama, Bou es disposà a fer el mateix que amb els altres, un parell de trucades que almenys li havien de donar idea de què anava tot plegat, saber alguna cosa dels Mirabaix. «Qui són aquesta gent?», es preguntava, «qui és aquest xicot?».

Fullejà l'agenda telefònica; després de passar algunes pàgines posà el dit sobre un número. Sense deixar de prémer el full, amb l'altra mà despenjà el telèfon i marcà. Escarxofat a la butaca, s'enganxà l'auricular a la papada, sense ni mica de tremolor informà les noies: «Un col·lega de Manresa», però amb una veu més fonda de l'habitual, amb el tipus de gravetat exagerada de qui en realitat està nerviós i vol transmetre un estat de calma que, malgrat tot, és fals. Amb aquesta pantomima entranyable, Bou revelava l'excitació del pare que està a punt de tenir la primera notícia sobre la família política, «la primera clatellada», que hauria dit ell si hagués parlat d'un altre, i que afrontava amb una mescla de curiositat i temor.

—Doctor Martí? —va dir, i encara més fondo—: Bou a l'*aparato*.

Sense preàmbuls, amb la veu autoritària i patriarcal amb què havia educat tres mascles i dues femelles, Bou va anar directe al gra.

—Què me'n dius dels Mirabaix? —I mirant la noia—: Es veu que la Marina es vol casar amb un paisà vostre.

Mentre escoltava el de Manresa, Bou tingué el record vague d'una visita fugaç, temps enrere, a la capital del Bages, precisament a casa de l'amic Martí, company de carrera a Barcelona. Li havia quedat fixada la imatge llunyana d'un pont romà salvant un torrent d'aigua terrosa, en realitat un afluent del Llobregat, un riu anomenat Cardener que encerclava la part sud de la ciutat; rememorà també el relleu emboirat, una mica fantasmagòric de la basílica, que, almenys aleshores, es trobava en un estat deplorable, igual que la «Rambla», tal com ell l'havia batejat, que recordava amb la mateixa vaguetat incolora i sorrenca del riu; li havia semblat que la Rambla (el passeig Pere III) era potser comparable a la de Sabadell, encara que segurament menys distingida i vistosa. En conjunt, malgrat la relativa proximitat sens dubte venerable amb la muntanya de Montserrat, al doctor li havia semblat que Manresa tenia un encant relatiu, fins i tot vulgar i de color gris, i que era poc atractiva per al visitant.

Ara, però, de seguida quedà fascinat, potser també de manera precipitada, perquè a l'acte va sentir-se atret pel tros de nissaga que, amb un esforç de síntesi remarcable, li descrivia el doctor Martí. Amb la mateixa gravetat impressionant, entotsolat en la ressonància catedralícia de la pròpia veu, Bou repetia en veu alta alguns trossos del monòleg de l'amic, com una crònica saltejada que de forma incompleta oferia a mare i filla un seguit de pastilles fraseològiques que administrava, almenys de moment, una certa tranquil·litat:

—Ah!... gent de primera... —deia—... ja ho veig... caram... són pertot arreu... ah!, molt bé... a l'Ajuntament, caram!... i al registre de la propietat immobiliària... molt bé... un personatge curiós... ja ho entenc...

Martí li donava a entendre que els Mirabaix eren una família respectable, fins i tot adinerada, amb propietats més enllà dels límits manresans i un seguit de parentela col·locada en àmbits d'influència de la ciutat, sobretot funcionaris, des de l'Ajuntament fins a l'administració; el mateix pare de Ricard Mirabaix, «un personatge curiós», com l'havia descrit Martí, es tractava d'un modest però distingit escrivent del Registre de la Propietat de Manresa, a part d'altres negocis que l'amic de Bou no havia acabat de precisar.

La preocupació en el rostre del doctor s'anà esvaint; l'expressió tensa de la cara s'estovà; derivà cap al somriure tort i astorat de qui mira de contenir l'empenta sense deixar de mostrar-se escèptic i desconfiat. Es passà curosament la mà per la laca del cap, i després pel llacet desfet sobre la pitrera. Un corrent d'esperança s'encomanà ràpidament a la Marina. Veient que el pare havia canviat l'expressió, al començament tan seriosa, havia parat de somicar. L'eloqüència fraccionada del doctor quedà convertida en una sèrie de «mmms» gravíssims, una mica patètics i bovins, suficientment vàlids per desenredar de manera momentània l'embolic de nervis i mirades amb què mare i filla provaven d'esbrinar, com havia passat amb anterioritat amb els germans quan havien anunciat que es casaven, la mena de conclusió definitiva que es podia desprendre de la investigació telefònica. A vegades, aquests «mmms» s'enfilaven cap a cotes melòdiques insospitades; si s'escoltaven bé, segons el to i la modulació que agafaven, es podia arribar a escatir si les coses anaven bé, mig bé o directament malament, o sigui, a favor del casament o en contra. Quan el doctor va penjar era evident que el traç dibuixat per Martí l'havia meravellat; el veredicte semblava positiu, i Bou se les quedà mirant amb una ganyota tova, de llavis solts i gruixuts, a punt de bavejar un darrer sospir de satisfacció extraordinària, com si dintre seu estigués mastegant de nou el xiclet de la conversa, deglutint primer les paraules del col·lega, tornant-se-les a empassar i seguidament digerint-les de nou per assaborir-les, moment àlgid en el retrat d'un home prudent que sovint havia de rumiar força les coses, sobretot les relatives a la família, per endreçar-les, encabir-les i raonar-les sense acabar-se de decidir ni saber exactament què pensar del tal «Miralpeix», mirant de fer broma i picant l'ullet a la Marina.

—Pare —mormolà ella, donant la volta a la taula i fent-li un petó a la galta—, es diu Mirabaix.

Aquesta reconciliació quasi instantània, sorprenentment ràpida, que en una altra època hauria estat impossible, deixà *doña* Remei parada. A la filla encara més: el gest significava un primer pas important cap a l'aprovació protocol·lària del progenitor, en general més lenta i complicada: la maniobra d'acostament, que la noia havia previst enrevessada, plena de dubtes i giragonses, ara es presentava inesperadament planera.

Doña Remei va fer la volta a l'escriptori per l'altra banda, s'atansà al marit i com si es tractés d'un infant li nuà el llaç; l'hi deixà ben recte. Immediatament, ell se'l tornà a torçar, tal com faria un nen que es rebel·la contra l'autoritat materna, i com si realment el molestés de manera extraordinària portar el corbatí centrat. Aquest gest amagava certa vehemència i un tipus de tossuderia incorregible, i a la vegada que l'home feia «bah!», es col·locava la liana solta en l'embull compacte de la clariana del cap, amb posat de fàstic i mentre girava la cara, com si la proximitat de la dona i l'olor de caldo li tornessin a produir de cop una molèstia extrema. Ella, en general, no feia cas de les mostres de menyspreu del marit. Es podria dir que eren públiques i notòries, formaven part de la parella, i ningú a Tortosa no hauria pogut concebre veure'ls vivint per separat ni sense aquestes delicioses disputes quotidianes i familiars. Els Bou Antich eren d'aquells matrimonis clàssics, de tota la vida, una parella sense la qual no es podria entendre el dia a dia de la ciutat. Formaven un d'aquells tàndems indissociables, amb una dependència gairebé infantil de la seva senyora. De bracet del marit, era com si *doña* Remei acompanyés un nen gran, perfectament planxat i vestit, al costat d'ella, que anava feta un nyap; Bou quasi sempre l'anomenava «mama», i la dona, immediatament després d'un d'aquests gestos malcarats del marit, se'n planyia, tota comprensiva, dolça i resignada, dient «Ai, Joan», exactament com ara. Semblava que la Remei, en tota la seva generositat familiar, no volgués veure certes coses, com si passés olímpicament dels petits automatismes malcarats del doctor. Hi estava acostumada. El deixava fer, i en realitat li relliscava. Amb cinc fills i un marit tan localment important, després de tota una vida treballant era com si l'esposa, secretària, mama, dona, hagués après a passar el tràngol dels petits menyspreus quotidians amb aquella píndola de recurs, «Ai, Joan».

En ocasions així, Bou es replegava: en veritat, res no

havia sortit del protocol establert. Cadascú feia el seu paper. I ara el doctor mostrava la cara més oculta, reconcentrada i gelosa, com feia amb els paperots de la taula; reflexiu, començava a proferir la sèrie de «mmms» reiterats i prosaics en la seva imatge més simiesca i espaordidora, entonant una cantarella gairebé tibetana que aquest cop de seguida va indicar a mare i filla que no tenien altra sortida que deixar-lo sol, retirar-se de l'altar davant del qual el doctor havia de rumiar en solitud completa. La Marina s'esfumà escales avall com si l'home hagués d'empaitar-les. La Remei també, deixant-se caure a cada graó. Van tancar-se a la cuina, amatents al «crec» de la fusta al pis de dalt. Com sempre passava en decisions familiars, encara més si es tractava d'un casament (o la vegada que aquella nora havia apuntat la idea de no batejar el fill), Bou anava d'una banda a l'altra fent espetegar el parquet sota la petja dels cent quilos de pes; un «crec crec» solemne que feia que les seves reflexions semblessin encara més elevades. Literalment, Bou pasturava pel despatx. El veredicte seria irrevocable. El doctor s'aixecà, es cordà el batí, es va torçar el llacet i es pentinà. Baixà les escales amb inesperada lleugeresa i es plantà a la cuina.

—Suposo que per l'església —va dir, inesperadament alegre i content.

La noia dubtà uns instants. Vacil·là. *Doña* Remei quedà paralitzada davant dels fogons.

—És clar que sí! —exclamà la Marina, a punt de plorar una altra vegada.

Una alegria nova va sacsejar la casa.

—I bé, quan coneixerem el nuvi? —digué el doctor.

Per a satisfacció de la noia, l'havia anomenat «nuvi», prova definitiva d'acceptació. El primer que Bou va veure del xicot va ser la fotografia mida carnet que la nena portava al moneder. Tremolosa, mirà d'extreure-la del plàstic. Li va caure a terra, la recollí, li va tornar a caure i per fi l'allargà al pare: Bou es va quedar mirant fix la imatge, la primera que veia d'ell, de Ricard Mirabaix, i que mai més havia d'oblidar. El somriure penjat als llavis, prims, inexistents, i les dents. Li va caure l'ànima als peus. El seu gendre feia una cara d'imbècil que no s'aguantava.

4

IT'S... DELICIOUS!

Ricard Mirabaix tenia l'expressió d'embadocament que presenten les persones amb una malformació important a la boca. No tan sols per la grandària de les incisives superiors en si, molt destacades de la resta, sinó perquè la prominència de les dues dentotes, denses, gruixudes i blanques com dues ametlles crues, una mica superposades, dominava totalment la resta de la cara. Les pales sobresortien tan exagerades, estaven tan llançades cap endavant que el llavi superior li quedava arromangat amunt; semblava que Mirabaix anés sempre amb la boca entreoberta: una mena de no-expressió indescriptible, de desfici constant, quasi contradictori, entre la sorpresa indolent i l'interès permanent, però tan bocabadat i absolutament desproporcionat que anul·lava qualsevol possibilitat de variació en l'expressió facial. Estigués trist, content, eufòric, desesperat, Mirabaix sempre feia la mateixa cara.

És veritat que si no hagués estat per les dents Ricard no hauria semblat tan lleig, ni tan sols hauria transmès aquesta impressió d'enze tan impactant i acusada. Al mateix temps, la preponderància del tret transmetia incomprensiblement l'expressió d'una gran personalitat. Donava al seu rostre xuclat i sec el misteri d'un atreviment feréstec, una imatge de badoc desencantat que feia una mica de feresa alhora que el sentit d'una fixació, tenacitat i desvergonyiment que donava als seus actes, a la seva presència, l'estigma d'un tipus d'imbecil·litat capficada però també d'intel·ligència desperta, molt bàsica, com d'origen salvatge, que fascinava a l'instant. Curiosament, Mirabaix també tenia el cabell panotxa, encara que més fosc que els Bou; li formava una plataforma de rínxols tibats cap enrere, com assotat per una ventada frontal continuada. Certament, si no hagués estat per efecte d'una exageració dental tan dràstica, segurament no hauria semblat desagradable; més aviat conformava un conjunt especial, que inquietava: el front era estret i els ulls petits, inexpressius, molt junts, tampoc no deien gran cosa; eren dos cops de pedra en el rostre esllanguit, inanimat i pàl·lid, mancat de vida, emmirallat en la pròpia perplexitat indolent, la mena de fixació encantada que, malgrat tot, es feia terriblement magnètica, quasi hipnòtica. Era d'aquelles persones que, per la seva singularitat, per molt que es vulgui no es pot deixar de mirar. Era impossible no quedar-se embadalit amb aquesta cara quan es veia per primera vegada. Les dents, avançades a la resta i superposades com si en la seva immobilitat maldessin per imposar-se l'una a l'altra, remataven la impressió que en el xicot s'hi lliurava de manera sorda i brutal la tensió d'una batalla interior constant.

«És tan lleig», repetia *doña* Remei al marit, desolada. En contraposició, la filla només feia que cantar-ne les excel·lències. No parava d'intentar convèncer els pares ja des del primer moment, de manera excessivament esperançada, mormolant: «És tan bon noi...». Davant la viva impressió d'astúcia i voracitat del xicot, la Remei de seguida havia desconfiat. Malgrat tot, Mirabaix resultà la mar d'espavilat, fins i tot massa. Bou pensà que la dona s'havia quedat en la superfície d'una expressió poc agraciada i pensà que a la vida tampoc es podia tenir tot. Era injust fixar-se només en l'aparença i l'aspecte extern de les persones. «Però és que és tan lleig», contestava la senyora Antich. El primer que havien de fer, deia Bou, era convidar el futur gendre a sopar a casa. Davant de la il·lusió extrema de la núvia, el doctor havia decidit girar la truita, donar la volta al malestar que els havia provocat el personatge i extreure alguna cosa positiva d'aquell rostre, fins al punt que arribà a dir: «Doncs a mi em sembla decidit», a la qual cosa la filla s'havia afanyat a ressaltar, atabalada, l'excepcionalitat professional de Mirabaix, que era informàtic i que tothom volia treballar amb ell, fet que era veritat. Fixada en l'enormitat de les pales a la cara, *doña* Remei se'ls escoltava; impertèrrita, en silenci, callava, fent com si resés. Ho va seguir fent en els dies següents, mentre escoltava el marit comentant: «Ella diu que és bon xiquet, no el jutjarem pas per les dents!».

Però Bou no es podia treure del cap la fotografia del noi agafada a la nevera amb un magneto del sol naixent d'Istanbul; la barbeta tensa, enfonsada, petita, malcarada, que li ressaltava encara més la dentadura i li donava una actitud altiva, com de severitat fèrria, militar: l'apunt sospitós d'un capteniment ple de malícia, recalcitrant, com d'idiota, que els contemplava a tota hora amb la fixació malcarada del seu gest bocabadat, i que s'anà estenent a dintre seu amb una gran sensació d'inquietud, impressió que s'allargà fins al moment de la trobada. Quan el vespre acordat van trucar al timbre, el doctor va voler ser el primer a rebre el convidat. No ho feia mai, però en sentir que trucaven va baixar corrent les escales; nuant-se el llaç, planxant-se el cap amb el revers de la mà, es precipità cap a la porta d'entrada i obrí. Es va quedar gelat. Trobar-se de cara amb l'esbadocat de la foto va ser més impressionant del que s'havia imaginat.

Alt, hieràtic, sec com un fuet sota la llum de fora, a l'altura de la inscripció de pedra que deia «Casa Antich, 1835», amb una altra a sota que afegia «Doctor Joan Bou Vilagrassa, pediatre», des del primer instant el doctor quedà fascinat amb Mirabaix. Contradient la seva naturalesa xerraire, el metge emmudí; tot d'un plegat, no va saber què dir. Les pales li van semblar encara més exagerades que a la fotografia, però de seguida també el frapà la falta d'expressió dels ulls, molt junts, tan reconcentrats i mancats de parpelleig, plens d'aquella humitat seca de les cicatrius curades, com dos cops de pedra, efectivament, exempts de vida, enfonsats en una mena de buidor profunda que donava a la mirada indòmita una sensació encara més impactant, perquè immediatament, almenys per uns instants, a Bou li va fer l'efecte d'estar contemplant l'expressió indolent, esblaimada, que transmeten els morts. Va ser com trobar-se davant la cara estranyament pàl·lida d'un d'aquells cadàvers que de jove havia vist a la facultat per fer pràctiques. Per uns moments, amb cert espant, li vingué la imatge fugaç que a vegades s'ha pogut veure a les fotos de les fosses comunes, d'expressions extàtiques i trets ossis facials marcats, ara accentuada per la duresa orgullosa de les dents descomunals. Sense poder-ho evitar, se l'havia quedat mirant aixecant el llavi, com imitant-lo sense voler, encara que ell tenia unes dents petites i ben arrenglerades. Fins que reaccionà. Tot d'una es fixà en la remor que sortia de la boca del noi, un «hehe» prou simpàtic, insolent, que el va fer sortir de la hipnosi momentània; era com un somriure sardònic, pulmonar, nerviós, que aviat descobrí que el xicot utilitzava com a recurs, una crossa expressiva que el feia riure com ho faria un ventríloc, sense posar en moviment cap joc muscular de la cara. Amb una veu inesperadament suau, fins i tot amable i dubitativa, va dir:

—Vostè deu ser el doctor Bou. —I tot seguit, sense moure tampoc ni boca ni cara, deixà anar aquella remor impacient—: Hehehe.

«Com ho fa?», pensà el doctor, tornant-s'hi a fixar, sense adonar-se que havia cedit l'espai a Mirabaix i que el noi, rapidíssim, alt com un sant pau i encorbat, traspassava el llindar, el cabell tirat enrere, somrient sense amagar-se'n amb aquell «hehe», i encaixant la mà de Bou amb efusió, sentenciava, admiratiu:

—Diuen que vostè és el pediatre més important de Tarragona.

Primer havia trobat que el noi estava mancat de cordialitat. Però contràriament al pensament que li havia transmès en obrir, també li va semblar que la vida en estat pur penetrava la casa. Malgrat la impressió mortuòria inicial, tan fulminant i corprenedora, Mirabaix resultà encantador. Van quedar estabornits, la Marina la primera. Aquell jove de trenta-cinc anys, de presència malforjada, una mica pengim-penjam però elegant, projectiu, magnètic, va entrar a ca l'Antich amb una força abassegadora. Al rebedor el van rebre mare i filla. El doctor es fixà que l'home anava molt a la moda; vestia roba cara i adoptava un posat senyorial, volgudament altiu, fals, tibat, perquè en el fons estava nerviós. Es mostrava directe, confiat. Sense cap mena de contemplacions, la parella es va fondre en un petó. La Marina duia el cabell recollit amb una cua, la lluna de la cara al descobert, les galtes esquitxades de constel·lacions. Exultava animositat, alegria. Tensa, aclaparada per la novetat, els pares van veure, amb estupor, i cert refús, els seus llavis molsuts besant directament la blancor lapidària que omplia la boca del xicot. Allò era amor. Bou calculà que el noi devia fer metre vuitanta-cinc d'alçada. Però era malfardat. Tenia les espatlles massa amples i ossudes, amb el tipus de decaïment de les persones espigades, com si de petit no hagués estat ben alimentat o d'adolescent hagués crescut amb excessiva rapidesa. Per altra banda, en proporció al tronc, les cames eren visiblement curtes, amb els malucs estrets i el cul enfonsat cap endins, de forma que els texans li feien bossa. També es fixà que la camisa de quadres que duia era nova de trinca, certament bonica, ben escollida, i encara que semblés mentida l'afavoria. Mirabaix anava a l'últim crit. La portava descordada en el segon botó, com per deixar veure expressament l'etiqueta que deia

«Burberry». Ricard era lleig però presumit; passejava una deixadesa rica, quasi volguda, que li donava un toc introspectiu, i el cop dels ulls, la mirada estreta, una certa àuria d'aïllament fins i tot culta, d'escolar avançat. Se'ls va ficar a la butxaca a l'instant.

Va entrar al menjador abans que ells, com si fos a casa seva, comentant no sé què de la carretera, que l'havia trobat ràpida i agradable. Hipnotitzats, el van anar seguint com si hagués arribat el Messies. *Doña* Remei se'l mirava de dalt a baix amb total desconfiança, sense dir res, crítica, severa, veient com la parella jugava amb les mans i s'agafaven. A Bou li semblà cada vegada més ferotge, intel·ligent, brillant: les dues puntes d'agulla miop semblaven no veure gran cosa més que els objectes que tenia al davant, fossin persones o mobles, que observava de manera freda.

—Ah! —va fer el xicot, traient-se una cinta magnetofònica de la butxaca—: Li he portat un regal.

Entregà el casset a la senyora.

—Oh! —féu la Remei, francament sorpresa—. Una cinta d'havaneres.

—He hagut d'aturar-me a fer un riu —comentà el noi, amb un tipus de naturalitat que encantà al doctor—, he vist la cinta i l'he comprat, hehe.

Ricard havia d'anar sovint al lavabo. L'impuls elèctric que l'empenyia, la nerviositat constant que el movia, l'obligava a orinar amb assiduïtat.

—Li agrada? —preguntà.

—Els Pescadors de l'Escala —va dir la dona, analitzant el regal, i amb absoluta reverència i sinceritat afegí—: M'encanta.

Era un detall. La Remei encara escoltava cassets amb un aparell atrotinat que tenia a la cuina.

Agafats de la mà amb la Marina, van endinsar-se cap al menjador, els pares al darrere.

—Oh!, que maco aquest gerro —comentà el xicot, al vol—. Hehe.

Ricard copsà ràpidament l'amplitud del menjador, el sostre alt, els mobles cars, l'estil rococó i les antiguitats. Semblava que una memòria posicional i un sentit d'adaptació prodigiós li permetés estar fent sempre dues coses a la vegada, perquè sense adonar-se'n van trobar-se tots quatre asseguts al sofà. Era el contrari del sòmines que aparentava; semblava estar al cas de tot, i no perdia detall: la casa atapeïda d'objectes enrevessats, quadres, escuts, testimonis de la vellesa històrica de la nissaga, de l'antic graner i la paret d'obra vista, que feia de la sala un lloc ben singular. Sobtadament, mentre explicava no sé què dels mobles antics relacionant-ho amb la cinta d'Els Pescadors de l'Escala, el noi agafà un objecte de la taula. Un cendrer de plata. El doctor va descobrir les mans d'un mag. Ricard les tenia petites, de noia, exemptes de pèl, d'un to rosat, delicades; per com tenia rosegades les puntes dels dits, mentre remenava el cendrer, es va adonar també que tenia costum de menjar-se les ungles. Ara feia giravoltar l'objecte de manera prodigiosa, amb un seguit de moviments destres, com si fos seu o reconegués el cendrer; tanmateix, el to de naturalitat del xicot encantava al doctor. A la dona no tant, sobretot perquè durant un breu espai de temps el cendrer va desaparèixer. Esfereïda, i alhora que meravellada, no el veia per enlloc, i *doña* Remei s'esverà. Però quan anava a dir alguna cosa el cendrer de plata va tornar a aparèixer sobre la taula com per art de màgia. Aquells ulls inerts cercaven, anaven d'una banda a l'altra, curiosos, inquiets, repassaven els racons de l'estança sempre a la recerca d'alguna cosa; Mirabaix era un escàner. Tot d'una s'aixecà mentre anava xerrant, com per mostrar-se. Es fixà en una foto de la Marina a l'escaire d'un moble, on la noia, tota pigada, portava els cabells solts. Deixà anar un «hehe» prolongat, d'aprovació palmària. Veient com el subjecte es bellugava pel menjador, van arribar a veure com fins i tot arribava a obrir un armari amb tota la normalitat. No s'ho podien creure. Observà ràpid el que hi havia a dintre, pronuncià un «hehe», tornà a tancar l'armari i es va asseure al sofà. Des d'allí comentà encara la típica foto familiar que els Bou Antich exposaven en una vitrina, on hi havia els cinc fills, somrients i mudats.

La Remei el contemplava amb uns morros de pam, amb la seguretat que tenien de convidat un galtes de campionat amb condicions notables per moure's en societat. Havien de posar fre a tanta confiança; emmurriada, veient que el cendrer havia tornat a canviar de lloc, es mirà el marit per tal que se l'emportés a dalt. La cosa es desmarxava. Però avançant-se massa, la Marina exclamà, nerviosa, emocionada:

—La sopa! —anuncià—. Tenim la sopa!

—Ah! —va fer el noi, sabent perfectament de què anava—. Hehe.

—Tenim Comfort Cream! —exclamà la noia.

Doña Remei es mostrà obertament fastiguejada. Bufà. Però la Marina ja s'havia ficat a la cuina, cosa que només feia comptades vegades, i havia començat a remenar armaris. El cas és que, incomprensiblement, havia estat complicat establir dia i hora per a la visita del noi. I quan ho havien aconseguit, el nuvi semblava haver vingut a Tortosa amb una sèrie de condicions precises, en concret dues. De manera invariable, cada dia de la seva vida per sopar sempre menjava un tipus de sopa preparada anomenada Comfort Cream, una barreja deshidratada, en pols, producte nord-americà de sobre amb trossos de vedella i verdures, fortament especiat, que havia descobert als inicis dels seus múltiples viatges informàtics als Estats Units. Des que feia uns anys havia descobert un sobre de Comfort Cream en una habitació d'hotel (n'hi havia prou amb afegir-hi aigua calenta), Mirabaix no havia fet més que consumir-ne en quantitats industrials. S'hi havia afeccionat i cada vespre de la seva vida es preparava la potinga. Fins se la feia portar expressament d'una botiga de delicadeses gastronòmiques que hi havia dalt de tot del passeig de Manresa, que li feia de distribuïdor, només per a ell, en capses senceres de noranta sobres que li duraven exactament noranta dies. Precisament, en un d'aquests viatges professionals als Estats Units, feia tot just sis mesos, la parella s'havia conegut diguem que de manera casual, circumstància que la noia havia preferit no explicar als pares per no acabar d'embolicar la troca i atabalar-los encara més; amb tot plegat, la immediatesa del compromís i la sorpresa indigerible de l'enllaç, de moment ja en tenien prou.

A part de la sopa, Mirabaix també havia demanat a la noia si els pares tenien antena parabòlica. «No ve pas a veure la televisió, aquest», havia protestat *doña* Remei. La Marina els havia explicat que els dijous Ricard tenia costum de seguir un cert canal estranger, a les nou en punt del vespre. Es veu que Mirabaix no es perdia ni un sol capítol d'una sèrie televisiva americana anomenada *Gilmore Girls*. Era un ritual bàsic per a ell, i com que volien que tant la Marina com el xicot estiguessin bé, a instàncies de la noia aquella setmana el doctor se n'havia anat a comprar una antena parabòlica únicament i exclusivament pel xicot. Tot fos perquè la parella s'hi trobés a gust i com a casa. En el fons, la senyora Antich el que volia és que el marit, com manaven els vells cànons familiars, abans que el noi s'enganxés a la televisió i al maleït potatge se l'emportés a dalt al despatx per tal que xerressin tots dos cara a cara, d'home a home, sols, per mirar d'esbrinar les seves intencions reals. Un cop aclarit això, posats els punts sobre les is, aleshores que fessin el que volguessin. Però la Remei volia que el doctor parlés seriosament amb ell abans que la parella tirés endavant de manera irreversible i definitiva amb el seu pla. «Que comenci a acostumar-s'hi!», havia dit la dona. La Marina sabia com eren els seus pares i havia acceptat aquests prolegòmens tradicionals. Però quan va sortir de la cuina amb els quatre bols fumejant de Comfort Cream, en una plàtera, la mare es posà les mans al cap.

—Però què fas? —exclamà—. Ara no, nena!, que primer han de parlar!

Quan el noi descobrí la sopa li va agafar un atac de «hehes», una sèrie llarga i extenuant que proferí sense moure un sol múscul de la cara mentre la noia explicava entusiasmada que havia voltat «tot Barcelona» a la recerca de la famosa Comfort Cream. Bou s'havia fixat que aquella crossa expressiva tan curiosa i enriolada de Mirabaix, «hehehe», estava dotada d'una gamma d'expressivitat i de comunicació no verbal il·limitada. En aquest cas, un «hehe» tan seguit, ara una mica excessiu, fins insolent i molest, celebrava la sopa i la flaire —fortíssima, per cert— del festival d'espècies, sobretot curri, que desprenia el suc, amb el nas camús lleugerament enlairat, com agrupant les dents cap amunt, «hehehe».

—Té —digué la Remei, acostant-li un cassó, amb una barreja de sorna i disgust—. La teva sopeta.

Mirabaix es girà cap a la sogra i agafà de seguida el cassó bullent, mirant-la fixament amb els dos cops de pedra de la cara, amb aquella mirada petita, buida, encantat de la vida, «hehehehe». No es va saber amb exactitud quin tipus de sentiment expressava, si es fumia de tot plegat, directament de la sogra o simplement reia per la gràcia que li feia la sorpresa de la crema. Fos com fos, l'organització i l'horari previst del piscolabis havia quedat destarotat. L'olor del curri envaí el menjador, una ferum acolorida, pesada, de mercat hindú. La Remei feia fàstics a qualsevol mena d'aliment reescalfat o preparats industrials de supermercat. No era gens de sopes de sobre al microones; en aquella casa tot venia directe de plaça. Encara més, quant a sopes i cremes, el que sortís de la seva vichyssoise casolana, francament excepcional, era un sacrilegi a la cuina més elemental, gairebé una ofensa a la seva persona. Allò de la Comfort Cream li semblava un menyspreu inqualificable, un atac. Però la Marina estava tan contenta... mai l'havien vist mimar un xicot d'aquella manera. Estava desconeguda. També li reia totes les gràcies. Ricard s'hi rabejava. Va fer una mica de teatre; alguns cops podia convertir-se en un comediant excepcional; acostà les dents al bol i davant de tots, com el doctor explicaria en rememorar el xoc de la primera trobada, els va fer riure. Escenificà el seu ritual soper de cada vespre. Però, realment, va semblar que entrava en un altre món: primer ensumà la tassa, de manera exagerada, acostant-hi massa el nas (i les dents!) com rient-se de la pròpia obsessió i delit. Però estava extasiat. No podia amagar la seva voracitat. Ja des del primer instant, per molt esforç que fes per amagar-ho, Ricard Mirabaix no podia dissimular que sempre tenia un budell buit, una gana implacable, pura fam, perquè la veritat és que les puntes envermellides dels seus dits premien amb força els laterals de la tassa amb una mena de desfici implacable, superior a ell; el doctor notà que el noi fins i tot tremolava, i el cas és que en un tres i no res el caldo espès va desaparèixer sota aquelles dents amb una sèrie de xarrups continuats, una mica sorollosos i grollers. Després de la breu representació, la Remei es tornà a posar nerviosa; se'l va quedar mirant, inquisitiva, amb els llavis premuts. No s'ho podia acabar de creure. De broma en broma, en un vist i no vist Mirabaix havia liquidat el bol sencer com si fos un vas d'aigua.

—Hehe —va fer ell amb naturalitat, dissimulant, llepant-se les incisives amb la llengua—. Aquesta sopa és de les millors coses que han fet els americans, hehe; hi està d'acord, vostè?

La Remei girà el bec en direcció el marit. Bou

s'atansà la tassa. Mirant de reüll la dona va fer servir la cullera, se l'omplí, i tot senyorívol, gosà mullar-se els llavis amb el suc.

—Caram! —exclamà, i li va canviar l'expressió, com si hagués tastat la millor vichyssoise del món—, *It's...* —i dirigint-se al futur gendre, el *Xècspir d'Amposta* repetí, amb el seu anglès macarrònic—: *It's delicious!*

La dona esbufegà.

—Hehehe —va fer el noi.

Tot seguit, la noia cedí al nuvi el bol de la Remei i ambdós homes van prosseguir el piscolabis amb un xarrupeig extasiat. A la Marina, la fam del xicot li feia molta gràcia. La fruïció de Ricard era la seva. A la sogra, ni mica ni gens. Per compensar, *doña* Remei havia preparat uns sandvitxos especials. Havia comprat embotit «del bo» al mercat central de Tortosa i va afanyar-se a treure'l de la cuina, en un bé de Déu de safata que sovint preparava quan hi havia visites, plena de petits entrepans molt ben ordenats, de xoriço, formatge, fuet. Allò de la Comfort Cream s'havia d'eradicar d'aquella casa com fos. El manresà s'havia d'adaptar a la manera de fer dels Antich («Que comenci a acostumar-s'hi!»); de seguida va comprovar, amb una barreja de joia, alarma i estupefacció, la gana immensa que aclaparava el noi, que immediatament va començar a endrapar sandvitxos l'un darrere l'altre. Amb el bec obert la mestressa acabà d'al·lucinar del tot. De primer cop d'ull, el xicot li havia semblat poca cosa per a la Marina. Però ara... li semblava que es prenia massa llibertats; en veure que el marit també n'agafava un parell i endrapava, li clavà un cop a la tíbia amb la sabatilla.

—*It's delicious!* —exclamà ell, distret, i es quedà mirant la dona sense entendre què li volia dir.

Mirabaix va deixar anar un «hehe» sense mirar enlloc més que no fos la safata, mastegant sorollosament i fent desaparèixer trossos d'entrepà sota les dents a una velocitat fabulosa.

—*Certainly!* —exclamà el doctor, divertit, en el moment que rebia una altra patacada.

—Uix! —va fer, veient com la dona es posava la mà al pit i somreia agrament: el noi tornava a remenar el cendrer i amb la mà lliure el feia giravoltar com una baldufa mentre menjava. La Remei no podia amagar la mena d'horror que a vegades aclapara aquestes senyores formades en un esperit casolà tan ancestral, acostumada també a mostrar el seu desacord per certes maneres de fer i de comportar-se a taula. Aïrada, clavà una coça més contundent a l'espòs. En qüestió d'instants, entre l'un i l'altre havien liquidat els entrepans. Es diria que el doctor ho feia exprés. Ricard va recollir el darrer i se'l ficà a la boca sencer.

—Ai, Joan —lamentà la dona; eren quasi les vuit del vespre.

Ofensivament desvergonyit, amb les galtes plenes com un hàmster, el noi clavà el mort de la cara a l'ànec que tenia al costat. La Remei es va posar de nou la mà al pit i es mirà la filla. La Marina no hi era: feia una cara de tòtila que espantava; estava enamorada.

—Anem a dalt —va dir Bou, resolutiu, la solapa del batí plena de molles—, que hem de parlar.

Aleshores, alguna cosa els va distreure. Tots van mirar cap al rebedor. La Rosabel sortia de la seva habitació. La filla petita havia vingut a passar la tarda a Tortosa i ara se'n tornava a Barcelona. Anava amb una bossa de viatge a la mà. Va ser com trobar-se una criatura d'un altre planeta, sense res a veure amb el que l'envoltava; no va dir res a ningú. Com si la casa estigués buida i es traslladés en un núvol que l'aïllava de tot i de tothom; alta, esvelta, resolutiva, penetrà a la cuina sense mirar-los ni fixar-se en la visita especial que hi havia aquell dia. Ni s'acostà per saludar el nouvingut. Trastejà alguna cosa a la cuina, recollí quatre pots que li havia preparat la mare per passar la setmana a Barcelona i tornà a sortir.

—Hi ha un *tupper* —va dir la Remei—, amb fricandó, i un altre amb verdura.

Parlava amb un fantasma. La Rosabel no va dir res. Només va clavar una llambregada cap al menjador. Altiva, distant, passejà la seva morenor encantadora per la sala com si seguís solitària, sense ningú; posseïdora d'un magnetisme estrany, dolcíssim, amb uns ulls negres profunds que miraven sense mirar, com pintats en el blanc de la cara, girà cua i se'n va anar, impenetrable, malcarada. No va ni saludar, ni dir adéu ni res. Simplement agafà la porta i se n'anà. Els pares ja no s'estranyaven de res de la Rosabel. La petita era així. No hi havia res a fer.

—No sabia que era aquí —va dir el doctor a la dona.

Tampoc es pot dir que la Rosabel no sabés res de Mirabaix. Més aviat el coneixia. De fet, encara que ni la Remei ni el doctor ho sabessin, Ricard havia sabut de l'existència de la Marina gràcies a la Rosabel i per un assumpte delicat. I també casual, perquè la Rosabel havia estat la causant d'un daltabaix matrimonial remarcable. En una de les seves nits esbojarrades per Barcelona, feia uns anys s'havia embolicat amb un amic de Mirabaix, Joan Prat, també manresà; la relació apassionada de Prat amb la Rosabel li havia fet trontollar la boda amb la xicota de tota la vida. La turbulència d'aquesta història no havia estat poca cosa. S'havia anat estenent que Prat s'entenia amb una noia de Tortosa, i en veure que el xicot se li distreia, entre els rumors i tot, la núvia els havia enxampat morrejant-se en un bar del Raval. S'havia armat un bon sidral, un merder de consideració que, però, s'havia acabat més o menys bé. L'Anna i en Prat s'havien reconciliat i s'havien acabat casant. La nova vida del xicot (a Manresa) havia separat el tarambana de la nit barcelonina i també de la Rosabel. O sigui que la noia era una figura prou carismàtica i coneguda entre els amics de Mirabaix i ell mateix. Es coneixien i de sobres, arran d'aquell fet. En una certa època, la Rosabel havia estat coneguda per la seva assiduïtat a alguns locals nocturns de Barcelona, sobretot discoteques. I també és veritat que qualsevol noi hauria volgut estar amb ella. Quan la Marina fos presentada oficialment als amics, de seguida sabrien qui era la germana i no hi hauria altra solució que fer el cor fort, tibar de la timidesa misteriosa i reservada d'aquella bellesa inexpugnable i enfrontar-se a la situació amb la presència inexorablement afable de la Marina, que sempre l'hi havia tapat tot. Alguns cops, la Marina l'havia acompanyat de nits. Mirabaix es devia haver fixat en la germana gran. L'havia clissat. I la resta ja era història. S'hauria dit que l'un per l'altre ja feien, encara que ningú no ho hagués pensat; ningú mai hauria pensat en la possibilitat, ni que fos remota, de poder aparellar Mirabaix.

A diferència de la Marina, la Rosabel representava la part matussera i festiva dels Bou, però s'assemblava físicament a les Antich, sobretot en el fet que era camallarga, de pota prima i molt pit. En aquest sentit era una Antich de cap a peus, i com que tenia la cara xuclada el que en la germana la feia semblar una bleda assolellada en ella era introversió, desvergonyiment; transmetia aquella mena d'atracció cadavèrica, tan irresistible, que a vegades tenen les persones de galtes enfonsades. Els homes queien rendits als seus peus. Els matava callant.

Quan la seva germana gran li havia comunicat que pensava casar-se amb Mirabaix, l'amic tan lleig de Prat, la Rosabel ni s'havia immutat. La petita era com era. No l'afectava res, no prenia part en cap afer, almenys no en aquells que la poguessin afectar. Vivien juntes al pis que tenien llogat a Barcelona. I potser fins i tot la Marina, innocent com era, tampoc endevinava fins a quin punt havia arribat l'assumpte amb la dona de Prat, però el dia que els havia enxampat gairebé acaben les dues a bufetades. En qualsevol cas, l'entusiasme per tot plegat difuminava ara qualsevol mena de problema. La Marina era la *happy flower* de la casa i, a més, ja havia passat un cert temps de tot allò. Per la seva banda, Mirabaix, en la seva reserva i capteniment, tampoc havia dit als amics amb qui festejava d'una manera tan oficial i seriosa. Esperava el moment.

Quan la Rosabel va haver desaparegut, la seva mare, sense acabar la frase, gemegà:

—Entre tots plegats...

Els pares, a la Rosabel, l'havien deixat per impossible. Era un món a part. Anava al seu rotllo. No intervenia. Era com si no hi fos. Així que quan va desaparèixer la Remei canvià novament de registre, i amb els braços al barril de la cintura espavilà el personal.

—Aneu a dalt d'una vegada! —ordenà al marit—. Que no havíeu de parlar, vosaltres dos?

Mirabaix es mirà la Marina. Van riure. Bou s'aixecà, i el noi va seguir-lo cap a les escales.

—Aneu! —digué la Remei, empenyent-los—. I res de copetes —advertí—. Entre tots plegats em matareu —sentencià, sense imaginar el significat real ni la certesa final del que acabava d'afirmar.

5

«I VOSTÈ, QUANT GUANYA?»

El xicot precedí Bou escales amunt. La naturalitat i confiança que passejava era excessiva, el doctor ho sabia, però el trobava fascinant precisament per això. Li agradava la frescor amb què havia entrat a la casa. Ni els seus fills ho feien. Sota el retruny de les escales, es tornà a fixar en el seu desmenjament, en la bossa que li feien els texans al darrere i en el refinament forçat que lluïa, de roba amb estil i cara; portava unes nàutiques de pell que li acabaven de donar un to esportiu que tampoc li corresponia. Mirabaix arrossegava els peus quan caminava, i en entrar a la consulta va fer-ho amb la seguretat una mica oscil·lant. Semblà aclaparat en el gabinet atapeït del pediatre. Però Bou descobrí de seguida que el xicot s'impressionava sincerament amb tot el que veia i que no feia comèdia. Més aviat va succeir un fet extraordinari i sorprenent: a diferència de tothom que hi anava, Bou comprovà que per fi algú visitava el despatx amb un interès real, quasi científic, encara que a l'instant s'adonà que era més que això, perquè el manresà va començar a examinar-ho tot amb un desfici, un èmfasi i una concentració mai vista, que denotava afany verídic. Dirigia la inexpressió indolent de la cara acostant-se molt als objectes, aplicant-hi el sentit d'aquella mena d'imbecil·litat proteica, com tractant de calibrar els valors autèntics de la consulta. Ho repassava tot de dalt a baix. Hi clavava l'exaltació microscòpica dels ulls i, sobretot, interrogava el pediatre a batzegades, esperant, atabalat, la seva explicació docta. Només entrar i descobrir la catifa estesa al llarg i ample de la sala, li preguntà: «És persa?», i apropant el rostre a la col·lecció de copes de vidre, a la primera de les prestatgeries, meravellant-se en la rebava de plata que en vorejava la base, deixà anar un «hehe» tímid, i demanà: «Cristall de Murano?». A Bou li faltava temps per respondre.

—La catifa és persa, sí —digué, excitat, escoltant encara el «hehe» satisfactori del noi—, d'un viatge a Istanbul, el millor viatge que... —Però veient l'interès redoblat del xaval per les copes va haver de deixar l'explicació que sempre feia sobre «el millor viatge que mai hàgim fet amb la Remei», per ratificar que—: Sí, és cristall de Murano, molt bé.

El noi fins semblà percebre que n'hi havia una d'esquerdada, de copa, que la Remei sempre situava al fons de tot; «hehe», va fer, en adonar-se'n. El doctor va veure les dents acostant-s'hi, per contemplar el joc de llum multiplicant-se en el vidre, penetrant en la petitesa delicada dels dibuixos romboïdals, esclatant en reflexos granats en el cristall, però encara devien ser més valuoses les joies exposades discretament al darrere, pertanyents a una besàvia Antich. Bou estava encantat. Se li va obrir el cel de la intimitat. Quan va encendre l'aranya del sostre, el xicot va acabar de perdre el nord. Es va poder fixar millor en els volums de pell dels prestatges centrals, dedicats als llibres. Era com si realment estigués portant a terme una inspecció tècnica: contemplà la infinitat de volums de les obres de teatre tal com se'ls miraria un pèrit que inventariava el valor de les pertinences del pediatre. Fins passà la petita mà per les baldes, i quan va fer «hehe», Bou de seguida va entendre què era el que volia saber.

—Fusta de melis —especificà—. Abans s'usava molt en ebenisteria. —I fent com si el noi ja estigués avesat a l'enrevessament del quadre familiar dels Antich—: La tia Maria les va fer tallar per al segon marit. Les hi va fer fer a un fuster de Tortosa, són costosíssimes.

Ricard responia amb aquell «hehe» protocol·lari i constant, com si la pròpia curiositat li fes molta gràcia i no la pogués dissimular. Va fer «hehe» quan descobrí la mítica col·lecció taronja de clàssics universals d'Edicions Proa, l'obra completa de Josep Pla de Destino, «hehe», o els volums folrats en pell de les fotos familiars, «hehe». També es fixà en els llibres preciosos amb què el doctor conservava el teatre de Shakespeare. Semblava aprofundir i arribar al detall del que contemplava, com ningú abans havia fet a la consulta, ni tan sols quan al despatx hi havia hagut gent de talla considerable i de categoria social. Ni tan sols havia notat tanta prosopopeia el cop que li havia vingut ni més ni menys que un conseller de la Generalitat. Tampoc aleshores havia notat un interès tan viu pels objectes. Mirabaix donava importància a tot. Qualsevol cosa podia tenir un valor incalculable. Mentre el *Xècspir d'Amposta*, il·lusionat, li anava assenyalant els secrets del despatx, el noi recorria els racons amb la mirada, hi acostava la cara, calibrava, analitzava, sospesava.

Prop de la finestra, Ricard es va quedar astorat, contemplant paralitzat el pot amb el fetus. Quan va entendre de què es tractava s'ho va mirar encara amb més atenció, i també amb un cert fàstic. De fet, el seu rebuig i aversió va ser frontal. Es va fer enrere, es va girar cap al doctor i se'l va quedar mirant. Aquest cop no hi va haver «hehe» de satisfacció, de confiança o d'aprovació. Certament, s'havia adonat que el fetus només tenia quatre dits a cada mà, que el cap era anormalment fosc i que una de les cames de la criatura era lleugerament més curta que l'altra. Mentre hi tornava a clavar la mirada, el doctor accionà la palanca de sota la llitera. Una bombolla d'aire penetrà la campana de vidre i va fer «blub»... un «blub» dens, viscós; les dents van acostar-se al recipient, cap a l'horror del fetus movent-se lentament cap amunt en el líquid, i es va fer enrere de nou com si s'espantés quan el fetus colpejà lleugerament el vidre amb l'enorme caparró entumit, fistonejat de línies negres i varicoses.

—Una malformació, en efecte —explicà el metge, amb la satisfacció de veure el xicot tan vivament corprès—. Ben vist! Un avortament! —confirmà.

Tot seguit, el xicot es va mig marejar. Va resseguir amb la vista la mànega per darrere el moble i el pedal on finalitzava, sota el llitet, i es va haver de recolzar en aquest. El doctor, adonant-se'n, va afanyar-se cap al quadre d'imatges bucòliques que tenia rere l'escriptori, l'obrí com una finestra i va treure de la caixa forta l'ampolla de Mascaró. Després, agafà un parell de copes de vidre del prestatge i les disposà sobre la taula de treball, al costat del llum de mampara turquesa, i les va omplir fins a dalt. El xicot fixava la vista en el paisatge, més enllà de les cases. Però de seguida es tornà a posar en moviment. Va fer mitja volta i s'acostà a l'escriptori; tampoc va poder amagar la fascinació en descobrir rere el doctor la caixa forta, que s'havia quedat oberta. El manresà i el doctor van brindar. Van beure. La copa el va acabar de recuperar.

—Caram, noi! —va dir el pediatre—. Que susceptible.

Mirabaix va fer «hehe» i, deixant la copeta a la vora de la taula, per fi es va interessar en la paperada que hi havia estesa. L'arbre genealògic dels Antich li va cridar poderosament l'atenció. Girava el cap per observar-lo millor i a l'instant al doctor li semblà que el noi s'atabalava tractant de copsar tota la informació possible. Es fixava en tot i en res a la vegada, analitzant la munió de noms, dates, línies i personatges amb la mirada incisiva, indolent, amb el microscopi dels ulls, en definitiva, amb el mateix desvergonyiment natural que havia notat abans, i potser més. L'interès del xicot pel seu secret literari causà en el doctor una impressió definitiva i grandiosa. Mirabaix era diferent de les nores que tenia. Diametralment diferent. Elles no mostraven interès per res. Els fills tampoc. Era al revés del que havia esperat, i també era la primera vegada que deixava que algú contemplés el treball genealògic que li havia costat mesos construir. Tornà a omplir les copes. Van tornar a beure.

Però ell no apartà la vista de la paperassa; veié fins i tot com es repassava les dents amb la llengua, gest que repetia a vegades, i feia «hehe», com delectant-se, ensomniat, mentre els ulls li anaven d'una banda a l'altra de l'arbre i xuclava, literalment, el reguitzell de pits grandiosos que poblaven el mapa familiar, tan immens i espectacular, que culminava amb els cinc fills del pediatre. Mentrestant, el doctor s'anava esplaiant en el descobriment fascinant de tot plegat: l'efervescència de la casa tortosina el 1835, les referències sobre aquella fertilitat mai vista, l'alletament increïble d'algunes de les matrones més destacables; referències diverses sobre la fama de les Antich, en definitiva, i sobre les innombrables fileres de fills que havien tingut, amb freqüència amb diferents marits, i el mite del negoci aixecat a còpia de *lo* caràcter fortíssim dels tortosins; fins i tot va tenir ganes de parlar del graner que encara ara conformava una de les parets de la casa, el mur d'obra vista que havia pogut veure al menjador.

—Quants metres quadrats té la casa? —demanà el xicot.

La pregunta agradà d'allò més a Bou. De fet, era de les coses que més li abellien, que li demanessin per la casa. El doctor s'hi esplaià.

—És de les més antigues de Tortosa. Aquest va ser dels primers graners que hi va haver, i crec —dubtà— que en total la casa deu tenir tres-cents quaranta-quatre metres quadrats.

—Hehe —va fer el noi.

Sense adonar-se'n, Bou el va imitar, arromangant una mica el llavi i ensenyant les dents.

—Comptant les golfes, és clar, el pati, el garatge i el celler.

De sobte, notà que el noi se'l mirava de dalt a baix de manera sorprenentment crítica i material, fins i tot amb menyspreu, com es miraria un moble, amb un delit estrany. Bou mai havia vist una mirada tan freda, extàtica i acomplexant, uns ulls tan reduïts en tota la seva rodonesa mínima, esquifida, desenfocada, la típica fixació ensomniada a la vegada que voladissa d'un miop; travessat per l'afany microscòpic d'aquell parell de cops de pedra, el doctor es passà la mà plana pel cap i s'adonà que duia un bri de cabell solt, que es recollí rere l'orella. Es redreçà el llaç, però se'l deixà encara més tort del que estava; maldestre, es passà la mà per la pitrera; s'espolsà unes molles de pa que encara duia dels entrepans; fins i tot proferí un «hehe» similar al de Mirabaix. En adonar-se'n tingué un calfred. Recordà la mala impressió, el regust que havia tingut en obrir la porta d'entrada i trobar-se davant de l'estaquirot. I com el repassava de cap a peus, amb les dents molles, adelerades: aquella sèrie de cops d'ull competitius, desafiadors, excessivament expeditius; «una mirada massa atrevida», pensà. Al cap d'uns instants, finalment, el noi dubtà. De manera inesperada, gairebé sense entonació, com si pensés en veu alta, preguntà:

—I vostè... quant guanya?

El doctor es va quedar de pedra. Sobtadament ofès, va pensar que el noi en feia un gra massa i va canviar la cara.

—Aquestes coses no es pregunten, home! —respongué el doctor, amb brusquedat.

La recriminació deixà Ricard completament commocionat; proferí un «hehe» atabalat i, presa d'un pudor insostenible, amb la mateixa descol·locació, tota la intimitat, la sagacitat incommovible que semblava haver empès la visita va desaparèixer. Es va enfonsar. Es va asseure a la cadira davant la taula com si les cames no el poguessin sostenir. Bou s'arribà a espantar de la tristesa del noi. L'interès per les preciositats del despatx es va dissoldre. Desconsolat per l'esbroncada, era presa d'una desolació sobtada, encomanadissa, que va fer que el metge també se sentís afligit. Tota la força vital s'havia transformat en penediment i vergonya. Tanmateix, pensant-ho bé, en el fons el doctor havia trobat la pregunta la mar d'enginyosa, massa íntima però aguda, ocurrent. Li va semblar massa preocupat pels diners.

—Aquestes coses no es pregunten —repetí, mentre l'altre es mirava el rellotge i es mossegava les ungles alternativament.

«Segurament no ho ha preguntat amb mala intenció», va pensar; «està en l'ordre de la seva gran curiositat». Pensant-ho fredament, no s'havia preguntat ell també qui eren els Mirabaix? S'havia preocupat igualment de saber on havia anat a parar la filla. Aquella espècie de sofriment insondable per saber-ho tot era normal en gent adinerada, reflexionà, i també estava convençut que el desig exagerat de propietat i possessió no era dolent del tot, encara que mai s'hauria pensat veure el noi tan desvalgut per la seva intromissió i desvergonyiment. Li posà una mà a l'espatlla, encara que de seguida la retirà. Ara el noi mirava a terra, capcot, fixat en la catifa. Veient que el tema l'angoixava, decidí ajudar-lo. Al cap i a la fi, volia donar un cop de mà a la filla, mostrar-se generós en extrem.

—Quan la gent es casa, ja se sap... falten diners pertot arreu —començà a dir.

Igual que havia fet amb els altres fills, Bou tranquillitzà el gendre i s'oferí a pagar el lloguer del lloc on decidissin viure, però també va aprofitar per suggerir que si era a Tortosa millor.

—Nosaltres —va dir, com a oferiment— una part de la casa la podríem dividir, per tal que vosaltres dos... —Bou es repassà la calba—, bé, m'han dit que tens una feina liberal, la qual cosa us permetria, bé, tal vegada...

El patriarca no deixava passar l'oportunitat de fer valer el que la Remei desitjava: engaltar la idea que ells estarien encantats que, un cop casats, es traslladessin a viure a Tortosa. Ricard no va dir res. Seguia aclaparat, mossegant-se les ungles, escoltant la magnanimitat del pediatre. El metge cridà l'atenció del noi amb un gest teatral, una mica exagerat, obrint les mans sobre els papers ratllats amb dates i personatges. Mirabaix dirigí tímidament la vista cap a aquelles mans obertes, cap a l'eloqüència del doctor enfonsat a la butaca.

—Nosaltres —exclamà, amb els braços en creu—, aquesta família, tenim quatre-cents anys d'història! Gent dura —seguí dient—, comerciants, treballadors, bones persones, una família incomparable, que segons el meu punt de vista només pot anar cap amunt, entens? I la gent com tu fan possible aquestes coses, aquests moments històrics. —Bou assenyalà un lloc en l'arbre i sentencià—: El temps ho demostra, la gent com tu deixen petja en les famílies.

Quan algú se l'escoltava i li oferien l'oportunitat d'esplaiar-se sobre el matrimoni, la família, els fills, el doctor no sabia ben bé què li passava: es creixia, li marxava el cap, no podia parar de garlar. Assenyalà un altre punt en el mapa genòmic i seguí la declamació.

—Vegem un moment aquesta senyora —va fer, a l'estil del que tenia pretensió de començar a escriure—, Maria Antich Antich, dona d'uns pits descomunals! —exclamà, aixecant les mans—. Doncs bé, la tia Maria no hauria fet res sense l'aposta enamorada i generosa d'un bon xicot, d'aquest tal Hermenegildo Antich, que era el seu nebot...

De sobte, el doctor quedà callat. Enmig del discurs, va veure que el noi s'aixecava, neguitós, encara avergonyit, i començava a donar voltes per l'habitació. Ricard tornava a repassar distret el recorregut museogràfic de la consulta, com si l'angoixa del que havia succeït l'hagués impulsat de la cadira i no pogués seguir l'explicació del sogre. Una mica ofès però comprensiu, Bou l'observà sense moure's de la butaca. Entenia el noi. No podia fer-se pesat amb tot allò de les Antich. Era el moment de canviar de tema. A vegades xerrava massa, era veritat.

—I tu —preguntà—, a què et dediques tu exactament?

Bou quedà assegut, contemplant el xicot, que li va explicar amb tota mena de circumloquis, precisions i detalls els progressos i circumstàncies laborals de la seva feina com a informàtic. Mentre anava recorrent el despatx a través dels objectes de les prestatgeries, les copes de vidre i els llibres, com si amb els dits fes memòria del que havia vist, arrossegant els peus i tot encorbat, anà explicant al futur sogre, de forma inesperada i amb la naturalitat retrobada que tant li agradava, que la seva tasca consistia bàsicament a «enganyar màquines»; més en concret, «parar trampes» als ordinadors per netejar-los de virus informàtics, una feina en la qual, pel que semblava, Mirabaix no tenia rival. Mentre de nou prenia una copa de conyac, li explicà també que instal·lava programes propis en grans computadors d'empreses. Pel que es veia, també, tenia una feinada de por i, en efecte, tothom volia que treballés per a ell. «Ha de ser bo per força, en això d'enxampar els virus i desactivar-los; sembla una calculadora», pensà. «Es deu passar el dia pencant».

—No t'han de preocupar els diners —va dir al noi, tot d'una—. T'ha de preocupar casar-te amb una bona noia com la Marina, tenir fills... i treballar encara amb més gust.

Mirabaix quedà tallat, palplantat enmig del despatx, com un arbre tort. Es mirà el sogre i, en tota la seva immobilitat, li va fer l'efecte d'una gran solitud i desempar que encara no li havia vist. Al doctor li sabia greu l'incident per la pregunta indiscreta d'abans; potser havia estat excessivament brusc amb el nouvingut i ara aquest es mostrava avergonyit i trist, com si necessités justificar que era un home de profit. Certament ho era. No s'equivocava en intuir la seva afició al treball, perquè Ricard es deixava la pell en els programes. Era una mena de geni de la informàtica; es passava el dia davant l'ordinador, capficat a trobar solucions, centrat en la lluita imparable contra els virus que els parasitaven. Era evident que es tractava d'un noi independent, fet a la seva, preocupat pels diners. L'havia de recuperar del tràngol. «Me l'he de tornar a fer meu», així que de nou va omplir les copes.

Van beure. I llavors la mel dels ulls del doctor, sempre tan sortits, començà a bullir; es va aixecar per oferir al convidat un discurs que, encara que no agradés gaire a *doña* Remei, tenia sistematitzat. Bou sempre acabava confessant que de jove havia estat un «bala perduda», com deia. Se li feia la boca aigua quan tenia ocasió d'explicar-ho. El *Xècspir d'Amposta* elucubrava sobre la seva època gloriosa d'afeccionat al teatre i es vanagloriava, encara que breument, d'haver portat una vida més o menys desordenada, o això és el que li agradava pensar; que havia estat una ovella esgarriada almenys fins que la Remei Antich l'havia caçat. Amb aquest discurs volia donar, encara que fos per alguns moments i de manera il·lusòria, una imatge oberta, despreocupada, contraposada a la que segurament en general se'n tenia; li servia per treure importància momentàniament a qualsevol assumpte, com ara el que havia passat feia uns instants. El cas és que el noi, en escoltar tot això de la rauxa i la disbauxa de Bou, reinicià el seguit de «hehes» d'aprovació. Van fer un altre glop de conyac, i el doctor s'animà. Ricard tornava a l'arena; va tenir la sensació que retenia novament tot el que li explicava, com una esponja. Tornaven a estar junts.

—Mentre no em casava —explicava el doctor, divertit, dempeus al seu davant i fent tot d'estirabots amb els braços—, jo anava fent el trepa, oi que m'entens?

—Hehe —responia el noi.

—... La família, la xicota, tota la resta per a mi era secundari. Jo no comprenia la raó per la qual tothom em deia que m'havia de casar, però sabia que ho havia de fer, i també em vaig adonar que calia fer-ho ben fet, això de casar-se, perquè escolta'm! —reblà.

«Hehehe!».

—... M'agradi o no, el matrimoni em va servir per redreçar-me, per acabar de trobar el camí.

«Hehehe!».

—Jo tenia una muntanya de senyoretes! —exagerà el doctor, resseguint els passatges més interessants i fantasiosos de la seva joventut desbocada, «hehehe!».

Es tractava d'unes declaracions sorprenents, que sovint arribaven de manera inesperada d'aquell senyor de Tortosa. Quan deixava anar tot això, semblava un altre home; es feia còmic i entranyable. El noi li queia bé, i li semblava que Mirabaix se'l mirava enlluernat. Així que decidí portar el discurs al límit, acabar-lo d'impressionar. Es descordà el batí, s'obrí la camisa i s'esbarrià els llargs blens del cap; disbauxat, amb la baieta despentinada, exclamà:

—Però no una, ni dues, sinó moltes senyoretes! —declamà—. Moltes!

Mirabaix proferí una sèrie llarga de «hehes». Aleshores el doctor ho tallava de cop, per fer entrar en raó l'interlocutor i oferir-li la moral del conte, tancar el cercle de la xerrada.

—I què importa el que jo guanyi, noi? —digué, tornant-se a cordar la camisa sobre la catifa pèl-roja del pit—. Què importa? El que t'ha d'amoïnar és... —el doctor mirava de tornar-se a col·locar els filferros de la closca— comprometre't amb la dona que et farà costat.

—Hehe —féu Ricard, seguint l'explicació.

—Jo mateix em vaig casar amb la pubilla de Tortosa —seguí el pediatre. Llavors arribava al punt clau del discurs, i tornà a posar les mans obertes sobre la història arbrada dels Antich—: La Marina no és qualsevol cosa, oi que m'entens? —I quasi amb la barbeta tremolosa—: És la meva nena... el més important per a mi. Una noia realment sensible.

Amb una liana rebel disparada enlaire, el *Xècspir d'Amposta* retornava l'el·lipsi al punt inicial, a la imatge digna i respectuosa del bust egregi del doctor Bou. Era com si, de sobte, l'agosarament de la pròpia història l'espantés i s'hagués d'afanyar, potser en excés, a tornar a la seriositat d'abans, ara sobretot per aplacar el «hehehe» disparat de Ricard.

—La Marina és una bona noia —repetí, seriosíssim—. No ho sé, potser he estat massa dur amb ells. —Ricard per fi va callar—. Però m'han sortit bona canalla. Són bones persones —sentencià—. Puc afirmar amb orgull que els meus fills són millors que jo, no en tinguis cap dubte.

Arrapat al conyac, com suplicant al noi que li respongués, li va fer la pregunta del milió:

—Te l'estimes de debò, la meva filla?

Bou contemplà, amb satisfacció infinita, que, igual que en el moment en què havien parlat de diners, una mena de ràbia incontenible, una emoció profunda li pujava als ulls; els dos cops de pedra van humitejar-se en la duresa del rostre eixut. Sí, va comprendre que en moments així Mirabaix era capaç d'emocionar-se. Va pensar que la paraula *amor*, el verb *estimar*, certament es clavaven amb força a dintre seu, com una daga que l'enfilava en el més profund del seu ésser. A ell també li passava, i ara els ulls sortits de Bou es van negar de llàgrimes i de plor contingut; ambdós homes no es van dir res més. És clar que Ricard potser hauria hagut de respondre alguna cosa, però el doctor pensà que tenia un nus a la gola i que no podia badar boca. Van brindar per desena vegada.

—Ets un bon noi —mormolà el doctor.

Tanmateix, al cap d'un moment va tenir un calfred: tornava a notar que el nuvi, a través de la taula que els separava, se'l mirava fit a fit amb aquella barreja de ràbia i orgull, de nou com un ésser despietat... fins que el mateix noi ho tallà en sec, s'aixecà i començà a anar amunt i avall, terriblement inquiet i nerviós. «La viva imatge de la mort passejant-se al meu davant», pensà, en el fred momentani d'una esgarrifança. Aquell ésser estrany, neguitós, mogut com un ratolí i que ara ho tenia tot a les seves mans, la seva vida, la filla preferida, semblava que tornava a fer recompte. El contemplà amb por. «Un noi independent, capaç, lliure», es deia per mirar de convence's, que ho tocava tot, passejant-se i seient allí on ni tan sols els fills s'havien atrevit a seure en sa vida no més de deu minuts seguits; doncs ell ho feia amb un sentit de pertinença que... sí, li agradava d'allò més. Per què li agradava tant, el xicot?, es preguntava, contemplant el perfil bestial de les seves dents clavades com làpides en les profunditats de la seva presència dura, determinada, que des de bon principi l'havia fascinat. «És molt ferm, aquest noi», pensava; «és tan ferm que m'espanta».

—Per l'Església, suposo?

Mirabaix s'aturà. Quedà clavat sota la llum imponent dels antecessors.

—Què diu? Ah! És clar que sí! —respongué, encara amb el llagrimeig als ulls.

—Els meus fills són uns sants —repetí el pare—, però la Marina és la millor; està feta d'una altra pasta. —I en una rauxa incontenible—: T'emportes la joia de la família!

Tot seguit, succeí un fet encara més estrany. Mirant el rellotge, Ricard es tornà a asseure al seu davant i es posà a cargolar-se un rínxol del cap. S'havia començat a neguitejar de veritat. S'aixecà una altra vegada; es va tornar a asseure. Bou va veure a l'instant i clarament l'ésser implacable de quan havia obert la porta, allí dret, enfocant-lo, afal·lerat, prement cap a ell el microscopi dels ulls en la distància que els separava, ara lleugerament humits. El manresà es cargolava el rínxol amb insistència, a una velocitat tan diabòlica que semblava que s'havia de fer un forat al cap. «En què deu estar pensant?». El pediatre va saber-ho a l'acte. La Marina va aparèixer per l'ull de l'escala, i, alegrement, exclamà:

—Ricard, *Gilmore Girls*!

Com algú no podia estimar-se-la, la noia? Al cap d'uns moments eren tots quatre davant del televisor veient la sèrie americana. La Remei havia preparat un parell més de plates amb sandvitxos i quatre tassons de Comfort Cream, tot i saber que ella no en menjaria; en qüestió d'instants, Ricard havia xarrupat els dos bols que li corresponien, adelerat, afamat com si fes setmanes que no menjava, l'un rere l'altre mentre ja no apartava la vista de la pantalla del televisor. Menjava com una llima, assegut al sofà amb la mateixa naturalitat esbadocada amb què s'havia apoderat de l'essència de la consulta i del mateix pediatre; era com si hagués estat allí tota la vida, però en un món a part. El doctor, content que el visitant se sentís com a casa, enmig d'una escena familiar com feia anys que no es produïa en aquell menjador, pensava que sens dubte era un noi peculiar i no parava d'observar de reüll el futur gendre, amb la boca entreoberta per efecte de la mimesi insalvable, fins al punt que se n'adonà quan la dona li clavà un cop de sabatilla a la cama i la tancà de cop. El doctor ja calculava la data de boda.

Pel que fa a Ricard, no feia més que seguir els automatismes inamovibles que els dissabtes al vespre també el portaven al cine amb els amics, a menjar cada dia Comfort Cream o a seguir cada dijous, com ara, les *Gilmore Girls*, plogués, nevés, s'enfonsés la terra. Però només s'havia de veure com se'l mirava la Marina. En el transcurs de la vetllada, ella besà aquelles dents en diverses ocasions, fet que cada cop sorprenia i fastiguejava la Remei. Tanmateix, havia rebut la indicació tranquil·litzadora del marit. Tot estava en ordre. El xicot se l'estimava, es casarien per l'Església i era de fiar, per aquest ordre. Tots dos homes s'havien entès. Així que la dona respirà tranquil·la, i l'assuaujament d'ella acabà d'enfonsar el pediatre al sofà. Al cap d'una estona, fins mirava amb bons ulls com es menjaven la porqueria de sopa, per segona vegada, o com la mà grassoneta de la filla reposava en el muscle del noi. La Marina estava desconeguda, però enamorada; no era extraordinari, això?

Des que s'havia produït la visita que a la casa no es va parlar de res més. Fins i tot ella pronunciava el cognom Mirabaix amb un tipus d'orgull patri insòlit per a una noia que els pares creien absolutament descastada.

A ca l'Antich s'encetà una passió forassenyada per Manresa, juntament amb un amor sobtat per una altra família, totalment inaudit; Mirabaix cap aquí, Mirabaix cap allà. Els Bou Antich estaven ben sorpresos, embadalits: ella es va tornar encara més afable i afectuosa, i el doctor Bou, que havia vist com els fills havien relegat el cognom del pare, i fins i tot l'Antich de la mare, pensava que els manresans, encara que fos a través d'aquell tòtil dentifrici amb cara d'imbècil, servirien de trampolí per al seu somni d'expansió, d'independència i èxit més enllà del límit comarcal de Tortosa. Tornà a pensar en l'escrivent del registre, amb aquell home amb possibles que li havien descrit tan literalment ric; incorporar elements d'aquest tipus a la nissaga havia de ser un fet positiu. Per fi una mica d'ambició en aquella casa. «I a sobre —es deia—, se l'estima, a la nena».

Per raons incomprensibles, potser per mala coordinació o un malentès, tal vegada perquè el doctor s'ho volia mirar amb massa bons ulls, en lloc de celebrar la primera trobada a Tortosa, com hauria hagut de ser, o sigui, en terreny de la núvia, com manaven els vells cànons que regien les normes dels Antich, incomprensiblement el primer encontre familiar quedà fixat en camp contrari, a Manresa. Malgrat les males cares i el disgust tremend de la Remei, tampoc van voler dramatitzar gaire, sobretot per evitar conflictes i malestars innecessaris enmig del procés que havia de culminar en un fet tan transcendental com la boda de la Marina. Per ells, la primera trobada, el primer àpat, per allò que estableix la base dels costums i preferències entre dues famílies, tenia un gran significat: no eren conscients que havien entrat en un univers diferent del seu, o almenys lleugerament oposat del que s'havien volgut imaginar. No van adonar-se tampoc que, acceptant celebrar el dinar de presentació a Manresa, acabaven de perdre una primera batalla important.

6

MÉS ENLLÀ DELS LÍMITS ESTRICTAMENT FAMILIARS

Per regla general, els Antich es malfiaven de tot allò que no vingués de Tortosa; el que sortia de l'àmbit estretament tortosí quedava encasellat en la nebulosa d'un espai foraster del qual en principi calia desconfiar: qualsevol que procedís de més enllà dels límits comarcals era considerat «de fora». Pels Antich, ser de Tortosa era com posseir un títol nobiliari, un privilegi, una distinció que calia preservar d'ingerències estrangeres. Encara més: els Antich, amb tentacles familiars estesos per tota la comarca, des de Sant Carles de la Ràpita fins a l'Ampolla, miraven de reüll tot allò que no arribés del propi entorn. De la mateixa manera, formar part de la família per via política significava quedar inscrit en un codi social exclusiu ben peculiar, del qual també és cert que era difícil, per no dir impossible, escapar-se. Passar a formar part dels Antich significava pertànyer a una roda social plena de drets i també de deures intransferibles i personals, a allò que de manera natural *doña* Remei, ja des dels. temps de la besàvia Josefa *Pepita* Antich Antich anomenava «la carxofeta», el centre primordial al voltant del qual es conformava l'amalgama de branques i fullatges familiars compost per capes de germans, cosins, avis, néts i ties que, lluny de tractar-se d'una realitat dispersa i desconnectada, representava un tot únic indestriable, una extensió interaccionada, correlacionada. Després de la mort de l'àvia (la mare de la Remei, Josefina Adell), el nucli, el cor de la carxofa havia quedat establert —de manera natural i sense discussió— a casa del doctor. Per reblar més el clau, si s'hagués d'establir un centre neuràlgic concret segur que s'hauria de situar a la consulta del pediatre, en algun punt determinat entre l'aranya de vidre, l'escriptori i la prestatgeria.

Just allí, si pertanyies als Antich tard o d'hora t'hi acabaves acostant al llarg de l'any; fins i tot ho feien uns cosins que vivien a Alacant, o qualsevol que volgués tractar un assumpte mèdic, professional, escolar, per mínim que fos, o simplement per dir hola. Qualsevol excusa era bona per acudir a la casa, amb la deferència reverencial amb què normalment es visita alguns metges i personatges notables, encara que siguin de la família; encara més si acostuma a ser un patriarca tan rodó, carismàtic i col·loquial com el doctor. En aquella casa, la seriosa (i la rica) era *doña* Remei. Es tractava d'un equilibri matrimonial totalment compensatori. I el resultat d'aquest contrapunt era que la casa, com antigament amb la sogra, s'havia convertit en centre no només de visites estrictament reservades a la consulta, sinó familiar per atendre problemes, prendre decisions importants o que afectessin el bon govern del clan; organitzar celebracions, demanar parer, fins i tot diners, el que fos, i també una opinió diversa, la major part de vegades per boca del doctor, encara que tothom sabia que el poder real en el fons l'exercia ella; el doctor feia la posada en escena, la part afable, teatral, les relacions externes. Però, fos com fos, la casa era el centre d'un univers tancat, que s'autoregulava amb el bon fer de tot plegat, que la senyora Antich exercia de manera callada, a la rereguarda, en la discreció sorollosa dels pots i les olles de la cuina, que intensificava o suavitzava segons l'estat d'ànim. De feia anys, la casa la portava ella sola, sense l'ajut de ningú: duia els afers domèstics i l'organització de la consulta, tot. Havia acabat fent fora les noies de fer feines que temps enrere l'havien ajudat a fregar, cuinar, rentar, perquè no volia xiquetes, com deia, pul·lulant per la casa, i encara menys al pis de dalt; en una ocasió n'havia enxampat una deixant-se tutejar pel pediatre, i aleshores, després d'un soroll diabòlic de plats i olles a la cuina, havia anunciat al marit que a partir d'aquell moment portaria el castell tota sola.

Com a resultat del misteri hormonal que caracteritzava les Antich, *doña* Remei no parava mai. Era un animal de càrrega, una bèstia domèstica que ho controlava tot dins dels límits pairals de l'habitatge, on més que de reina i senyora feia les funcions internes de secretària, cuinera, portadora del pes domèstic i sovint també del d'altres llars, que en el major dels casos també li pertanyien, en forma de propietats heretades dels besavis. Un vertader poder a l'ombra, que havia creat una certa dependència als fills: el matrimoni havia aconseguit que de casats tots seguissin vivint a Tortosa, fet que havia acabat de cohesionar el nucli inqüestionable. La Remei, la «mama», proveïa de pots de menjar, verdures, *tupperwares* amb talls de llom arrebossat, així com camises planxades, vores de pantalons repassades... Ni tan sols les filles solteres, dues excepcions a la regla, havien aconseguit deslligar-se de la ciutat natal, i encara menys d'aquella mena de fonda, tintoreria, cosidor, menjador, consultori, banc, sastreria.

En aquest sentit, ella i Bou estaven fets l'un per l'altre. Mentre ell visitava i omplia la casa de «hmms» i «crec crecs» reflexius i solemnes, la mama anava d'una banda a l'altra coordinant i fent passar els pacients al pis de dalt; la Remei portava els comptes, de la mateixa manera que posava injeccions, anava a comprar, fregava els plats i aplicava les vacunes als pacients quan convenia. Força abans que es casés amb Bou, el 1962, la mare Adell (que havia aportat a l'estirp els llavis d'ànec), veient que la noia festejava amb aquell metge jove i aleshores mort de gana, li havia fet treure el títol d'ATS; des d'aleshores les relacions internes de la casa havien funcionat com un rellotge i, per postres, els objectes del despatx i de la casa brillaven nets i polits com si tinguessin llum pròpia. Tot gràcies a una sola persona. Encara més: dins del dinamisme de tradicions i costums tan intocables i constants, bategava un calendari atapeït d'actes i trobades familiars francament exigent i complex: àpats, aniversaris, reunions, celebracions, entre les quals el dia de Nadal (per cagar el tió amb els néts) i Sant Joan (per menjar coca de llardons i brindar amb cava), representaven dues commemoracions anuals culminants. Els Antich practicaven un immobilisme entusiàstic i familiar. No canviaven mai de programa. La

Setmana Santa o l'estiu a la casa d'Amposta eren la repetició exacta dels anys anteriors, model que es remuntava dècades enrere, amb tants altres esdeveniments màxims per entremig: per Sant Josep, era típic anar a menjar crema catalana a ca la Remei. Un any, la seva primera nora, aquella que una vegada s'havia negat a batejar el nen, n'havia portat un parell de plates, amb uns encenalls de Sant Josep que havia comprat en una pastisseria de l'Ampolla. La crema havia quedat tota. En aquella casa, només es menjava la de la mama; la seva crema no tenia rival. La Remei, a més, seguia el llibre llegendari *Cuinar és senzill* de Montserrat Seguí de Queralt, així que les receptes eren inqüestionables. Abusava de les salses i de la crema de llet, però el resultat dels plats no es podia discutir. És per això que la nit del fracàs culinari de la nora la Remei s'havia ficat al llit exultant i victoriosa, amb una de les sensacions més satisfactòries de la seva vida. Perquè la veritat és que la crema que preparava era extraordinària, amb un ventall de sabors indescriptibles, tocs de llimona, canyella, etcètera, la densitat justa de no se sabia quins ingredients secrets, però justa i precisa fins en les quantitats de terrines i plàteres que disposava. En cas que algú hagués tastat aquella altra crema, evidentment no era ni tan bona ni tan saborosa. Així que, dins d'un àmbit marcat, era difícil variar gustos i costums, per altra banda autèntics, deliciosos, com també passava amb el tortell de Reis, amb el xou de la fava, la coronació... que igualment preparava ella, també seguint les receptes de la Seguí. En definitiva, en aquesta casa no es parava mai. Tot era una celebració constant. I tot, absolutament tot, girava al voltant del pinyol essencial de les sabatilles negres, els mitjons blancs i el drap a la mà. Encabir una celebració en el calendari, un aniversari nou, dels gendres o dels néts, encara que fos coincident amb la festa d'algun germà, significava quedar inclòs en el programa d'actes. *Doña* Remei t'hi integrava i no se'n parlava més.

Arran de la jubilació imminent, Bou pensava en secret que es podria relaxar, encara que fos una mica. Esperava que el casament de la Marina amb el manresà hi contribuiria. Necessitava temps per escriure, ampliar, organitzar les seves sensacionals descobertes genealògiques. Havia acomplert el paper de patriarca tota la vida, des de feia quatre dècades, i se sentia una mica fatigat, per no dir saturat i fart: tan bon punt es treia el pessebre del rebedor de casa, se'ls tirava a sobre l'aniversari del Max, després venia el dia del pare, encavalcat amb Sant Josep i el xou anual de la crema catalana, llavors tot seguit arribava Setmana Santa, que passaven a la casa d'estiueig d'Amposta, amb tot el moviment familiar que l'enrenou suposava, Sant Joan, les vacances d'estiu (també a Amposta), l'Onze de Setembre, l'aniversari de la Marina —a l'octubre—, la peregrinació anual l'1 de novembre al cementiri (al panteó familiar dels Antich i al nínxol d'una colla de familiars, inclòs el dels Bou a Amposta), l'aniversari immediat d'una colla de néts, Nadal i torna a començar. Desitjava un canvi, encara que fos petit, en tots els sentits. Anar més a la seva, deslliurar-se de certes càrregues. Cada any ho posposava, però ara ho havia de fer. «És el moment!», es deia. Introduir algunes variacions conservant allò que sigui vital, sense oblidar les obligacions familiars bàsiques: «Obriré nous camins a la meva vida», es deia, i encara que el canvi suposés un gir cap a resultats incerts es repetia: «Ho faré, és el moment!».

La força de ca l'Antich era tan absorbent que els tres fills casats havien anul·lat les respectives (almenys gairebé, tret d'algunes idees de bomber d'aquella nora rebel); els costums de les famílies polítiques havien estat absorbits pels costums familiars dels Antich. I en la major part dels casos tampoc els havia semblat malament. Els nous gendres, les joves, per força s'havien adaptat al sistema o havien acabat cedint del seu, perquè fins i tot s'integrava els sogres, els avis, els cosins aliens; tots acabaven formant part de la carxofeta com el que més. Però no a l'inrevés: l'arbre havia acabat formant part d'ells. Eren convidats afablement i el món anterior passava a formar part d'aquella nebulosa incerta de la qual calia desconfiar; fins i tot els pares d'un gendre havien acabat comprant una casa a Tortosa per estar més a prop dels néts, per no perdre-hi el contacte. A més, qui podia oferir res millor que *doña* Remei? Al cap i a la fi, ningú no havia estat capaç d'oferir res que superés la qualitat suprema que, en tots els àmbits, s'oferia en aquella casa. Els Bou Antich estaven convençuts que el bo i millor era sempre allí. Encara que no sempre fos així.

Aquest era el cas de la catifa persa de la consulta del doctor, que suposava un exemple clar, perquè era d'autenticitat dubtosa, més aviat normaleta i mai havia fet gaire bona olor. *Doña* Remei es veia en la necessitat d'espolsar-la sovint i fregar-la amb massa freqüència. Però com que l'havien portat d'un viatge a Istanbul, «el millor viatge que hem fet mai amb la Remei», la catifa havia assolit un estatus que potser no es mereixia. Els l'havia encolomat un venedor turc molt hàbil, de nom Mehmet, que tenia una botiga de catifes al mític Gran Basar d'Istanbul. La venda de la catifa havia estat un moment àlgid en la vida de la senyora i el senyor Bou. Mehmet els havia clissat i els havia agafat per banda; els havia regirat la botiga sencera i mostrat tota mena d'estores quilomètriques fins que els havia convençut que aquella era la que els convenia. Potser s'hi havien passat tot el matí; *doña* Remei sempre ho explicava, divertida, amb aquella mena d'orgull turístic tan típic, entre resignat i orgullós, que fa passar per bones autèntiques estafes: en el garbuix i embolic de catifes que Mehmet els havia estès, sense saber com ni per què, tal vegada pel cansament i l'atabalament més definitiu que es pugui imaginar, al final s'havien decidit —Mehmet els havia fet decidir— per aquella peça infecta. Ningú s'havia atrevit a dir-los-ho, però la catifa feia una pudor de peus espantosa: una barreja de ferum irrespirable d'espècies, pols i àcars, similar a l'olor de cul que fan alguns taxis, de tanta gent que hi ha transitat; en aquest cas, qualsevol menys ells havia notat que la peça havia estat molt trepitjada abans que aquell professional de l'enredada se la tragués de sobre, assegurant que els rosecs de les puntes formaven part de la gràcia de l'objecte, volgudament rònec i antiquat. Segurament, el tal Mehmet ho havia provat amb centenars de turistes abans que els Bou Antich piquessin i se la quedessin encantats. Els havien estafat, però aquella era la millor catifa del món. Fins i tot l'oloreta, que en dies de xafogor amarava el despatx amb una fortor indefinible, formava part de l'exotisme intrínsec, de la gràcia paradoxal que donaven a la compra, que, per cert, els havia costat un dineral. N'havien pagat una morterada, tot i que ningú no havia pogut esbrinar quina xifra exacta. Sigui com sigui, la catifa s'havia convertit en part de la casa, de la família i, per tant, se'n cantaven les excel·lències: era la millor del món i difícilment superable; havia quedat encasellada en el mostrari d'objectes distingits que decoraven l'habitatge, mobles, prestatgeries, llibres... de la mateixa manera endogàmica i exagerada que els Bou Antich feien amb amics i familiars, també dels que s'hi incorporaven per via política. Sigui com sigui, amb el temps la catifa havia acabat sent més catalana que turca, i fins i tot el venedor semblava quasi com de Tortosa, de tantes vegades com la Remei explicava la vicissituds del regateig i la compra. El tal Mehmet podia haver estat un veí, i estaven segurs que el turc els reconeixeria si algun dia tornaven a Istanbul. Després d'anys del famós viatge, encara enviaven amics i coneguts a visitar aquell àrab. Per la raó que fos, el venedor havia volat. En definitiva, tot era bo si venia d'ells i ho feien ells. Si no, era dubtós, de poca classe, dolent. I probablement, a la seva manera, així era. Es tractava d'un joc d'equilibris en la parella, encara que l'opinió de la Remei era la que valia, al final, a còpia de morros i d'alguna patacada al doctor sota la taula.

De totes maneres, en cas de desacord les coses en aquella casa se solucionaven d'una manera concreta. Anant a Barcelona. Qualsevol fet o persona que hi estigués relacionat o vingués d'allí gaudia per a ells d'una admiració il·limitada. Tot el que fos o tingués aires de Barcelona era bo per principi; d'una Barcelona alta, distingida, senyorial, de botiga bona, no necessàriament cara, i que sobretot els coneguessin a ells, es tractés d'una tintoreria o de qualsevol local al voltant del pis de Balmes on vivien la Marina i la Rosabel. Viatjant a Barcelona —en general tornaven el mateix dia— se'ls passaven tots els mals. Les males cares desapareixien i la Remei estava encantada, encara que s'hagués passat el dia fregant al pis de les nenes, un espai sorollós, petit, el que se'n diria normalet, però a Barcelona.

La Ciutat Comtal era referent indiscutible, molt per sobre de Reus, fins i tot d'Amposta, on tenien la casa d'estiueig, una antiga i humil barraca d'agricultors d'arròs reformada, dels pares d'ell. Pels Antich, Tarragona no existia, era massa poca cosa: consideraven Tortosa capital d'una cinquena província que ningú s'havia molestat a posar al mapa, i per moltes raons conservaven de Tarragona un concepte irrisori, baix: no s'hi trobaven bé. Pràcticament no hi anaven mai. La trobaven una ciutat castellana, sorprenentment provinciana, adjectiu que en aquella casa s'usava amb assiduïtat. Quan, per l'autopista, en direcció a Barcelona, superaven el rètol de Tarragona no deien res, com si passessin per terra de ningú, com si no existís. Tarragona era una ciutat poc agradable, amb cap possibilitat d'arribar-hi a desenvolupar un mínim de «senyoriu» acceptable, una altra paraula d'ús habitual a ca l'Antich, referint-se a la mena de to presentable i qualificat que trobaven en l'altra. Si per alguna raó excepcional havien d'anar a Tarragona, la Remei hi parlava amb l'accent tortosí més exagerat i recalcitrant, fet que a Barcelona no succeïa. Més aviat al contrari: per les botigues de Balmes gastava un català d'allò més urbà i estàndard, fins i tot amb alguna frase i paraula en castellà.

Anar a Barcelona, mínim dos cops al mes, era tot un esdeveniment. El doctor es posava un llaç llampant i ella s'abillava amb una bata més vistosa que d'habitud i unes mitges color carn, que li ofegaven una mica les canyes sota els genolls. Als comerços que freqüentaven ja els coneixien. Els dependents corrien a obrir-los les portes. La Remei també tenia per costum anar-hi amb la cartera carregada. La ciutat els transmetia una sensació de cosmopolitisme i d'urbanitat que no trobaven enlloc més: la impressió quasi palpable d'estar connectats a un univers de fets i persones notòries. També és veritat que la connexió amb la Ciutat Comtal els diferenciava dels conciutadans. Si la senyora Antich, que per anar a Barcelona es pintava com una cacatua, s'hi comprava un rellotge, posem per cas, quan tornava a Tortosa, si algú ho remarcava, deia amb orgull: «És de Barcelona», o bé: «Me l'he comprat a la Carmen, de Balmes», com si tothom sabés on era, remarcant allò de Carmen en castellà. Tot tenia nom propi, estava personalitzat i gaudia de la seva confiança i amistat. La Carmen, sense anar més lluny, era una senyora que tenia una botiga de bijuteria a Balmes/Provença que *doña* Remei freqüentava. Quan anava a la capital, a vegades la senyora Antich rebia encàrrecs d'amics, pacients, família. El viatge, en definitiva, era ideal per fer el que sempre havia fet: anar amunt i avall carregada de bosses, a part de l'arsenal de *tupperwares* amb què omplia i abastia de menjar la nevera de les filles. Com que el doctor patia un mal d'esquena crònic, una mica misteriós, que no li permetia carregar pràcticament res tret d'un parell de bossetes, mentre anaven cap al cotxe la Remei se li girava i, carregada com una mula, li deia cofoia, amb satisfacció: «Semblem gitanos, Joan».

A Barcelona també hi desenvolupaven costums inamovibles. Tant si havien anat a comprar com si s'havien quedat al pis, de manera invariable acabaven la jornada exhausts. Abans de tornar-se'n cap a Tortosa, anaven a prendre alguna cosa en una terrassa del passeig de Gràcia, sempre la mateixa, una de les més distingides, segons ells «la millor»; deixaven el carregament de bosses i s'asseien a la taula que feia anys que ocupaven. Si en aquella taula hi havia gent, esperaven que s'alliberés, i aleshores demanaven el beure; sempre al mateix cambrer, un senyor gran que es deia Josep, que de seguida els servia el cafè amb llet i el Bitter Kas de rigor, per a ella i per al doctor. Un dels plaers més grans de *doña* Remei era saludar el Josep, un cambrer castigat, prematurament envellit, summament crític. Josep era d'aquelles persones que sempre es queixen, i habitualment també deixava anar el mateix discurs, que si «res és el que era», «tot això un dia farà un pet» o «la propera vegada que vinguin ja no hi seré». Però sobretot criticava la terrassa del bar del costat, que segons ell era d'un altre nivell: pertanyia a una cadena de cafès italiana. No li mereixia la mateixa confiança. Deia que allí tot era de plàstic i acabava sentenciant que el local era «una tapadora», no especificava ben bé de què, però es mostrava segur que, com amb tants altres locals, un dia vindrien els Mossos d'Esquadra i el precintarien. Amb això de la policia i de «precintar» hi tenia una obsessió. Els seus amics de Tortosa hi estaven d'acord. Si el Josep estava de bon humor, a vegades obsequiava *doña* Remei amb una ensaïmada, petita, que ella acceptava amb coqueteria. El doctor, fos on fos, sempre prenia un Bitter Kas. La dona no li deixava beure alcohol perquè havia de conduir, i tornar a Tortosa d'una tirada eren més de dos-cents quilòmetres. Gairebé tres hores de viatge. Amb les cames envoltades de bosses, contemplaven en silenci la gentada de turistes i ciutadans que desfilaven pel passeig de Gràcia. També eren afeccionats a observar la fauna i flora de la terrassa del costat; estava separada per una cortina de bambú, i plena a vessar de turistes, segurament per la proximitat amb la Pedrera i perquè era més barata, un de tants motius pels quals el Josep, la Remei i el doctor la detestaven; malgrat tot, a través del bambú sempre hi havia algun element a criticar: una estrangera amb faldilla massa curta, algun nòrdic envermellit pel sol i per l'alcohol... Sigui com sigui, la visita al Josep, xerrar una estona amb ell, s'encasellava en el rang d'hàbits i costums deliciosament invariables amb què els Antich omplien la seva vida, igual que Barcelona o la casa d'estiueig d'Amposta. Manresa, per descomptat que no.

Quan acabaven la visita, carregaven el cotxe. El Mercedes del doctor era un model de finals dels setanta, un clàssic que defensava a capa i espasa de les crítiques dels fills; mai se l'havia volgut canviar i tampoc n'hauria volgut cap altre. La tartana havia superat la cota dels trescents mil quilòmetres, però com que n'havia tingut cura i el mantenia totalment impecable, amb els metacrilats dels parafangs lluents, els seients de cuir sencers i les llandes —de radis— també intactes, malgrat el quilometratge i haver-se fet un fart d'anar amunt i avall, fins i tot diversos viatges llargs, un dels quals amb la senyora a Portugal, el cas és que el vell Mercedes encara tirava. Molta gent es girava quan veien passar el vehicle, no se sabia si per la sorpresa de veure un cotxe tan desfasat o perquè estava sorprenentment ben conservat. El doctor el conduïa amb orgull d'antiquari, com si portés un d'aquells vehicles de museu que a vegades es veuen en els raids d'època, sense que arribés a ser del tot una antigalla. Quasi sempre el tenia tancat al garatge, tapat amb una lona, tot i que el lloc potser no era el millor per a un cotxe; el garatge estava situat al costat dret de la casa, en una gran portalada, essència del que havia estat el graner que antigament havia emmagatzemat l'arròs de mitja comarca, i hi havia uns panots verdosos, plens d'humitat, com si sués el rigor de segles aguantant l'arbre genealògic i la responsabilitat històrica de la casa. Es tractava del mateix mur d'obra vista que seguia al menjador. Els únics afegitons al cotxe havien estat un magneto rodó que representava sant Cristòfol i un termòmetre analògic, també rodó, que feia anys que marcava vint-i-un graus. Si feia dies que no treia el Mercedes, el pediatre obria la portalada, apartava la lona de l'auto i es passava una estona dins el cotxe amb el motor engegat. Escoltava el ressò atrotinat de la màquina i el joc de carraques com si fos música celestial; el connectava a un tipus de nostàlgia anònima, a un temps remot, amb el mateix esperit antològic amb què escoltava l'escanyolit «blub» del fetus de la consulta o el «crec crec» del parquet que recobria el vaixell de la casa, un tipus de satisfacció íntima, quasi impossible de compartir ni descriure.

Amb tot, el Mercedes li era característic; segurament per això no se l'havia volgut canviar. Tothom el reconeixia de lluny. Pel doctor, hauria estat com mudar-se de casa, o canviar la decoració del despatx. Ancorat en aquest immobilisme dinàmic, tan petrificat i actiu a la vegada, que caracteritzava els Bou Antich, cert tipus de gir o variació era impensable. Es podria dir que comprar un altre cotxe hauria estat un risc innecessari, potser excessiu, que hauria pogut fer perillar o trencar l'engranatge sincronitzat de nens, àpats, col·legis, visites, trucades, tot allò que, cal remarcar-ho, un agent extern, algú «de fora» com ara un nou gendre havia d'aprendre a respectar, assimilar, amb l'única condició d'adaptar-se i complementar-s'hi.

És per això que el diumenge 6 de juny del 2004 el matrimoni Bou Antich es va prendre la visita a Manresa com una excepció a la regla, gairebé com una excursió divertida a un lloc més o menys inhòspit, a mig camí d'Andorra, amb l'únic al·licient que la localitat era capital de comarca, a quatre passes de Montserrat i relativament a la vora de Barcelona. També van agafar-se la visita als futurs consogres amb esportivitat, amb un tipus d'escepticisme quasi total però amb la il·lusió de la novetat, fins i tot amb bon humor. Com una aventura que els havia d'allunyar per unes hores de Tortosa, amb l'avinentesa de tornar ràpidament a casa havent dinat i mirar de connectar com més aviat millor els manresans amb la cinquena província, amb la ciutat natal de la núvia. «Que comencin a acostumar-s'hi», deia la Remei.

Van arribar a Manresa clavats, a les dues del migdia. Feia un dia trist i rúfol, enfredorit per la presència inofensiva d'uns núvols alts. Van trobar que Manresa era una població incòmoda, i de seguida van notar que els senyals de trànsit i les direccions dels carrers semblaven disposades expressament al revés, sovint sense sentit i en confluència estranyament circular, com per despistar el visitant. Després de donar un seguit de voltes per la ciutat i de comprovar, en efecte, que el trànsit en alguns carrers estava endreçat de manera il·lògica, van trobar l'edifici on vivien els Mirabaix, al número 54 del passeig Pere III. Però les voreres de l'avinguda estaven al màxim de cotxes estacionats i els aparcaments públics estaven plens, de manera que van haver de fer una altra volta sencera a una sèrie d'edificis i cases: el passeig, en un tram, en lloc de permetre la circulació de baixada i pujada a banda i banda, havia perdut la seva funció de fluïdesa arterial i de sobte allunyava els vehicles del centre cap a carrers estrets i llargs. Per fi, gràcies a un cotxe que se n'anava van aparcar el Mercedes davant d'un edifici tronat que després van veure que era Correus.

Quan van ser davant del bloc on vivien els Mirabaix, amb el neguit creixent per la novetat i els nervis d'estar a punt de conèixer els consogres, van quedar paralitzats i una mica sorpresos contemplant el número 54 del passeig. A primer cop d'ull, més que en un bloc d'habitatges els va semblar que els Mirabaix vivien en un edifici d'oficines, i van pensar que s'havien equivocat; els blocs del costat, el 52 i el 56, eren pràcticament iguals i també a primera vista semblaven destinats a despatxos: eren tres edificis quasi idèntics, almenys en les primeres plantes. Des del primer instant, el pediatre va tenir la impressió que Mirabaix era sinònim de negoci i progrés, fins al punt que el lloc on estaven instal·lats, en comptes d'habitatges eren pisos llogats a empreses, asseguradores, bufets d'advocats i constructores, fet que en part es podia constatar pels anuncis de la façana.

L'excitació per la visita i l'allau de novetats va fer que anessin atabalats cap a la porteria del 54, i que just quan anaven a entrar topessin amb la Rosabel, que havia anat baixant per la vorera, com en un núvol, sense que l'haguessin vist arribar. Contra pronòstic, la filla petita havia accedit a acompanyar els pares a la presentació de la parella. Encara que se suposava que la primera trobada també havia de tractar-se d'un moment quasi íntim, restringit als pares i als nuvis, com a màxim amb la presència d'algun germà, per allò del primer contacte, la Marina, única capaç de ficar alguna cosa en aquell cap de trons, després d'un estira-i-arronsa l'havia convençut perquè hi anés. Per raons òbvies, la Rosabel tenia motius per evitar la visita, almenys fins que la germana hagués preparat el terreny per esmorteir la sorpresa de la seva presència; o sigui, fer que els amics de Mirabaix, sobretot Prat i la seva dona, sabessin que la casualitat i l'atzar havien fet que la noia que s'havia promès amb Mirabaix era justament germana de la que havia estat a punt de trencar el seu matrimoni, el de Prat. La petita no havia tingut en compte la innocència espaterrant de la germana gran i que, coneixent Mirabaix, no les podia tenir totes, ni estar segura de com anirien les coses. Però la Marina havia insistit tant, s'havia fet tan pesada assegurant-li que els amics de Ricard no hi serien... Havia argumentat també que, a més, feia un cert temps (només dos anys) que s'havia produït l'incident de l'enxampada dels amants a Barcelona que al final la Rosabel havia acceptat acompanyar-los al dinar, encara que de mala gana i amb condicions. Havia accedit a anar-hi però amb el seu propi cotxe; primer, per evitar la vergonya d'arribar a Manresa en la carraca del pare, i després, sobretot, per si havia de sortir per cames. La Rosabel arribava amb cara de truita freda. Absent, emmurriada, quan es va trobar a l'entrada amb els pares, amb aquell enfrontament sord i silenciós amb què els repudiava, en topar amb ells a l'entrada de l'edifici no els va ni saludar. Per contra, els Antich es mostraven contents, de bon humor, aliens a les sorpreses i als fets desagradables que els esperaven. Perquè sense avisar ni res, en una jugada típica seva, Mirabaix havia estès l'encontre més enllà del límit estrictament familiar: sense que al principi se sabés exactament per quina raó o propòsit final ho feia, i sense que tampoc ni Bou ni *doña* Remei n'haguessin tingut idea, de part del nuvi en el dinar hi assistirien un total de vint-i-sis familiars, vint-i-sis!, a més de quatre amics d'infància, entre els quals, en efecte, Prat i la seva dona.

7

MASSA TARD

Quan els tortosins van entrar, els tres amics i Anna Guanyabens, l'esposa de Prat, s'esperaven a la porteria. L'Anna era una noia simpàtica i riallera, igual que el marit, Joan Prat; s'havien casat feia just un any. Eren alts, prims, estilitzats, semblaven models de passarel·la, i vestien amb elegància: era d'aquelles parelles que sabien estar, a qui tothom agradava tenir a casa i convidar. Feien quedar bé, en definitiva, igual que els altres dos amics d'infància de Mirabaix, tot i que Joaquim Serra i Joan Llonch tenien una altra entrada: la gent els confonia per germans. S'assemblaven. Eren baixets, corpulents, morens. Els tres amics, Prat, Serra i Llonch, formaven un d'aquells petits grups compactes, de tota la vida, i per tant ara, ni que s'haguessin proposat el contrari, no podien evitar fer gresca i armar-la al voltant del que succeïa. Junt amb la Guanyabens, que no se separava del marit ni un instant, atenien divertits que els obrissin la segona porta d'accés a través del porter automàtic. Com era habitual en aquella finca, l'aparell s'havia espatllat; no aconseguien que la porta es desencallés, talment com si Ricard també hagués preparat aquesta incidència, de la manera enginyosa i premeditada que tenia de fer coincidir gent i esdeveniments en benefici propi.

El cert és que els tres amics i la Guanyabens feien enrenou i xerinola, segurament molt més del que seria considerat normal en moments previs a una trobada de compromís d'aquest tipus. Tot i que havien decidit prendre-s'ho amb calma, fer bona cara i assistir al dinar amb l'elegància, la dignitat i el respecte que els caracteritzava, els espetecs del porter automàtic els feien partir de riure. Els havia estat difícil deixar de fer broma i encara més especular al voltant de la convocatòria: anaven al dinar amb la mateixa desinformació i urgència amb què s'havia citat els Bou Antich. Potser més, sobretot perquè ni tan sols ells, que es coneixien des que eren petits no tenien ni idea de qui era la nova xicota de Ricard Mirabaix. L'anunci de boda, més que una sorpresa, havia estat un ensurt, per un fet remarcable i principal: sis mesos abans, Ricard havia desfet de manera sobtada el seu enllaç matrimonial amb la Michele, l'ex francesa, i des d'aleshores no havien sabut res més d'ell. No almenys des que pocs dies abans els havia trucat i, com si no hagués passat res, els havia convidat a dinar a correcuita per presentar-los una tal Marina i per anunciar de passada que al cap de poques setmanes es casaven.

Evidentment, els amics anaven al dinar escalfats: sis mesos abans, Mirabaix s'havia de casar amb una altra i el compromís s'havia trencat de manera sobtada; llavors també els havia prohibit de manera taxativa parlar de la Michele, però, a més, des del daltabaix, ni tan sols havien aconseguit tornar-lo a veure. Ni parlar amb ell per telèfon. Ricard s'havia esfumat; havia desaparegut, com sovint també feia. Els amics, sabent com era, l'havien deixat estar, sense que haguessin acabat d'esbrinar de manera exacta què havia succeït ni com havia anat la separació amb la Michele. Com sempre, Mirabaix havia resolt les coses a la seva manera dràstica, pètria, definitiva, sense donar explicacions, i ara de sobte els sortia alegrement amb allò que es casava, sense que ni tan sols sabessin que havia estat festejant.

Vençuts per la curiositat, plens de dubtes i amb la sensació d'estar indignats, havien acceptat anar al dinar de presentació, on també assistien els pares d'ella. Però tot i haver decidit mostrar-se tibats i seriosos, sense amagar que estaven molestos, quan van arribar no van poder evitar seguir fent conya. «Riure per no plorar», que repetia Prat, amb la típica ironia de sempre. Quan van veure entrar els Bou per la porteria, els va canviar la cara. Van quedar muts, bocabadats; de seguida tots quatre van reconèixer la presència altiva, inconfusible, de la Rosabel, la noia que tan sols dos anys abans havia estat a punt d'arruïnar el matrimoni entre Prat i la seva dona. La Guanyabens quasi es desmaia. El record de l'enxampada a Barcelona del xicot i aquella fresca de Tortosa, la barjaula que havia fet trontollar el seu casament, tot plegat revingué a l'instant, tan bon punt la va reconèixer ni més ni menys que a la porteria de la finca on vivien els Mirabaix... Tot plegat, acompanyat d'un fet destacable i curiós, perquè tal com els amics identificaven la cara de pomes agres de la Rosabel, la seva mala lluna es va transformar com per art de màgia; habilíssima, afuada, ràpida, canvià de rumb i, com sempre en presència d'estranys i en situacions compromeses —certament, aquesta ho era—, la Rosabel se'ls avançà; amb una capacitat de reacció sorprenent, un *savoir faire* increïble, en el moment que l'Anna Guanyabens se li abalançava per clavar-li una plantofada la tortosina exclamà, acostant-s'hi:

—Sembla que el Ricard es casa amb la meva germana!

No van entendre res. Es van mirar entre ells; la dona de Prat es va aturar. Trobar la Rosabel allí era tan inesperat i imprevisible com allò que els comunicava, que la misteriosa núvia de Ricard era la germana, la noia que sí, era cert, havien vist alguns cops amb ella de nits per Barcelona, aquella noia discreta, més reservada... menys espectacular i vistosa.

—Això sí que és una sorpresa! —exclamà Serra, commogut.

Va ser com quan es trobaven en la ronda de bars i locals nocturns on s'havien conegut, ella somrient, magnètica, inefable, ficant-se invariablement els homes a la butxaca. De manera imprevista, Llonch s'avançà a Serra i la noia, condescendent, s'hi acostà encara més per fer-s'hi dos petons. La Guanyabens es quedà sense saber què fer ni com reaccionar.

—Tu —mormolà, vermella de fúria, tensa, ben erecta al costat del marit.

De seguida quedà tapada per l'afabilitat sobtada de Llonch, que aclaparat pels esdeveniments, la sorpresa, l'amenitat sobtada, murmurava «és ben petit el món» abraçat a la Rosabel, i per uns moments, com que era baixet, el cap encaixonat en la molsudesa d'aquells pits grossos mentre la tortosina repetia, com un sonsonet:

—És ben petit el món.

En aquell instant en Serra mirà de prendre el lloc a l'amic i fins arribà a fer-se dos petons amb la Rosabel.

—Això... sí que és una sorpresa —deia, entrebancant-se amb les paraules.

La Guanyabens esbufegava al costat de Prat; ara no se sabia si era ella qui retenia el marit pel braç o a l'inrevés, per tal de mantenint-lo allunyat de la temptació saludadora. La Rosabel tenia, invariablement, aquest efecte d'atracció infal·lible amb els homes.

En aquests moments d'incertesa, els amics anaven comprenent que Ricard, mentre ells havien estat perdent la xaveta per la Rosabel, havia anat per darrere i, sense que sabessin ben bé com s'ho havia fet, s'havia arrambat a la part més innocent i dolça d'aquell tros de dona, la germana gran, la Marina.

—Qui no corre vola —va dir Prat, incisiu com sempre, referint-se a la mestria subterrània de Ricard.

La Rosabel es va fer a un costat hàbilment, i va dir:

—Ah!, els meus pares.

Aleshores hi va haver una mica d'embolic. Al seu darrere van aparèixer, somrients, empolainats, nerviosos, el doctor i la senyora Bou, satisfets, sorpresos per l'amabilitat sobtada de la filla petita, afabilitat que, per altra banda, poques vegades havien vist.

—Encantada —digué la Remei, sostenint la plata de rebosteria amb una mà, saludant la Guanyabens amb l'altra—. Remei.

Al seu temps, Bou saludà en Serra i també en Llonch.

—Hola, doctor Bou.

Però encara hi hagué més confusió, perquè xocà amb *doña* Remei i tornà a saludar Llonch.

—Hola, doctor Bou.

La Remei, desconcertada, es tornà a mirar la dona de Prat.

—Encantada.

Mentrestant, el porter automàtic anava fent tot de sorollets, en la temptativa dels veïns de dalt d'intentar que la porta s'obrís d'una vegada. En aquest entretemps tan desagradable i compromès, la Remei saludà la Guanyabens una altra vegada, «encantada», i per un moment fins va semblar que donava la mà al mateix marit. Prat quedà encaixat amb el doctor com si es coneguessin de tota la vida, sense que els Bou Antich sabessin de què anava tot plegat, fent voltes com baldufes i sense ni tan sols intuir que tots anaven al mateix dinar. Els amics tampoc acabaven de digerir aquests primers instants d'incertesa i d'incomoditat extrema. La dona de Prat va optar per mantenir-se al marge, mirant de reüll l'antiga contrincant. La Rosabel, sobtadament animada, encantadora, jugava amb l'avantatge d'haver sabut on anava i el que, coneixent en Ricard i els seus estratagemes, probablement es trobaria en aquella finca. Aprofitava el desconcert. Era ben bé que, fora de l'àmbit familiar, la petita dels Antich es transformava: era literalment una altra persona, i si hi havia nois encara més. Era una extraversió estrangera, que a casa seva intuïen però que els era del tot desconeguda. Els va semblar que, de sobte, els havien canviat la filla: a casa, amb ells la Rosabel gastava una màscara de mal humor impenetrable, constant. Poc es pensaven que amb la posada en escena a la porteria evitava un daltabaix de proporcions inimaginables, en el moment que algú des del pis de dalt instava a través del porter automàtic a prémer la porta i, ara sí, la porta es desencallà i finalment es va obrir. Van anar passant al petit replà on hi havia els dos ascensors i les bústies. No es podia dir que l'edifici fos antiquat; es tractava d'un bloc dels anys setanta, i encara que estava situat al centre comercial de la ciutat, tot plegat, per dintre, produïa un efecte trist i descuidat, que tal vegada s'hauria arreglat amb una simple pintada.

Enmig del desconcert i en l'estretor de l'espai, *doña* Remei tornà a saludar en Serra.

—Encantada —allargant-li la mà.

Al seu darrere, el doctor es veié obligat a fer el mateix, somrient amb cara de circumstàncies.

—Quina casualitat! —repetí en Llonch, encara un altre cop.

—Això sí que és una sorpresa —tornà a dir la Rosabel.

Era ben bé que ella estava en el seu ambient.

La dona de Prat, plena de vergonya aliena, arrapada al marit, bufava com un gat.

—No m'ho puc creure —anava dient en veu baixa, dreta com un pal al costat de les bústies.

—Ara sí que hi som tots —va fer el marit; la Guanyabens va fer petar la llengua i el tibà.

L'encontre i el fet de convidar-los tenien una mala bava considerable. Corroborava un fet incontrovertible: que Ricard Mirabaix era tot un cas. Havia insistit molt que hi anessin. També semblava que les casualitats el divertien. Segurament s'havia fet un fart de riure pensant en el xoc de la trobada, imaginant la conversa d'idiotes que, si tot anava com havia pensat, es produiria. Fins i tot la imatge dels Antich sense entendre res. Els nois, clavats, haurien de seguir per força el corrent. Certament, quina casualitat tot allò de la Marina, i que aquella cabra boja, que havien vist amb assiduïtat pels locals de moda entre els anys 1999 i 2002, fos la germana. Mentre esperaven els ascensors, els amics es mostraven silenciosos, contrariats. Recordaven haver vist la Marina algun cop amb ella, però era evident que, mentre es fixaven en l'altra, Mirabaix havia clissat la germana gran. Sense ni tan sols haver conegut aquella dissortada, intuint també que la Marina ignorava gran part del sarau, o sigui, que Ricard feia sis mesos havia de casarse amb la Michele i que l'ex francesa havia hagut de marxar corrents, escapar-se del noi que li havia amargat la vida, la dona de Prat va dir:

—Pobra noia.

Doña Remei se la mirà somrient, estranyada, sense saber què volia dir ni a qui es referia.

Abans que pugessin encara va arribar un altre amic d'infància, el periodista, que Ricard també havia convocat al dinar; conscient d'haver topat amb una situació delicada, després de saludar breument, la dona de Prat li preguntà:

—I la Roberta?

Feia referència a la companya del periodista, que feia poc havia tornat d'Itàlia per quedar-se a viure definitivament amb ell a Manresa. El periodista va haver de respondre amb brevetat i confessar que la seva amiga no havia pogut venir; la Guanyabens i els amics van comprendre de seguida que en realitat la Roberta no havia volgut correspondre a la convocatòria, de cap de les maneres. Veient el panorama, comprenien que havia estat una decisió sàvia i enraonada; era fàcil constatar que estaven sent víctimes d'un parany tàctic, d'una maniobra típica de Mirabaix. A primer cop d'ull, també era evident que allí s'hi barrejaven dos temes i que la casualitat li havia vingut a tomb, precisament per marejar la perdiu sobre una qüestió més important: era més que probable que l'antic embolic Prat-Rosabel i la coincidència de les dues germanes hagués servit en Ricard per desconcertar i treure importància al fet que només mesos abans s'havia de casar amb una altra noia i que la boda hagués estat anul·lada de manera imprevista i desgraciada pocs dies abans de la celebració, justament per una sèrie de fets i circumstàncies desagradables que li havien posat els amics en contra. Després de fer fora de casa seva la Michele (amiga de la Roberta) de mala manera, els amics s'hi havien encarat i des d'aleshores no havien sabut res més de Mirabaix, res en absolut en tot aquell temps. Ni tan sols l'havien vist per Manresa. Havia desaparegut. Fins que, de cop, com aquell qui res, els havia trucat per anunciar-los no només que havia estat festejant sinó que en breu es casava. Pel que semblava, Ricard s'havia recuperat del trencament amb la francesa amb una rapidesa fabulosa.

Així que, encara que la presència de la Rosabel en principi els havia distret, en veritat aquest no era l'assumpte, o almenys no havia de ser motiu excessiu de preocupació; la vertadera sorpresa era que Ricard hagués reaparegut com si no hagués passat res, com si ni tan sols s'haguessin distanciat, discutit, disgustat, ni res de res.

—Pobra noia —repetí l'Anna en veu baixa.

—Tot això serà divertit —deixà anar Prat.

Havien d'admetre, almenys, que la presència de la Rosabel era un cop magistral, una coincidència irònica i maliciosa, una broma pesada. Mai uns amics havien rebut tants impactes en tan poca estona. Coneixien el Ricard de sobres i ja aleshores intuïen que, malgrat tot, en devia portar alguna de cap, i també que, tot i no entendre el que succeïa, els volia d'espectadors. Almenys ara ja sabien el que havia estat fent durant aquells mesos. Certament, no havia perdut el temps i ara els convocava a cuita-corrents com per ensenyar-los el trofeu, que, per postres, era germana d'aquella fresca.

—Pobra gent —afegí Prat.

Tant Bou com la seva dona, contents i expectants com estaven, provocaven una impressió controvertida, meitat còmica meitat preocupant. Fora del seu hàbitat natural donaven una imatge ben pintoresca: semblaven dos càntirs, aquella senyora pintada com un nan de jardí, amb sabatilles d'anar per casa, mitges color carn i bata descolorida, com si hagués posat botons a unes cortines de cuina, i el seu marit, el doctor, que s'ho mirava tot amb aquells ulls botits, com si se li hagués aparegut la Moreneta, l'home d'aspecte simiesc, el nas aixafat i el somriure de circumstàncies de qui, sense entendre res, dissimula i fa veure que està al corrent de tot, com volent entrar en el joc de complicitats totalment incomprensibles d'una colla de desconeguts, que, a la vegada, semblaven comunicar-se com els sordmuts. Ningú tampoc s'atreví a revelar a aquella gent de Tortosa que anaven al mateix pis i al mateix dinar, a casa dels pares de Mirabaix, al sisè pis, porta tercera, allí on de petits els quatre amics havien anat tants cops a jugar amb Ricard. Neguitosos, es planyien d'ells en silenci, com passaria tantes vegades enmig de la pudor intensa del perfum de la Remei, un tuf embafador que feia tombar d'esquena, i la seva pitrera impressionant, que, a estones, li permetia sostenir amb garanties la plata de rebosteria.

Com que aquell dia feia núvol i semblava que havia de fresquejar, la Remei portava una rebeca. En realitat feia calor, però al començament no se la va treure per res; encara que se la veiés sufocada, segurament la volia lluir. Era una peça color beix, d'angorina. La duia cordada per un únic botó, l'únic possible dels que hi havia. El jersei semblava a punt d'esclatar. El més cridaner eren els dos plomalls que lluïen en cada pit, a manera de decoració, vistosos; la rebeca l'hi havia encolomat feia un parell d'anys la botiguera d'una merceria de Barcelona, que és probable que li hagués dit que li quedava bé, i que fins i tot l'afavoria. Ella tenia la mania d'engiponar-se-la en ocasions especials, però els dos plomalls semblaven extrets d'una mona de Pasqua; li quedaven just davant dels bazuques, en el lloc on se'ls hauria col·locat una artista de cabaret, salvant les distàncies; semblava que tinguessin vida pròpia i es movien tan lleugers, oferien un aspecte suavíssim, eteri, voladís i tremolós tan agradable que feia venir ganes de sentir-los amb el revers de la mà, pel simple fet que amb tota probabilitat el plomissol provocava unes pessigolles igual de suaus i tremoloses.

És clar que els Bou Antich no s'havien adonat d'on s'havien ficat. Amb els nervis, no s'havien fixat, per exemple, en el rusc de noms que poblaven les bústies; es tractava d'un edifici en principi preparat per acollir oficines, en efecte, però curiosament la major part de pisos estaven ocupats per familiars relacionats directament amb els Mirabaix; no era difícil imaginar que el bloc sencer pertanyia al pare de Ricard, Jaume Mirabaix, i que tenia els habitatges llogats a germans, nebots i cosins. El cognom Mirabaix es multiplicava per les bústies: Uri Mirabaix (Carles), família Mirabaix Soldevila, Mirabaix Sala (Sebastià), Mirabaix Hernández, Sorribas Mirabaix, Maria Carme Olivella Mirabaix, i fins i tot un Mirabaix Mirabaix. Els tortosins tampoc s'imaginaven la sorpresa que els esperava al sisè pis.

En arribar el primer ascensor, el matrimoni va afanyar-se a pujar. Passaven deu minuts de les dues i els amics van cedir-los el torn, amb cortesia, dient-los que esperarien el següent. La Rosabel i el periodista també s'hi van afegir, la noia de nou amb aquella positura disgustada tan seva, com si li fes fàstic compartir ascensor amb els pares. Un cop entaforats a dintre tots quatre, en la ferum irrespirable del maquillatge de l'Antich, la plata de rebosteria instal·lada en la pitrera, ja des del primer moment va ser com si el periodista hagués quedat encaixonat amb ells en una proximitat de detalls màxima; des del primer contacte, el cronista d'aquesta història va percebre que l'amic també ho tenia previst igualment així, com si tot plegat estigués provocat per Mirabaix i l'hagués escollit a ell per definir els bazuques immensos de *doña* Remei, els plomalls voladissos que decoraven la rebeca beix, la tarota enfonsada del doctor, la vela rogenca que se li aixecava quan feia una mica de vent o la mala llet ostensible de la Rosabel; tot, en definitiva, fins la malícia de Mirabaix... perquè des d'aquell primer moment el cronista va trobar-se davant per davant amb el desenvolupament dels fets d'aquesta història malaurada, tal com segurament també havia predeterminat Ricard, que tal vegada havia endevinat que es discutirien amb la Roberta per culpa del dinar, que la italiana rebutjaria assistir-hi de manera frontal, «Io non ci vado, per carità!», amb una opinió franca, sincera, plena d'honestedat, en una presa de distància intel·ligent i prudencial de Mirabaix que l'amic també havia sabut anticipar. «És que no us n'adoneu —li havia dit la Roberta—, és que no veieu que us està ensarronant una altra vegada?». «Que no sabeu com acabarà aquesta família en mans de Ricard?». L'única consolació era que almenys la Michele havia aconseguit escapar-se de les grapes d'aquell miserable.

I ara, només arribar a la porteria de l'edifici, en un clar reflex de venjança, Mirabaix no havia fet més que mostrar el trofeu als amics, sense ni tan sols encara haver-los presentat la Marina. La italiana ja havia estat convençuda que aquella pobra gent ni tan sols sabien que feia pocs mesos Ricard s'anava a casar amb una altra, a la qual havia fastiguejat fins a punts insospitats. «Penseu que en un dinar de pares també han de ser-hi els amics?». La Roberta, potser pel fet de tenir família d'origen napolità i algun besavi sicilià, havia sospitat que Ricard, ja des d'aquell primer instant, per no dir abans, en preparava una de grossa. Enmig de l'embafament del perfum, que tantes vegades hauria de flairar en el recull d'esdeveniments, anècdotes i detalls per reconstruir aquesta història, percebent el nerviosisme i la inquietud dels Antich, el cronista va tenir simultàniament la impressió que Mirabaix volia que els amics fossin testimonis directes d'un fet del qual tampoc podrien escapar-se: un succés del qual Ricard se sentia orgullós abans i tot que s'hagués produït.

Per un moment, el cronista d'aquesta història pensà que se'ls havia d'avisar («Fugin —se'ls hauria hagut de dir—, marxin d'aquí, potser encara hi són a temps»), i, tanmateix, ningú no els va dir res; en certa manera, ja no era possible escapar-se; no era possible evitar l'inevitable, ni tan sols quan al cap d'un temps es tornessin a trobar en l'enterrament del bebè, o en el procés d'embogiment de Bou, i encara menys davant dels successos igual de greus, inexplicables, tragicòmics i dolorosos que s'anirien produint. Era massa tard i, a més, des del primer instant va fer l'efecte que tot plegat era indefugible, sobretot perquè, sorprenentment, sempre va fer la impressió que es tractava d'una història calculada, astutament trenada des que Ricard havia posat l'ull en Marina Bou. En efecte, des que va trobar-se ficat en aquell ascensor amb ells, pel cronista d'aquesta història tot allò representaria un repte, que no podria deixar d'atendre ni explicar amb una mena d'estupefacció fascinada, com l'escena que estava a punt de veure, com el moment en què besllumà pel mirall de la capsa el gest de comicitat amb què el doctor imitava les dents de Mirabaix a la seva dona, una mena de ganyota que ella immediatament va correspondre amb molta gràcia, intentant fer el mateix, o la manera com la Rosabel deixava anar un esbufec, i sobretot, també, la cara que se'ls va quedar al matrimoni quan van arribar a dalt, la porta de l'ascensor es va obrir i van copsar l'espectacle que es desplegava per tot el replà, perquè les ganes de fer broma es van acabar; els van passar de cop.

8

ELS MIRABAIX

Al seu davant, va aparèixer la cara d'imbècil del gendre multiplicada en una munió incomptable de rostres, invariablement marcats per l'estigma d'aquelles dents grosses i sortides; l'expressió esllanguida, mortuòria, dels Mirabaix repartida pel replà en totes les seves variants i com si fossin una. Miressin on miressin, en un primer moment, la Remei i el doctor només van veure una col·lecció esfereïdora de fesomies encantades en la fermesa d'aquell gest uniforme, de llavis arromangats i pales al descobert. El matrimoni quedà enganxat a la porta de l'ascensor, i fins va semblar que retrocedien i tornaven a quedar-hi encaixonats, sense poder dissimular l'espant davant del munt de nassos aixecats i lleugerament tremolosos, com si ensumessin la novetat amb un tipus de gest humit, de curiositat extrema que se'ls va fer repulsiu immediatament, a la vegada que se sentien observats de dalt a baix sense cap mena d'escrúpol.

Era la manera descarada que els Mirabaix tenien de contemplar els altres, sense cap mirament, vergonya o contemplació, era com si d'un cop d'ull et despullessin; el visitant quedava exposat a un examen exhaustiu gens agradable: amb una llambregada, un Mirabaix calibrava el que portaves, com anaves vestit, què deies. La majoria de membres feien el mateix, no com una mostra de mala educació o menyspreu pel nouvingut, sinó com un impuls inherent a la seva naturalesa, moguts per una ànsia terriblement curiosa. Bou comptà que, pel cap baix, distribuïts pel replà n'hi devia haver més d'una vintena, també a l'escala. Va veure Ricard i la Marina en aquest punt, com si pugessin al pis de dalt. Anaven agafats de la mà. A primera vista, encara que també hi hagués algunes parelles dels Mirabaix, en conjunt semblava que tothom estigués tallat pel mateix patró, sense distincions; l'expressió tanoca, el somriure penjant als llavis, les incisives, les desenes d'ullets que els fitaven, estudiant-los des de la seva petitesa afal·lerada.

Enmig de l'atordiment, un senyor elegantíssim avançà cap a Bou: el pare de Ricard, que era pastat al fill, encara que trenta anys més gran. Alt, estrafet, també lleugerament encorbat, Jaume Mirabaix s'acostà al doctor amb la mateixa expressió esblaimada dels altres, rictus que es trencà quan va somriure i li quedaren al descobert unes dents indescriptiblement bestials, tot i que més primes, i grogoses, que les del noi. Bou també es fixà que les tenia superposades. Sec, hieràtic, xuclat, amb unes ulleres de carcassa negres, noves de trinca, el pare Mirabaix li semblà un home en extrem polit; anava molt ben vestit, de vint-i-un botó, amb una camisa de quadres novíssima, i lluïa unes sabates de pell negra d'aspecte car. En encaixar, Bou notà de manera inesperada el tacte fred d'unes mans petites i humides que li va fer retirar immediatament la seva. El doctor entregà l'ampolla de cava a l'amfitrió i tot seguit assenyalà la Marina a l'escala; mostrant-se content, per sortir del pas, enmig de l'expectació deixà anar una d'aquelles frases tòpiques gràcies a les quals els idiomes tenen raó de ser: «Som els pares de la criatura!», exclamà.

Al seu voltant, hi va haver una revolada. L'amfitrió començà a presentar a Bou els cinc germans Mirabaix i les respectives. A mesura que el doctor encaixava amb el seguit de mans humides, repetia: «Hola, sóc el doctor Bou». Primer va saludar Carles Mirabaix i la seva esposa, una parella relativament jove, pares de tres nens que corrien pel replà, dels cinc exemplars de criatures que aquell dia coneixerien; la dona de Carles Mirabaix, que era posseïdor també d'unes dents importants, igual que la resta de germans, a Bou li va semblar una senyora escarransida, soferta i consumida, però eixerida com un pèsol, i li va transmetre un tipus de tristesa resignada que li resultà atractiva i li semblà que la feia més bonica del que en realitat era, precisament per aquesta mena d'alegria cansada que li brillava amb fulgor en la mirada, com una brasa inextingible al fons d'uns ulls foscos i grossos. «Una flor solitària enmig d'un paratge rocós», com poèticament ell mateix explicaria. Es deia Amèlia Soldevila, i els tres nens s'anomenaven Maria, Toni i Mercè. El pare de Ricard va presentar el doctor a Sebastià Mirabaix i a la seva esposa, que tenien dos fills, un dels quals també es deia Ricard, un adolescent alt, espigat, amb les incisives més llargues que el pediatre mai hagués vist. Després va ser el torn d'Uri Mirabaix, el germà del mig. Jaume Mirabaix presentava al convidat com «el meu gendre», amb una familiaritat que, malgrat tot, de seguida va agradar al pediatre. Al seu darrere, la Remei mirava de seguir el corrent al marit, dient «encantada, encantada» i sostenint la plata de rebosteria tan amunt com podia, com seguint la crida de l'estrany instint que l'havia posat en alerta només copsar el panorama.

És clar que per als veïns, i també per a la majoria de manresans, la visió odontològica dels Mirabaix s'havia fet quotidiana. A còpia de veure'ls, ja no eren cap novetat. Al visitant, en canvi, li xocava. Sobretot, que a primera vista tots s'assemblessin tant. Al començament, al doctor els Mirabaix li havien semblat «increïblement similars», com també explicaria, perquè un cop els va anar coneixent un per un i els seus ulls botits s'hi fixaven, entrà al detall dels diferents gruixos, densitats i llargades de les incisives; s'adonava que, ben mirat, sense anar gaire lluny, les dents mateix els diferenciaven. Uri Mirabaix, per exemple, era un home rabassut, de cara ampla, coll gruixut, cella junta, de constitució més ferma i ferrenya que els altres. Tenia una estructura òssia més semblant al doctor, per entendre'ns, encara que el rostre i la prominència de les pales l'associaven inequívocament als Mirabaix. Tenia les dents disposades d'una manera especial, que fins i tot en repòs li quedaven graciosament sobre el llavi inferior, de forma més exagerada que a la resta.

Al mateix temps, tot i les diferències, en essència la similitud que en conjunt presentaven els Mirabaix era sorprenent. Al doctor li havia vingut a la memòria l'exemple d'algunes famílies unides per un tret genètic comú, totalment dominant, com la seva mateix, en què la majoria de parents eren pèl-rojos i pigats; també va pensar en l'herència dels calbs, i en l'ordre d'altres loteries genètiques indefugibles. Més exactament recordà l'efecte bestial, d'uniformitat, que li havia produït una família nombrosa de Cornellà. Els havia conegut de casualitat feia uns anys, en motiu d'una visita pediàtrica, i després dels Mirabaix no recordava res més impressionant. Els Pérez Llobera li havien semblat un tipus d'espècie perduda de cromanyons. Fins i tot s'hi assemblaven en la forma de caminar, amb el cap cot i a batzegades, com si encara portessin una llança a la mà; en aparença, recordava que li havien semblat més simis que persones, i, malgrat tot, encara que presentessin l'aspecte pelut, i també quasi retardat, d'una sèrie d'homínids sorgits d'un graó perdut de la història de la humanitat, a la vegada li havien semblat ben llestos i eixerits, fins i tot saberuts, perfectament humans, en definitiva; amb diferències físiques entre ells, és clar, però a l'inici als Pérez Llobera els havia vist tots iguals, pensà. La cara ancestral, les celles gruixudes, sortides, boterudes, que en les noies provocaven l'efecte d'una brutalitat fisonòmica salvatge, totalment animal i alhora entranyable, i que al cap d'una estona es feia normal.

En el cas dels Mirabaix, el tret dominant no era només la malformació a la boca sinó el posat que adoptaven, com si la genètica arrossegués igualment una fórmula i una conformació esquelètica específiques, d'ossament mal proporcionat, antigues, que els lligava a algun element ancestral que no havia variat. Estaven mal fets; el tronc del cos era massa llarg, les cames, curtes. Quan li van presentar la Valentina, l'única germana, l'efecte genètic dels Mirabaix li semblà encara més espectacular i definitiu. En la seva versió femenina, les dents, l'amplada de malucs, la llargada del tronc, en aquesta dona oferien un espectacle implacable, que denotava una duresa i resistència humanes admirable i temible al mateix temps. Malgrat tot, la Valentina li semblà d'allò més divertida. El marit era un home tou anomenat Enric, d'estatura limitada, igual que el fill, un noiet apocat, trist, que també es deia Enric, amb problemes d'obesitat evidents, que restava apartat dels altres. Enric Sala Mirabaix semblava modelat amb plastilina, però, igual que la resta, per les dents i la forma malgirbada del cos oferia l'aspecte inconfusible d'un Mirabaix. Bou va saber capejar els primers moments de sorpresa, i per deformació professional, gairebé per interès científic, se sentí fascinat. *Doña* Remei no.

La senyora no va seguir les presentacions i retrocedí fins que va quedar encastada a les portes dels ascensors, aclaparada, paralitzada pel rebuig inicial, sense poder apartar la vista de tot arreu i d'enlloc, de la imatge multiplicada del futur gendre, observant-ho tot amb el bec mig obert, la munió de rostres atípicament excepcionals, una mà agafant-se el coll de la rebeca i l'altra sostenint la plata alçada, com si els nens que ara l'envoltaven l'hi volguessin arrabassar.

Els fills de Carles Mirabaix es van sentir instantàniament atrets per ella. En realitat, la Mercè, el Toni i la Maria, de cinc, sis i vuit anys, van quedar fascinats pel plomissol de la rebeca. No van tenir manies a l'hora d'allargar les petites mans per mirar de palpar el tremolor agradós de les plomes que hi duia encastades i hi voleiaven; sense voler, havien anat arraconant la senyora i ara estava aturada amb la plata aixecada, mirant d'evitar que els nens la toquessin. A part també del petit Ricard, tot d'una la Remei es va fixar molt especialment en un nen —d'uns dos anys— que sorgí del pis i avançà cap a ella directament i de manera sorollosa, a través de la gent, assegut en un gibrell que feia grinyolar contra les rajoles i empenyia amb les cames nues. Quan arribà a l'altura del petit rotlle de nens, es van apartar, li van cedir el pas. Engabiada, *doña* Remei es quedà mirant, esbufegant atemorida, la cara deformada de la pobra criatura, afectada per una patologia congènita per efecte de les dents, que li tiraven el maxil·lar superior exageradament cap endavant. Molt exageradament. Li queien les baves i feia un sorollet entre les dents en expulsar l'aire, molt audible, fins que va fer un xiscle, «criiiic», que posà els pèls de punta a la senyora i li féu girar la cara per evitar mirar-lo, però sense que, de reüll, ho pogués deixar de fer. Com si li volgués dir alguna cosa, el nen va tornar a fer «criiiic». Anava força brut i com més se'l mirava més horror li produïa. Sentint el pes de les mirades atentes i obsessionades dels Mirabaix, la Remei es va veure en l'obligació de tenir un gest amb la criatura, i s'acotà per fer-li una moixaina. Sense deixar de sostenir la plata enlairada, s'ajupí; dubitativa, acostà amb lentitud una mà. El nen va fer un xiscle encara més prolongat i agut, «criiiic». *Doña* Remei s'espantà; com si s'hagués enrampat, es retirà, s'entrebancà amb un dels nens que s'havia situat al darrere, giravoltà sobre si mateixa com una baldufa i de miracle que no se'n va a terra. La plata de rebosteria es balancejà i en el moment que semblava que havia de caure desaparegué en mans d'una dona que acabava de sortir al replà, una senyora amb bata que, amb increïble rapidesa i habilitat, va tornar a desaparèixer cap a l'interior del pis amb la rebosteria, sense presentar-se ni res, deixant l'Antich amb la mà estesa amunt, en la il·lusió de les postres arrabassades. Acabava de conèixer l'Elvira, la dona de Mirabaix, la futura consogra. A primer cop d'ull, li havia semblat una noia extraordinàriament bella, a la vegada que estranyament nerviosa, excitada, una criatura bellíssima, amb el cap bufat i la bata mig descordada. La Remei notà igualment l'olor fortíssima que venia del pis, de socarrim, de menjar agafat, que de seguida envaí el replà. Malgrat tot, l'atenció tornà al nen del gibrell, que seguia mirant-la fixament i tornà a fer «criiiic». La Remei observà al voltant, desolada. Per sort, la Marina arribà al seu costat per rescatar-la. Sorprenentment, va ser com si la noia ensenyés la mare a tractar les criatures. La Marina s'ajupí davant del nen, en un gest similar al que havia fet ella, però acostant-hi la mà amb decisió, i li acaricià el cabell. La criatura, en senyal de satisfacció agradosa, es repassà les dents protuberants, terriblement tirades cap endavant, amb dos cops de llengua.

—Ho veus? —digué la noia a la mare—. Aquest és el Mau.

Emmurriada, ofesa, la Remei es quedà mirant la insòlita escena de la Marina amanyagant la criatura, el fill petit de Sebastià Mirabaix, que es deia Maurici i a qui a vegades també anomenaven Mauri i que, en efecte, tenia una patologia gravíssima a la cara.

En veure la mare en una situació tan compromesa, arraconada en un extrem del replà, la Marina s'havia obert pas per treure-la del tràngol.

—Xiqueta! —digué la dona, renyant-la en ebrenc—. Ni un beset, filleta meua.

Ricard s'havia quedat a mitja escala, aliè a la recepció, observant com si no hi fos, sense ni tan sols dir res al periodista. Era el primer cop que es veien en sis mesos, però era com si ja des d'aleshores —tant el cronista d'aquesta història com el protagonista— preferissin mantenir una distància prudencial, una mena de proximitat justa, una llunyania suficient respecte a la posada en escena del que, tal com se sospitava, Mirabaix feia temps que preparava. Ricard només va sortir de la seva torre de vigilància quan, després d'una estona, va arribar el segon ascensor. L'onada de glamur i l'empenta inesperada de la Guanyabens, Prat, Serra i Llonch, que, per contra del que havien tornat a decidir a les bústies, es van mostrar simpàtics i somrients, acabà de trencar el cerimonial de presentacions familiars. *Doña* Remei i el doctor Bou es van adonar de manera definitiva que, més que una trobada de futurs consogres, el dinar era més aviat una costellada. Mentre els amics d'infància s'abraçaven amb Ricard, i ell els presentava la Marina, *doña* Remei es va acabar de desconcertar. Ara sí que no entenia res. Mirà un moment el marit, totalment desorientada. Però ell seguia saludant i presentant-se amb efusió, i fins va tornar-se a produir l'embolic de la porteria. Com si li sonessin vagament d'alguna cosa, es repassà el llacet i es va tornar a presentar als amics de Mirabaix: «Hola, sóc el doctor Bou». Estava en la seva salsa.

Sort que l'Elvira tornà a sortir del pis, divertida, loquaç, com si tot li fes molta gràcia.

—Encara no he tingut temps de vestir-me —digué a la Remei, rient—. Ni de fer-me el cap.

La mare de Ricard era una dona bonica. No li calia arreglar-se per estar bé. Fes el que fes, l'Elvira Gomà tenia gràcia. No era alta, però a diferència del marit estava ben proporcionada; tenia la cara rodona i sempre somreia. Una altra flor solitària enmig del paisatge rocós.

—Quina rebequeta més mona —va dir a *doña* Remei.

Enmig del guirigall i la confusió, el comentari animà la tortosina.

Va presentar-li una altra senyora, que inequívocament devia ser germana de Jaume Mirabaix.

—Oh, sí, quina rebeca —digué la Valentina—. Què són això? —assenyalant els plomalls.

Al moment, tot de petites mans van sorgir per mirar de tocar els acabats que decoraven la pitrera del jersei. La Remei se sufocà. Tornava a tenir els cinc nens assetjant-la. Acorralada, notà que s'arremolinaven contra ella i allargaven els braços, com si l'interès d'un fos el de tots. La dona començà a proferir petits crits de sufocament, quasi d'espant, mentre foragitava les manetes que maldaven per palpar la naturalesa etèria i voladissa de les plomes. Alarmada, es recollí la rebeca amb les dues mans, com si de sobte tingués fred, alhora que especificava a l'Elvira i a la Valentina que sí, que en efecte, la rebeca era «bona», d'angorina.

—Potser hem vingut massa d'hora —es disculpà, aclaparada.

—Oh, no! —replicà l'Elvira—. Passeu. —En aquell

moment, entre les mans petites i rosades que sotjaven els plomissols, en sorgí una de més grossa, que la Remei s'afanyà a picar. Era la manassa d'Uri Mirabaix, que se la quedà mirant somrient amb aquella cara ampla, ensenyant-li les dents grosses.

A mesura que entraven al pis, la Remei també descobria les cares «normals» de les parelles dels Mirabaix; es fixà sobretot en l'Amèlia Soldevila i els seus ulls grossos, foscos, tristos, així com en l'Enric, espòs de la Valentina, home d'aspecte nostàlgic, tou, apagat, que es mantenia al marge, igual que el fill. Uri Mirabaix desaparegué cap a l'interior del pis, però els nens no hi va haver forma que la deixessin en pau. Allò que la toquessin, a la Remei la molestava, i en aquella casa es tocaven molt, els uns als altres. Enmig d'aquesta manca de protocol («Ella no s'ha ni presentat», explicaria més tard, referint-se a la futura consogra), la senyora Antich seguia sense entendre res. Les filles estaven desconegudes. Remarcà que la Rosabel es feia càrrec del petit monstre de les dents avançades, que seguia anant d'una banda a l'altra fent grinyolar el gibrell. També es fixà que Ricard, impenetrable, feia com si res de tot allò tingués a veure amb ell. En tot cas, ja aleshores a Mirabaix li devia fer una gràcia tremenda remenar el caldo d'aquella casualitat, brindar als amics una oportunitat de sorpresa tan impactant.

Un dels nens que envoltaven *doña* Remei aconseguí agafar-la de la mà i la tibava cap al pis. Es van anar ficant tots a dintre, a través de les olors indefinibles de menjar, una fortor que, per altra banda, sempre feia aquella casa. El pis dels Mirabaix era modestíssim. No hi havia pràcticament res; estava desproveït de decoració. En aquella casa només hi havia allò que era just i necessari. Al rebedor, col·locat en un racó, hi havia un penjador de fusta, carregat amb una muntanya de roba apilada, i un mirall sense marc. Res més. Tot era d'una frugalitat espaterrant. Tanmateix, els racons eren plens d'objectes en aparença inservibles, en desús. Va veure dues raquetes de tennis, sense cordatge. Era com si res estigués al seu lloc, o tot fos provisional, o hagués estat col·locat allí de forma casual. Semblava la casa d'un drapaire o d'algú que acumulava deixalles.

En l'embús del rebedor, tornà a sentir-se grapejada. Els Mirabaix entraven a la casa a empentes i rodolons.

—Joan! —exclamà la Remei.

—Tot està potes enlaire —es disculpava l'Elvira.

Sense adonar-se'n, notà que l'amfitriona maldava per treure-li la rebeca. La Remei cedí, i en un vist i no vist, mirant de conservar les maneres, va veure amb inquietud que l'Elvira s'esmunyia amb el jersei, en lloc de deixar-lo al penjador.

—Joan!

Bou xerrava animadament una mica més endavant, tocant-se el llacet, pentinant-se l'ensaïmada. «I aquesta oloreta —sentí que deia—, d'on ve?». La Remei, desolada, seguí el corrent cap a l'interior sense la rebeca i amb la sensació estranya que ja l'havia vist prou. Però l'Elvira, que tenia la capacitat única d'anar amunt i avall escolant-se entre la gent, aparegué de nou al seu davant, somrient, en el moment que arribava una altra veïna.

—Ara sí que hi som tots! —exclamà Jaume Mirabaix arribant a la porta, arrossegant les sabates i deixant anar un «hehe» pastat al del fill.

Es tractava de l'esposa del seu germà petit Sebastià, Glòria Butxaca. Eren els pares del petit Mauri. En l'embús del passadís, la Remei s'hi trobà encarada. Sense saber ben bé per què, va fer veure que la coneixia. Jaume Mirabaix aconseguí escolar-se ràpidament fins on era el doctor. Donà un cop maldestre, una mica fals, a l'esquena de Prat, que el deixà passar, condescendent, i quan l'home va ser a l'altura de Bou li colpejà també amistosament l'espatlla. El doctor sentí per segon cop el contacte d'aquella mà tova i va voler fer el mateix. Notà l'esquena de Mirabaix, tensa, d'una fermesa esquelètica duríssima, gairebé com si pogués notar-ne el detall minuciós dels ossets, i retirà la mà. Per un costat, trobava un cert gust de tocar-lo, com a metge; per l'altre, Mirabaix estava sec com un fuet. Llavors es va distreure. A mig passadís, en una de les portes hi havia un lavabo. Quasi sense voler, acabà d'obrir la porta ajustada. Hi havia unes dents enganxades a una noia en sostenidors, amb uns pits grossíssims, assecant-se el cabell. En veure el doctor, la noia li va tancar la porta als nassos, com si de sobte, enutjada, s'adonés que hi havia gent. Una mica més enrere, la Remei sentí que el marit exclamava, com alarmat: «Quina oloreta més bona!».

La dona va sentir que havia de posar-se a plorar. Premia els llavis amb força. Descobria les cambres plenes de roba, amb estris amuntegats, objectes vells, empolsinats, trossos de moble, llums. En aquella casa, tot es guardava seguint una mena de pragmatisme patològic fatal. A les parets no hi havia ni un sol quadre, i alhora trobava que el pis era ple d'andròmines. En una de les habitacions del passadís hi va veure d'esquitllada una pila de matalassos. Per sort, la Marina l'agafava de la mà per conduir-la cap a la llum del fons, passadís endins; ella s'hi arrapà amb fermesa. Al bany, se sentia la remor d'algú assecant-se el cabell. La Remei es mirà la filla, inquisitiva, com volent dir: «Nena, aquí has dormit?».

—Ai, mare —protestà la noia, els rínxols emmarcant-li la cara rodona, pigada.

La Remei aleshores encara no sabia que Ricard vivia en un pis de lloguer, propietat del pare, just davant per davant, a l'altra banda del passeig, i que feia temps que dormien allí amb la Marina, on s'instal·larien a començament de casats. Molts tampoc no sabien que s'havien conegut als Estats Units i que havien esdevingut parella quasi en el transcurs d'una sola nit. L'ordre de les casualitats i les coincidències els havia capgirat el destí i això encara ho feia tot més romàntic, estrany, secret; prou que se'n guardava la Marina, tot i la innocència flagrant que la caracteritzava, de mantenir amagat aquell seguit d'aspectes als pares. En un altre ordre de coses, quan feia sis mesos s'havien conegut amb Ricard, la noia feia temps que s'havia de casar amb un altre (fet que Ricard òbviament sí que sabia), tot i que mai havien arribat a establir data de casament. Però amb l'antic xicot, «un nord-americà de casa bona», com l'havia definit el doctor, la Marina només hi havia estat compromesa, i tanmateix, de cop, arran de la coneixença amb Ricard, justament a Minneapolis per treballar, el compromís amb l'americà de casa bona s'havia acabat de trencar. En qualsevol cas, havia estat millor no esbombar gaire com havia anat tot plegat. Els Antich desconeixien les intimitats i els detalls de la fogositat apassionada que en poques hores havia embolicat la vida de la filla gran amb Ricard, i ella prou que s'havia guardat que en sabessin gran cosa. Tot era tan romàntic, nou, diferent per a ella... Per força havia de ser-ho; ara portava de bracet la mare com si li mostrés un palau de cristall.

La Marina s'havia adaptat a la laxitud i el desordre domèstic dels Mirabaix com aquell qui res. Era com si hagués trobat la casa ideal. Per alguna cosa era la més deixada, *hippy* i desinteressada de la família; ara ho veia, la seva mare. Si ja per si mateixa normalment es mostrava afectuosa, ara encara ho era més. Era un encant, però la Remei veia més que això. La noia destacava enmig d'ells. No diguem la Rosabel, o la dona de Prat. Es preguntava per què no havia informat els pares dels detalls que els podien desagradar. Semblava descobrir una part de la noia que desconeixia, o que els havia passat desapercebuda. Enmig del desconcert, la senyora Antich es tapava el brillant que duia enganxat amb un imperdible a la solapa de la brusa, com si l'instint li fes protegir-lo. Al mateix temps, era la primera vegada que veia la filla enamorada; en tot moment somreia, i per uns instants notà que s'emocionava. Notava igualment que el marit estava encantat: veure la filla enamorada l'omplia de felicitat.

Bou entrà al menjador amb els amics de Mirabaix, que es donaven cops de colze constantment. Es delectaven d'allò més amb l'episodi esperpèntic de la presentació. El pediatre s'ho mirava tot com si fos en un conte de fades, encara que notava que el pis estava pelat i que tampoc era ben bé un palau de cristall. Al menjador, una taula rectangular ocupava quasi la totalitat de la sala. Donava, a través d'un gran finestral, a la paret arbrada del passeig, com arran d'una boscúria d'arbustos. Les tovalles eren de paper. De seguida els nens van tirar-se sobre el pa i les olives, com sempre passava en aquella casa. El del gibrell protestava sota la taula, «criiiic». En un moment, les paneres van ser buides; l'aperitiu havia desaparegut. Amb la mateixa manca de cordialitat, tothom començà a distribuir-se ràpidament al voltant del rectangle. La Rosabel es va asseure al fons de tot, entre Serra i Llonch: tensos, simpàtics, tocats i posats, s'ho passaven la mar de bé amb ella. Prat i la seva dona, tot seguit d'ells; els amics observaven, callats, a veure-les venir. Bou s'assegué al costat de l'amfitrió. Instal·lat en el desconcert més absolut, es dedicava a somriure i escoltar. A la seva esquena, el fullatge magnífic dels plataners. Tot li feia gràcia. El doctor veié l'ampolla de Rioja. Ricard li omplí el vas fins a dalt. Per fi una mica de generositat, pensà el metge. Notà, amb curiositat, que Uri Mirabaix feia el mateix «hehe» que els altres. Tots els Mirabaix somreien de la mateixa manera.

9

CALDO DE GALLINA

A la cuina, *doña* Remei va descobrir l'origen de la ferum embafadora i el seu ennuegament. L'Elvira no tenia gaire traça cuinant. Havia cremat les cuixes de pollastre al foc de gas i les tenia en una plata a munts, socarrimades. N'havia rascat el carbonet d'unes quantes, però ho havia deixat estar. També tenia quasi a punt una plata de macarrons, que havia ficat al forn. Segons ella, s'estaven gratinant. Envoltada de nens, la Remei s'ajupí i acostà els morros a la pantalla.

—Nena, i el formatge!? —exclamà.

L'Elvira s'esglaià.

—Sabia que m'havia oblidat d'alguna cosa! —I es quedà pensant, calculant, mentre la Remei començava a buscar pels armaris. Hi havia ben poc per veure.

—Em sembla —va reconèixer l'Elvira— que no en tinc, de formatge. Amb tantes criatures, no he tingut temps —va fer un esbufec graciós—; encara m'he de fer el cabell.

La Remei va fixar-se aleshores en l'olla immensa de

caldo que ocupava els quatre fogons de la cuina. Observà que hi havia un munt d'elements que hi flotaven, però, sobretot, li va semblar que el recipient, de mida industrial, encara que no gaire alt, era poc indicat per coure-hi el que pretenia ser una escudella. L'olla era massa fonda i plana. «Però que no tenien tants diners, aquesta gent?», es preguntava. Descobrí que només dos dels quatre fogons tiraven amb força. Amb disgust, la Remei va veure igualment que la plata de rebosteria estava començada.

—No notaran res —va dir l'Elvira.

Així que de primer hi havia aquella mena de caldo, l'aiguota bruta del que l'Elvira en deia escudella, com si hagués recollit amb la mateixa olla una porció d'aigua del riu. *Doña* Remei agafà el cullerot i xarrupà, amb els seus llavis construïts expressament per tastar sucs. El va trobar fortíssim. La convidada va entendre de seguida que no hi havia altra solució que aliar-se amb l'amfitriona i mirar de tapar el desastre. També notà que era la primera vegada que la Marina col·laborava en tasques de casa. Amb satisfacció, comprovà que portava els plats a taula, de plàstic. Ella i l'Elvira se somreien. Van decidir explicar-li que, en el seu afany d'ajudar, a la noia no se li havia acudit res més que tirar un grapat de pastilles de caldo a la cassola. La Remei es disgustà encara més: semblava mentida que fos filla seva. Llavors també es va assabentar que havia estat ella la que havia cremat tan penosament les cuixes de pollastre al foc de gas. En veure que havia espifiat l'escudella, l'Elvira se n'havia anat al bany i li havia encarregat la tasca, però quan havia tornat havia trobat totes les cuixes cremades. Ara es partien de riure. L'Elvira era familiar i amable, i tapava prou bé la tragèdia. Tenien una connexió especial amb la Marina, circumstància que a la Remei li feia poca gràcia.

Les filles no havien volgut ajudar mai a casa i ara correm-hi tots. La dona s'arromangà com si fos a Tortosa: si no s'hi posava, va tenir la impressió que no dinarien. Llençà les cuixes a les escombraries i seguidament clavà un parell de remenades al caldo, per mirar de trencar l'espesseïment que l'immobilitzava. Repetí que l'olla era massa grossa, ampla, inadequada. Mentre l'Elvira tractava de justificar-se, la Remei contemplà uns instants la volateria que hi circulava de forma erràtica i capriciosa: veié passar una ala, i una cuixa, i fent tot de giravolts sobre si mateix el manyoc deformat d'un tros de carn que no aconseguí identificar i que de seguida es tornà a perdre en la immensitat terrosa del caldo. Es posà unes manyoples —brutíssimes— que trobà en un calaix, agafà respiració, bufà com ho faria un aixecador de pesos, aferrà les nanses i portà l'ollassa cap al menjador. Amb la determinació sorruda del que ho ha fet tota la vida, deixà el caldo al centre de la taula.

La conversa era animada; el doctor la seguia amb interès superlatiu. En descobrir l'esposa exclamà, jovial, com si fes dies que no la veia:

—Hola, reina, que vols que t'ajudi?

La dona se'l quedà mirant, els llavis premuts. Mentre s'asseia i ordenava a l'Elvira que remenés amb força la llacuna densa, contestà al marit:

—Sí, ara que ja està tot fet.

L'estirabot provocà un «hehe» general que s'estengué

per tot el menjador. Mentre servien l'escudella, el Ricard omplí el got del doctor per segona vegada, mentre aquest somreia com els altres, com si tot plegat li fes molta gràcia.

—El pare d'aquest senyor —explicava Mirabaix al doctor, assenyalant Prat— és dels que té més diners a la comarca. En pot estar segur.

Mentre s'anaven passant els plats d'escudella, Bou es mirà Prat com si es fes càrrec del que significava ser fill de l'home amb més diners de la zona. La Remei tot ho veia d'una mala educació injustificable. Allò semblava un dinar de càmping. I la conversa, la continuació d'una altra que devien haver iniciat feia dies. I tanta gent al voltant de la taula! No suportava el menyspreu que hi hagués altres convidats. I les tovalles de paper. Havien anat a parlar del casament i semblava que era del darrer de què es parlaria. A Bou, en canvi, tot li semblava atractiu i curiós.

—I tu —preguntà l'amfitrió a Prat—, què proposes per a Can Gol?

En efecte, els tres nois i Jaume Mirabaix seguien una conversa antiga. Quan el pare de Ricard va rebre el seu plat aferrà la cullera amb el puny, s'hi abocà i, tot capficat, es posà a menjar la sopa amb gran rapidesa, com si tingués pressa, igual que els nens, igual que tots els altres. El menjador s'omplí de xarrups.

—Una gran botiga —explicà Prat, mirant el pare Mirabaix—, de cotxes de segona mà.

—Però si n'heu posat no sé quantes, d'aquestes botigues —replicà Serra—. Sobreexploteu el mercat.

—I doncs, què hi posaries, tu? —preguntà Mirabaix, entre xarrups.

Sense que ningú en fes gaire cas, la Remei deixà anar un petit crit. Tothom xarrupava. Però ella havia vist una urpa garratibada sobresortir un instant a la superfície de l'olla, s'havia esglaiat i s'havia quedat mirant el marit; incomprensiblement, aquest li picà l'ullet i centrà de nou l'atenció en la vitalitat del comerç, el negoci i les botigues de Manresa.

—Encara hi tornaries a posar les dues mil teixidores de Bertrand i Serra —va dir Prat—. No em facis riure.

—Això del tèxtil està acabat —s'afanyà a comentar Mirabaix, sense deixar de mirar l'escudella i xarrupant a una velocitat esfereïdora—. I tu —preguntà a Serra, entre xarrups—, què hi posaries?

—Un centre comercial —digué el noi—, sense cap mena de dubte.

—Amb uns cinemes i unes botigues —va dir Prat, sorneguer—. Només li falta això, a Manresa.

Doña Remei es posà una mà a la boca, ofegà un crit i es mirà el marit, horroritzada. Estava segura d'haver identificat el tros de carn: uns ulls buits, la canya seca del coll segat, un bec grogós, lleugerament corbat, enfonsant-se de nou en el caldo, boquejant, com si algunes parts de l'escudella encara estiguessin vives.

Mirabaix seguí empassant-se la sopa amb un soroll ostentós i desagradable. Bou es mirà un moment la Remei, estranyat.

—Cotxes i pisos —bufà Llonch—. Jo crec que...

El doctor estava descobrint un món, però en remarcar que la dona tenia una mà a la boca li digué:

—Que no menges, reina?

—Estic desganada.

—Doncs jo hi faria aparcaments —opinà Prat—, que és el que cal a Manresa. Amb pisos a sobre.

—Ja m'ho pensava que voldries fer-hi pisos. Molt original.

Bou va fer un glop de vi. Seguia la conversa amb viu interès. L'entrellat dels negocis li semblava fascinant; tot i que el dinar anava per viaranys diferents dels que havia imaginat, endevinava l'arrel de la discussió. Li agradava l'esperit ultracompetitiu d'aquella gent, que fins i tot en un àpat de prometatge parlaven de feina. Quina comarca tan interessant, pensava. Enmig del menjador, pobríssim, realment auster, amb una manca total d'accessoris decoratius, li semblà trobar-se en un dels llocs més vitals del país, amb gent desperta i espavilada. S'hi va anar entusiasmant. És clar que el vi era dolent com una mala cosa, una mica avinagrat, i la sopa aigualida, però malgrat tot no li semblava que, en definitiva, fossin gent amb tan mal gust: més aviat tenien segell propi. Entenia que els Mirabaix eren una família austera i frugal. Ben mirat, era com si estiguessin dinant en una escola o en un monestir. Tot en aquella casa era d'un pragmatisme inqüestionable. Des del moment que havia vist Mirabaix pare, havia sabut també que la gent més rica i adinerada per força han de ser els més retrets i agarrats, justament a la manera que ara mateix comprovava. A més, sempre estaven discutint de negocis i de diners. Però on devien haver fet els diners, aquesta gent?, es preguntava. La riquesa descrita pel seu amic manresà, no la veia per enlloc; a la taula tampoc hauria costat gaire posar-hi unes tovalles més dignes, o uns tovallons que no fossin de paper. Una mica d'elegància no havia de ser tan cara. Però per què li rendeixen tanta avinença i acatament a Mirabaix, els seus amics? S'ho preguntava i el pediatre tornava al punt inicial. Es deia: la millor manera de ser ric és no aparentar-ho, ser del puny tancat. La gent rica, pensava, fent un altre glop de vi, no gasten, ni tan sols per unes simples tovalles. En aquest medi, a més, li va fer l'efecte que els amics d'infància de Ricard tenien cert nivell, i que sí, que parlaven de negocis interessants, encara que ell no acabés d'entrar-hi i no es veiés amb cor de seguir el fil de la conversa. Per uns moments, el doctor es va distreure.

Es fixà en el moble de prestatges que tenia al davant. Ocupava la paret del menjador de dalt a baix. En les dues rengleres superiors, de cap a cap ressaltava en tota la seva homogeneïtat un conjunt de capses classificatòries, d'aquelles d'oficina de cartró plegable, de la marca Definiclas, que en general els administradors i comptables utilitzen per arxivar i endreçar rebuts i factures; les capses devien encabir feixos ben sòlids de paper, perquè en la part central s'arquejaven com góndoles; des de la distància, Bou aconseguí llegir algunes solapes: «domiciliacions», i en una altra capsa, «llum», «aigua»... i encara més enllà, una etiqueta que deia: «rebuts gas». Els prestatges centrals del moble, sota les fileres de capses, estaven destinats a fotografies; moltes fotografies, la majoria sense marc. Pertot arreu, la cara multiplicada dels Mirabaix, l'expressió esblaimada de cosins, nebots, pares, germans, néts; hi havia imatges en quantitat. En algun racó, les fotos es recolzaven les unes amb les altres. Bou va descobrir un tocadiscos de l'any de la picor. Però aquesta part del moble estava tan atapeïda d'imatges que gairebé amagaven l'aparell. El doctor va fer un altre glop de vi.

—Una incineradora! —exclamà Mirabaix, i Bou retornà l'atenció a la taula: es fixà que l'amfitrió repassava les restes d'escudella amb un tros de pa, tot dient a manera de sentència—: Aquí encara no hi ha funeràries que en tinguin, d'incineradora.

—Genial! —replicà Llonch, entusiasmat—. Una incineradora estaria bé. És clar que els permisos...

—És molt car —sentencià Prat.

—Tot et sembla car, a tu —protestà Llonch.

Van riure. Bou, distretament, deixà anar un «hehe» com el de Mirabaix. Per un moment, tothom se'l va mirar. La presència distingida dels amics i el fet d'estar en una conversa de negocis l'esperonava. Va rebre una coça sota la taula.

—Doncs jo segueixo pensant —va dir Serra— que l'espai és perfecte per a un centre...

—Un edifici sencer d'aparcaments, has volgut dir —replicà Prat.

Serra se'l quedà mirant fit a fit, desafiant. Jaume Mirabaix se n'adonà i intercedí.

—Perquè el pare d'aquest —va dir rient, assenyalant Prat— hi pugui aparcar els cotxes.

Es referia al negoci de cotxes de segona mà que el pare de Prat i el seu fill tenien al centre.

—... i les dues mil teixidores puguin fer ganxet —afegí.

Tots van tornar a riure. Feien referència a l'antiga fàbrica tèxtil dels Bertrand i Serra, que era al solar immens anomenat Can Gol, on hi havia hagut la firma històrica i on havien arribat a treballar-hi dues mil teixidores. Encara que no va entendre la gràcia de les cosidores fent ganxet, Bou tornà a imitar el «hehe» de Mirabaix. Aquest cop, la Remei no s'hi fixà. No perdia detall del que li oferia la superfície aquosa del suc: un tros de carn tot desfilat que de sobte veié sortir de l'aigua terrosa, la pota garratibada i, tot seguit, la mirada buida de la gallina.

—Quin espai ocupa, la zona? —preguntà Serra.

—Tres mil metres quadrats —reblà Prat—. No gaire més.

—Dos mil vuit-cents setanta-quatre —puntualitzà entre xarrups Mirabaix.

—Ah! —va fer Bou, i picà l'ullet a la seva dona, que no estava per res més que la sopa.

Enmig de negociants i gent tan espavilada, el doctor se sentia engrescat, com peix a l'aigua. Sempre que es trobava en reunions així, li agradava ficar-s'hi i, si era possible, oferir opinió, donar el seu docte consell. Sens dubte, es tractava d'una comarca amb una vitalitat comercial destacada, però ell se sentia ambaixador tortosí, i en el deure de constar. Va fer un llarg glop de vi, xarrupà les restes del plat com feia Mirabaix, i també, igual que ell, va sucar-hi un trosset de pa. A l'instant va rebre una coça de la Remei. Aquesta petita incidència va fer que pare i filla es miressin, amb complicitat; es van picar l'ullet. La presència innocent de la Marina esperonava el doctor. Arrapada a Ricard se la veia molt feliç, s'havia de reconèixer: també era evident que les parelles, en aquella casa, les escollien bé, potser per compensar la lletjor dental que dominava. La Marina tampoc necessitava luxes ni bellesa de cap mena per fer ressaltar la seva, pensava el pare. Ell sempre l'havia considerat diferent, a ella, especial. Només el seu pare podia entendre aquell enamorament tan incondicional. I només ella també, amb el cop d'ull momentani, sabia que li feia costat, irrevocablement, que se'n feia càrrec. Per si sol, aquest fet ja era importantíssim, definitiu.

De totes maneres, la situació era excepcional. La Marina es preocupava de manera permanent pel xicot. La seva família mai l'havia vist així. No deixava d'assistir-lo un sol instant, com si hi estigués unida per un sentit de sacrifici i senzillesa quasi conventual. Impressionava. Durant el dinar, tothom va notar que la noia li cedia el plat d'escudella i que li donava el seu propi pa. Tothom va veure també que l'altre s'ho cruspia tot sense contemplacions, com si es tractés del fet més normal del món. L'escena era ben romàntica, fins i tot alliçonadora. Quan veia això, el metge secretament s'enorgullia d'haver educat bé els fills —en el fons—, de la millor manera, encara que hi hagués estat dur. La Rosabel també semblava estar en la seva salsa, enmig d'aquells prohoms comarcals tan joves i plens de projectes, imbuïts de l'esperit comercial dels Mirabaix. Sempre havien sabut que la Rosabel era benèvola, servicial, fins i tot afectuosa com els altres germans. No havia estat ell, el doctor, qui havia pujat els fills en els valors de la generositat i l'esforç?, es deia. Va ser aleshores que Bou, immers en aquestes reflexions especulatives i familiars, va fixar-se en una fotografia que destacava de les altres. La fotografia d'un avi que, de fet, apareixia en diversos llocs dels prestatges. Va observar la més grossa, emmarcada, situada en un lloc preeminent del moble atapeït que tenia al davant. Era una foto color sèpia, d'època, d'un senyor gran, un avi del qual, des que l'havia descobert, no podia apartar la vista. Es tractava d'un home d'aspecte rústic, cara desmaiada, inconfusiblement Mirabaix, l'essència dels rostres que l'envoltaven resumit en una mena de màscara desemparada, cap al qual se sentien atrets els seus ulls. De seguida va intuir que era el pare de Jaume Mirabaix; en definitiva, feia la mateixa cara d'enze.

—Feu el que vulgueu —va dir Serra, enfadat—. Sou capaços de col·locar-hi el que sigui.

Va haver-hi un silenci a la taula. D'alguna manera, enmig d'una tensió extraordinària, la conversa havia anat pujant de to i el noi havia claudicat. Enmig dels xarrups, Mirabaix pare no deia res. Per què estan tensos?, es preguntava el doctor. Per marejar la perdiu, l'Elvira s'aixecà i començà a remenar les restes d'escudella; per segona vegada, quasi tots els Mirabaix van repetir plat. Fins i tot el doctor. Els amics, que ja sabien de què anava la cosa, van escapolir-se de l'oferiment. La Remei i la Rosabel quasi no havien tocat el seu. En la superfície poc profunda de l'olla, s'hi distingien les parts trossejades de la gallina, la pota garratibada de l'au i el cap.

De sobte, la mà de Mirabaix es posà en el braç del doctor: els Bou no estaven acostumats a la naturalitat d'un contacte tan obert i atrevit.

—I vostè —va demanar-li—, vostè què hi posaria?

Mentre el seu veí xarrupava, el doctor s'estarrufà. Per fi l'hi demanaven. No tenia idea del que discutien, ni del tipus de terreny de què es tractava. Tothom se l'escoltà.

—Un hospital —va dir.

Va ser com si hagués passat un àngel. Es va fer un silenci llarg, incòmode, que només va trencar el «criiic» del Mau, que s'havia passat tot el dinar voltant per sota la taula. Tan sols se sentien xarrups, però la cara somorta de Mirabaix semblava calibrar la proposta. Les màscares inconfusibles dels Mirabaix van quedar pensatives, encantades, pensant també en la resposta inesperada del doctor, en l'esforç enorme que devia suposar la construcció d'un hospital en un lloc, en principi, destinat a convertir-se en un negoci més lucratiu i rendible. La Remei també va quedar confosa, orgullosament expectant. Per un moment, allò de l'hospital semblava una idea genial, o almenys afegia un bri d'humanitat en una conversa especulativa entre negociants. La rèplica de Mirabaix va convertir la idea de Bou en un projecte positiu.

—Un hospital —va dir, sense apartar la cara del plat—, una clínica privada, potser, però no crec que un hospital pugui ser un negoci.

Va acabar la frase amb un «hehehe» que s'encomanà a la resta de la sala.

—Massa embolics —afegí, i seguí xarrupant.

—La funerària seria més segura —deixà anar Prat.

—Un hospital, hehe —replicà encara el pare Mirabaix, amb un lleuger to de menyspreu—. No és... vull dir, no m'hi veig amb cor —afegí—. Hehe, massa embolics —repetí.

La reacció va satisfer d'allò més Bou, que es quedà mirant el perfil xuclador de l'amfitrió. En efecte, a mig dinar acabava de fer un descobriment important: tot just aleshores, el doctor s'adonà que els nois que s'havien trobat al replà de l'edifici, els amics d'infància de Ricard havien estat convocats per mirar de convèncer, suggerir, discutir amb el pare Mirabaix, propietari d'una extensió notable de terrenys, algun tipus de negoci. Però, sobretot, Can Gol li pertanyia, n'era propietari, i ell simplement havia mirat de posar en competició els xicots amb l'objectiu de cercar i trobar bones idees, convenients per a un negoci que tot just era a les beceroles. El descobriment impressionà el doctor. Per fi captava el poder que tenia (i exercia) Mirabaix, la riquesa amagada, soterrada en el rostre inexpressiu del futur sogre.

Acabava de percebre, per primer cop, el poder real dels Mirabaix: l'autèntic ric, amb la fredor del negociant, mostra de la indiferència aparent amb què vestia els seus actes; però en realitat, efectivament, el contingut de les múltiples propietats que posseïa li importava i molt. Aquell era el motor que empenyia la família. Omplir de contingut la infinitat de parets que tenien; en el cas dels locals, veure, endevinar la rendibilitat dels negocis proposats, i més o menys segurs que els permetés contractar un lloguer plausible: cotxes, cinemes, fins i tot morts, qualsevol cosa podia ser viable, plausible, si es demostrava rendible. I tanmateix, allò d'encabir a Can Gol un hospital, malalts!, un centre de servei d'aquest tipus, l'havia sorprès. Per un instant, Bou li havia donat una idea que no se li havia ocorregut. Òbviament, un hospital era feina excessiva, massa embolic, poc rendible i, amb tota probabilitat, deficitari. Així i tot, era una idea nova, que segurament ningú s'hauria atrevit a proposar a Mirabaix. En els terrenys ruïnosos de l'antiga fàbrica de Bertrand i Serra, que Mirabaix havia comprat per quatre rals, com el doctor també sabria posteriorment, el més lògic era que el seu sogre hi construís algun negoci de tipus lúdic que li donés pocs problemes i una rendibilitat alta.

Mentre la discussió seguia, el doctor, glop rere glop, se submergí de nou en les seves pròpies reflexions. Tot observant la peculiaritat de les cares que l'envoltaven, tothom xerrant amb tothom en un ambient més distès, que se li començava a fer normal, proper, clavà una altra llambregada a la filla. Començava a entendre per fi, més a bastament, la quadratura del que ja havia percebut i el que li havia explicat per telèfon l'amic Martí. No anava desencaminat. Mirabaix, simple escrivent del Registre de la Propietat, en veritat tenia mitja comarca ficada a la butxaca. Molta gent vivia de lloguer a les cases que tenia en propietat. Tot just començava a entendre l'extensió i la importància de la riquesa intuïda. Aquella simple conversa constatava l'abast del propietari. Començava a dibuixar amb nitidesa una imatge més clara i potent del Mirabaix posseïdor de naus, magatzems, pisos, locals, botigues... fins i tot l'edifici on eren ara, que per un cert comentari que va caçar al vol va entendre que també li pertanyia. Mirabaix era amo i senyor de centenars i centenars de metres quadrats de parets arreu de la ciutat i de la comarca. I, a la vegada, Bou entenia també que malgrat tot, absolutament tot el que Mirabaix tenia estava pelat, completament buit: el treball, els negocis, el contingut el realitzaven els altres, els llogaters, els possibles compradors, i que també, al mateix temps, mirava de controlar-ho, en la mesura que podia, per mirar que tot plegat li fos convenient. Era la voluntat, la dèria quasi malaltissa del propietari que volia acaparar-ho tot; en certa manera, fer-se seva la vida, les intencions de la comarca que tenia ficada en les parets buides que gestionava. Un autèntic poder a l'ombra, pensà el doctor, fet que en aquell moment li augmentà de forma considerable la fascinació que fins aleshores li havia despertat el sogre.

Mirabaix estava en possessió d'un dels negocis més rodons que mai hi hagi hagut, fins i tot més que una funerària. Com li havia dit Martí, era «propietari de mitja comarca». Tot era seu. Tot li pertanyia, encara que en el fons fos un simple escrivent del Registre; rere l'aparença frugal, indolent, grisa de l'empleat, Bou s'adonava que aquell home era molt més que un comissionista o un especulador; es va fer la imatge més aviat d'un home de negocis sagaç. Tingué un calfred: el doctor quedà silenciós, encara més reflexiu, i va fer un altre glop de vi, més aviat presa d'una inquietud excitada, expectant, al voltant de la qual voleiaven com mosques un munt de somnis, idees, esperances. Fità de nou la renglera doble de caixes classificatòries que omplien les prestatgeries del moble. Potser era cert que no havia tingut prou en compte el poder de Mirabaix, però era molt més que tot això. L'home que menjava al seu costat no tan sols era amo i senyor de mitja comarca sinó que, sobretot, des del modest despatx del Registre, ho sabia tot de tothom, el que molts ciutadans pagaven de llum, gas, aigua, lloguer, de la mateixa manera que, com aquell que no vol la cosa, s'assabentava de nous projectes, construccions, edificacions. De fet, en aquell moment de revelació,

Bou ni tan sols s'imaginava fins a quin punt el sogre controlava fins els detalls més mínims, ni la manera obsessiva i prodigiosa a què es dedicava al lloguer de naus. Tot, fins la paret més insignificant, ho tenia sota control, més del que l'amic manresà s'havia atrevit a avançar-li.

No, el doctor no anava gens desencaminat. En aquelles simples capses plegables hi havia les referències, els extractes, el seguiment exhaustiu de tots i cadascun dels seus llogaters, a més d'una quantitat innombrable de rebuts de la llum, l'aigua i el gas que havien pagat al llarg d'anys i anys. Mirabaix els controlava fil per randa i el doctor se n'havia adonat de sobte. El cronista d'aquesta història veié en la seva cara l'excitació de la descoberta, la sorpresa positiva, una mica trista, de l'home al qual s'hauria hagut d'avisar de tantes coses, a la vegada que es trobava un altre cop observant, encantat, obnubilat, immers en el magnetisme indescriptible que generava el retrat de l'avi misteriós, la petita porció de món concentrada en aquell rostre opac, de mirada petita, freda, projectiva i amb els llavis closos, emmarcats en el secret d'aquelles dents tan grosses. Bou sentia, per primera vegada, l'atracció inexplicable en la foscor del retrat d'aquell home en el moment que la Remei li colpejà la cama. Li feia notar que la gallina treia el cap per la superfície de l'escudella. Semblava que ella tenia una arcada.

—Remei, que estàs marejada? —va dir-li el doctor, baixant de l'hort; adonant-se que arrossegava la llengua, per dissimular, aixecà el vas i simpàticament exclamà—: Xin xin!

La contesta d'ella, implacable, indignada, quedà ofegada sota una onada de «hehes» encara més implacables i durs abans fins i tot que fos pronunciada.

—Tu sí que estàs marejat —li digué *doña* Remei.

Enmig del rebombori, l'Elvira va portar a taula la plata immensa de macarrons. Ricard Mirabaix clavà una llambregada a l'amic periodista. Immers en la seva petita lluita personal, per compensar la vergonya indefinible que l'aclaparava, Mirabaix deixà anar un «hehe» lacònic. Per petició seva, quan eren petits, l'Elvira havia demanat a la mare del cronista que li ensenyés a fer els macarrons amb salsa de tomàquet que havien menjat a casa seva, però no hi havia hagut manera. A mans de l'Elvira, els macarrons quedaven reduïts a un seguit d'afluències aigualides, de manera que relliscaven quan s'intentaven punxar amb la forquilla. La dona de Mirabaix s'hi esforçava però no podia.

Quan ella feia els macarrons, com que el marit amb els anys l'havia habituat a gastar el mínim, estalviava tomàquet i el resultat era nefast. Aquell petit gest d'estalvi miserable feia que els macarrons nedessin en el plat. Quan havia de cuinar per a molta gent encara era pitjor. Ara, la pasta flotava en el líquid rosat, aigualit; les revores negres de la pasta havien quedat massa gratinades i treien un fumet blanquinós, com puntes de llumí que s'apagaven. No és que la mare del cronista s'hi dediqués, a la cuina, però almenys no escatimava tant en els ingredients. La seva amiga, per culpa de la mesquinesa de Mirabaix, des que s'havia casat aplicava la garreperia del marit i arruïnava els plats; en aquest cas, el tomàquet havia quedat reduït, pràcticament evaporat, recremat a la base de la plàtera.

Mentre la Marina servia plats de macarrons, amb la mateixa manca de protocol i oportunitat l'Elvira abocava la volateria de l'olla en un plat fondo: l'ànima pàl·lida i bullida d'aquella escudella avorrida va aparèixer en trossos deformes de pilota, pastanaga i restes de patata. La Remei deixà anar un altre crit. La pota garratibada de l'au rodolà també cap al plat fondo, així com el cap de gallina, ennegrit, fumejant, enganxat a un tros de pastanaga descolorida; el bec groguenc s'obrí i es tancà diverses vegades en un gest reflex, pel fred sobtat, amb un borbolleig inquietant pels orificis nasals en cada alenada; estigué boquejant força estona fins que el bec quedà immòbil, lleugerament obert.

La Remei tenia tanta gana que, a la força, finalment va provar un macarró. Això era el que passava. Tard o d'hora ho acabaves tastant. Era el moment que els Mirabaix comprovaven que, en efecte, els convidats a casa seva menjaven i, en conseqüència, podien arribar a creure que potser el menú que oferien era tan bo o més que el que se servia en altres cases. Mentre Bou empaitava macarrons pel plat, Mirabaix feia el fanfarró, palesant l'amistat amb la família del cronista. És clar que el doctor, que també era poc curós quan menjava, una mica sapastre, no va fixar-se en la immensitat del detall que li oferia l'amfitrió: «L'avi d'aquest senyor —va dir, assenyalant el periodista— va tenir el primer taxi de Manresa». Però a Bou justament se li havia escapat un macarró, que rodolà per la taula. En un moviment reflex, la Maria allargà la maneta i se'l va posar a la boca.

—Maria —la va increpar la Marina.

El doctor va seguir caçant macarrons i fent glops de

vi, circumstància que provocà una altra coça sota la taula. Però ja estava fora del dinar. Mentre els Mirabaix menjaven amb fal·lera, cadascú abocat al seu plat, com si endrapessin en l'obscuritat, el cronista va adonar-se del que succeïa. Un cop més, ell i Ricard van creuar mirades. En efecte, els plans secrets de l'amic s'estaven desenvolupant tal com havia previst. Tanmateix, no s'hi podia fer res; només podien seguir el curs dels esdeveniments. Va ser un cop, una revelació, va endevinar les intencions de Mirabaix arran d'un gest. Sí, perquè ja des del moment que el seu pare (amb la impressió tremenda que anaven tots a una) abocava més vi al vas del doctor i li comentava: «El meu fill ens ha dit que vostès tenen una casa tan maca...», s'hauria d'haver vist la cara de Bou il·luminant-se, la manera com, de sobte, veient que la reunió girava de nou al voltant seu, la casa de Tortosa es va il·luminar tota enmig de la taula. Va ser com si Mirabaix l'hagués encertat de ple i el simple comentari hagués engegat tots i cada un dels llums d'aquells trescents quaranta-quatre metres quadrats de propietat. Tots els comensals van quedar de cop i volta encegats davant la imatge que el pediatre, loquaç, entusiasmat, atabalat, oferia del fenomenal menjador de Tortosa, «amb una paret d'obra vista que es remunta a molts segles enrere», com i de quina manera especificava o parlava del despatx, «on tinc una col·lecció d'objectes de pediatria única en el seu gènere», afegí, «amb una sèrie de peces de llibreter també úniques», o explicava el rebedor, celebrant els mobles antics que hi tenia, «la majoria dels quals la meva dona ha heretat de la saga dels Antich». També certificà detalls mínims que no hauria calgut especificar, com el cendrer de plata que Ricard havia estat remenant en la primera visita, o la caixa forta que tenia rere el quadre. El doctor fins s'atreví a parlar del vell Mercedes que dormia al garatge de la gran casa.

Va ser com si, ja des del primer àpat, Mirabaix jugués amb l'avantatge de conèixer perfectament Bou i les seves debilitats. La següent escena va ser demostrativa que no en tindrien pietat. Després del fracàs amb la Michele, Ricard no erraria el segon tret amb una noia com la Marina. El doctor es va trobar sobtadament i inesperadament aquelles cares fredes, mortuòries, escoltant-lo adelerats, com si tots fossin dins la casa, com si la veiessin, palpessin i flairessin a través de les seves paraules apassionades. Devoraven el discurs amb un interès incommensurable i una passió forassenyada.

—És una casa —seguia explicant el doctor amb el got a la mà, arrossegant ja la veu— fundada pel besavi de la meva senyora, el 1618.

I assenyalant la Remei, que arribats a aquest punt era la viva imatge del fastigueig:

—Tot és d'aquesta, no es pensin.

Això li va valer una altra coça. Tothom ho va notar. Però Bou ja era fora del dinar. Va fer un altre glop i allargà la mà per agafar la de la dona; la Remei la retirà al moment, fent un somriure evasiu a l'Elvira. La de Bou, aleshores, va tornar a agafar el vas. Ricard no perdia detall de l'escena, i s'encarregava d'emplenar el vas del pediatre. Es mirà de nou el periodista, i es tornà a fixar en el doctor amb aquells ulls morts. Bou no parava de xerrar. La Remei li clavava tot de coces, però ell no se n'adonava. La pobra dona pretenia que el marit tragués el tema del casament. Havien anat allí per parlar del compromís, però el doctor se n'anava per les branques; s'estava passant de la ratlla. L'esposa intuïa de sobres el perill que representava Bou quan començava a esplaiar-se sobre les propietats. Tanmateix, il·lusionat com estava, ell no reaccionava. El doctor estava llançat. Se la mirà un moment, interrogatiu, mentre Ricard encara li servia més vi i veia com l'altre insistia en els trescents quaranta-quatre metres quadrats que, de fet, per fi li donaven el dret a esclafar el domini aclaparador d'aquelles maleïdes dues mil teixidores que havien dominat el dinar, així com els centres comercials i les funeràries d'aquella colla d'arreplegats. Tot plegat, el situaven almenys al nivell de Mirabaix. Els detalls ínfims, les precisions exquisides de la supercasa de Tortosa, la seva immensitat històrica, li sortien de la gola amb un impuls irrefrenable.

Va ser com si el doctor estigués donant una de les seves conferències. Tothom estava atentíssim. Fins i tot veié els ulls de les criatures clavant-se en les seves paraules, la vida per primera vegada bategant en les cares mortes i desproveïdes d'expressió dels Mirabaix. En efecte, eren dins la casa. I quin plaer no sentia esplaiant-se en allò que era seu, en els crecs de la fusta del despatx, o en la descripció que va fer del fetus que tenia en formol, «blub blub». Els nens se'l miraven, bocabadats. La Maria el fitava rosegant distretament un pinyol d'oliva, seguint el fil de la conversa amb gran interès, malgrat els seus sis anys, a la manera bessona i concentrada dels altres Mirabaix. Tots, absolutament tots, se l'escoltaven amb aquella estranya capacitat de concentració única. El doctor no ho havia vist mai. L'interès pel despatx, la catifa del Mehmet, fins l'aranyó de vidre, era insuperable. Per un moment, com explicaria, fins li va fer l'efecte que li havien ocupat pacíficament la casa, que els Mirabaix ja eren dins.

—A veure si veniu un dia —es despenjà *doña* Remei.

Havia decidit fer el que no feia el marit: parlar del compromís, treure el tema d'una vegada. En aquell moment Bou digué:

—Nosaltres també tenim una casa a Amposta. Una antiga barraca, amb una bassa.

Va rebre una coça duríssima sota la taula. Tothom va riure.

—Els nens s'hi podrien banyar, si volen —digué el doctor, mirant-se la dona estranyat.

La gent encara va riure més. Els nens van saltar d'alegria: «Una bassa, una bassa!», exclamaven. La Remei també va acabar rient, i va acariciar el caparró de la Maria.

—Jo també em podré banyar? —li preguntà la nena.

—Quan vingueu a l'estiu us hi podreu banyar tots —va respondre la Remei.

Sense que se n'hagués adonat, el doctor anava ben torrat. Algun fet irreversible havia succeït a dintre seu. Ignorant que allò no era Rioja sinó vi de garrafa, havien buidat la tercera ampolla. Se sentia animat per la il·lusió de la Marina, per les rialles, per l'orgull filial de pare; en el desig de fer-se notar, se sentí en la necessitat de donar a conèixer igualment la seva fortalesa familiar, la joia per l'anunci de boda, el que fos que pogués calmar la seva inquietud desmesurada, o almenys assolir el nivell d'autenticitat, la singularitat que tan intensament sentia a prop de Mirabaix. Volia contrastar la seva supèrbia, que transcendia de manera ferotge a través d'aquell gen dominant i que sens dubte havia captivat la Marina. Veient que feia una gràcia tremenda, es va voler aixecar per fer un brindis. En un primer moment no va poder. Notava tot de pedretes d'ulls enganxades al llacet. Se l'allisà. També descobrí que un floc de cabell llarguíssim li queia a un costat. Se'l va tornar a cargolar. Però ja no tocava quarts ni hores. Les coses li sortien a Ricard millor del que havia imaginat. Fins les seves filles reien. Llavors, li van venir una sèrie de flaixos nostàlgics, de quan eren petites. Fins i tot a la Remei se li escapava el riure per sota el nas. Confonent espai i temps, el doctor tot d'una es despentinà, amb tota la força, per mirar de representar alguna de les sofertes senyores que poblaven el magnífic quadre genealògic dels Antich.

—Nosaltres —va fer, imitant una veu femenina— som una família del segle XVII.

Tothom va tornar a riure.

—Ai, Joan —va fer la dona, afectuosament—, si et veiessis.

Però tot d'una quedà apagat, blanc de cara. Va ser com si es desconnectés. Just quan la Remei es disposava a treure el tema dels nuvis i el tocava per sota la taula, ara només suaument amb el costat del genoll, el doctor ja no hi era. Aleshores van sortir els flamets d'ou de postres. La Remei deixà anar una exclamació de disgust.

—Xec! —va dir—. Los xiquets d'esta casa...

—Qui ha sigut? —preguntà l'Elvira, davant la plata grapejada.

Els nens reien, i s'hi van acabar de llançar. Algú també va treure el cava, però Bou ja no hi era. A través de la taula, la Maria li deia: «Nozaltrez a Moià tenim una baza; tu també t'hi podraz banyar, si volz». I girant-se cap al seu oncle, cap a Ricard, que no apartava la buidor dels ulls del pobre doctor: «Oi que zí, tiet?». De manera inesperada, Bou agafà la copa, com si de cop també hagués pres una resolució important; «oi que zí, tiet?»; va mirar de posar-se dret; també va tractar de pentinar-se els ramals enrampats del cap, encara que sense èxit. No va poder dir res. Dret, el braç amunt com una estàtua de la llibertat èbria i despentinada, trontollant, primer es quedà mirant la núvia, després dirigí els ulls molt oberts cap al gendre, sense poder-li aguantar tampoc la mirada. Es va sentir un ai i, tot seguit, «que no es troba bé, doctor?». Notà la mà tova de l'amfitrió en la seva còrpora massissa, apartant-lo, i que se li feia la respiració pesada; veié també per uns instants amunt i avall la prolífica i monumental vaguetat multiplicada al moble ple de fotos, «què li passa, que no es troba bé?», «oi que zí, tiet?», «Joan, mare de Déu, què et passa?». En el punt de no-retorn de la borratxera, el doctor es balancejà perillosament, primer cap endavant, arrossegant la taula, després cap endarrere, mirant d'agafar-se a les tovalles, «Joan!». Fins que les cames, tensades amb una força extrema per tractar d'aguantar-se, no van sostenir-lo més i es desplomà, en vertical, amb el terrabastall tremend d'un edifici que s'esfondra, el braç aixecat, emportant-se les estovalles de paper, arrencant-les i enduent-se mitja taula, fins que quedà plegat a terra enmig d'un batibull de plats, líquids, vasos, trossos de pa i de pastanaga en una postura estranya, les cames cargolades, el fregallot de cabells electrificats com les potes multiformes d'una estranya criatura anònima, d'ulls enormes, esbatanats en la pròpia estupefacció.

10

L'EFECTE PASSEIG

Quan va tornar en si, de seguida reconegué la remor familiar de la sobretaula; les veus properes i el dringar de les tasses a l'altra estança li arribaven amb l'aroma del cafè. Estabornit, en el moment que tornava a obrir els ulls i es preguntava què havia passat, sense ni tan sols tenir consciència de com ni quan havia perdut el coneixement, notà que alguna cosa es movia als peus del llit; hi estava estirat de panxa enlaire, els braços oberts en forma de creu, com si hagués caigut del sostre. Bou aixecà lleugerament el cap, sotjà en la cambra desconeguda. No va veure a ningú. Notava a l'esquena el que ja havia percebut en l'entreson de la mona: un bony allargat, prominent, que recorria el centre del matalàs de dalt a baix i li partia transversalment l'espinada. Com que el doctor era un home ample, pel volum del seu cos ferreny revenia ple de la inquietud que li provocava no haver-se pogut adaptar ni a una banda ni a l'altra del bony. Cap de les dues depressions del llit eren prou àmplies per encabir-s'hi, i ara es despertava ple d'aquesta angúnia. Comprovà que li havien cobert les cames amb una flassada. Al fons de la cambra, a peu de llit, hi observà una calaixera: a sobre, va descobrir que hi havia la foto emmarcada de l'avi, la mateixa imatge que ja havia observat en el moble del menjador. El misteriós personatge el fitava en la penombra, amb la mirada hipnòtica, els ulls funeraris, miops, fixos en la cambra gelada. Commogut per l'expressió embadalida i l'esllanguiment fisonòmic del rostre, quedà un altre cop atrapat en la seva força determinada, una impressió d'individualitat i fortalesa úniques que invariablement l'atreia, el fascinava.

Tot d'una, van sorgir al seu davant les cares de dos nens inconfusiblement Mirabaix, la Maria i el Toni, que en veure que el doctor es deixondia s'havien començat a enfilar al llit, sigil·losos, reptant, com si jugant el volguessin sorprendre quan es despertés. En veure que els descobria, s'hi van acostar, atemorits però amb decisió. La Maria va ser més descarada que el nen: amb inesperada confiança i proximitat, la nena va atrevir-se a pujar-li d'un salt sobre la panxa, i tota eixarrancada se'l quedà mirant fit a fit; el pediatre copsà de prop la peculiar cara, que amb aquelles dents tan grosses li deia: «Et potz banyar a la baza de Moià, si volz». El doctor l'acaronà, afectuós, però amb un gest reflex va haver d'apartar la mà en veure que la Maria amagava el gest de mossegar-lo, amb un moviment també rapidíssim. Bou, que era un as amb les criatures, la sostingué hàbilment, amb fermesa, i de seguida també provà d'obrir-li la boca. Tot d'un plegat, la nena mostrà resistència, però de sobte deixà d'oposar-s'hi i la pogué mantenir quieta, amb el cap ben amunt i la boca oberta. Era el primer cop que tocava unes dents com aquelles; a part de la llargària, comprovà la densitat i la grossor d'ametlla que havia observat en les incisives d'altres membres de la família. Quan la Maria aconseguí desfer-se de les seves mans, es va tornar a estirar en la convergència aturonada de l'estómac del doctor; aleshores inspeccionà les dents del Toni. També eren anormalment llargues, però al contrari d'ella eren més fines, estretes, tirades cap endintre com les d'un rosegador.

Va sentir de fons la veu de trompeta de la Remei. També va distingir la Marina, que des del menjador avisava els nens: «Toni, Maria!, què feu?». Ambdues criatures van sortir de l'habitació; van endinsar-se cap a l'olor de cafè i el brogit familiar de l'habitació del costat. Bou se sentia regirat. Quina manera de fer el ridícul, pensava. Recolzà el cap al coixí, amb el deseiximent i la desgana que dóna l'alcohol. Tenia un punt de mal de cap. Alguna cosa no se li havia posat bé. Sentia el regust amarg de la glopada rància que provoquen alguns vins de garrafa. El cap li donava voltes. Malgrat tot, tornà a contemplar la foto de l'avi. Era extraordinari comprovar com aquell gen dominant s'havia repetit en el temps. «Com s'assemblen entre ells!», es deia. De les desenes de branques i d'arbres que havia analitzat, mai havia vist un cas de prevalença genètica tan clar i espectacular. «Fins on es deu estendre la branca familiar dels Mirabaix?», es preguntava. En els seus estudis de diumenge a la tarda havia extret la conclusió fefaent que moltes vegades hi havia trets punyents en les famílies que es transmetien amb insistència de generació en generació; a vegades, no tan sols peculiaritats físiques o gestuals sinó hàbits, costums, i encara anant més enllà, formes de comportament concretes i fins i tot posicions morals. Dels Antich mateix, havia arribat a la conclusió que aquelles dones tan fermes i resolutives havien transmès en la nissaga una personalitat fenícia inequívoca, molt forta, amb capacitats comercials evidents, a la vegada que un concepte hermètic, una mica claustrofòbic i quasi ètnic de la família, fet que seguia impressionant el doctor. Encara que ell no era genetista sinó epidemiòleg, la passió per aquests factors de transmissió, gairebé biològics, dels costums i del caràcter, l'havia portat a estudiar, a llegir, a analitzar i, en definitiva, a formar-se una afició que, però, encara que mantenia en l'àmbit privat cada vegada li semblava estar més en disposició de poder començar a exemplificar i demostrar de manera acadèmica i conclusiva. Es veia capaç d'afirmar científicament que alguns trets físics, de certa fortalesa i insistència en el temps, anaven associats i havien de tenir origen en successos morals o experiències concretes dels individus; amb tota probabilitat, la vivència concreta havia d'haver estat tan forta i potent que havia sobreviscut al llarg de les dècades, com un recordatori d'aquell fet traumàtic, impactant, com si hagués esdevingut una mena d'escut protector per al futur, un factor que, al cap i a la fi, s'havia fet predominant sobre d'altres, totalment definitori del clan, de la saga. De la mateixa manera que existien virus i bacteris amb capacitat d'estendre's i prevaler per un instint de supervivència més fort que qualsevol antídot, per força el doctor reconeixia que hi havia d'haver costums i dèries humanes que subsistien amb la mateixa ànsia i fortalesa que els havia provocat. Però aquelles cares... ara amb els Mirabaix li semblava trobar-se al bell mig d'un magnífic camp de treball.

Descobrí que li havien portat una beguda a la tauleta de nit. Amb una sèrie de gestos impossibles, xarrupà una camamilla insípida. Va fer tot de ganyotes. Ni sucre, no tenen aquesta gent, mormolà. La Maria jugava amb els cabells esbarriats del doctor. Per uns moments, observant les criatures, va veure escrit per primer cop el contrapès genealògic dels Antich, un tret genètic que empenyia amb la mateixa força que la voluptuositat espitregada d'aquelles matrones, la història de la contranissaga que sempre li hauria agradat escriure, i que justament havia de refermar la seva teoria. Contemplava al tocador la fotografia captivadora de l'avi i es preguntava d'on coi devia provenir aquella fesomia, on havia nascut, què havia menjat, on havia crescut... però no li sabia identificar la procedència: l'ossari marcat dels pòmuls li era desconegut, així com el color olivaci de la pell, totalment rústic, apagesat, colrat pel sol, la petitesa de la mandíbula i la grandària de les incisives superiors. En un flaix de clarividència, comprovant que la nena intentava mossegar-lo, li va semblar que a través dels Mirabaix podia muntar una història de la gana. Va ser un instant meravellós. De la mateixa forma que el recorregut genealògic dels Antich explicava la seva dèria comercial, els Mirabaix tal vegada podien explicar una història dels moviments socials de la supervivència i l'ambició personal. La magnitud de la idea l'espantà. Llavors es va distreure. Li va semblar que al menjador discutien i que la seva dona aixecava la veu: va veure, amb sorpresa, que la Marina entrava a la cambra i es llançava als seus braços, sota un grinyol de molles, d'aquella manera impròpia i esbojarrada que darrerament tenia, i s'adonà que la noia sanglotava. Al seu darrere, va entrar la Remei.

—Joan! —exclamà en la penombra—. Diu que es casen a Manresa.

El Toni i la Mercè van entrar a la cambra corrents, i es van quedar observant l'escena a peu de llit, encuriosits, atents, com si comencés la pel·lícula de la tarda.

—Què vol dir que us caseu a Manresa? —va fer el doctor, mirant d'ajustar-se al bony del llit.

Aconseguí treure's la noia de sobre; la Marina se li quedà asseguda al costat, el cap cot, mirant a terra. Tot seguit, entrà Ricard sense dir res. Al seu darrere, la Maria, que s'havia escapolit de la cambra; el seu oncle li posà la mà el cap i ella es quedà quieta, amatent a la discussió. Llavors van arribar Jaume Mirabaix i l'Elvireta. En un moment, l'habitació quedà plena d'ombres vacil·lants, silencioses; també van entrar Uri Mirabaix i la Valentina; en la penombra, al doctor li semblaven tots tan similars i diferents al mateix temps... aquells ulls petits, miops, plens de la imbecil·litat intel·ligent i tremenda que els tipificava, a la vegada que ràpids, durs, opacs, que sempre li recordaven el dia que havia conegut Ricard, la transmissió d'una mena de significat animal profund en tota la seva superficialitat, on cadascú anava a la seva: alhora tots anaven a una sense necessitat de dir-se res.

—Joan! —exclamà la Remei, desesperada, enmig d'una tensió extraordinària—. Què hem de fer?

La comitiva d'ombres es va anar situant al voltant del

llit, en silenci, com es faria en una vetlla. Només es va trencar quan va entrar el petit Mauri, arrossegant la gibrelleta, fent tot de sorolls amb la boca; des d'un racó, es quedà mirant la Remei fixament i deixà anar un «criiiic» llarg i estrident. La dona se'l mirà amb menyspreu, inquisitiva. Una pel·lícula de suor li amarava el front. Després ignorà la criatura. Veient el marit esllanguit, deixà anar un gemec. Tothom era dins l'habitació. Prat, la seva dona, Serra i Llonch treien el cap per la porta, igual que la Rosabel, com en una fotografia emmarcada, massa fosca, en el contrallum que venia del menjador. Per fi, la Remei va engegar el llum de la cambra; va aparèixer la bombeta despullada enmig del sostre, que penjava d'un fil elèctric. Bou, enlluernat, es va posar la mà als ulls, i per entre els dits va veure un personatge que no havia vist, una noia Mirabaix: l'Elisenda, germana gran de Ricard, amb un piano impressionant a la boca. La noia observava el doctor amb gravetat i preocupació, i malgrat tot semblava que somreia.

—Com es troba? —li preguntà.

Bou es fixà que l'Elisenda, tot i l'alçada, tenia els mateixos malucs fèrtils, amplots, de la seva tia Valentina. El cos mal fet dels Mirabaix. Recordava que Martí li havia explicat que era funcionària a l'Ajuntament de Manresa, igual que tants altres Mirabaix; ara comprovava com n'eren de clavades ambdues dones, tot i que l'Elisenda semblava més amable i capficada. Es va fixar que la noia allargava el braç cap a la Marina. En un gest ple de tendresa, li passà la mà esquelètica pels rínxols, dentígera, serena, però talment com si rigués.

—Joan! —exclamà la Remei, veient que es distreia.

El doctor mirà cap a la dona; fent visera amb la mà, veié els llavis d'ànec premuts. Passejà una mirada completament desorientada al voltant; va ser com si demanés ajuda, escabellat, els ulls botits, grossos, girant-los d'una banda a l'altra, com un cervatell atrapat enmig d'una carrucada de gossos salvatge i desganada, com volent dir: «Algú podria explicar a aquesta gent que, en aquest país, el casament s'acostuma a celebrar al lloc de naixement de la noia?». Però no va dir res.

—Es pot fer a l'església de Crist Rei —se li avançà Jaume Mirabaix, amb inesperat entusiasme—. Només s'hauria de demanar.

La Remei clavà una llambregada a la Marina; la noia acotà novament el cap. A hores d'ara, estava completament anul·lada.

—Vols aixecar-te d'una vegada! —exclamà la Remei al marit.

Sota una pluja de «hehes», amb l'ajuda de la Marina i també de la Valentina, Bou provà d'incorporar-se. Des del quadre de la porta, la Rosabel es reia dissimuladament de la situació amb els seus amics; tothom es mirava, amb el punt morbós que dóna trobar-se en plena discussió dels altres.

—Joan! —tornà a exclamar la Remei, com si cridés a un nen—. Aixeca't!

I amb un gest que devia haver fet centenars de vegades, li allisà el drap arrugat de la camisa.

—Fes-te passar la mona, Joan! —insistí, més dolçament—: Que no veníem a parlar del casament?

Respectuosa, aparentment comprensiva, concreta, es dirigí al senyor Mirabaix:

—No tinc res en contra de Manresa —li va dir—, però vostès entendran que ens fa il·lusió que la nena es casi a Tortosa. És el costum —rematà.

Els Mirabaix no deien res. Eren un bloc. Hi havia alguna cosa d'inflexible en ells que els de Tortosa no van poder combatre. Era com si, en certa manera, el silenci testifiqués el que tothom ja sabia: que per molt que insistissin, la parella es casaria a Manresa. Per una sèrie de fets i circumstàncies consumades que encara no coneixien, gastaven una tossuderia mai vista. I allò no estava en discussió. Finalment, la Remei es posà a plorar, d'una manera tan discreta i reservada que s'hauria dit que reia per sota el nas. L'Elvira se li acostà, igual que la Valentina; la Remei no va veure sinó aquelles dents grosses com si Mirabaix es delectés en la seva tristesa. També va percebre un canvi: tan bon punt s'havia posat a somicar, al seu voltant s'hi produí un fet que acabaria de decantar la balança en favor dels manresans. Va ser com si als Mirabaix els calgués compensar la desesperació de la dona o com si se n'alegressin.

—Crist Rei està molt bé —afirmà Mirabaix, il·lusionat—: Anem a fer un volt pel passeig!

Va ser com una consigna. Presa d'una estranya animositat, la família es va posar en marxa, impulsada per una injecció de vitalitat sobtada. La rebeca de la senyora Bou va tornar a aparèixer com per art de màgia. Abans d'entregar-l'hi, per un moment, l'Elvira en tornà a cantar les excel·lències i de seguida la Remei, pensant que tal vegada el detall contribuiria, ni que fos una mica, a fer-los baixar del burro en el tema casament, l'hi va oferir, fent gala també d'una gran generositat. Davant la seva sorpresa, la mare de Ricard va acceptar la rebeca com un regal.

—És tan bonica —va dir l'Elvira, posant-se-la, alhora que li feia a mans una peça seva.

La Remei es va trobar amb un jersei ratat a la mà, petit, de color gris. No se'n sabia avenir. Va tenir la sensació definitiva que la rebeca ja no era seva. Calia sortir d'aquell cau, escapar-se de la mesquineria inenarrable del dinar, de l'olor insuportable de caldo, del numeret del marit amb el vi. Assegut al costat del llit, Bou es mirava les merengues gratinades dels seus peus descalços, blanquíssims, coberts de pèl rogenc. La Marina aconseguí espavilar-lo, posar-li els mitjons, les sabates i treure'l de l'habitació. Quan tornaven a passar pel passadís, a la Remei l'habitatge li va semblar encara més miserable de quan havien entrat.

A les sis de la tarda, el passeig Pere III de Manresa presentava un ambient magnífic; sota l'ombra dels arbres, els ocells xisclaven amb aquella estridència furiosa i desmesurada típica de l'època. L'aire primaveral els revifà, tot i que la senyora Antich va sortir al carrer visiblement contrariada. Fresquejava, així que es va haver de posar, encara que fos per les espatlles, el jersei gris de l'Elvira. Sense la rebequeta de borles es va sentir sola, desemparada. Va agafar-se de bracet amb el marit i van anar tirant passeig avall. Al seu costat, la tropa dels Mirabaix exultava vitalitat. El passeig era ple de gent amunt i avall, un escenari que els Bou no havien esperat i que va transformar els manresans. Van ser testimonis d'un espectacle que ho acabaria de capgirar tot, perquè només saltar al centre de l'avinguda, sota el fresseig dels arbres i dels ocells, enmig dels passejants, els Mirabaix, lluny de l'habitual aparença garrepa i desagradable, van quedar convertits en les criatures més sociables i extravertides del món. S'havien d'aturar constantment. No havien fet ni cinc metres que Jaume Mirabaix va saludar efusivament una parella d'amics seus, als quals va presentar el doctor i la senyora, amb orgull, com «els meus consogres». Desconcertats, Bou i la dona van haver de seguir-li el corrent. El senyor Mirabaix, somrient, estranyament amable i graciós, els semblava una persona diferent. Deu metres més enllà, l'Elvireta, amb la rebeca de borles perfectament cordada i ajustada, aturà la comitiva per presentar els consogres a dues amigues seves, i mentre hi xerraven animadament —perquè una de les dues senyores feia poc que havia visitat Tortosa— una altra parella s'acostà a Jaume Mirabaix per saludar-lo i afegir-se a la conversa. «Me'ls han canviat», pensava la Remei. Enmig de l'ambient festiu del passeig i del dissabte a la tarda es va trobar dient «encantada» a tort i a dret i convidant a Tortosa gent que no coneixia de res.

—Vinguin un dia a casa —deia, sota el xiscle constant del ocells—, i vosaltres —assenyalant amistosament l'Elvira i el seu marit, sempre somrient—, quin dia vindreu a Tortosa? —els demanava, com si també se'ls acabés de trobar.

La germanor, la transmissió sobtada d'un sentit social tan autèntic, els va omplir de força. Els Mirabaix, fora de casa, eren encantadors. Bou, entusiasmat, botava al costat de la dona, sense deixar-la anar del braç ni un instant. El fresseig pictòric dels plataners, verdíssims, el xivarri dels ocellets, la gentada i la distracció el van reanimar, i li va desaparèixer el mal de cap. Els Mirabaix estaven en la seva salsa. En un moment donat, una amiga de l'Elisenda s'acostà al grup i va fer notar la rebeca nova de l'Elvira, que, per cert, encara duia el cabell aixafat. No havia tingut temps ni d'arreglar-se una mica. En aquest ambient amistós i veïnal, en realitat, pel que semblava, poc importaven les aparences. Aquest tipus de deixadesa corporativa formava part dels Mirabaix. Fins i tot es podria dir que l'Elvireta no s'arreglava per no fer massa goig. Encara més, la lletjor endèmica dels Mirabaix, en públic, no es feia tan accentuada. En societat eren acceptats. Fins es podria pensar que la normalitat eren ells, i que tenir la cara conformada d'aquella manera els feia semblar més enginyosos, populars, ocurrents.

Just quan s'aproximaven a Crist Rei, en el punt d'inflexió de l'anomenada plaça de la Farola (on antigament n'hi havia hagut una), es van trobar amb el doctor Martí, l'amic del pediatre. Això va acabar d'obrir la llauna. Pels Antich, trobar-se amb un conegut a Manresa suposà un moment d'importància capital. La il·lusió de pensar que en aquella ciutat també eren una mica coneguts els va omplir d'orgull. Ple d'un bonjanisme tremend, el doctor s'enganxà a l'amic per banda amb una alegria desmesurada.

—Anàvem a Crist Rei —li va dir.

—Ah! —va fer Martí—. Però si és aquí! —I girant-se, assenyalà la façana imponent, austera i sorrenca que tenien al darrere.

En principi, els Bou tampoc s'havien d'emportar una imatge gaire engrescadora ni positiva del lloc on suposadament s'havia de celebrar la boda, sobretot pel que feia a *doña* Remei: a mesura que s'acostaven a Crist Rei, havia estat ella qui havia començat a tibar del braç del marit, per frenar-lo. Però quan va descobrir el temple amb més o menys profunditat, de la mà de Martí, la senzillesa de la façana, aquella frugalitat conventual, en lloc de caure d'esquena l'acceptà amb resignació cristiana. Aquell dia Crist Rei, les escales, la barana, les columnes de la façana, oferia la imatge àrida i distant de sempre, deliciosament tètrica, bellíssima en tota la seva austeritat, un no sé què de fredor jesuítica que va lligar amb la religiositat hermètica i parroquial que els Antich practicaven a Tortosa. Quan van entrar amb tota la comitiva, la presència glaçada de les parets, la nuesa centenària de la nau, l'olor de santedat, la buidor, no els va desagradar. Ella seguia emmurriada, molesta, però a dintre l'església tot va fer un tomb. Anar-hi acompanyats de l'amic va donar a la visita un altre caire. La Remei, per deformació domèstica i gairebé professional, es trobà pensant ja en els convidats, en els contactes familiars, els compromisos, els amics, la reacció que hi tindrien, com s'hi sentirien. Per la seva banda, Bou era del parer que, per primera vegada, potser també era bo que sortissin una mica de Tortosa.

En la profunditat altíssima de la nau, només hi havia dos equatorians. Però la presència del doctor Martí i el fet d'anar a visitar l'església tanta gent, la Rosabel inclosa, va fer que la idea de celebrar-lo a Manresa agafés força. El doctor també pensava que si haguessin decidit fer-lo a Tortosa la noia es podia fer enrere, i aleshores no hi hauria manera de casar la filla gran. Millor Manresa que res. Aquell dia algú assajava a l'orgue, de manera desastrosa, una melodia difícilment recognoscible. Per contra, a la senyora Bou, el Sant Crist de rere l'altar, amb els seus llençols de marbre, li semblà inesperadament adequada. Pel metge, en el fons, tot plegat no deixava de ser una revelació. Observava Mirabaix amb obstinació, com si s'hagués enamorat de l'home que havia enamorat la Marina. En tot moment era conscient de la duresa amb què havia tractat els fills, i ara la il·lusió de la núvia era primordial. «Fora de Manresa potser no es casarà mai», es repetia. Alguns cops, el doctor es creia causa directa de la solteria de les seves filles. Ara la noia era allí al darrere, enganxada a Ricard: mai a la vida s'havia mostrat d'aquella manera amb un noi, no almenys en presència dels pares. Ja llavors exhibia l'aspecte més incondicional de l'amor pel manresà. Tot plegat tenia un no sé què de numeret, d'exhibició gratuïta, de rebel·lia, però Bou hi combregava. I era evident que ella n'estava més que enamorada. Era igual que el seu pare: un cop havia decidit estimar, donar-se completament a l'altre, ho portava fins a la darrera conseqüència. L'amor havia de ser l'expressió humana més fabulosa i romàntica i més incondicional. Veient aquest aspecte de la filla, Bou se sentia jove. De cara a l'altar, es va emocionar. És clar que haurien volgut per a ella una altra mena de xicot, però amb devoció religiosa pensava: «Nosaltres no n'hem sabut més». I en veu alta, agafat a la dona:

—Són unes bones noies.

La frase enfilà la Remei com un ferro roent; va ser com si l'haguessin beatificat.

—Ai, Joan —somicà, a la vegada que s'arrapava també al braç del marit—. Sabia que això passaria.

Aleshores, la dona li arreglà afectuosament el corbatí. El doctor Martí li posà al doctor una mà a l'espatlla. La Marina se li abraçà, i es van tornar a emocionar. Sí, tot tornava a ser com sempre... Que n'era de bo retrobar l'escalf familiar. La munió de cares Mirabaix els observaven, sols, aïllats, mirant-los sense mirar amb aquells ulls buits, a la vegada que penetrants. Sense que se n'haguessin adonat, davant de l'altar, havien sucumbit. Però quan van sortir al passeig els Bou Antich ja anaven amb un altre esperit. Plens d'aquesta força renovadora, la Remei i l'Elvireta s'havien agafat de bracet. El doctor caminava al costat del senyor Mirabaix, i la tropa va seguir així passeig avall. Ara tot era una altra cosa. Una estranya germanor acabava d'unir ambdues famílies. La Rosabel s'emportà els tres nens per acompanyar-los a prendre un gelat. Fins i tot ella estava desconeguda. Quan va tornar al grup, amb les criatures empastifades de xocolata, la Rosabel semblava més contenta, il·lusionada. Més enrere, Ricard avançava abraçat a la Marina; contemplava l'escena com un mariscal de camp. És clar que la Remei, amb el jersei ratat sobre l'espatlla, a cada detall que veia no parava de mirar cap amunt, en senyal de desaprovació; amb desesperació continguda, no es treia de dintre la mirada buida del cap de gallina, traient el bec per entre les ombres fullades dels plataners; l'escudella de l'Elvireta havia estat un sacrilegi, un atemptat a les formes més elementals de la cuina catalana. S'haurien d'arreglar tantes coses...

Per Bou, tot plegat era balsàmic. L'efecte màgic de les terrasses, els personatges que descobria, les cares noves; en conjunt, Manresa l'atrapava. Notava detalls curiosos del color local, que li semblaven encantadors. Es fixà en la flota de cadires verdes que recorrien un tram del passeig, a un costat i a l'altre, i li van presentar una senyora eixerida i simpàtica que, a un preu mòdic, les llogava als passejants que tenien ganes d'asseure's una estona. La tirallonga de cadires, tan netes i polides, feia patxoca, conjuntava. Al seu costat, el senyor Mirabaix, alt, sec com un fuet, donava conversa a tothom. Xerrava pels colzes. Ben mirat, era un tipus interessant. De cop i volta, tenia la impressió que era bo trobar-se a prop de gent tan pràctica i espavilada. Els Mirabaix, al carrer, semblaven les persones més humanes i normals del món. Eren respectats, tenien una certa consideració social. Tothom els saludava i els coneixia. La boda a Manresa era un fet consumat.

11

EL BOMBO

El casament es va fixar pel dissabte 11 de setembre. *Doña* Remei no va comprendre per què s'havia de celebrar amb tanta rapidesa ni tan immediatament després de l'estiu, i encara menys per quina raó s'havia de fer en aquella data precisa, moment en què tradicionalment els Antich es reunien a la casa d'Amposta des de feia dècades, per celebrar la Diada i donar les vacances per acabades. El cas és que la Remei seria la darrera a assabentar-se de l'embaràs de la Marina, motiu real de tantes presses i urgències. «Per què s'han de casar tan ràpid?», preguntava al marit. Al principi, només ho havien sabut l'Elvira, la Marina i Ricard, malgrat els esforços de la parella per mantenir la notícia en secret el màxim temps possible, sobretot per començar a preparar el terreny de cara a la família d'ella. Però el matí del dinar memorable amb els pares de la núvia, la mare de Ricard ho havia endevinat tot. Quan la parella havia arribat al pis, a l'instant i per tercera o quarta vegada, l'Elvira havia notat la noia més inflada del compte, molt més que habitualment, amb una cara de pa que aquell dia en concret ni tan sols els rínxols podien amagar. Aprofitant un moment que estaven soles a la cuina, preparant el famós caldo de gallina per a la multitud, l'Elvireta havia agafat la noia per banda i, amb aquella animositat incombustible tan seva, li havia dit: «Nena, tu estàs embarassada». La Marina se li havia posat a plorar. Tan bon punt la parella ho havia descobert feia poques setmanes, havien decidit accelerar el compromís. Per part de la noia, era moment de mostrar-se ferma i convençuda davant dels pares. D'aquí l'excitació desmesurada i l'explosió d'alegria quan havia entrat a la consulta del pediatre, per donar-los l'ensurt de la seva vida i anunciar que es casava. Però després no havia sabut com informar-los de l'embaràs. No havia trobat el moment de dir-ho; pels Antich, tot de cop hauria estat massa.

L'endemà del dinar amb els tortosins, després que l'Elvira ho sabés, que ho endevinés, ho va fer conèixer a tota la família Mirabaix; tots al complet, des de l'últim cosí fins al primer germà del marit. l'Elvireta Gomà era filla única. La seva família eren els Mirabaix. I tan bon punt havia donat la notícia a l'espòs, ella s'havia encarregat d'esbombar-ho a la resta de clan. En poques hores ho va saber tothom, menys els consogres. La Marina va comunicar-ho primer a la Rosabel, i aquesta va ser l'encarregada de prolongar la bona nova als altres tres germans. Però, al final, va ser la mateixa Marina qui va anunciar al pare que estava embarassada, per telèfon. El pediatre se n'alegrà d'allò més (fet que la noia va agrair), i quasi immediatament injectà un grau més d'urgència als preparatius de boda. Sense que la Remei sabés encara, o millor dit, sense que ningú de moment s'atrevís a dir-li que Ricard Mirabaix havia prenyat la seva filla, Bou va viatjar tot sol a Manresa sense que la dona tampoc ho sabés, per començar a preparar diversos aspectes del casament. Va pensar que l'11 de setembre era la data límit i suficient per mirar de dissimular l'embaràs de la Marina davant dels convidats, sobretot dels amics tortosins, i més que res del grup de la parròquia, d'on la Remei era tan devota; la significació del dia, amb les senyeres i tota la parafernàlia, tal vegada ajudaria a tapar la possible gravetat que poguessin donar ella, i els seus amics parroquians, al fet que la filla es casava de penal. Però passaven els dies i ningú l'hi comunicava; el doctor fins i tot va tornar a anar a Manresa d'estranquis: va reservar l'església per la Diada, va conèixer el capellà i van acordar la cerimònia. Amb tot, a mitjan juliol la Remei encara no sabia que la noia es casaria amb un bombo considerable. En arribar a Tortosa des de Manresa la tercera vegada, en què Bou havia encarregat la decoració de Crist Rei a una floristeria del passeig, l'home no va poder més i per fi va explicar les gestions manresanes. «Però, Joan —va tornar a dir ella—, per què s'han de casar tan...?». Abans que acabés la frase, el doctor l'hi va deixar anar, pel broc gros. No era possible amagar-l'hi per més temps. Sense preparar-s'ho ni res, va contestar: «Perquè està embarassada, Remei». La senyora va quedar gelada. El que més greu li va saber no és que tothom ho sabés abans que ella, que també, sinó haver quedat exclosa de la comicitat inicial que hi havia hagut entre la seva filla i l'Elvira. Si el dia del dinar a Manresa la Marina ja ho sabia, per què no l'hi havia dit a la seva mare, abans que a la sogra? Per què havia hagut de saber-ho la darrera, i d'aquella manera tan barroera? «No m'ho pensàveu dir?», digué al marit. Ofesa, indignada, aquella tarda el soroll de plats i olles a ca l'Antich va ser descomunal. Finalment, es presentà al despatx del doctor, passant el drap per la barana i quedant-se plantada en el marc de la porta. Bou dormitava en la penombra, escarxofat a la butaca davant dels papers eterns de les nissagues. «Feu el que vulgueu», va dir ella, resolutiva. El metge obrí un ull, sotjà la cambra i va entreveure el bec d'ànec, que deia: «Tu mateix, Joan. Això és cosa teva. Feu el que vulgueu». L'endemà, com cada any, ella se n'anava a Amposta a passar l'estiu a la casa de camp, amb la majoria de néts. *Doña* Remei, en la reflexió indignada i sorollosa a la cuina, s'adonava que mostrar-s'hi en contra no serviria de res i que, a més, ara sí que era important posar-ho tot de cara per accelerar el procés de boda. Abans que, l'endemà, ella i la carretada de nens se n'anessin d'estiueig a Amposta, el marit encara va ser a temps d'explicar-li que, per qüestions d'horaris i d'agenda de l'església, al final en lloc de l'11 de setembre el casament s'hauria de celebrar el 12. «Tu mateix, Joan —va tornar a dir ella, amb aquella mena de resignació cristiana tan seva—, això és cosa vostra. Feu el que vulgueu».

La posició neutra de la Remei respecte a la boda seria un factor fonamental per al desenvolupament tràgic d'aquesta història. Sense la seva intervenció directa, Bou s'entestà a combinar el millor casament possible. S'abocà de ple en els preparatius, s'hi va entusiasmar. El sarau de la boda li serví per mig jubilar-se i rebaixar les visites mèdiques a Tortosa. Se sentia responsable de la unió que ell mateix havia autoritzat. Erigit com a mestre de cerimònies, es va fer un fart d'anar a Manresa; de fet, va començar a anar-hi amb assiduïtat, amb el Mercedes amunt i avall, per vestir les mancances materials i la frugalitat cromosòmica dels Mirabaix. De seguida va guanyar-se una gran fama de generositat i honradesa per les botigues on passava. En aquells dos mesos va convertir-se en un rostre habitual del passeig, dels bars, dels cafès, de les botigues i dels restaurants del centre. Quan anava a Manresa, se'l veia tot el dia atrafegat, i Manresa al seu torn li va donar l'oportunitat de començar a anar per lliure, tot sol sense la muller. Bou va experimentar una sensació d'alliberament sensacional. Per primer cop en molts anys, anava sense ella. La Remei era a Amposta empantanegada fins a dalt amb els néts, i realment el va deixar fer. Quan la posava al dia dels avenços, ella se l'escoltava atenta, i alhora indiferent, sense voler interferir. Contestava amb aquell to lacònic i alliberador, «tu mateix, Joan, això és cosa vostra...», que donava ales i esperonava el doctor.

El *Xècspir d'Amposta* va sentir renéixer a dintre seu l'esperit i l'espurna juvenil d'antany. Visitava el doctor Martí, xerraven animadament d'això i d'allò altre, sortien, passejaven; es va fer amic de la Roser, dependenta simpàtica i esquifida de la floristeria, que tan estupendament va ajudar-lo a organitzar la parada de plantes i flors que volia per a la boda. També va dedicar-se a solucionar el lloguer del pis de la parella. Tal com havia promès Ricard, domicilià el pagament, que cobrava el senyor Mirabaix directament, del compte bancari d'ell i de la Remei. Com que Ricard Mirabaix tenia el pis pelat, Bou també va comprar-hi quatre mobles, habilità la cuina, va fer posar aixetes noves als banys i féu venir un equip de neteja per rentar-li la cara. La Marina hi va anar a viure de manera definitiva a finals de juliol. Quan l'hi va comunicar a la seva mare, contràriament al que havien pensat, ella no va fer-hi mala cara. De pas per Manresa, Bou sovint anava al pis i amb freqüència aprofitava per fer-s'hi una dutxa ràpida, i així va conèixer de primera mà la calor espantosa que pot arribar a fer a Manresa a l'estiu.

Malgrat tot, aviat materialitzà la roda d'un total de dos-cents cinquanta convidats. I el cas és que la dona, a l'hora de la veritat, va voler que tots els seus amics assistissin al casament.

L'únic problema va aparèixer el dia que Mirabaix va insistir, amb aquella tossuderia innegociable, a celebrar el convit a la casa que tenien a Moià. «Nosaltres posem la casa —va dir al doctor—, i vosaltres el menjar». La tarda que ho van decidir, van anar a visitar junts la finca amb el cotxe de Mirabaix, un Lada color taronja vellíssim, que el pare de Ricard conduïa amb por, a batzegades, com faria un principiant i còmicament enganxat al volant. Entre riures, Bou explicava que quan al vespre havien tornat gairebé es maten perquè els fars del Lada no paraven de fer pampallugues i de cop i volta s'apagaven. Jaume Mirabaix, que aquell dia portava una camisa beix de fil, molt bonica, era un home totalment negat per als assumptes pràctics de la vida quotidiana. Semblava que només servia per fer números, negocis obscurs i llogar pisos i cases. El primer que Bou va veure del casalot de Moià és que pràcticament estava en ruïnes. Es tractava d'un xalet enorme, gairebé un castell, llòbrec però impressionant. Tot estava fet malbé. La bassa que hi havia al jardí del davant, absolutament descuidat, estava completament negra. Les males herbes envaïen la finca. El jardí del darrere encara estava pitjor. «És clar que s'hauria d'arreglar una mica», va dir Mirabaix, «però la festa es podria fer aquí». Bou, malgrat tot, no ho va veure amb mals ulls. Va saber entendre els avantatges, el potencial de la casa, i se'n va fer càrrec. Ben arreglat, el lloc seria preciós. Primer de tot, va fer venir un jardiner, un moianès rondinaire que tenia molta feina durant les vacances. A dintre de la casa gairebé no hi havia res, fins i tot semblava que algú havia calat foc enmig del menjador, una sala immensa. L'arrel d'un arbre, un desmai que sobrevivia al jardí extensíssim del darrere, havia trencat diverses rajoles de la cuina. La transformació que va viure la casa en qüestió de mes i mig va ser colossal. El doctor va llogar quatre paletes a temps complet. Va fer netejar la bassa. Va fer-hi instal·lar uns llums de disseny, en forma de flors aquàtiques, que de nit il·luminaven el tremolor de l'aigua, però sobretot, mentre els paletes arreglaven les rajoles malmeses i un equip de càtering estudiava el sistema de taules i servei que havia d'anar al jardí del darrere, va fer pintar la planta baixa. La casa tenia tres pisos. Va fer tancar el segon i el tercer i ordenà a l'equip de neteja que ja coneixia que habilités els banys i les habitacions de la planta baixa —hi havia quatre cambres— per a les necessitats que poguessin caldre per la concentració enorme de persones que visitarien la casa el 12 de setembre. En el temps rècord de dos mesos, el castellet dels Mirabaix estaria a punt per fer-hi el dinar de boda i la festa que tot seguit s'hi celebraria. L'única condició que el doctor va imposar al consogre va ser encarregar-se de la música i del sistema elèctric que es requeriria. «Una bona orquestra —li va dir—, una cosa que estigui bé... vostè ja m'entén». No en van parlar més. Però el doctor fins va fer muntar una tarima de ball al porxo del darrere.

La primera setmana de setembre, els néts de Mirabaix van anar a passar el dia a Moià i es van banyar a la bassa. Bou contemplà, amb satisfacció de benefactor, que la casa, realment formidable, estava gairebé a punt per al sarau, el festeig, la gentada. Havia tingut cura fins dels detalls més ínfims. El jardí era un altre; hi havia fet posar torxes per quan es fes de nit i es podria dir, amb justícia, que buidà mig centre de jardineria de Manresa. A l'entrada, i en altres punts del jardí, hi va fer col·locar unes catifes blaves especials, esplèndides, pensant en els talons de les sabates de les senyores. És clar que, en conjunt, la broma pujava una bona picossada. Quan a finals d'agost li va explicar els números, la Remei es va alarmar, i amb raó.

—És la meva filla —deia el doctor, justificant la muntanya de detalls afegits a darrera hora.

—Però són los meus diners! —replicava *doña* Remei, amb més raó encara.

La senyora Antich comprovà que, en qüestió de setmanes, una part imprevista dels estalvis familiars volaven per culpa d'uns personatges que s'havien negat en rodó, des de l'inici, a pagar a mitges un restaurant. La Remei, conscient que no podia quedar-se més temps fora d'una situació complicada que avançava a marxes forçades, desolada, sufragà el que el marit acceptava i combinava tan lluny de casa. Estaven ficats en una roda de la qual ja no es podien escapar. Bou, a més, era un home amb gust, i fos com fos, pocs dies abans del casament, i amb quatre mesos d'embaràs, intentar dissimular la panxa començava a fer-se penós. La Marina pujaria a l'altar amb un bombo considerable per un altre fet: en realitat, estava destinada a augmentar de volum a més velocitat i grandària de l'esperada. Aquest cop, la Remei va ser la primera a saber-ho. Esperaven trigèmines: tres nenes, tres bessones. Per fi ho comprenia tot, sobretot també que s'hauria de concentrar per aconseguir refer el vestit que la nena s'havia comprat amb l'Elvira, mirant d'imaginar-se igualment el volum addicional de panxa que tindria el 12 de setembre.

El que normalment es fa en uns quants anys, Ricard Mirabaix ho estava liquidant en pocs mesos, d'una tacada: casar-se i tenir fills, tres filles. També aviat es van començar a notar les peculiaritats del personatge. Els amics aquell estiu ja el van percebre particularment nerviós, intranquil, tal com també estaven acostumats a veure'l, encara que en aquesta ocasió per un detall en aparença sense importància, que l'havia d'afectar d'allò més i li provocava canvis d'humor i reaccions imprevistes ben estranyes. Sense motiu aparent, estava preocupat per un fet que aleshores, tret dels amics, ningú hauria pogut endevinar. Tot d'una, sense esperar-ho, Ricard es cargolava el rínxol del cap d'aquella manera frenètica i obsessiva que tenia; no s'havia casat, que ja havia iniciat el tripijoc de jugades que farien ballar els altres, sobretot la Marina; esclau del seu secret, va ser com si abans d'unir-s'hi en matrimoni ja fos lluny d'ella, i més a prop d'ell mateix, cap al lloc on volia dirigir-se; la boda no li servia per a altra cosa que per atansar-se als seus desitjos més obscurs i amagats.

El dia del casament, potser pel fet d'haver-lo volgut tapar, l'embaràs era un secret a veus. Però el noi ja es mostrava visiblement capficat. Sigui com sigui, el que havia d'haver estat una cerimònia de tràmit, ràpida i discreta, va convertir-se en un acte multitudinari i llarg. Poques vegades a Manresa, fos per motius tràgics, com ara l'enterrament d'algun jove per un accident, o per celebrar victòries esportives de l'equip de bàsquet o del Barça, s'havia aplegat a la plaça de la Farola un nombre tan elevat de persones. Mai una boda havia creat tanta expectació en una població com Manresa. Una hora abans que comencés la cerimònia, anunciada a dos quarts d'una del migdia, davant de Crist Rei ja hi havia una quantitat insòlita de xafarders, curiosos i espontanis reunits a l'escalinata de l'església, a banda i banda de la catifa vermella que el doctor havia fet estendre, com la llarga cinta d'un regal, des del lloc precís de la vorera on s'aturaria el Mercedes fins a l'altar. Els veïns s'havien anat acumulant d'aquella manera espontània que tenen els curiosos, com quan la gent s'aplega per contemplar un accident de trànsit; simplement, per satisfer la curiositat inevitable i llaminera que es desperta de forma instintiva davant la desgràcia dels altres. Només que, en aquest cas, molts dels que passaven casualment pel lloc senzillament es quedaven per badar, atrets per l'atenció dels altres i per admirar l'espectacle acolorit de la façana de

Crist Rei, insòlitament decorada com una mona de Pasqua. Ni tan sols la grisor d'un dia ennuvolat de mitjan setembre va fer minvar la presència espontània de xafarders.

Quan el cotxe del doctor, també guarnit de flors, va arribar amb la núvia, des del pis del passeig on la noia ja vivia amb Ricard, la plaça estava plena de gom a gom. Alguns dels familiars i amics de la parella van tenir dificultats per obrir-se pas. Els ciutadans que s'havien assabentat que un Mirabaix es casava aquell migdia s'havien preocupat de ser-hi més o menys a l'hora prevista; fins s'hi van donar cita llogaters, compradors, negociants diversos de Mirabaix, així com advocats, propietaris d'immobiliàries i, cal remarcar-ho, també gent que havien decidit no parlar-se mai més amb aquella família, que n'hi havia força, entre els quals algun impagat i també un jove matrimoni que no feia gaire havien estat desnonats per ells.

Allò que se'n diu la societat civil, en definitiva, s'havia anat aplegant a banda i banda de la catifa vermella, sense previ avís, ni saber tampoc el motiu exacte del perquè ho volien veure, potser tan sols per satisfer la fallera de contemplar almenys d'esquitllada la núvia, que ja aleshores havia d'aparèixer insòlitament nostàlgica, trista, apagada, amb aquella panxa mal dissimulada, com si ja aleshores la pobra noia arrossegués una creu, el sacrifici que tothom reconeixia. Altres, sobretot, volien copsar quina cara oferia el pare, el doctor, que s'havia fet una mica conegut a la ciutat, o almenys convertit en poques setmanes en una figura habitual a Manresa, el pediatre tortosí que molts admiraven i planyien pel lloable instint de voler vestir de la millor manera, amb totes les guarnicions possibles, l'avarícia mitològica dels Mirabaix. Tan bon punt el doctor va arribar a la plaça i descobrí l'expectació immensa que havia despertat la boda, pensà allò que tantes vegades havia de reflexionar, fins al punt que aquell dia ho havia arribat a demanar, intrigat, als amics d'infància de Mirabaix: «Però què hi fan tota aquesta gent aquí? Què han vingut a veure?».

Malgrat tot, Bou es delectava en la bonhomia i la generositat que el caracteritzaven. Al cap i a la fi, s'havia dedicat a amagar de la millor manera la garreperia dels Mirabaix, i aquest fet remarcable, gairebé històric, al llarg de l'estiu havia cridat l'atenció dels manresans. Ricard Mirabaix se les havia empescat per casar-se amb una noia de bona família, una gent de Tortosa que havia aterrat a Manresa sense saber-ne res i que en dos mesos i escaig havia embolicat l'església més propera com una capsa de bombons.

El doctor s'hi va gastar un dineral. Amb una fusió floral blanca i vermella per simular la creu de Sant Jordi, també va fer enramar amb cintes florides la base dels plataners propers a l'església, així com les baranes de l'escalinata; en certs punts, també estaven engalanades amb petites cintes amb la bandera catalana. No havia deixat res a l'atzar. Tanmateix, en lloc de tapar l'embaràs prou evident de la noia, de cop semblava que tot plegat estava fet per emmarcar la seva tristesa incomprensible.

Els curiosos es van anar obrint a mesura que pare i filla avançaven: van afrontar la catifa vermella i les escales de manera pesada. No se sabia quin dels dos es recolzava en l'altre, però ell en realitat era el que tibava la núvia cap a l'altar, quasi estirant-li la mà, com si en veritat l'arrossegués amb la determinació ineludible amb què un pare com ell se suposava que havia d'acompanyar la filla cap a les obligacions encara més indefugibles de la vida. Sorprès, el metge mirava a una banda i a l'altra: gros, elegant, suat, vestit de frac, en veure tantes cares va lamentar no haver llogat la banda de música que li havien ofert per amenitzar l'acte d'arribada i de sortida de l'església. Malgrat tot, no entenia el capteniment de la noia, aquella tristesa ofegada en la fragositat del vestit blanc, ennuvolat amb delicades blondes al voltant del relleu de la panxa, que en realitat la destacaven. La gent tenien ganes de veure'ls; volien saber quina cara feien aquells tortosins tan tocats i posats, sobretot el metge que, per equilibrar l'avarícia sobirana de Mirabaix, havia fet un dispendi tan impressionant. Li havia passat la mà per la cara al consogre i havia elevat el casament d'un Mirabaix a un acte social inoblidable. Bou havia decidit, amb el consentiment velat de la Remei, fer les coses ben fetes, convidar un munt d'amics, col·legues metges de Barcelona, antics companys de facultat que el pediatre amb prou feines havia tornat a veure, amics de Tortosa de tota la vida, veïns del carrer on vivien i la quinzena de parroquians que freqüentaven gairebé cada setmana. Fins i tot van invitar uns cosins llunyans de la branca Antich, de Sant Carles de la Ràpita, i encara una branca lleidatana perduda de la vella nissaga, amb els quals no havien coincidit des que la Remei i ell s'havien casat. No hi va haver cap baixa. Ni tan sols d'última hora. Tots els convidats s'hi van presentar.

Crist Rei, que entre setmana normalment només rebia la visita de feligresos equatorians, estava plena a vessar. A part dels més de dos-cents cinquanta convidats, s'hi notava de sobres la presència inesperada i massiva d'autòctons, dels espontanis que s'hi havien donat cita. Bou, l'home digne, respectable, gris, entrava a la nau com un rei. Era el seu moment; anava saludant els convidats quan els descobria entre el públic. Allargava la mà a un regidor amic seu de l'Ajuntament de Tortosa, i també deia hola a gent que li sonava del col·legi on havien anat els fills, de la mateixa manera que algú el saludà a ell sense que el doctor sabés qui era. Tothom es fixava en els ulls brillants de la núvia, llampeguejant d'emoció, una emoció melancòlica, desenganyada, que definien primer la sorpresa, fins i tot la confusió davant l'expectació i, tot seguit, la satisfacció inenarrable pel xou, per l'espectacle que s'havia generat, com ho pensaria qualsevol núvia. A peu d'altar, Ricard Mirabaix semblava un marquès, un aristòcrata de dents prominents que es casava amb una princesa misteriosament compungida sota la música esguerrada de l'orgue. El pediatre besà la mà suada de la noia, indiferent, capficada, esventada per un cop de nostàlgia que mai li havia vist. Entregà la núvia al xicot i s'assegué en el primer banc, entre la Remei i la Rosabel. «Hi ha mig Tortosa», xiuxiuejà, satisfeta, la seva dona.

El *Xècspir d'Amposta* estava pletòric. Mirant als costats i cap enrere, descobria cares anònimes pertot arreu. Un grup de senyores li van somriure tímidament des de la segona columna de la nau; amb curiositat, els tornà la salutació amb un gest de la mà. També va entreveure, a l'altra banda, al costat de la primera columna, la dependenta de la botiga de flors. La Roser li feia senyals per fer-li notar els poms que embellien els bancs i el floriment que, igual que els plataners, envoltava les columnes de l'església. La noia també li assenyalava que, tal com ell havia indicat, la vintena de cistells amb pètals de rosa bicolor, de cara a la sortida dels nuvis, estaven preparats. El mestre de cerimònies assentí amb una aclucada d'ulls peremptòria. Un cop que es va girar, quatre o cinc bancs enrere va descobrir el cronista, els testimonis i la vistosa pamela blau cel que lluïa la Guanyabens. Bou notà que la branca familiar dels Antich i la seva dels Bou havien quedat correctament situades al sector esquerre dels bancs. Però tot d'una va rebre un cop. Girant-se cap a l'altra banda, una ombra d'esglai momentani creuà el rostre del doctor. Només va ser un instant, perquè en tombar-se cap al sector dret dels bancs ho va veure; desconcertat, com si fos la primera vegada que ho descobria, copsà la imatge multitudinària d'aquell rostre feréstec, multiplicat, que omplia els bancs de l'altra banda: els Mirabaix, la nova família política al complet distribuïts al llarg i ample de la nau amb aquell desfici pàl·lid, indolent, que els caracteritzava. Va ser com si fos el primer cop que ho contemplava. Ells sumaven cent convidats i escaig, entre cosins, nebots, germans i parents diversos. Però de seguida el doctor es va distreure, perquè en tornar-se a girar besllumà entre el públic, de la gent que arribava fins a la línia de l'altar, la peixatera del barri, que justament un dia li havia presentat l'Elvireta.

Va ser la primera vegada que va pressentir el buit, la

caiguda a l'abisme. Va ser només un instant, provocat tal vegada pel murmuri constant que envaïa l'església, però sense adonar-se que la gent no eren allí perquè la noia es casés de penal, ni tampoc per descobrir luxes ni decoracions concretes, sinó per no perdre detall de l'espectacle general en si, impulsats inconscientment per l'avidesa intangible del que creixia i flotava al seu voltant; Bou no s'adonava que les circumstàncies del casament eren extraordinàries i sucoses, que es casava un Mirabaix i que allò segurament faria parlar. Els curiosos, naturalment, el que volien era veure la núvia, és cert, i la família de la núvia, sobretot per posar cares concretes, nom i cognoms a la morbositat intrínseca que els havia reunit allí, la morbositat dels que se saben espectadors excepcionals d'un fet humanament i socialment fora del normal. Era com si, d'alguna manera, per algun motiu que anava fins i tot més enllà de la xafarderia, que s'endinsava en la pròpia història de la ciutat, cadascú dels presents en el seu fur intern intuís que allí hi havia els ingredients essencials i necessaris per al desastre, de la manera que només la gent pot saber sense saber-ho que allò no podia acabar bé.

Bou es passava la mà constantment per la clenxa petrificada del cap. La senyora, ensorrada al costat, se'l mirava de reüll. La jaqueta del frac li anava petita; els canells peluts del marit sobresortien en excés pels caps de màniga, mostrant la pilositat gratinada dels braços. A la vegada, el pediatre observava la Marina. Va pensar que des d'aquell angle no es notava res. La núvia es girà cap a ells: per un instant, els ulls grossos, apagats, van clavar-se desesperats en el pare, que va picar-li l'ullet. La noia tornà a mirar endavant. Va semblar que s'animava. El cop, la por, la premonició que el doctor havia sentit abans s'esvaí. La Remei es mirà el marit, que li posà la grapa sobre la seva mà. La dona dubtà, però no l'apartà, i ell pogué tornar a la calma tensa, a l'alegria extasiada del pare que està a punt de casar una filla, la primera, la gran. Sense perdre en cap moment la referència obligada del murmuri inquietant que els envoltava, amb satisfacció secreta, comentà a la dona: «No hi cap ni una agulla», i seguidament, amb una barreja de preocupació, suficiència i orgull, un cop més es preguntà: «Però què hi fan tota aquesta gent aquí, què han vingut a veure?».

12

L'OMBRA ALLARGADA DE LA MICHELE

El convit a la casa de Moià va ser un autèntic psicodrama. Bou havia volgut guarnir la façana de la mansió amb plantes enfiladisses. També havia fet pintar els balcons i arreglar la teulada. La casa semblava una altra. Malgrat tot, ningú deixava de parar esment en la tristesa de la núvia. Els amics de Ricard advertien un cop més no tan sols les rareses del personatge, la naturalesa mesquina que el movia, sinó que sobrepassava de llarg el que se'n podria dir el perfil normal d'algú capriciós. Abastava els marges d'una crueltat extrema. Es veia que el noi l'evitava de manera deliberada; no se n'amagava. Si es parava atenció, a més, procurava que tothom notés que no la tocava ni la besava. Just el dia del casament, feia com si ella no hi fos, al mateix temps que, amb tota l'alegria, celebrava la festa amb cosins i nebots.

Amb el permís del senyor Mirabaix, el doctor havia fet obres a l'interior. La sala i les habitacions de la planta baixa de Moià havien quedat convertides en un espai únic, d'una gran extensió: un *loft*. A Bou li havia fet gràcia preparar un convit a la italiana, on tots estiguessin amb tots. D'aquesta manera, el piscolabis se celebrava a peu dret en la gran sala. Al fons, s'hi oferia un bufet abundós i pertot arreu hi havia taules altes que sobreeixien de plates amb canapès, brioixos dolços, salats, llepolies de tot tipus i enfilalls amb fruita, a manera d'aperitiu. Un petit exèrcit de cambreres i cambrers, elles fins i tot amb còfia, es va posar en marxa per atendre les necessitats dels convidats. Però de seguida es van veure desbordats. Els Mirabaix primer va ser com si entressin en un museu. S'ho miraven tot fascinats, mentre avançaven a la sala, entre les piles de menjar. En qüestió d'instants, van llançar-se cap al bufet i les plates. En un moment, la casa es va omplir de guirigall i de vida. Bou anava de bòlit, saludava, atenia, donava instruccions als cambrers. Als tortosins, els va costar més adaptar-se. De manera inconscient, en general sabien que els havia tocat el paper de donar el toc de glamur necessari al convit. El mateix passava amb els amics d'infància de Ricard. Davant de la barroeria dels Mirabaix, sobretot quan hi havia menjar entremig, els altres comensals inconscientment s'amaraven d'una clara disposició al senyoriu: per regla general, els adults Mirabaix, igual que els nens, ho agafaven tot amb els dits; era curiós constatar que els tortosins, per contra, es preocupaven de punxar els canapès amb l'escuradents i d'acompanyar el menjar amb un tovalló de paper. En qualsevol cas, durant el refrigeri a peu dret, entre gamba i gamba, la majoria dels Mirabaix, amb l'afuat sentit social que els caracteritzava, es preocupaven de relacionar-se i força amb la resta de convidats. En l'aspecte de les relacions humanes, eren inigualables. Jugaven la carta d'una gran desimboltura. El pare de Ricard anava vestit de vint-i-un botó. Feia patxoca, i encara que parlava amb la boca plena i els dits oliosos, estava simpatiquíssim: xerrava, es presentava a tothom, i a tothom cantava les excel·lències del pediatre, la classe de consogre que li havia tocat i l'encert i la gràcia que havia tingut el doctor a decorar la casa i organitzar el pica-pica i el dinar. Els amics de la senyora Antich anaven una mica tibats; de primer moment havien quedat bocabadats. S'ha d'entendre que assimilar en un sol dia l'impacte que ocasionava la visió dental dels Mirabaix no era una tasca fàcil. Requeria estómac i una certa obertura de mires. Si bé, per una banda, es feia complicat deixar d'observar el petit Mauri bellugant-se amb llibertat per entre les cames dels assistents, proferint el seu «criiic» agut, per l'altra tothom quedava subjugat, sense anar gaire lluny, amb l'agudesa inesperada del senyor Mirabaix i sobretot també amb la bellesa i l'encant de la dona. L'Elvira aquell dia anava preciosa. Alguns convidats li destacaven l'encert de la rebequeta amb borles amb què havia decidit anar a la boda del fill. La Remei es volia morir. No se'n sabia avenir. A la vegada, estava contenta perquè aquest cop, per fortuna, els nens no s'havien fixat en ella sinó en la seva germana, Dolors Antich Adell, dona de pits poderosos, com totes les Antich. Les criatures no paraven de seguir-la i molestar-la. Des que s'havien obsedit amb ella, sobretot en la rebeca que la Remei li havia portat de Barcelona, amb una decoració similar a l'altra, els nens no van deixar d'empipar-la. Corrien pel voltant de la casa, trobaven la pobra Dolors, la magrejaven i se'n tornaven a fer voltes a la mansió, per llançar-se de nou contra la senyora i grapejar-la sense que ningú pogués fer-hi res.

De la gran sala, de seguida s'accedia al porxo que presidia l'extensió de verd del darrere. Tothom dinaria al jardí. L'àpat s'havia estudiat de manera que els convidats es poguessin veure tots entre ells: cap racó, cap taula quedava aïllada. El *Xècspir d'Amposta* havia previst fins el més mínim detall: s'havia encarregat de barrejar idòniament els convidats, a fi i efecte d'equilibrar i distribuir a parts iguals el glamur i l'elegància en la magnífica casa redecorada. Malgrat tot, els convidats palesaven l'aixafament de la núvia. Quan tothom va sortir a fora, s'estaven fent les fotografies de rigor al fons del jardí. Els nuvis estaven distants, i ell ni tan sols se la mirava. L'altre fet que el doctor no havia pogut controlar era la música. L'home orquestra que Mirabaix havia contractat era patètic: un pobre xicot, gairebé un indigent, que no se sabia d'on l'havia tret. Mirabaix el devia haver fitxat per quatre xavos, o potser es feia deure o pagar algun favor. El noi esbatussava un joc de timbals que havia instal·lat a la tarima del porxo i ho compassava amb la música infecta d'un orgue electrònic. Els amics d'infància de Mirabaix, Prat i la Guanyabens, Serra, Llonch i el cronista, estaven junts a la mateixa taula, just davant de la tarima i del músic, a l'altra banda de la taula nupcial i dels pares dels nuvis. Per sort, Bou aconseguí que el músic abaixés el volum i quedés com a fil musical. Aparentment el convit anava com una seda, però a la taula dels amics només es parlava d'un tema.

—Per què la tracta d'aquesta manera? —preguntava Serra.

Era com si Ricard castigués la Marina per algun fet que desconeixien, tot i que sabien que l'actitud venjativa i desafiant del nuvi venia de molt abans i de més enllà. Estranyament eufòric, el veien saltar d'una taula a l'altra, passant olímpicament d'ella. Aquesta vegada, els amics ni tan sols patien per la presència de la Rosabel, que curiosament el doctor havia situat a l'altra punta del jardí, lluny d'ells, amb l'Enric i altres cosins Mirabaix. Més aviat, es fixaven en l'única absència notable de la boda, que Ricard s'havia encarregat de ressaltar.

—Per què no ha vingut? —preguntà Llonch, referint-se a la cadira buida de la Roberta.

Tot i que el cronista havia avisat amb temps el doctor, i des del començament, que la seva companya no podria assistir a la boda, Ricard li havia insistit fins a darrera hora, i per un suposat malentès ara quedava un espai buit a la taula, amb el corresponent plat i la corresponent cadira isolada. Era evident que la italiana no hi havia volgut anar, tots ho sabien, i era obvi igualment que Ricard n'havia volgut palesar l'absència. La distribució de les taules era l'únic aspecte en què els nuvis, o sigui, Ricard, havien volgut intervenir.

—Diu que no vol tenir-hi res a veure —assegurà el cronista.

—Amb què? —demanà Serra, amb la innocència que el caracteritzava.

—Amb tot això, pallús —digué la Guanyabens, irada, assenyalant les taules, els Mirabaix, el doctor Bou, que just ordenava que comencessin a sortir els primers plats.

Els amics començaven a entreveure de què anava en conjunt la festa i, sobretot, que l'assumpte era més greu del que semblava. En realitat, Ricard Mirabaix estava de dol. No feia ni un any que l'havien deixat plantat, gairebé a peu d'altar. Ara, triomfal, enfarfegat de ressentiment, els mostrava el nou trofeu, la Marina, motiu de sacrifici i venjança pels fets ocorreguts amb la Michele, l'ex francesa, la noia que havia aconseguit deixar-lo, separar-se'n, alliberar-se'n, abandonar-lo. No podien ni imaginar-se com l'havia afectat; encara menys l'abast que tindria la revenja. Sense cap dubte, la Michele era l'ombra allargada que cobria el casament de penombres estranyes. Tot retrotreia a *ella*, tal com li deien des que Mirabaix, després que *ella* havia aconseguit escapar-ne *in extremis* el desembre del 2003, feia nou mesos, els havia prohibit que ni tan sols l'anomenessin.

L'incident havia tingut lloc al bar de sota casa del cronista, al passeig. Era la darrera vegada que havien parlat de la Michele, perquè només entrar al local Ricard els havia enxampat discutint sobre l'anul·lació precipitada de la boda; ennuegat de dolor, s'havia llançat contra el periodista, l'havia agafat pel coll i totalment descontrolat, cridant, els havia vetat parlar-ne. Havien hagut de separar-lo i emportar-se'l a fora. A partir d'aleshores, si és que havien d'anomenar l'ex francesa, a *ella*, havien de fer-ho d'amagat, quasi xiuxiuejant, per si Ricard els sorprenia. No era casual que Mirabaix s'hagués tirat al coll del cronista. La xicota italiana i la Michele s'havien fet amigues. I a diferència de la resta d'amics, el cronista d'aquesta història estava assabentat de tot; de tot el que havia succeït en realitat: l'infern que *ella*, la Michele, havia passat a Barcelona amb aquell maniàtic insuportable i el final esperpèntic que s'havia produït quan per fi la francesa, convalescent, acabada d'arribar de la clínica, havia trucat a la Roberta i li havia explicat, somicant: «M'acaba de fer fora de casa, algú em pot venir a buscar?». Mirabaix havia portat la convivència amb *ella* fins a extrems insospitats. Li apagava el televisor quan ell volia dormir, no suportava ni una molla de pa a terra, coses per l'estil, i circumstàncies i anècdotes inenarrables que primer havien fet riure les dues amigues i que després feien plorar la francesa. Tot plegat, per una raó senzilla i absurda: Ricard la castigava perquè *ella* es negava a anar a viure a Manresa, tal com el noi desitjava.

Michele Landon era una noia de camp, de la ruralia benestant francesa, provinent d'una família de viticultors d'un poble encantador anomenat Barsac, a cinquanta quilòmetres al sud-est de Bordeus. A la zona s'hi produïa el millor vi de postres del món, amb diverses denominacions: Les Graves, Sauternes, Côtes de Bordeaux... i per descomptat la variant de Barsac, la que feien a casa seva, un vi dolç, afruitat, únic. *Ella* era com el vi dels seus pares: dolça, alegre, genuïna, amant del lloc on havia nascut, de la família i els amics; li agradava viatjar i, de fet, s'havia enamorat de Ricard durant una feina als Estats Units. Es podria assegurar que *ella* havia passat per un procés d'enamorament similar al que experimentaria la Marina. Ricard passava sovint temporades més o menys llargues a Minneapolis. Treballava per a una empresa catalana d'informàtica apagafocs, de Súria, que es deia Paradox. Es dedicaven a solucionar problemes puntuals amb ordinadors d'empresa, i havien tingut tant d'èxit que, en pocs anys, s'havien expandit a diversos països, s'havien internacionalitzat, i amb el temps a Mirabaix li havia estat assignada una zona concreta dels Estats Units, on esmenava imprevistos informàtics per a diverses firmes nord-americanes. Tothom el volia, tothom requeria els serveis d'aquell noi llarg i espigat perquè era ràpid, treballador, eficient, nerviós. Ricard era com un ordinador, en definitiva. Enganyava les màquines com ningú: era especialista a eliminar virus i reactivava computadores que en principi semblaven mortes. També era conegut per la rara capacitat que tenia de recuperar dades de discos durs que s'havien cremat o semblaven perduts. La Paradox, de fet, havia creat un departament gràcies a les seves habilitats, que ell tot sol gestionava i dirigia al seu gust. La Michele havia caigut a les grapes d'aquell xicot estrany, d'aspecte aïllat i feréstec, tan salvatge i arrelat al mateix temps, que treballava d'una manera tan eficient i ràpida perquè en veritat el que volia era tornar a casa com més aviat millor. L'empresa francesa on la noia treballava havia requerit els serveis urgents d'aquell informàtic manresà, i Mirabaix s'havia presentat a Minneapolis només al cap de dos dies. Havia conegut la tortosina de la mateixa manera casual, el dia que s'havia assabentat que la Marina, la germana gran de la preciosa Rosabel, vivia a l'estat veí d'Iowa. En la seva àrea, Ricard podia fer i desfer. Si anava molt enfeinat, rebutjava ofertes, però sovint s'ho feia venir bé per encadenar encàrrecs als Estats Units, sobretot per alguns punts i ciutats de l'estat de Minnesota que es coneixia com el palmell de la mà. La francesa (com també passaria amb la Marina) se n'havia enamorat a l'instant, tot i que al final seria prou forta per escapar-se'n. No com l'altra.

Amb la Michele havien viscut una lluna de mel anticipada. Enamorats dels Estats Units, quan havien tornat a Europa ja se n'havien anat a viure junts. Havien llogat un pis a Barcelona, directament. Per estrany que pugui semblar, ell ni tan sols havia passat per Manresa. En un tres i no res, sense pensar-s'ho gaire, ni pràcticament coneixe's, es van trobar compartint vida plegats. Però ràpidament el noi havia volgut portar-la al seu cau: obsessionat, maniàtic, mesquí, amb una dèria increïble per l'estalvi i els diners, s'havia obsedit també perquè anessin a viure a Manresa. Al cap de poques setmanes ella va trobar-se atrapada. També de seguida s'havia quedat embarassada. Però va semblar que, almenys en els primers moments, la feliç circumstància canviava l'actitud del noi. Amb la il·lusió tremenda de la notícia, la boda es va haver d'organitzar a tot drap, estil Ricard, pel Nadal del 2003. La Michele ho desitjava, potser no tant com Ricard, però hi estava engrescada. En qualsevol cas, de sobte Mirabaix va fer un altre canvi substancial, encara més inesperat i radical, perquè va començar-li a insinuar que tant de bo la criatura fos un nen. Resultava que, tant sí com no, volia un nen. La Michele acabava de descobrir un factor crucial que desencadenaria el pitjor. Primer, Ricard havia començat explicant-l'hi gairebé de broma, però de seguida havia endurit la posició i havia insistit amb fermesa en la voluntat que el bebè fos mascle. Aquest fet el subjugava, l'obsessionava, més enllà del que ell mateix comprenia i podia explicar; així que la discussió, dia rere dia, anava pujant de to, fins al punt que *ella* havia trucat a la Roberta desesperada. Ricard estava fora de si. En tot moment en parlava, totalment capficat amb allò del nen. Estava insuportable. La maltractava, la castigava. En aquell moment, la francesa se sentia definitivament atrapada. La data del casament s'acostava. Feia tres mesos que estava embarassada, i aleshores va succeir el fet inesperat. La Michele va prendre una decisió dràstica, que Mirabaix mai hauria pogut esperar ni preveure. Mai es va imaginar que *ella* s'hi atreviria. Però el cas és que, sense que l'altre ni tan sols ho endevinés, havia decidit tallar-ho de soca-rel, avortar, desfer-se de Mirabaix i de tot el que pogués implicar-la amb ell, abandonar-lo, fugir. El fet esclatà el dia que *ella* li anuncià que estaven esperant precisament una nena, tot i saber del cert (així ho revelà a la Roberta) que es tractava d'un nen. Farta de tot plegat, *ella* afuava les brases del deliri del nuvi, tan inesperat i absurd. Ricard va tornar-se com boig. S'havia posat frenètic. Una nena! Li va llançar roba per la finestra, va trencar una petita col·lecció de nines que ella s'havia dut de França, espatllà el pany de la porta del dormitori i al menjador es dedicà a tombar cadires; va fer saltar les fotografies emmarcades del gran viatge que havien fet als Estats Units. No en va quedar ni una de sencera. Va destrossar mig pis, en definitiva, fins que per fi, esbufegant com un gat, el noi va ficar-se al llit fet un manyoc de nervis, insultant-la en silenci, murmurant frases incomprensibles. *Ella* va optar per dormir al sofà. No estava disposada a aguantar més. Allò havia estat la gota que havia fet vessar el vas. Va decidir trencar amb tot, i abans que res, comportar-se a l'altura de Mirabaix. S'adonava que si no actuava de manera miserable i mesquina no faria res, no li podria guanyar la batalla. L'endemà, amb un nus a l'estómac, però sabent molt bé el que havia de fer, se n'anà a una clínica de Barcelona, tota sola, sense ni tan sols avisar la Roberta, i es va fer treure la criatura de dins. Al tercer dia, quan va estar en condicions de tornar al pis, sense perdre més temps es plantà davant de Ricard i li comunicà que havia avortat.

En efecte, havia volgut que li arrenquessin el monstre del ventre. Havia sabut que no el desitjava, que tampoc es volia casar amb aquell salvatge, que se n'anava i que no el veuria mai més. Amb la criatura al ventre, mai s'hauria pogut alliberar de l'home que li havia segrestat la vida. Abans que *ella* l'hi hagués acabat d'explicar, ell ja l'estava fent fora del pis. Mentre obria la porta i l'empenyia escales avall, la noia exclamava «era un nen!», un crit que sortia directe de l'esgarrinxada que portava a dintre, mentre es precipitava escales avall, sota una pluja d'objectes, «*un garçon, c'était un garçon!*», cridava *ella*. Per a Ricard, l'episodi havia suposat un daltabaix de proporcions inimaginables, una vertadera calamitat personal. Malgrat tot, els amics no havien arribat a saber de la missa ni la meitat. Només la Roberta i el cronista. La italiana havia anat a recollir-la al carrer; se l'havia trobat cargolada de dolor, arronsada en un banc del carrer Enric Granados, a tocar de la Gran Via, enmig d'un mar de llàgrimes, i se l'havia endut a Manresa. S'hi estaria un parell de dies abans de desaparèixer per sempre. Ricard ni tan sols va trucar al cronista. La resta d'amics es van empassar la versió oficial, el que ell els havia explicat: que l'havia enxampat amb un altre, un advocat de Barcelona, i que en assabentar-se'n havien trencat. Fins i tot explicava, però, que l'havia fumut escales avall.

—Diu que li llançava les coses per l'ull de l'escala —deia Serra, a la taula, i amb certa admiració, vigilant que el nuvi no el sentís—. Només el Ricard és capaç d'una cosa així.

Ni tan sols havien sospitat l'embaràs; encara menys el veritable final clínic. Just el dia de Nadal, el noi s'havia presentat a Manresa, havia obert de cop la porta del bar, com sempre feia, i els havia sorprès parlant. Devia haver pescat el nom d'*ella* en l'aire. Ferit, impotent, s'havia llançat al coll del cronista; cridant, els ordenava que mai més l'anomenessin, amb aquell sentit inviolable, quasi sagrat, que els Mirabaix donaven al silenci. Als pares els havia demanat el mateix. A partir de llavors, la Michele estava morta i enterrada.

Nou mesos després, la Marina passava per entre les taules del casament com un fantasma.

—Pobra noia —va dir la Guanyabens, i mirant al seu voltant—: aquesta gent sempre estan de sort.

Sense acabar de relacionar fets ni cadires buides, anaven entenent la misèria insondable que empenyia l'amic. Sens dubte, la Marina desconeixia aquesta història, i encara més que, de manera tan injusta, s'hagués convertit en l'ase dels cops, en objecte fosc de venjança. Fos com fos, la boda seguia amb la normalitat esperada. Van arribar els segons plats. Els Mirabaix endrapaven amb avidesa. Els parroquians seguien tibats. Els nens tornaven a donar voltes a la casa, assaltaven la germana de *doña* Remei i se'n tornaven. Mentre a la taula se seguia xerrant, xiuxiuejant de l'etern assumpte, la Guanyabens remarcava que des que la núvia havia passat feia estona que no la veia. El marit explicava les aventures de l'estiu del 2003, quan havia acompanyat Ricard a Barsac per conèixer els futurs sogres, però ella cercava la Marina amb la mirada; no la trobava per enlloc.

—Ell ja s'hi veia, de viticultor —deia Prat—, i *ella* estava il·lusionada de presentar-lo, però quan va veure «la casa» —ressaltà, perquè els Landon vivien en un *château* increïble rodejat de boscos—, el Ricard va quedar frapat... *frapé* —va dir.

—*Épaté* —el corregí la dona, en el moment en què entreveia la núvia esmunyint-se en la casa.

—Quan *monsieur* Landon va obrir la porta del *château* —seguí explicant el marit, exagerant l'accent francès—, l'home sí que va quedar *épaté*, davant d'aquella cara i aquelles dents llargues, i fins i tot va semblar que l'imitava. No va tenir manies de quedar-se'l mirant a la boca, així.

Van esclatar a riure. A través de la sala, van advertir que Mirabaix mirava cap a la taula dels amics, els somreia i els saludava en la distància.

—El Ricard de seguida es va sentir com a casa —seguí explicant—; ho contemplava tot de la manera que ja sabeu. Anava d'un objecte a un altre. Ho tocava tot, les armadures, els quadres, els llums... Landon se sentia afalagat per l'interès, sense deixar d'observar-lo amb la «màxima curiositat» —es mirà el cronista—, oi que ho dieu així, els escriptors?, amb la màxima curiositat.

La Guanyabens seguia mirant cap a la casa buida.

—On és la núvia? —es preguntava.

—Quan va arribar l'hora del dinar, ens vam quedar *épatés* tots dos —afirmà Prat—. Ens van deixar tastar el vi que feien. Era boníssim. El pare d'ella ens va recomanar que l'acompanyéssim amb un *rochefort* increïble, que de seguida es va acabar, i amb unes figues, que el Ricard va fer desaparèixer i que també eren boníssimes i... com es diu aquell formatge? —preguntà, dirigint-se a la seva dona.

—*Bleu d'Auverge* —precisà la Guanyabens, amb un francès perfecte.

Prat va intentar repetir el nom. L'esvalot i les rialla-des dels amics van atreure l'atenció de Ricard, que inesperadament s'aixecà, creuà el jardí i s'acostà a la taula. Van quedar callats, sense dir res, i ell va reposar la mà, lleugerament, sobre l'espatlla del periodista; la imatge fugaç d'un altre moment tens. Controlà que tot estigués en ordre, va veure la cadira buida, deixà anar un «hehehe» nerviós i, tot seguit, veient el doctor anant de bòlit per entre les taules, comentà:

—El meu sogre no para —i s'allunyà, tal com havia vingut, per continuar el dinar a la seva taula.

La Guanyabens seguia sense veure la núvia. Mirava cap a la casa, però no la veia. Els amics van tornar a la conversa; discutien sobre el fet que Mirabaix havia estat profundament enamorat d'*ella*; admirava la francesa i aquest fet li havia aguditzat l'instint fins a límits insospitats. Prat va explicar la rapidesa impressionant amb què Ricard havia après a parlar en francès, en pocs dies, a còpia de xerrar i xampurrejar-lo amb el senyor Landon i la resta de la família. «Era com si l'hagués sabut de sempre», ressaltà. També va dir que els francesos de seguida s'havien adonat que el noi era especial. Des del primer dia, Ricard s'havia interessat vivament per entendre com es veremava el raïm, quin era el volum de la collita, fins i tot per saber quins guanys generava el negoci, els costos en maquinària i treballadors, què valia el lloguer de les cases rurals que els Landon posseïen per la zona. En pocs dies, ho sabia tot sobre vi, tipus de raïm, embotellament, fusta, barrils, emmagatzematge, distribució... «Gairebé en sabia tant com *monsieur* Landon», afirmà Prat.

—On és la Marina? —seguia demanant la seva dona, i com que ningú li feia cas, discretament es va excusar i desaparegué cap a l'interior de la casa.

—Una vegada em va dir —assegurava el marit— que ell es plantejava seriosament anar-se'n a viure allí amb *ella*. S'hi sentia bé. *Monsieur* Landon l'esquivava com podia —tots van riure—, sobretot perquè va arribar un punt en què no era capaç de calcular el que li demanava; pobre home, li explicava que els preus i tot plegat depenia de la collita, del temps... i també del lloguer de les habitacions del *château* i de les cases rurals, conceptes que Mirabaix comprenia bé —recalcà—. Ja s'hi veia. Es passava nits parlant-me de lloguers i de cases.

Certament, durant un temps, Ricard havia somiat despert. La ruralia francesa, tan exquisida, el gust vertader per les coses del camp, la satisfacció de consumir fabricació pròpia, l'havien fascinat. Vivia amb la Michele a Barcelona, però havien valorat seriosament també la possibilitat d'establir-se a Barsac. *Ella* hi estava disposava. Era una noia independent, llesta; el que fos, excepte quedar relegada a Manresa. No per Manresa en si, sinó pels Mirabaix. Malgrat la insistència quadriculada d'ell, *ella* no amollava; s'hi resistia.

—El Ricard li va arribar a dir que el lloguer del pis el pagaria... el seu pare! —afirmà Llonch.

—Això és impossible! —exclamà Prat.

Van riure. En el fons, Ricard desitjava el que mai podria tenir: sortir d'allí, del clos natal. I en el fons, també, sabia que la francesa l'hauria pogut ajudar: escapar de la pròpia dèria, del desfici manresà que, per altra banda, la Marina tan bé entenia. La tortosina comprenia fil per randa el valor hermètic d'aquest localisme exasperant, pel simple fet que tampoc havia pogut marxar completament de Tortosa, com havia estat el seu desig. En certa manera, s'havia enamorat del patiment insondable que aclaparava Ricard, d'aquella tensió permanent, insalvable. Es podria dir que, el segon cop, el noi havia fet diana: l'havia encertat de ple amb una noia d'aquí, que justament li refermava un instint familiar tan inexpugnable. Ricard havia trobat la parella perfecta, com havien fet els antecessors. Es podria dir igualment que sempre era la mateixa, es digués Elvira, Teresa o Marina. La feia giravoltar a voluntat sobre el mateix eix, sobre el vell i misteriós trauma, la dèria misèrrima que la Marina havia desenfonyat i que la Guanyabens s'encarregà d'anunciar a taula. Va tornar del bany horroritzada. Havia estat amb la núvia. «No m'ho puc creure —deia—, sabeu per què està així?». Incrèduls, indignats, sorpresos, els amics començaven a descobrir, fins i tot a entendre, de què anava tot plegat. Per sobre de qualsevol altra cosa, Ricard Mirabaix volia un nen, desitjava un mascle.

13

PRIMER ESBÓS DEL MONSTRE

La manera com els Mirabaix aconseguien captivar i fer-se seves les millors noies, les més intel·ligents i atractives, era un fenomen que mai es podia arribar a entendre del tot. Tanmateix, eren elles i només elles les que havien entès, les que devien haver vist amb certa claredat alguna cosa que els altres només podien percebre. Sense anar gaire lluny, era un autèntic misteri que una persona tan excel·lent i completa com l'Elvira Gomà s'hagués enamorat i entregat per a tota la vida a un home tan vulgar i esquerp com el pare de Ricard. Era com si una part insondable dels Mirabaix, sorgida de la mateixa vehemència, lletjor i malícia que els retratava, una part a la vegada extremament vulnerable, requeridora i susceptible, hagués embadalit i estovat aquelles dones úniques fins al punt d'embogir per ells i fer-les tremolar com un flam cada vegada que els veien, amb una barreja de temor i respecte igualment inexplicable.

A casa del cronista es parlava amb freqüència dels Mirabaix, però en concret quasi sempre del «tema Elvireta». No es comprenia com una dona tan bonica s'havia enamorat d'un ésser tan lleig en tots els aspectes. Què li trobava? En tot cas, tan bon punt a Mirabaix se li havia ficat al cap casar-s'hi, aquell llunyà 1969, ho havia aconseguit. En els càlculs de Jaume Mirabaix també hi entrava, per descomptat, unir-se a una noia especial, si no la més agraciada i desitjada de la comarca; havia estat com si —per allò dels pols oposats que s'atreuen—, ella se sabés destinada a caure inevitablement en braços del personatge més odiat i temut. En efecte, elles s'endinsaven en el desert per voluntat pròpia, com si l'estigma de l'Elvira, la senyora Teresa o la Marina es traslladés intacte en el temps, obeint una estranya crida. Era la història de grans senyores, és cert, que per força hauria de ser explicada abans que la d'ells, sobretot perquè sense elles els Mirabaix no existirien. Indubtablement, aquest era el fet més revelador: l'impuls, el misteri femení que omplia de vida un profund sentit i voluntat de nissaga.

La mare del cronista sempre feia referència a l'excepcionalitat de la noia Gomà; des de l'inici s'ho havia passat ben malament, a la vegada que havia sabut trobar la manera d'adaptar-se a la forma de vida del marit, als seus desitjos més foscos i miserables. Des del primer dia va haver de lluitar per sobreviure al costat de l'ogre que trobava la felicitat en la seva desgràcia i patiment; com més malament la tractava ell, més voldria ella correspondre als seus anhels més amagats. L'home estava constantment a l'aguait del telèfon, no perquè li desagradés que ella fes trucades, sinó perquè no en fes més de les necessàries. Així que l'Elvira s'especialitzà per força en l'ofici d'extreure recursos i diners d'allí on aparentment no n'hi havia. Just després de casar-se, aviat tothom va percebre un canvi substancial en ella. La noia càndida i apocada dels Gomà en poc temps es convertí en una calculadora amb cames. Si al començament la filla única no sabia res més enllà de les tasques domèstiques més elementals, després del primer impacte s'havia hagut d'espavilar.

Es convertí en una dona viva, simpàtica, que de cop i volta xerrava pels descosits. Coneixia bé la gent que l'envoltava, anava tot el dia amunt i avall atrafegada. Amb un ofici que havia hagut d'aprendre a les trinxeres d'una guerra sorda i brutal amb el marit, havia pujat la família, els tres fills, l'Àngela, l'Elisenda i Ricard, per aquest ordre, superant el tedi insuportable de la rateria de Mirabaix: des d'un règim d'economia domèstica realment limitada, voluntàriament migrada pel marit (ell no havia deixat que l'Elvira treballés mai), el que de veritat comptava per a ella era la supervivència del dia a dia. D'aquesta manera, la noia sense estudis, sense més experiència que haver estat filla única, aviat es convertí en experta en economia de guerra en l'escola més exigent: sabia les oscil·lacions del quilo d'arròs, del preu del cigró, de la carn, del peix; ho sabia tot de les botigues, estava al cas de les ofertes, sospesava, calculava, se les empescava per obtenir de la carnisseria, de la peixateria, fins i tot de la fleca, d'on fos, la millor oferta possible. El seu dia a dia girava al voltant d'una mena de mercat negre particular protagonitzat pel vi a granel de cal Roqueta o les unces de llegums de cal Gall; si trobava alguna ampolla a bon preu, no dubtava a fer-se'n oferir dues per uns diners encara més mòdics i convenients, un autèntic sistema d'intercanvi, quasi medieval, que implicava la majoria d'establiments comercials i botigues de Manresa, en uns anys en què la ciutat s'havia refermat en la seva vocació de centre comercial: la gent dels pobles del voltant anaven a Manresa un cop per setmana i els vestits a mida al Señor, de fama peninsular, causaven furor. Però veient-la a ella, la seva forma ràpida de caminar, la infal·libilitat a l'hora de regatejar i discutir, el visitant podia pensar que l'esperit comercial de la ciutat era el de l'Elvireta, portat a l'extrem. Encara més, que Manresa havia estat el caldo de cultiu perfecte, ideal, per formar l'estil comercial de la senyora Mirabaix, i que el mateix món modern estava fundat sobre la base sòlida d'un tipus de dona encara més ferma, que s'havia passat la vida anant pertot arreu mirant d'omplir la nevera de la millor forma i al millor preu. Potser sense tenir en compte que el marit era un dèspota i que la noia, a la rereguarda d'aquest ésser despietat, s'havia convertit en experta en supervivència familiar.

No devia haver estat fàcil. La mare del cronista explicava el seguit de circumstàncies que des de l'inici havien blindat la seva vida. Casar-se amb aquell tros d'animal havia estat un calvari, per a ella i per als Gomà. L'Elvira, en el fons, era una noia exquisida, que hauria merescut molt més, però la màxima aspiració dels pares havia estat que es casés amb un xicot recte i capaç com Mirabaix, impressionats per la seva capacitat, sobretot per part de pare, d'acaparar edificis i locals, i al final, també, el petit pis que tenien al capdavall del passeig. Aquest era el primer negoci que havien fet amb l'Elvira:

quedar-se el modest habitatge dels Gomà amb l'excusa que des del Registre de la Propietat se'n farien càrrec millor, i així de vellets no s'haurien de preocupar de res. I seria ben cert: els Gomà ni tan sols sospitaven que, arribat el moment, l'avi Mirabaix posaria el pis en lloguer i sense cap mena de remordiment instal·laria els consogres en una residència de mala mort, sense que la noia hi pogués fer res. Els Gomà havien quedat lligats per a tota la vida a un món curiós, sobretot pel que respecta al senyor Ricard. Les propietats dels Gomà, inclosa la modesta llibreria que tota la vida havien regentat al centre, i l'utilitari que pràcticament només feien servir un cop l'any per anar quinze dies en una habitació d'hotel a Blanes, tot havia quedat sotmès a les dèries insaciables del personatge i el fill gran.

Des del primer dia, l'Elvira havia de reconèixer en la Marina Bou el reflex d'ella mateixa al començament de casada; agermanades per un tipus de dolor bessó, sovint anaven juntes, feien pinya, s'ajudaven, es consolaven com farien dues presoneres, per mirar d'alleugerir el destí miserable que per voluntat pròpia havien escollit. És clar que els Antich no eren els Gomà, però els tripijocs de l'Elvireta, els contactes, els trucs infal·libles per omplir la nevera i estalviar, van ser de gran utilitat a la nouvinguda. Al cap i a la fi, havia entrat en la roda d'un marit que, per tradició familiar, no li donava ni cinc i tampoc volia que seguís treballant. La Gomà patia per la Marina. Encara que la veia forta i capaç, sabia de la duresa del que hauria de passar. Segurament, es tractaria de fases similars que ella també havia hagut de superar, com un motlle psicològic que es repetia, al costat d'un home tan esquerp, intel·ligent, fred. Primerament, comprovava que la Marina, tal com també havia fet ella, s'entregava de ple a la nova branca familiar. Almenys al començament, no parava de comprar galindaines per als nebots, bosses i bosses de caramels, núvols i xiclets de la senyora Magrinyà; els dies que Ricard se n'anava a Barcelona, visites maratonianes de feina a la capital, com també feia el seu pare i havia fet l'avi, l'Elvira i la Marina gaudien llavors d'un breu oasi de llibertat. Aprofitaven per fer el que normalment no podien fer: sortir dels horaris marcats pels marits i, tot simplement, prendre's la llibertat d'asseure's, fer un cafè amb llet (l'embarassada se'n prenia a tota hora) i xerrar, sense haver de pensar, per exemple, a tenir el dinar a taula a les dues en punt del migdia, ni un minut més, ni un minut menys, de la mateixa manera que el sopar havia d'estar servit puntual a les nou. De seguida, idèntic al que la mare del cronista havia explicat que tantes vegades havia fet l'Elvireta amb ella, o sigui, trucar-li d'estranquis desesperada, amb l'angúnia i els nervis de pensar que el marit podia enxampar-la utilitzant l'aparell en excés, doncs als pocs dies d'estar casada, la Marina començà a trucar a la seva germana, la Rosabel, només que ara a través del mòbil i ni de broma amb el telèfon fix de casa. Però exactament com ho havia fet Gomà, la nova esposa de Mirabaix trucava a la persona més propera i la Rosabel escoltava la veu moixa, angoixada, a vegades somicant, fins i tot a llàgrima viva, que li explicava entretallada que, a la manera exacta de com havien fet el pare Mirabaix i el senyor Ricard, l'esposa havia estat castigada per no haver tingut llest el sopar a les nou, per posar un exemple, o no havia trobat una nova remesa de Comfort Cream, o el que fos que l'hagués tret de polleguera. El càstig era senzill, inqüestionable. Un bon dia, astorada, la Rosabel escoltà la germana dient-li que Mirabaix, l'endemà de la incidència, l'havia deixat tancada amb clau a dintre de casa, sense deixar-la sortir en tot el dia. Tan sols havia deixat que es quedés amb el telèfon mòbil, suposadament perquè es desfogués amb ella (o eventualment amb l'Elvireta), que li recomanava el mateix que l'altra: aguantar. El noi havia tingut prou cura d'emportar-se les claus d'ella. Després d'unes quantes hores, sense que ningú tampoc s'atrevís a anar-la a rescatar, Ricard apareixia com si no hagués passat res i es reprenia la normalitat. L'episodi era un clàssic de can Mirabaix. Segons la mare del cronista, durant una certa època el marit de l'Elvira acostumava a deixar-la tancada al pis cada últim dia de mes, per evitar que la dona ni tan sols consumís més del compte l'aire que respirava. Era un costum, una habitud, una mesura que el senyor Ricard ja havia aplicat a la seva esposa, la senyora Teresa, només que aquesta, quan l'enclaustrament obligat es produïa, ni provava de sortir, tot i saber que l'home no havia fet cap volta de clau al pany. No li calia fer-ho. Quan li rotava, tan sols havia de dir: «Avui no surtis», i la Teresa senzillament es quedava a casa, amb l'agreujant que a l'època no tenien telèfon: l'avi de Ricard s'havia resistit a incorporar la modernitat a casa. Amb ell, l'economia domèstica familiar havia arribat a una sofisticació d'estalvi perfecta.

És clar que aquests esdeveniments es desenvolupaven en un segon pla; quedaven emmascarats pel quefer quotidià i l'amor i l'entrega d'elles al seu home, amb aquell punt de commiseració que es pot sentir per un animal ferit, vulnerable, un respecte gairebé pietós per l'essència salvatge que el movia. L'Elvireta normalment no es queixava. Al contrari: quan dissabte a la tarda la parella sortia a fer el volt pel passeig, donaven una imatge de perfecta normalitat, ell sempre la mar de maco, a l'última moda, ella a vegades vestida com una indigent, simplement perquè no en tenia ni per anar a la perruqueria, però l'Elvireta ni tan sols remugava: de portes enfora, l'alegria, l'optimisme i la disposició que mostrava contribuïen amb escreix a dignificar la imatge de Mirabaix. Assegurava que era un bon noi, afirmació que, amb el temps, havia provocat que algun cop fins semblessin una família respectable, exemplar. Sabien guardar les aparences; el «tema Elvireta» només es comentava de particular a particular, encara que tothom de l'entorn sabia que aquell tipus d'episodi miserable de tancar-la puntualment a casa succeïa amb assiduïtat. Es tractava de circumstàncies que tothom coneixia, però que ningú esbombava. S'explicaven en un àmbit privat, que no transcendia. La visió d'estalvi de Mirabaix provenia, en efecte, d'una frugalitat biològica quasi mecànica, i ella, atreta pel patiment, el dolor i la desesperació que la provocava, no feia més que guardar silenci al voltant del que antigament havia succeït a la família, amb aquella fascinació entregada de portes enfora tan incomprensible.

De totes maneres, el fet més impressionant de tots era aquest: com a escrivent del Registre de la Propietat, Mirabaix tenia en la seva esposa una superdelegada, una secretària, una corresponsal sempre al cas dels pisos, edificis i locals, i també una informadora atenta i precisa dels moviments personals de mig Manresa. L'únic que Mirabaix mai havia pogut evitar, almenys des que s'havien casat, era que l'Elvira xerrés. Perquè això sí que ho tenia, xerrava pels descosits. Garlava a tota hora; era un tret natural, la seva via d'escapament. Hauria estat impossible evitar-ho, així que l'home havia après a utilitzar la xerrameca de l'esposa a favor seu. Era ben bé que l'Elvira era el paradigma de la parella ideal per a un Mirabaix. A través d'ella, el domini del rumor, del carrer, de la xafarderia estaven assegurats. L'Elvira ho sabia tot de tothom. I tot el que descobria ho transmetia fil per randa al marit: s'ha separat el tal, la Juncosa ha tingut un accident, el Trullàs es vol vendre la casa. El que fos. Generalment, esdeveniments personals, separacions, naixements, bodes, enterraments, que ella havia pescat en la ronda fabulosa de converses a les botigues i cantonades del dia a dia. Incidents, comentaris al vol, qualsevol detall per petit que fos podia aportar pistes valuoses sobre un eventual desig de lloguer, o un possible habitatge nou, un canvi de casa. Ella li explicava el que havia sentit i l'home en prenia nota, encara que no ho semblés. L'Elvira era un audiòfon connectat a l'orella de Mirabaix. L'escena funcionava així.

Al vespre, mentre ell remenava papers, factures i la correspondència bancària estesa a la taula del menjador, a la sala pelada del pis del passeig, o bé llegia minuciosament el diari obert sobre els rebuts de l'aigua, de la llum o del gas, de la quantitat incomptable de llogaters que posseïa, tal vegada repassant el llistat d'impagats que de cop i volta veurien aparèixer per sorpresa l'espectre d'aquell rostre al llindar de casa, l'Elvira xerrava a cor què vols des de la cuina; semblava que sempre hi hagués una ràdio engegada; de tant en tant, ella escoltava, treia el cap pel menjador, feia algun comentari al perfil abstret i de rata de Mirabaix.

—Es veu que ell és un bon home —parlava de Bou, i saltant d'un tema a l'altre—; la Remei m'ha dit que tenen una mena de barraca a Amposta, l'han reformat de dalt a baix.

L'Elvira es tornava ficar a la cuina, segurament per enfonsar algun cap de gallina a la cassola, o per rostir la carnassa que la dependenta de la carnisseria li havia ficat clandestinament a la bossa, com un favor, o producte d'algun regateig o negociació amb ella.

—La Remei —seguia explicant, des de la cuina— em va dir que hi anem un dia... amb els nens.

Tornava a callar; soroll de papers al menjador. Seguia:

—Es veu que ho tenen molt bé; ell va néixer allà —precisava—, els pares del doctor hi treballaven; la barraca té uns anys, però la Marina diu que és tan maco.

L'Elvireta tornava a treure el cap.

—Hi podríem anar —suggeria—, no sé.

El perfil del marit callava. Com si no hi sentís. Seguia fent números, o llegia, o endreçava papers a les caixes classificatòries Definiclas. Gairebé eren les nou. Amb la taula neta, la dona la parava de seguida i sopaven. Ella seguia xerrant. Potser canviava de tema. Però seguia parlant quan, havent sopat, el marit es tancava al lavabo; interpretava allò que Mirabaix, com a agent de la Propietat, potser ja sabia.

—La noia dels Martí s'ha separat —informava, a través de la porta—; busca pis de lloguer. M'he trobat la seva mare.

Així una nit rere l'altra. Els amics d'infància de Ricard havien vist l'escena de primera mà, quan de petits algun cop s'hi havien quedat a dormir. Tan bon punt Mirabaix sortia del lavabo, amb pijama, plantofes i batí, l'Elvira seguia xerrotejant; amb la taula desparada, ell continuava mirant papers, però tot d'una feia un clic. S'aixecava, apagava els llums del pis (el comptador general, més ben dit), a vegades encara amb algun nen endormiscat al sofà, i aleshores l'amo de la casa els deixava completament a les fosques. Si l'Elvira tenia alguna rentadora en marxa, l'aparell s'aturava, quedava mort. A dos quarts d'onze en punt de la nit, Mirabaix tenia per norma ficar-se al llit. No mirava el rellotge (sobretot perquè, igual que el seu pare, mai en va tenir, ni mai tampoc va voler que n'hi regalessin cap), fos perquè el molestava o perquè es regia per un horari personal realment precís, per aquella mena d'instint infal·lible que li movia l'existència. Doncs cada nit de la seva vida, a l'hora justa es ficava al llit, i en general, de tant que piulava, el clic agafava l'Elvira desprevinguda. Llavors, s'havia de treure els rul·los o rentar-se les dents en la més completa obscuritat. No era la primera ni la darrera vegada que l'Elvireta havia hagut de trobar el llit a les palpentes, enmig de la foscor i del silenci de la gèlida cambra matrimonial; Mirabaix tampoc era partidari d'utilitzar regularment la calefacció, només els dies que la duresa àrtica de l'hivern de Manresa no es podia aguantar. Així que ella es treia la roba i la deixava estesa al respatller cec de la cadira, al costat de la seva banda de llit, es posava la camisa de dormir i s'ajaçava en aquell llit que semblava una miniatura, petitíssim, segurament perquè l'havia trobat més barat o d'oferta quan s'havien casat; un llit bonyegut, antic, on cadascú dormia a banda i banda de la protuberància que s'havia format entre tots dos al matalàs. Alguns cops, com va fer aquella nit, abans que s'iniciessin els roncs, Mirabaix encara girava el caparró cap a ella.

—Quan vegis el doctor —mormolà—, li dius que vull parlar amb ell.

Tot seguit, es tombava i es quedava adormit. Ella s'arraulia al costat de la protuberància al matalàs, amb la joia de les darreres paraules de Mirabaix, potser amb la mà reposada en el bony del llit. L'home ja dormia, com si realment s'hagués desconnectat. A les sis en punt del matí, sense cap rellotge ni indicació aparent que li indiqués que era aquesta hora, Mirabaix es despertava, s'asseia al costat del llit; només un instant, perquè ràpidament es posava dret, apujava la persiana, sovint encara en la darrera foscor de la nit, segons l'època de l'any, o en la penombra de l'alba, tal vegada amb suficient llum exterior per endevinar el bell visatge endormiscat de l'Elvira. Però sempre a les sis clavat, com si tingués un rellotge interior que l'avisava, fos dissabte, diumenge, dilluns, el dia que fos, sense diferenciar laborables, festius, ponts, festes ni vacances, sense necessitat de mirar l'hora, Mirabaix es ficava al llit a dos quarts d'onze i es llevava a les sis. I algun cop també, com va fer aquell dia, la primera i única frase que pronunciava era la continuació de com havia acabat, com si seguís la conversa interrompuda unes hores abans.

—... i li dius —rematava— que també m'agradaria veure'l.

L'home es vestia i desapareixia durant gairebé tot el dia. Només el tornava a veure, d'esquitllada, quan apareixia breument a les dues per dinar i es tornava a esfumar. «Se'n va a fer les seves coses», explicava l'Elvira. Llavors posava en marxa l'engranatge: il·lusionada per l'encàrrec del marit, no pararia fins que aconseguís fer saber al doctor que el Jaume desitjava parlar-hi, veure'l!, amb el fervor i persistència que també havia après de Mirabaix. El rondaria, el cercaria fins que trobés la millor manera de notificar-l'hi. S'engegava dintre seu un mecanisme que bellugava amb mestria i precisió suïssa. Aquest cop no tindria gaire feina; trobaria Bou el mateix dia.

El doctor voltava per Manresa. Els dies posteriors a la boda mirava de fer costat a la filla, animar-la en l'embaràs. Intentava emplenar mínimament el pis de la parella i la nevera, que habitualment estava pelada. Bou també els va comprar quatre mobles més. Però, sobretot, se'l veia atrafegat amunt i avall pel passeig, carregat de bosses. «Ramblejava», que deia ell. En realitat, la xarxa de botigues i comerços del centre, al marge de la seva senyora, s'havien convertit per al tortosí en una possibilitat d'expansió fantàstica. Li agradava trucar al periodista i fer un cafè al bar de sota casa seva. Altres cops, l'agafava amablement de bracet i passejaven fins a la plaça Sant Domènec. Aquell dia, al bar li va explicar la sèrie d'utensilis de cuina curiosíssims que havia adquirit a la mítica botiga Karibú, que si unes pinces, que si això, que si allò altre. El doctor era un home savi. En poc temps, coneixia un munt d'aspectes de la ciutat; parlava amb naturalitat de la Seu, del Pont Vell, havia aprofundit en la història de la Misteriosa Llum; fins i tot sabia qui era mossèn Gasol i coneixia la farmàcia del doctor Esteve. La freqüència amb què visitava la ciutat havia fet que, en un espai curt de temps, hi conegués força gent. Amb una voluntat d'integració evident, s'aturava, parlava simpàticament amb els veïns, i fins i tot saludava amb familiaritat i certa efusió alguns coneguts, «adéu, adéu!», sense saber exactament qui eren. Empolainat, llepat de fixador fins a les celles, els veïns escoltaven les prèdiques del personatge amb interès de debò, amb la mateixa severitat amb què ell narrava, com feia darrerament, les «tremendes curiositats» de l'embaràs de trigèmins. Òbviament, pel doctor, la seva filla i Ricard formaven la millor parella del món, una família exemplar com la seva. Tothom se l'escoltava quan ho afirmava, encara que ningú deia res: es podria dir que el pare vivia de la il·lusió de la noia, que ell mateix havia legitimat i consensuat. Secretament, Bou estava convençut que la Marina seria capaç de canviar el xicot, per la «vocació d'assistència i ajuda» que, segons deia, des de sempre havia caracteritzat els Bou. Vaticinava que, un cop casat, ell es relaxaria en la seva rateria. La Marina en aparença era forta. El problema de Bou era pensar que per principi totes les persones eren bones i que hi havia intencions positives en Mirabaix. Només veia avantatges en la nova situació. A més, per fi se sentia lliure, i feia el que volia: menjar, beure, comprar tot sol!, sense la dona. Per primer cop no es deixava portar, cavalcava el canvi que tant anhelava.

Se'l veia esverat, content, una mica passat de voltes; a vegades, es girava quan veia passar una noia, fos del tipus que fos, de manera un pèl descarada. Aquell dia en concret, els amics van trobar el doctor especialment desfermat. Al bar, a més del cronista, també hi havia en Prat. Bou s'hi presentà amb els ulls més sortits que mai. Botava d'excitació. Els va explicar que havia decidit rastrejar seriosament el terreny genealògic dels Mirabaix. Confessà que la seva intenció era «aprofundir en l'essència i la història», segons deia, literalment, de la que, «ben mirat, també és la meva família». O sigui, que havia començat a estudiar la nissaga del consogre amb la mateixa fogositat amateur amb què en el seu dia havia rascat l'engrescador origen mamellut dels Antich. El somni d'escriure algun paper amb cara i ulls li afuava l'enginy, el fuetejava d'il·lusió i d'empenta per dintre, només que ara la idea semblava més clara que abans. Unir, enramar en el mateix estudi ambdues nissagues, els Mirabaix i els Antich, li provocava un tipus de trempera científica difícil d'explicar i comprendre. Sens dubte, es va obsessionar amb els Mirabaix i, sobretot, va començar-se a interessar en la misteriosa figura de l'avi, el senyor Ricard, amb l'objectiu d'excavar, d'estudiar a fons allò irresistiblement estrany de la família, la naturalesa salvatge que, segons li semblava, els alimentava. El primer esbós del senyor Ricard era una acumulació de dades inconnexa, que encara li feia venir més ganes d'enfondir en l'anàlisi d'aquell individu tan rar. Cal dir que el doctor no anava desencaminat pel que feia a la fama de l'inefable avi Mirabaix. Un personatge de pel·lícula, com ell mateix l'havia qualificat.

En línies bàsiques, el que durant l'estiu el pediatre havia pescat d'aquest i d'aquell altre era el retrat d'un individu extraordinàriament poderós en la societat local. Impulsat per un tipus de naturalesa pràctica descomunal, fora de mida, perquè era innegable que el senyor Ricard havia posseït també un dels nassos més fins i precisos per al comerç, el negoci i l'especulació, havia arribat a acaparar mitja comarca, amb una dèria acumulativa incomparable i gràcies al fet que havia estat dels primers a comprendre —a finals dels anys cinquanta i fins ben entrada la dècada dels seixanta— que el negoci immobiliari era la gallina dels ous d'or del segle XX. Amic de constructors, i constructor ell mateix, l'avi Mirabaix havia estat igualment dels primers a promoure el totxo i el ciment sota la política autàrquica del règim franquista, on els més vius havien trobat el camí per especular i fer diners. Era clar que, juntament amb altres dèries, s'havia obsedit per la propietat. Durant un temps, havia estat omnipresent: magatzems, pisos, locals, semblava que tot li pertanyia. Però, sobretot, Bou descobrí que l'avi Mirabaix era conegut per la llegenda negra d'agarrat incorregible que l'empaitava. Tot girava al voltant de la seva avarícia. Aquell home s'havia passat la vida anant d'un local a l'altre apagant els llums de les seves propietats, a fi i efecte de reduir despeses. Les anècdotes al voltant del personatge se li multiplicaven: el doctor se n'havia fet una imatge ben certa i aproximada, fins al punt que, rascant d'aquí i d'allà, arribà a conèixer detalls inèdits, com el fet que el senyor Ricard havia ordenat instal·lar als seus edificis uns comptadors especials, amb temporitzador de curta durada, i que alguns manresans, de manera irremeiable, explicava rient, durant una colla d'anys es quedaven a les fosques a mitja escala. Bou tingué des del primer moment, segons afirmà, la impressió d'haver trobat el gen que havia transmès als descendents una forma d'avarícia tan ferma, gairebé militant. Un monstre de l'estalvi, un fora de sèrie fet a si mateix. Bou xipollejava en la brillantor extasiada d'un foc ancestral.

Just en l'instant en què explicava les seves conclusions als amics, van veure l'Elvira Gomà passeig amunt, passant per davant del bar. Anava carregada amb bosses de plàstic del supermercat. Al doctor li faltà temps per saltar al carrer, obrir la porta i presentar-se davant d'ella. Es desvivia per l'Elvireta. Amb tanta amabilitat, ella quedava com trastocada. Bou assenyalà cap a l'interior del bar. Ella va fer un gest, com de disgust; es tocà el canell amb l'índex. Faltaven vint minuts per a les nou. Se la jugava. Però va entrar. El doctor ja li havia agafat les bosses i ella, afectuosament, deia hola somrient als amics d'orella a orella. Els ulls del metge feien pampallugues; semblaven a punt d'explotar. La mare de Ricard es va asseure, va demanar un cafè i abans que pogués obrir boca el doctor ja remenava papers.

—Et volia parlar d'un assumpte —va dir, com extasiat, i sense avís previ, amb tota la satisfacció, deixà caure una fotografia antiga sobre la taula—: la mare del senyor Ricard —sentencià.

L'Elvira abocà el rostre en la foto. En un racó hi deia «1932»; una senyora vestida de negre, relativament jove, més o menys bonica, mirava a càmera amb afectació emocionada. El doctor explicà que n'havia pogut extreure una còpia a l'arxiu històric de la ciutat.

—La senyora Maria Torres —recalcà el metge, per ajudar-la—, la mare del senyor Ricard.

L'Elvira es va quedar igual. No va saber què dir. Contemplà la cara rodona, congestionada, de la fotografia, es girà cap al doctor i va fer que no amb el cap. Oblidant-se completament de la fotografia, sense cap mena de protocol, va agafar les bosses del supermercat i li digué:

—Ah!, me n'oblidava, el meu marit vol parlar amb vostè.

Bou adoptà el to solemne i catedralici de quan el seu consell era requerit. Com si hagués tingut una idea, aixecà un dit; s'acotà per extreure documentació d'una altra carpeta. Arribats a aquest punt, no quedava altre remei que frenar-lo. Se l'havia de tallar en sec. Feia el cèrcol al voltant de la dramàtica història que s'amagava en l'arbre genealògic dels Mirabaix; traspassava els límits permesos i desitjats. Quan l'estudiós va plantar el segon paper sobre la taula, l'Elvira ja s'havia aixecat i es dirigia cap a la porta del bar.

—El meu marit vol parlar amb vostè —va tornar a dir, i abans de sortir—: però creu que és millor que es vegin.

14

EL SOMNI DE MIRABAIX

El doctor es va encendre. El menyspreu de la Gomà li va semblar summament ofensiu.

—Què s'han cregut, aquesta gent! —protestà, amb el paper inèdit a la mà—. Sempre es pensen que els hem d'anar al darrere. —I amb menyspreu—: Per què em vol veure, aquest, ara?

Tanmateix, estava tan excitat amb les informacions que havia trobat que en el moment que el cambrer portava el cafè que ella havia demanat va decidir persistir en els descobriments. Havia remenat l'arxiu històric, però hi seguia havent algun fet que no li quadrava. Excitat, va estendre tot de papers sobre la taula. Havia investigat les línies consanguínies dels Mirabaix, «que, per cert —comentava als dos amics—, arriben força enrere en el temps». També va comentar que no sabia que els Mirabaix s'haguessin dedicat a la producció de pinso per a bestiar. També havia sabut de l'existència d'una granja de porcs i vaques impressionant als afores de Manresa, que els pares de Mirabaix encara havien regentat en el que actualment era el parc de la Sèquia. Es podia assegurar que havien creat un petit imperi comarcal, i per comprovar els vestigis del negoci familiar Bou els explicà, amb tota mena de detalls, que havia fet tot sol una excursió a peu per la zona. «Una senyora caminada», havia dit. Però totalment infructuosa, perquè al final s'adonà que en el magnífic paisatge ondulat, al llindar del municipi de Santpedor, no hi quedava cap rastre de la granja, sinó el terreny amplíssim d'una escola Ampans per a discapacitats. Malgrat tot, el doctor s'ho havia passat d'allò més bé. Havia deixat el cotxe a l'aparcament del Club Tennis Manresa, davant del parc de l'Agulla, i s'havia posat a resseguir l'històric canal d'aigua que regava la comarca des de Balsareny. Pel que explicava, havia caminat molta estona i havia arribat a besllumar l'ermita de Santa Anna. S'havia esllomat, en definitiva, però dels Mirabaix, res de res. Havia preguntat en un parell de masies i, malgrat tot, comentava que fins li havia semblat que li donaven allargues; quan seguia caminant, deia, se'l quedaven mirant en la llunyania.

Cal destacar que Bou, avesat a recerques d'aquest tipus, també havia esbrinat que la línia antiquíssima dels Mirabaix enfonsava les arrels fins ben enrere en el segle XIX, en una colònia tèxtil igualment desapareguda. Assenyalava l'esbós del quadre genealògic.

—Fixin-se! —exclamava—, aquí hi ha un Mirabaix en el ram tèxtil, i aquí un altre, dels pinsos!

La foto sèpia de la mare del senyor Ricard li feia pensar, com és lògic, en la fortalesa femenina i espitregada de les Antich, encara que no tenien res a veure. Però la reconstrucció del quadre familiar el feia entrar de ple en l'enigma. Descrivia la nissaga una vegada i una altra i no parava de mencionar els quatre germans que havia tingut l'avi Ricard. El paper inèdit que portava indicava fins i tot l'episodi tràgic d'una desgràcia familiar, ocorreguda el 1931: la partida de naixement i el certificat de defunció evidenciaven la mor prematura, amb tan sols un mes de vida, d'un nadó que la senyora Maria Torres havia perdut, un bebè que havien batejat amb el nom de Ricard. Tanmateix, al doctor li semblava estrany no haver pogut trobar cap traça biogràfica de l'avi Mirabaix, fet que els altres quatre germans sí que tenien. També havia fet descobriments més perillosos i reveladors, com la dissolució misteriosa de la família completa i dels seus descendents, amb excepció, és clar, de la línia protagonitzada pel misteriós personatge. Tampoc n'havia trobat el paper del bateig. Sí, en canvi, documentació dels fills, que ara resultava que eren sis i no cinc, com havia pensat.

L'únic document que certificava l'existència d'un altre Ricard Mirabaix tan antic era, justament, el certificat de defunció del nadó el 1931. Però era evident que no es tractava d'ell. «Per què no me'n volen dir res?», preguntava. «Qui era Ricard Mirabaix?, insistia. Com més demanava, menys respostes obtenia. Els amics provaven de dissuadir-lo; treien importància a l'assumpte. Miraven de canviar de tema i el doctor seguia amb la seva. «Per què ningú no me'n sap dir res?». Qualsevol intent d'escapatòria no feia més que excitar-li la curiositat. Bou sospitava. No hi havia forma de dissimular. Els amics no sabien cap on mirar. L'home s'havia proposat ser esplèndid amb Mirabaix, oferir-li una investigació antropològica que demostrés el seu lligam caracterològic amb la història de la ciutat. Però faltava aquell punt central per resoldre. Tenia la seguretat, a més, que per fi es trobava al darrere d'una temàtica bona i peculiar. I ara la insolència de l'Elvireta, totalment fora de lloc, l'havia fet esclatar: el doctor notava, amb raó, el que ja havia notat recorrent la Sèquia. Quan plantejava el tema, se'l treien de sobre. Tothom fugia d'estudi, com havia fet la Gomà, com feien els amics. «Per què!», exclamà. No obtenia resposta. L'avi Ricard se li resistia i tot plegat, fins a la seva arribada a la ciutat, el casament de la Marina, la integració a Manresa, semblava empantanegat en el misteri fonamental que l'obsessionava. Una mica mosca, aquell dia, es va enderiar en el requeriment de l'Elvira: «El meu marit el vol veure».

—Doncs jo també el vull veure! —exclamà el doctor.

Sense saber què volia dir, els amics van espantar-se en observar com tot d'una, sense haver-ho esperat, es posava dret com una molla. Se n'havia afartat. Van mirar d'aturar-lo, de persuadir-lo. Anar a can Mirabaix a parlar de segons quins assumptes no era aconsellable. No hi va haver manera. D'una revolada, el pediatre ja ficava els papers a la carpeta i l'entaforava en una de les bosses. No hi van poder fer res. Quan el doctor va sortir del bar, semblava un Napoleó, un general carregat de bosses de plàstic, amb el convenciment de poder esbrinar la clau de la nissaga. «És boig», va dir Prat. I malgrat tot, l'home estava segur que podria parlar sense embuts amb Jaume Mirabaix. «Què se'n sap del teu pare?», li demanaria. «Qui era?». Tal com explicaria, indignat com estava, des d'aquell moment estava disposat a fer que l'Ajuntament patrocinés algun tipus de recerca històrica per reconstruir la biografia de personatges oblidats, «menystinguts», com els qualificava; si era necessari, ell mateix encapçalaria l'estudi. Bou devia pensar que, d'aquesta manera, com havia fet amb algun personatge tortosí, el consogre reaccionaria. Tanmateix, mentre barrinava s'anava posant seriós. Estava realment picat, i volia picar Mirabaix. A mesura que s'acostava a l'edifici del passeig, es deia: «Ho faré, li he de demanar qui era, per molt que em doni allargues».

Només arribar, Bou veié d'esquitllada algú que sobtadament pujava les escales de la porteria. Va trucar al porter automàtic. No obria ningú. Tornà a trucar al número del pis. La porta es va obrir sense que ningú demanés qui era. Comprovà que ambdós ascensors estaven ocupats, i va deixar vagar la mirada per les bústies. Per primera vegada, s'adonà d'un fet sorprenent, del qual no s'havia adonat: el cognom Mirabaix s'hi multiplicava, com en un rusc. Quina alegria descobrir part de l'arbre genealògic a les bústies i comprovar, efectivament, que alguns vivien a l'edifici: Uri Mirabaix, Carles Mirabaix... els descendents directes del senyor Ricard, just allí. «Hauria hagut d'estar més atent abans», pensà. Però com que no havia trepitjat més l'edifici, li havia passat per alt. Pensava en això que l'ascensor es va aturar, va mirar a dins i va veure Lídia Mirabaix. Li havia semblat veure també fugaçment uns pits molt grossos, enormes, que de seguida havien desaparegut sota la brusa en un gest ràpid. Quan la porta es va obrir, ella ja duia la jaqueta cordada. El doctor quedà bocabadat, i encara amb la imatge fugissera de les mamelles al descobert, pujà a l'ascensor.

A dalt, l'Elvira l'esperava a la porta del pis. S'eixugava les mans al davantal, i va rebre Bou plena de sorpresa, com si fes dies que no el veia. El doctor es mostrà fred; ni tan sols la va mirar als ulls. Va treure la carpeta de la bossa i deixà la resta al rebedor. Sense més, van entrar i de seguida també ell va anar per feina. El pis feia olor de peix. Al menjador, Mirabaix estava immers en un munt de papers, la taula coberta de rebuts i factures. A través de la sala, en reconèixer el doctor, el consogre se'l quedà mirant amb una brillantor especial als ulls.

—Amic meu! —exclamà, aixecant-se; s'hi acostà i li posà una mà a l'espatlla.

Bou restà paralitzat.

—Quina alegria! Com van les coses?

El metge contemplà breument les incisives grandioses. El consogre va fer un parell de comentaris d'elogi sobre la panxa de la Marina. El doctor clavà un cop d'ull als rebuts i factures; després, va obrir la carpeta i en va extreure la foto de Maria Torres, la seva àvia.

—Oh, fotos, papers —protestà Mirabaix amb benevolència, tornant-li a ficar la foto a la cartera—, deixi's estar d'històries, doctor... S'ha de mirar cap endavant, home.

—Jo, miri —seguí el doctor, desconcertat—, és que he trobat una...

—Deixi's estar de troballes i descobriments. El que li he de dir és més important.

El doctor notava la brillantor inusual en la mirada del consogre.

—El volia veure —anuncià, mentre feia un saltiró cap al costat—; tinc un projecte que em balla.

El salt graciós de Mirabaix, com si tingués quinze

anys, el va sorprendre. En lloc de trobar-se'l contorbat i seriós com d'habitud, el consogre estava inesperadament content, receptiu. Era una sorpresa veure'l d'aquella manera. No va saber què dir.

—Què vol prendre? —demanà Mirabaix.

Quan va veure que treia l'ampolla de conyac del moble, el doctor desconfià. Però...

—Caram! —va fer, en comprovar l'etiqueta: «Torres quinze anys».

Ell mateix la destapà; només amb la flaire, va saber que l'ampolla era de veritat. Omplí els vasets que disposava Mirabaix i tastà el licor. Era autèntic. I la situació, excepcional. Advertí que l'Elvireta treia el cap pel menjador. Mirabaix tornà a fer un curiós salt, ara sobre si mateix, com si no hi cabés de content.

—Què ha passat? —preguntà el doctor—. Li ha tocat la loteria?

—Es podria dir que sí —contestà Mirabaix—. I a vostè també.

—Caram! —exclamà el doctor, i va fer un altre glop.

La dona va tornar a desaparèixer a la cuina, però quedà atenta i silenciosa rere la porta.

—Una casa —anuncià el marit—, tinc el terreny per construir una casa.

L'Elvira ofegà un crit a la cuina.

—Un terreny extens on, de fet —explicà Mirabaix—, se n'hi podrien fer dues, de cases, una per a vosaltres i una altra per a ells, per a la teva noia i per al meu noi. Una casa per a *tots*! —sentencià.

Bou se'l quedà mirant; era impossible resistir-se a la mirada il·lusionada del consogre.

—Una casa? —mormolà, passant-se una mà pel cap. Va fer un altre glop de conyac.

—I per a nosaltres, també. Per a *tots* —tornà a destacar Mirabaix.

—Una casa per a *tots* —repetí el pediatre.

Aleshores succeí un fet inaudit. Mirabaix va semblar que es posava a plorar d'alegria. S'acostà al moble farcit de fotografies; va engegar un tocadiscos vell, va carregar un disc de vinil i la música animada, antiga, de revetlla, la famosa tonada de Glenn Miller espetegà a tot drap. Més content que unes pasqües, davant la mirada atònita del doctor, Mirabaix es va posar a ballar. Astorat, també va veure com l'Elvira es precipitava al menjador i es posava a saltar al costat del marit, com si hagués esperat allò tota la vida. Embogida, exclamava: «Una casa, una casa!». Bou va mirar de centrar el consogre. Havien embogit tots dos.

—Però una casa? —exclamava, per sobre la música—. Per a *tots?* Quan? I on?

—És la il·lusió de la meva vida —assegurà Mirabaix, gairebé cridant.

Per fi, abaixà el volum de la música. Més calmat, va dir:

—Una casa amb la família. Amb *tots*. Tinc uns terrenys a Sant Fruitós que s'han alliberat. Els he comprat... tu aixeques la casa i jo poso el terreny. És just, no creus?

—Home —va fer Bou fent-se enrere, repassant-se el cap amb la mà plana.

—Bé, si vols pagar el terreny i anar a mitges... a tu no et sortiria gaire a compte. És una oferta immillorable

—insistí—. Saps què val el terreny? —I agafant-lo pel braç exclamà—: Anem!

—Però ara? —preguntà el doctor.

Abans que se n'adonés ja eren al rebedor, l'home li havia ficat la carpeta dins la bossa i havia recollit la resta. Com que els ascensors tornaven a estar ocupats, van baixar per les escales, atabalats, corrent. El doctor quasi es fum de lloros. Mirabaix regalava entusiasme. Després, va mirar de seguir-lo pel carrer. El consogre tenia el vell Lada color taronja aparcat en un garatge ronyós, situat al carrer Circumval·lació. A la plaça on estacionava, la paret i els dos pilars estaven visiblement rosegats, esmussats per les arrambades i els cops. Només sortir, Mirabaix rascà la columna; conduïa amb una inseguretat mai vista. El doctor mirava de reüll aquelles mans toves aferrant el volant. Conduïa prodigiosament malament, a batzegades. El cotxe circulà rapidíssim pels carrers de Manresa, agafant els revolts perillosament. Però havia fet el recorregut desenes de vegades. Quan van sortir de la ciutat, era com si dugués els ulls embenats. Per força es coneixia el camí de memòria. Anaven tots dos callats, i Bou observava el consogre a través de l'obscuritat, enganxat al volant, sense llums. N'hi va fer un breu comentari, però era com si el consogre hi veiés en la foscor. Li va dir que havia estat aguantant amb un sol far i que quan es va fondre la bombeta de l'altre no havia tingut temps de canviar-la. Tanmateix, es notava de sobres que havia fet el camí cap al seu somni manta vegades. Feia temps que ho barrinava, i es coneixia el camí de memòria. Agafat a l'aferramans, el doctor se'l mirava, retallat en la foscor: sec, distant, sobtadament ple de vida, li transmetia una confiança nova. Sense adonar-se'n, com feia alguns cops, Bou n'imità el perfil dental en l'obscuritat.

El Lada s'aturà davant d'un camp de patates, amb unes vistes extraordinàries a Montserrat. En l'horitzó, la llum de la lluna retallava amb nitidesa la rodonesa estàtica i rocosa de la muntanya. Preocupat, Bou retornà la vista al camp desolat, totalment inadequat per a una casa, fortament inclinat. En un racó, s'hi endevinava una barraca. Res més. Tanmateix, Mirabaix va sortir disparat del cotxe; la seva figura esprimatxada es va posar a saltar pel terreny en la nit blava. Estava convençut d'haver trobat el soci ideal i només feia que veure-hi avantatges. Tampoc hauria admès un no com a resposta. «Jo poso el terreny —li deia—, de la resta te n'encarregaràs tu». També li deixà anar que l'ajudaria en tot el que calgués. «Ell ho veu claríssim —pensà el doctor, i també—: així és com actuen els empresaris de veritat». En la bellesa erma i desolada del vespre, Mirabaix ballava contra l'estampa desdentada de la serra màgica. Bou es deixà emportar pel candor infantil del consogre. No n'hi havia per menys. Tot allò per a ell també era extraordinari; li agradava la tranquil·litat quasi esotèrica del lloc. Mirabaix el feia sentir partícip, col·lega, amic, fins al punt que l'assumpte biogràfic de l'avi li semblà gratuït, fins i tot banal. Davant d'aquella alegria nova, ho trobà de mal gust per part seva; decidí posposar-ho. Li semblà més instructiu i distret sostreure's a la humitat hipnòtica d'aquells ulls petits i bellugadissos, tan positius en l'obscuritat. «Aquesta gent —pensava—, al cap i a la fi s'han fet un nom manegant cases». El negoci potser no era tan dolent com podia semblar. Tal vegada era l'oportunitat d'acostar famílies, sense saber que l'edificació no faria sinó portar-lo de pet a l'assumpte misteriós del senyor Ricard. Però, sobretot, va entrar en contacte amb el paleta que s'encarregaria de l'obra, el Ton, un dels personatges més curiosos que mai hagués conegut. Gràcies a ell, la casa s'aixecaria en el terreny erm com un miracle, amb la força d'una voluntat tremenda. Els treballadors també els posaria Mirabaix. Bou no hauria de fer res més que posar els diners del material de construcció, i el consogre es comprometia a aconseguir-lo a bon preu. Però, sobretot, hauria d'agrair-ho al paleta.

—Ton! —exclamà Mirabaix, autoritari, amb urgència i neguit cap a la barraca—. Ton!

De la negror de la cabana va sortir-ne un homenet vellíssim, que s'acostà cap a ells balancejant-se, malhumorat, amb un caminar artrític, encorbat, ple d'insolència i seguretat.

—Tampoc cal cridar tant —va fer.

Mirabaix va presentar en Ton al doctor; el paleta se'l mirà amb desconfiança.

—Oh! —exclamà, amb rudesa i grandiloqüència, encaixant la seva mà aspra i grossa amb el pediatre—. El gran doctor! —va dir; tot seguit va somriure fent «hehe», com si imités Mirabaix, al mateix temps que el consogre es posava a fer tot de saltirons pel terreny en la foscor.

—Aquesta és la meva mà dreta —digué, sense perdre temps—. És la persona de qui et parlava. Gràcies a ell podrem fer la casa. En Ton sempre ha estat responsable de tot.

Bou es tornà a fixar en el «hehe» mimètic de l'homenet. Com que no tenia dents, per riure havia d'arrugar el llavi superior i aixecar lleugerament el cap, com farien els conills si també riguessin com els Mirabaix.

—Aquí podria anar-hi el menjador —cridà Mirabaix, assenyalant un punt determinat del camp—. Podria ser el mateix edifici però amb la casa dividida, per a les dues famílies —apuntava.

Llavors, Bou també observà que, per postres, Ton es movia de manera idèntica al seu amo, fent saltirons pel terreny tot desmenjat, en una mimesi absoluta que el deixà parat.

—Aquí s'hi hauria de fer el garatge, hehe —digué en Ton, traslladant-se cap a un extrem del camp—. I allà ha d'anar-hi...

—Però la decisió és seva, doctor —va interrompre Mirabaix—, i de ningú més.

Bou s'inflà de manera immediata.

—La casa s'ha de construir al seu gust, tal com vostè se l'hagi imaginat.

En aquest punt, Mirabaix s'aturà. En Ton també va fer-ho, esperant a veure què deia el gran doctor. Encara que en Ton, en principi, li transmetia una barreja contraposada de sensacions, li semblava un paleta totalment àgil i projectiu. Demostraria ser posseïdor d'una fortalesa extraordinària. De fet, el va tornar a veure movent-se incansable d'una banda a l'altra del terreny, com si fos el mateix Mirabaix i proferint el seu «hehe» irritant, quasi fotent-se'n. Bou va pensar que se'n reia de manera descarada, però l'altre seguia projectant i saltant en l'obscuritat. *De facto*, ja estaven treballant. Com que el paleta era oriünd de Santpedor, el doctor arribaria a pensar que era familiar de Mirabaix, tot i que en realitat no s'assemblaven de res, només en els gestos. I la veritat és que el paleta donaria un sentit tècnic d'aparellador formidable; era un autèntic manetes i tenia coneixements d'enginyeria. En un moment donat, va treure un fil, una massa i unes marques de la barraca; fent gala d'un gran pragmatisme, sense perdre un moment, va posar-se a clavar estaques i en qüestió de minuts els fonaments de la casa van quedar apuntats sobre el terreny, com les creuetes d'un petit cementiri. Però, sobretot, el cervell de Bou ja anava a mil per hora.

—Jo sempre havia pensat en una casa de tipus anglès —va fer el doctor, dubitatiu.

A l'acte, Ton es va moure pel camp de patates, i amb una facilitat espaordidora varià algunes marques. Es movien com salvatgines. Mirabaix el seguia i l'observava. Semblava que hi veiessin en la foscor. Però sense adonar-se'n, tot d'una el consogre va quedar al marge, contemplant, meravellat, la capacitat constructiva del pediatre, que el rellevà, respirant ràpid i pesat, en el seguiment de les marques.

—Hem de fer números —deia el metge, mirant de seguir el ritme del paleta.

—Tu mateix, tu mateix —responia Mirabaix. I dirigint-se a Ton—: és ell qui mana a partir d'ara. —Quan deia això, Ton mirava cap al seu amo i feia un «hehe» de desconfiança—. És de fiar —li deia Mirabaix, en veu baixa.

Quan van haver acabat, Bou es va fer enrere. Mirà cap a l'horitzó emblavit: Montserrat, al fons, li va semblar com una mandíbula inferior prehistòrica, nua, desafiant contra la nit blava. Va fixar-se que Ton imitava novament el consogre. Però res no semblava poder-lo aturar.

—Jo m'encarregaré de tot —va prometre—, dels permisos, del material, de les màquines.

S'assenyalava ell mateix, com volent dir: «És que no saps amb qui estàs parlant?». I la veritat és que, almenys a l'inici, tot aniria com una seda: la construcció de la casa, inopinadament veloç en aquell terreny inhòspit, tan inadequat almenys en aparença, resultà sorprenent, i Ton, absolutament imprescindible per afrontar una obra d'una envergadura i una dificultat tan altes; una senyora casa, per cert, efectivament dividida en dos, adossada, tal com Bou l'havia concebut en aquell instant. El doctor va quedar al comandament de tot. A més de metge, resultava que ara també era arquitecte, aparellador i constructor. Qualsevol problema que pogués sorgir es resolia a l'instant. Ni tan sols suposaria un entrebanc la dona, que, per sorpresa, s'avindria a cobrir trinco-trinco el dispendi, entenent que la inversió milionària en totxo era convenient per a la família i per al comú de la carxofeta ampliada a Manresa. Quan el doctor ho havia explicat a casa aquell mateix vespre, al petit pis de lloguer del passeig on la parella vivien entaforats, exposant-los la idea del nou habitatge als afores, com si en realitat la bombeta se li hagués encès a ell, doncs no va caure malament del tot. En explicar-ho a Tortosa, amb tota mena de detalls arquitectònics, la Remei també s'hi mostrà de cara; inesperadament, la idea de la construcció va caure la mar de simpàtica: el pediatre es va sorprendre del bon acolliment que va rebre i ja l'endemà s'ho va acabar de sentir seu. S'havia trobat amb una escena més suau de l'habitual, com si els Mirabaix s'haguessin conxorxat també en això, i un cop més la decisió, en aquest cas sobre l'habitatge, quedés establerta no pas com un desig il·lusionant i compartit, sinó com una necessitat inqüestionable.

Ricard també s'havia mostrat afectuós, per bé que la Marina, en extrem cansada per la feixuguesa de l'embaràs triple, amb el requeriment mèdic de fer repòs, va oferir una capacitat d'opinió i de rèplica minvada. Estirada al llit, en aquella cambra de matrimoni on només hi havia un matalàs a terra i una tauleta a la banda del noi, havia expressat el mateix que la Remei: «Vosaltres ja ho fareu bé». És clar que *doña* Remei trobava que la despesa era forta; se'n va queixar breument, però com que veia el marit i el consogre tan convençuts, ella es mostrà contenta; segurament pensava que l'engabiament al pis minúscul del passeig tampoc era bo de cap de les maneres. Devia pensar que tot allò de la casa era una bona iniciativa familiar per lluitar contra l'escarransiment dels Mirabaix, i encara que lluny de la carxofa (ella ho donava per perdut), també li devia semblar un negoci bo. Amb aquell tipus de tracte, semblava que per fi Mirabaix s'estirava. La cessió del terreny de les Brucardes (nom de la urbanització) era, en aparença, un gest de generositat remarcable.

El pediatre s'abocà de ple en la construcció de la casa, amb tota la força de què era capaç, com havia fet amb el casament, amb una dignitat i una empenta grandioses. A més, no era també una mica un somni aixecar ell mateix una casa, al seu gust, per a la filla? Mirabaix tampoc suposà cap problema; des de l'inici, va deixar fer. Des del primer moment, la casa va ser un fet. El Lada taronja apareixia poc pel terreny. Només en alguna ocasió Mirabaix s'hi deixava caure, per oferir predisposició i entusiasme, fer quatre salts per l'obra, solucionar algun problema, facilitar material; sense saber ben bé com s'ho feia, d'un dia per l'altre, Bou havia vist aparèixer una muntanya d'estris i material, un parell de grues, un remenador de ciment, una petita excavadora i dos treballadors d'origen africà que ningú sabia d'on havia tret, però als quals havia donat allotjament i manteniment al barri de les Escodines. Els primers dies, els marroquins venien cada dia caminant des de Manresa, un fet inaudit, almenys fins que al cap d'una setmana van presentar-se al terreny amb un Seat Panda destarifat, de tercera o quarta mà. Ambdós actuaven abduïts pel mateix impuls frenètic que Mirabaix, una empenta que el pediatre mai va saber de quina manera havia aconseguit injectar-los. Era sorprenent veure'ls treballar de sol a sol, un autèntic espectacle. Què els devia haver promès, es preguntava, «què els deu haver explicat per fer-los pencar d'aquesta manera?». Passava el mateix amb Ton. Per sobre de qualsevol altre factor, el fitxatge del paleta havia estat definitiu. En qualsevol cas, contribuí amb escreix a aconseguir que el somni de Mirabaix es fes realitat en un temps rècord. Havia estat com si des d'aquell primer instant la casa hagués volgut ser aixecada, com una criatura concebuda amb vertader entusiasme, fervorosament desitjada. Encara que tot plegat, a l'hora de la veritat, costés un dineral (que la Remei pagava religiosament), Mirabaix aconseguia oportunitats al millor preu. Se les empescava per obtenir autèntiques gangues en ciment, o per aconseguir d'una fàbrica les totxanes, uns panots especials, més gruixuts i elegants que havien fet gràcia al doctor i que havia escollit expressament al seu gust; doncs, pràcticament l'endemà, el caprici i la despesa dels panots negrosos havia aparegut en una sèrie de palets, després que Bou només ho hagués insinuat al consogre. El pediatre pensava en les condicions i els acords orals que havien quedat establerts entre ells, però de moment no hi va donar importància: el cas és que les coses anaven bé, com una seda. Tot eren facilitats. Mirabaix no interferia sinó que col·laborava. I Bou es comportava com si la casa fos seva, que ho era, encara que el terreny pertanyés al consogre, a la vegada que aquest, amb la mestria que el caracteritzava, li deixava la impressió de ser ell qui manegava els fils, i no a l'inrevés. Tal com havien projectat, Ton havia encarat la casa a l'horitzó bocabadat de Montserrat, encara que en direcció més al sud, però, sobretot, el somni es va anar fent realitat, va anar prenent forma a mesura que el doctor coneixia més i més aspectes, anècdotes i detalls sobre la família, sobre els Mirabaix. Amb els fonaments de l'edifici, de manera inesperada, Ton va començar a obrir-se al metge i de seguida es revelà com un narrador d'històries i vivències extraordinari; encara que limitava força les seves paraules i declaracions, manifestava obertament al pediatre l'admiració per aquella família, que feia dècades que el tenia contractat. El més sorprenent és que no s'estava d'explicar intimitats escabroses i detalls secrets. Intercalava de manera constant el somriure etern dels Mirabaix, «hehe», i sempre repetia al doctor, amb aquella sorna populatxera, generalment mentre embolicava un cigarret amb els dits empolsinats i grossos, que després de sant Ignasi («"hehe", que ni tan sols va néixer a Manresa», recalcava), o de mossèn Pere Tarrés (figura històrica que, com a bagenc, Ton admirava), el manresà més universal i conegut «hauria de ser per força [Ton utilitzava una altra expressió] el senyor Ricard Mirabaix». «Home!», protestava el doctor, volent dir que exagerava, però el paleta insistia, i de seguida replicava amb vivesa, tot enriquint la seva galeria particular de manresans il·lustres, amb revelacions sobre el senyor Ricard que divertien d'allò més el doctor i que, naturalment, en la major part dels casos, el deixaven astorat. Amb les primeres parets de la casa, Ton revelà al doctor fets inenarrables que aquest desconeixia completament: amb la mort de la primera esposa, la soferta senyora Teresa, «a la qual alguns dèiem santa Teresa, "hehe"», afegia Ton, doncs a la seva mort el senyor Ricard s'havia casat amb la germana, l'Angelina, que havia donat tres fills més a l'avi Mirabaix, «la segona fornada», com deia el paleta: Carles, Sebastià i Trini Mirabaix. D'aquesta segona dona, el doctor encara no n'havia tingut coneixement, de manera que, gairebé sense voler, Bou es trobà de nou reconstruint l'arbre genealògic dels Mirabaix. Afegí el detall interessantíssim del segon casament i va refer les fletxes genealògiques dels sis fills, fentles anar i corregint-les segons la mare que els pertocava. Ton explicava que l'Angelina era encara més santa que la senyora Teresa, si és que això era possible. Pel que semblava, Mirabaix l'havia tractat igual, o sigui, tan malament com havia sabut, o almenys havia aplicat a la segona les mateixes «mesures», com les qualificava: a finals de mes la deixava tancada a casa, i també la feia anar amb sabates de taló pel pis, unes sabates d'agulla altes, de color verd, que ja havien pertangut a santa Teresa; quan li venia de gust, es veu que la novetat era que les hi feia portar a l'Angelina per cuinar, exclusivament per cuinar, segons assegurava el paleta, juntament amb detalls gastronòmics més fetitxistes i humiliants que potser només cal mencionar de passada. De totes maneres, quan Ton ho explicava, preferia no acabar-ho de narrar, però l'impacte d'haver vist la senyora Angelina, un dia que havia anat a portar uns papers a casa de Mirabaix, obrir la porta completament despullada, a excepció d'un petit davantal vermell amb quadres blancs, les sabates d'agulla de la germana morta i una pastanaga a la boca, la considerava una escena tan incomprensible com inoblidable.

El doctor es partia de riure. Impressionat, mirava d'imaginar-se què passaria si la seva dona la dinyés: tindria pebrots, es preguntava, de casar-se amb la Dolors, més lletja i grossa que la Remei? Ni parlar-ne. I encara menys de fer-la passejar en pilotes per casa amb una pastanaga a la boca, es deia. Però havia estat en aquest punt, just quan aixecaven la segona planta de la casa, que Bou ja es passava tres o quatre dies seguits a Manresa. Li havia agafat gust. Pràcticament, se'l podia trobar sempre a l'obra o en algun bar de Sant Fruitós, sovint acompanyat del paleta. Es concentrava les visites mèdiques a Tortosa a començaments de setmana i la resta mirava de fugir en solitari cap al Bages. Al mateix temps, quan li passaven les ganes de riure per tot el que li explicava en Ton, li venia una mena d'esparverament sobtat. Era conscient que havia de signar algun paper amb Mirabaix, alguna mena de document que fes constar l'acord amb ell. Tot allò feia molta gràcia, però era evident que l'avi aquell havia sigut un pinta, i que potser calia desconfiar una mica. Allò del paper se li va ficar al cap, i comentà al paleta la seva inquietud. «Com a mínim», li va dir, «crec que hi hauria d'haver —com també havia comentat al cronista d'aquesta història— algun document signat en què quedi clar que la casa és meva i el terreny seu». Sobretot que la casa pertanyia al doctor. L'opinió de Ton va ser contundent i rasa: «Hehe —contestà—, jo de vostè no ho faria». «Home!», replicà el doctor, «per un paper que...». Però el paleta, com sempre feia, replicà: «Això provocaria desconfiança en Mirabaix, hehe, jo no l'hi recomano; no és la seva manera de fer, no hi vulgui tenir res escrit, no s'hi fiqui, no hi signi papers, cregui'm». El doctor s'alarmà. Era la primera vegada que s'espantava de veritat. «Però si hi tinc la filla casada», va respondre, «i una casa a mitges!».

Ton mirà de dissuadir-lo de manera simpàtica i evasiva. Bou quedà una mica preocupat però no va parlar més de papers, almenys durant uns dies. Tanmateix, a mesura que el paleta li explicava històries i llegendes al voltant del senyor Ricard, el doctor, en lloc de partir-se de riure com feia abans, ara s'anava anguniejant. Sobretot perquè Ton, igual que tothom que havia conegut el senyor Ricard, sempre arribava a un punt que mai traspassava. Quan arribava l'hora de parlar més profundament de l'avi Mirabaix, sobretot del seu origen incert, es feia el silenci, com si l'entorn dels amics també hagués fet un pacte al voltant del tabú familiar. «Oh, una vegada

—explicava el paleta, sorneguer, amb admiració— una prostituta de Barcelona, hehe, es va enamorar del senyor Ricard. S'ho pot imaginar, doctor?». Bou se'l quedava mirant, seriós. «Deu ser l'única vegada —seguia Ton— que anar de putes deu haver sortit gratis, hehe. Mirabaix anava a Barcelona amb l'únic taxi que hi havia a Manresa...». Bou feia un gest amb la mà. El tallava. «No vull sentir més històries», li deia, «no vull que m'expliqui res més, fins que algú em sàpiga dir qui era aquest home, d'on venia...». En els darrers mesos del 2003 i el gener del 2004, la casa s'havia anat elevant harmònicament amb la mateixa rapidesa i gravetat amb què creixia la panxa de la Marina, les històries inenarrables del senyor Ricard i el nerviosisme progressiu del pediatre. Com més es preocupava i s'acollonia, amb aquella altivesa tan seva, tan tortosina, més invertia en detalls de gust que embellissin la casa. Com que l'explicació d'anècdotes havia saturat el doctor i s'havien distanciat, cada vegada que arribava alguna novetat a la casa Ton se'n fumia i deixava anar un «hehe». El dia que el metge va fer instal·lar al jardí una sèrie d'àmfores antigues, el paleta contemplà els pots amb menyspreu, «hehehe»; quan un jardiner va aparèixer un matí per plantar quatre palmeres, dues al davant i dues al darrere, Ton se'n va fúmer obertament. Bou va fer posar baranes de ferro de disseny a tots els balcons de l'edifici, i també va decidir que el jardiner plantés gespa a l'entorn de la casa un cop va estar acabada. Però a cada detall s'havia de sentir el «hehe». Quan no va poder més, finalment li preguntà:

—Escolti, i vostè per què l'imita?

En Ton contestà ràpid, amb insolència.

—Miri —replicà—, era ell que m'imitava a mi, hehe... —per fi es començava a obrir—, això és el que feia el senyor Ricard, ho copiava tot de tothom, que no ho entén, doctor? Jo sempre he rigut així, quina culpa en tinc! Va ser ell qui va copiar-m'ho a mi.

Novament, el pediatre notava que el paleta es retenia en les seves paraules.

—M'apreciava —seguí explicant—. Deia que jo era autèntic, hehe, ell va créixer d'aquesta manera.

Després es quedà callat, retingut. Aquella tarda, una jornada freda però assolellada de primers de febrer, els dos africans havien acabat la teulada. Quan el sol va començar a caure, la casa es va donar per acabada; amb el sostre completament cobert, van col·locar a dalt de tot la bandera catalana. Mentre el paleta s'embolicava un cigarret, assegut en la banqueta que hi havia davant de la barraca, Bou insistí en el tema que el preocupava. Provà d'estirar-li la llengua, i com que el paleta estava content i satisfet, aquell dia va seguir xerrant.

—Els Mirabaix —va dir— copien tot el que veuen, admiren i desitgen, sembla mentida que vostè no se n'hagi adonat. El senyor Ricard imitava les virtuts dels seus amics. Si en tenia un que conduïa, ell volia portar cotxe, tot i que mai ho aconseguia. Són una mica sapastres, ja ho deu haver vist, hehe. Si hi havia el costum d'anar al passeig dissabte a la tarda, ells feien el mateix. Quan els amics van començar a tenir fills, Mirabaix va afanyar-se a trobar dona, hehe, una santa dona —subratllà—, casar-se a Crist Rei i tenir fills...

—Encara que el primer fill fos una noia —afegí el doctor.

—Veig que vostè ho comença a entendre! —exclamà el paleta—. Hi ha algun fet implacable en aquesta gent. Vostè i jo no ho podem comprendre. —I encara, assenyalant la casa acabada—: Miri això, no li sembla increïble? No es pot lluitar contra aquesta força.

El perfil de la casa es retallava en la foscor. Quanta feina en tan poques setmanes, pensava. En efecte, estaven impulsats per l'empenta d'un somni, el de Mirabaix. L'endemà, Bou se n'anà de pet a veure'l. Curiosament, l'home ho tenia tot preparat, com si hagués sabut que tard o d'hora el metge l'aniria a visitar i li reclamaria algun tipus de paper. El doctor sortí del pis del consogre tot cofoi, amb el document signat i perfectament redactat sobre l'acord. Estava tan satisfet, que la mateixa tarda se'n va anar a veure en Ton a la casa i li exhibí el paper com un trofeu.

—Jo no hi tinc res signat —insistí el paleta—; les coses, aquesta gent, les resolen d'una altra manera.

—Doncs a casa meva —replicà el doctor— els papers són importants.

El Ton es va fer enrere, va ficar-se a la barraca.

—Gaudeixi'n com el que són —cridà, des de dintre—: una gent peculiar, un misteri. —I traient el cap per la porta de fusta desmanegada—: Però no s'hi fiqui més, l'hi recomano. Són gent complicada; no seria el primer que en surt malparat. Deixi que ell sigui el benefactor.

—Malparat? —repetí Bou.

—Ho ha sentit bé —contestà el paleta. Tornà a ficar-se a la barraca, i Bou quedà tot preocupat. El paleta va treure el cap una altra vegada—: No es preocupi tant, doctor, vostè és un senyor, un bon home.

De camí cap al cotxe, Bou resseguí el voral de la casa en la penombra. Feia un fred que pelava. Aquell dia, la Marina sortia de comptes. Segons els càlculs, les trigèmines no tardarien ni quinze dies a néixer. En lloc de sentir-se afortunat, per la vida, per tot, decidí tornar enrere. Desolat, resseguí el voral a la inversa, trepitjant la gespa humida, nova de trinca, i es dirigí cap a la tènue llum de la barraca gairebé a les palpentes. Va picar a la porta. Estava decidit a arribar al fons de l'assumpte com fos. Sense esperar, va empènyer, ficà el cap a l'estança i preguntà:

—Només una cosa: què ha volgut dir amb això de «benefactor»?

15

L'HORA DE LA VERITAT

L'ambient de la barraca el va ofegar; li recordava temps llunyans d'infantesa a Amposta, a la barraca dels pares, sobretot perquè era plena de fum. Sense ni tan sols mirar-lo, Ton va dir:

—Passi, passi, faci el favor. Vostè vol que li expliqui la història dels Julio, hehe.

El paleta s'estava fent unes botifarres davant la llar de foc, immensa com una boca que l'engolia, la mateixa xemeneia en forma de cova on, al cap de tres anys, després de tenir un atac de cor, trobarien Ton amb la meitat del cos rostit de cintura cap amunt.

—Aquesta barraca era dels Julio —li digué, assenyalant-li una cadira i el porró de vi sobre la taula—; el senyor Ricard me la va encarregar per ajudar aquella pobra gent, els Julio. Hi va veure l'oportunitat de convertir-se... sí, ho ha sentit bé, en benefactor, per impressionar, suposo, per fer-se un lloc entre la gent... entre «aquella» gent —recalcà—, els Julio.

Assegut al seu costat, Bou aixecà el porró, i va fer

espetegar el rajolí entre les dents amb una ganyota. Ton s'abocà a la llar, deixà anar un «hehe» prolongat i, amb el petit cos pràcticament ficat a la xemeneia, mentre xerrava sostenia les botifarres ben a prop de les brases.

—Aquella gent, els Julio —explicà—, havien arribat a Manresa dalt d'un carro, potser eren tretze o catorze. Com un circ ambulant, encapçalat pel Julio, hehe. Arribaven a la desesperada. Devia ser l'any cinquanta-set o cinquanta-vuit. Buscaven feina, el que fos, no tenien on caure morts; s'havien hagut d'aturar a Manresa perquè havien trencat l'eix i van empènyer el carro fins a la plaça Sant Domènec, o sigui, que van arribar per la carretera de Vic a peu, bruts i cansats, amb tres o quatre criatures que no paraven de plorar. Uns altres andalusos els havien fet fora de Terrassa i aleshores havien provat sort aquí. Igual que als altres llocs, tothom els girava l'esquena. Havien fet la costa des d'Almeria. La meva dona també és d'allí —afirmà, sense deixar de mirar les botifarres—, o sigui que sabíem bé d'on venien, aquests. La Paquita [oriünda del Rubio, Sevilla] sabia molt bé el que passava, hehe. De seguida, tothom va saber que al mig de la ciutat hi havia un carro trencat amb una quinzena de persones d'Almeria mortes de gana. Feien una pudor espantosa. Al juliol aquí la calor no es pot aguantar, ja ho sap. Feia setmanes que havien sortit d'Adra i havien anat pujant fins a València, i allí algú els havia dit que a Terrassa hi havia unes barraques als afores i potser...

Ton s'abocà més a la llar. Remenà les brases. Era com veure aquella gent reflectits en el foc.

—Els van enganyar, perquè a Terrassa els esperaven

—seguí explicant—, i tant si els esperaven... però a cops de pedra. Tal com havien arribat, el carro havia hagut de fer mitja volta, fins que l'eix va petar per aquí —el paleta aixecà la mà colrada, fora de la llar, assenyalant un lloc indeterminat—. No podien continuar. Van plantar el campament a Sant Domènec i s'hi van estar tres dies i tres nits; no hi havia manera de fer-los fora. Mirabaix va ser l'únic que els va ajudar, inesperadament. Quan va saber que els anaven a desallotjar, va córrer cap a la plaça, jo ho vaig veure perquè em va demanar que anés amb ell, hehe. Mai l'havia vist córrer. Era com si hagués tingut una idea i no volia que l'hi prenguessin. Va parlar amb el Julio i els va instal·lar en un descampat que tenia al capdamunt del passeig, al costat d'una plaça de toros.

Arran de l'encontre, s'havia sabut que Julio era el cognom i que en realitat el patriarca de la família, un home rabassut, de front estret i morè, amb uns ulls grossos, profunds i dilatats com els d'un mussol, en realitat es deia Aurelio, però tothom l'anomenava Julio.

—Era fosc com una oliva, hehe —afirmà Ton—, igual que la resta, però no tant com aquells d'allà fora —aixecà de nou la mà treballada, com si volgués assenyalar la parella d'africans que aquell dia havien col·locat la bandera al terrat de la casa—. La dona i els fills d'un cosí van aparèixer la setmana següent com per art de màgia, en un altre carro, i també els dos cosins que els havien anat a buscar a Rubí, on els Julio havien decidit dividir-se per augmentar les possibilitats de trobar alguna cosa. També es van instal·lar en el descampat del senyor Ricard. Però ell no va dir res; ho va permetre.

Quan va arribar el tercer carro, Mirabaix els va enviar a un descampat més gran que tenia allà dalt —la mà colrada va fer com si assenyalés Montserrat—, prop de la torre de Santa Caterina, a tocar de la via del tren.

Ton es ficà un tros de botifarra a la boca. Bou aixecà el porró. Veia aparèixer aquella pobra gent, reflectida en les brases, al juliol i passant l'estiu a Manresa, amunt i avall amb els carros.

—El senyor Ricard va fer-ho tot espectacular i vistós —va dir el paleta, amb la boca plena—. Va procurar que tothom sabés que els ajudava. Els Julio estaven enlluernats amb ell. Quan ja no li quedaven descampats, els va oferir la casa de Moià.

Bou va fer un bot. Va reviure la casa d'estiueig tal com l'havia trobat la primera vegada, fantasmal, fosca, espaiosa. «No diu més del necessari —va pensar, mentre s'anava neguitejant, i es preguntava—: on em vol portar?».

—Quan van veure la casa, el Julio no va dubtar. Malgrat la distància de Manresa, ell mateix hi va anar a viure amb la dona, els fills, tres o quatre cosins i les respectives famílies. Anaven i venien amb el maleït carro. Primer van acampar al jardí, després van ocupar la casa. No hi havia ni un moble. Era tremend; feien foc enmig del menjador i dormien per terra. La senyora Teresa anava de bòlit. S'horroritzava, pobra dona. Devia endevinar que Mirabaix en portava alguna de cap. Però ell no deia res; ho acceptava. I de seguida també, sempre gràcies a ell, el Julio va començar a obrir bars a Manresa. Mirabaix li llogava els locals. El primer es va dir Julio, com no podia ser d'una altra manera. El segon, Julio

Aurelio, hehe, el va obrir amb un germà i un cosí, un que es feia portar seitons de no sé on, hehe, i encara van muntar un tercer bar, Julio Aurelio II, com segurament també havia previst Mirabaix; un germà de la dona del Julio n'havia muntat un que es deia El Patio Andaluz. Al principi, els Julio anaven i venien amb carro des de Moià, fins que Mirabaix li oferí un pis de lloguer a Manresa.

El paleta de Santpedor acostava el punxó dels botifarrons als espeternecs de les brases. No parava de xerrar. «Però què em vol dir?», pensava el doctor, nerviós. «On em vol portar?».

—Quan el tercer germà del Julio va arribar d'Almeria, Mirabaix em va encarregar construir aquesta barraca. El terreny es va omplir de gent; eren com una plaga. No m'ho van pas deixar fer; en sabien un niu, de fer barraques. Miri, aquesta encara aguanta. Els vaig portar les fustes, les uralites, però s'ho van fer tot ells. El Julio era un andalús molt trempat, amb una empenta i una personalitat úniques, hehe. Una gent formal, plens d'orgull. Treballaven com animals nit i dia. Es passaven el dia pencant al bar, fent calaix per comprar un pis, una casa, el que fos que Mirabaix els pogués avançar, llogar o deixar prestat al millor preu. El senyor Ricard també li va cedir el local del barri del Xup, per iniciar el negoci que somniava un cosí.

«Ara», pensà el doctor, «ara m'ho dirà». Va fer el gest d'anar-se'n, com si no volgués saber res més. «Encara hi sóc a temps», es deia, «encara sóc a temps de marxar i oblidar-me de tot».

—Mirabaix se'l mirava a una distància prudencial.

No els destorbava. Els deixava fer. Anava veient com progressaven. Eren ràpids. Creixien. Van començar a guanyar diners. I un dia —Ton va fer una pausa—, el Julio, crec que va ser amb tot això del restaurant (el Julio Aurelio II) va demanar al senyor Ricard que formalitzessin la seva relació, més que res per aquest local. Fins aleshores, entre ells tot plegat havia sigut un tracte purament oral, d'acords parlats, al més pur estil Mirabaix.

Bou aixecà el porró, i després es pentinà l'ensaïmada. Va girar la vista cap a les brases. «Serà fill de puta —es va dir, i tot seguit—: Maleïts papers. M'havia de treure el tema, aquest fill de...».

—Van aprofitar per regularitzar-ho tot. Mirabaix no hi va posar cap pega, al contrari; va comprendre que el Julio volgués fer papers. Li pagaria de mica en mica la muntanya de préstecs i diners que li devia, amb aquell sentit de l'orgull i l'honor tan andalús. També va ser l'època en què Mirabaix va començar a freqüentar els locals del seu amic; primer només hi anava a dinar, tot sol. Després s'hi presentava amb un dels fills, l'Uri, que llavors era ben petit però ja endrapava com un animal. Aviat va començar a portar-hi la resta de la família. Tot va fer un canvi. Els Julio se'n van adonar de seguida; en poc temps, bé, vostè ja s'ho pot imaginar, els Mirabaix s'hi presentaven al complet. Quan no menjaven al Julio, anaven al Julio Aurelio II; sempre hi havia un Mirabaix en un local o altre, menjant de gorra... sense pagar.

«És massa tard», es deia el doctor, «encara que me'n vagi, és massa tard».

—Mirabaix no pagava mai —va seguir Ton, entusiasmat, delectant-se en l'explicació—. Eren capaços de menjar-s'ho tot. Com consumien! —exclamà—. Mirabaix no feia ni tan sols el gest de pagar. Arribaven al bar i ho arrasaven tot. El Julio no sabia què dir. No tenia més remei que ser amable amb ells, amb l'home que els havia acollit i ajudat. Al cap de tres anys de convivència, la situació es va fer insostenible. Però no sabia com dir-l'hi. Hauria estat com furgar en un rusc d'abelles, encegades per l'olor del menjar. Aquelles cares, aquells ullets, les dents, hehe —semblava que Ton l'imitava, alhora que devorava els seitons, les patates, les escopinyes amb ells—; tot desapareixia. Els Mirabaix es passaven el dia al bar. Eren insaciables. Com que els havia llogat els establiments en llocs estratègics, sempre eren a prop d'algun local del Julio. Però el cosí del restaurant nou, que era un paio molt espavilat, se n'afartà. No perquè el consum d'aquella colla d'aprofitats fes perillar el negoci, sinó perquè les coses no podien anar d'aquesta manera. Allò era un negoci! Així que el dia que havien tornat tots allí, el cosí va saltar: quan els va tenir a tots asseguts a taula, li va cantar la canya al Jaume i a la Valentina, davant de tothom: «Aonde ze han creído que van uztede» —va fer en Ton, amb l'accent d'Almeria, que imitava perfectament—. Els dos nens, i la colla de cosins que els acompanyaven, se'l van quedar mirant. «¡Ea!, a gorrear a otra parte. ¡Aquí se paga o aire!». Ningú va atrevir-se a dir res. El bar quedà mut. Just aleshores, la cambrera, una altra familiar del Julio, sortia de la cuina amb tot de plats per a ells. Però els Mirabaix ja s'havien aixecat. Aquell dia, el senyor Ricard no hi era, hehe. Valentina, orgullosa, es va treure un moneder i va deixar un bitllet sobre el taulell. No van tocar cap plat. Van sortir del bar, tots a una, com si no hagués passat res. Van desaparèixer. El cosí es va quedar tan sorprès que ni tan sols va pensar a tornar-li el canvi del bitllet a la noia. Quan va saber el que havia passat, el pobre Aurelio Julio es va posar les mans al cap; no se'n sabia avenir: «Però què has fet?», va dir-li al cosí.

»Durant uns dies, va semblar que no havia de passar res; els Julio van seguir treballant al restaurant. Primer els van tallar l'aigua del primer local, hehe. Després, el gas, i de seguida van començar a arribar factures i rebuts de tota mena. El Julio va anar a veure el senyor Ricard en persona, a l'oficina del carrer Nou. Era com si no l'hagués vist mai, com si no el conegués de res. Aquella cara, aquelles dents s'havien posat en marxa de manera terrible, al mateix temps que la gent va deixar d'anar als seus bars, atemorits per la reacció del senyor Ricard. La clientela es va esfumar, i les factures seguien arribant de tot arreu i per tot. Un d'aquells dies també es va presentar la Guàrdia Civil a la casa de Moià, on encara s'havia instal·lat un altre germà del Julio que estava malalt. Els van desnonar. Tot el que abans havien estat facilitats, ara es convertien en problemes i entrebancs de tot tipus. Quasi tota la família va venir a parar aquí, en aquesta barraca. Però la policia també els va fer fora. Semblava que havien aixafat merda. Quan el Julio va anar a veure el senyor Ricard per segona vegada, va fer-ho a casa seva. Però ell ja no el va atendre. Va fer-ho l'Angelina (era el 1961; la senyora Teresa havia mort el 1958); no sabem si li va obrir la porta amb una pastanaga a la boca o no, però li va dir que el marit no hi era i aleshores el Julio se li va posar a plorar, que si això, que si allò altre, que per favor l'ajudessin, que tampoc podien marxar i que... hehe —va fer el paleta—, era com si Mirabaix ho tingués preparat, com si tot plegat respongués a un pla, una estratègia...

Bou sortí de la barraca sense ni tan sols acomiadar-se. Exasperat, es dirigí cap al cotxe; tampoc s'atreví a mirar cap a la casa nova, una ombra fantasmagòrica envoltada de la veu distant del paleta, que exclamava:

—No es preocupi, doctor! Vostè és un bon home. Miri aquest xalet. A vostè l'admira. No es preocupi! —I abans que arrenqués el vehicle—: No s'hi fiqui, no val la pena.

Mentre conduïa, Bou s'afanyà a trucar als amics manresans pel mòbil. Els convocà al bar del passeig. Els demanà que sisplau hi anessin, que hi havia de parlar urgentment. Al cap de vint minuts, a les vuit del vespre, ja hi eren. També havia trucat al doctor Martí. Llonch i Serra havien arribat. El doctor estava d'un mal humor impressionant. Duia els cabells esbarriats. Volia saber qui era el senyor Ricard, d'on havia vingut.

—Miri, deixi-ho estar —va dir Llonch.

Bou va fer un crit:

—Calli! —exclamà, inesperadament—. No ho vull deixar estar: és la meva família!

Martí s'avançà:

—Joan —li va dir—, no trobes res enlloc perquè, senzillament —va fer una pausa; fità un instant els amics; el tornà a mirar a ell—, no hi ha res a trobar.

Per uns moments, Bou navegà en l'absurditat aparent del que afirmava l'amic.

—Expliqueu-l'hi bé, home! —va dir Prat.

—És com si el senyor Ricard no vingués d'enlloc.

Bou dirigia els seus ulls sortits cap a l'un i cap a l'altre, confós.

—Expliqueu-l'hi bé, home! —repetia Prat.

Serra va tornar-se avançar a Martí:

—Al senyor Ricard, el van adoptar els Mirabaix, els dels pinsos, el van adoptar de petit.

—Els autèntics Mirabaix, vol dir.

—Va ser ell qui va introduir a la família aquesta cara...

—... d'imbècil —recalcà Prat—. Va aniquilar els germans; els va... devorar —afegí.

Bou, atabalat, no entenia res.

—Es va cruspir la família —afegí Prat en l'instant que rebia un cop de colze de Martí.

—Adoptat —repetí el doctor—. Però d'on venia? Adoptat de qui?

—No se sap.

—Mai ho van saber del cert.

—No se sap, no en tenen ni idea. Només ell ho sabia, i la família, potser. Però no ho diuen.

Era per això que hi havia un salt i s'havia trobat fets tan estranys: l'arribada ho havia fet canviar tot, havia sacsejat l'arbre genealògic dels Mirabaix. Ho havia vist de forma intuïtiva, completament amateur, i no s'havia equivocat.

—I això que dieu que va devorar els germans? —va demanar el doctor.

—L'episodi de l'avi va marcar la família, almenys la branca que es desprenia d'ell, es va anar fent dominant en poc temps.

—En poquíssim temps —exclamà Prat—. Expliqueu-l'hi bé, home!

—Com saps, els Mirabaix són... bé, havien estat una nissaga manresana, d'aquelles de sempre —va dir Martí—. S'havien dedicat al bestiar, com també saps. Després al pinso. L'avi Mirabaix va ser adoptat quan era un nen... per la senyora Maria, una dona formidable, per cert. La de la fotografia. Però el lloc d'on va arribar aquell nen es desconeix, no se sap.

—Va aparèixer del no-res —va dir Serra—. Ni tan sols se sap qui havien estat els seus pares... res.

—Si és que en tenia, de pares —deixà anar Prat.

—Prat, home! —el renyà Serra.

—... Simplement el van abandonar... o es va escapar de vés a saber quin lloc...

—... en aquella època...

—Vés a saber d'on va sortir. Un dels germans Mirabaix —seguí Martí—, el gran, Trinitat, se l'havia trobat robant fruita al graner; va ser el primer que el va veure. Estava rebentat, dèbil, no deia res, o potser no volia ferho: des de l'inici, el nen havia pres la determinació de no explicar res del seu passat. A ningú li agrada recordar que ha estat pobre i miserable.

—Diuen que era com si fes dies que caminava. Trinitat es va trobar aquella mena de rata humana devorant fruita al graner. Va avisar Sebastià, que en tenia tretze o catorze, i el van tenir allí tancat un parell de dies, sense dir res a casa. La criatura no se'n va anar, ho havien hagut de dir a la mare, i després al pare Mirabaix. I el nen ja no se n'aniria. Acabava d'aconseguir una família, germans, pares, menjar, un llit.

—I un nom! —exclamà Prat.

—... i un cognom —afegí Martí.

En efecte, la senyora Maria de seguida es va encapritxar del nouvingut. Ja des d'aquell dia de febrer de 1946 en què l'havia vist per primer cop, no dubtà a anomenar-lo Ricard, el nom del nadó que havia perdut.

—Quasi sense adonar-se'n —explicà Martí—, l'havien adoptat.

Bou besllumà, esmaperdut, el rostre desmaiat, l'expressió barruda, la boca entreoberta vagant pels camps, amb el nas aixecat, flairant la casa, la fruita, el corral... i ho va començar a entendre.

—Però no se sap d'on havia arribat? —preguntà.

—No es va saber mai —contestà Martí, taxatiu—. No almenys de forma concreta.

Tothom va callar. Era veritat que ningú en sabia l'origen exacte. L'únic segur era que, en només una generació, aquell personatge misteriós, que la gent al final havia resolt que no venia d'enlloc, perquè realment no se'n tenia cap pista ni es podia comprovar res, havia transformat el quadre familiar del clan que l'havia acollit. Algun instint poderós, més que qualsevol altre factor, l'empenyia per dintre per escapar de la misèria absoluta que l'empaitava, ple de desfici. La mateixa circumstància de no ser d'enlloc en concret, o almenys de no saber-ho o no haver-ho volgut explicar, li afuava encara més l'angoixa, la ràbia, la desesperació suprema que l'impulsava, més enllà del coneixement, el raciocini i la raó que li podrien haver estimulat la gana.

Allí, a la casa penjada en el paisatge ondulat i serè, amb vistes a l'ermita de Santa Anna i a Montserrat, el noi que agafà el nom de Ricard va trobar-hi per fi la llar, sense que sabessin si n'havia tingut mai, de casa, o si havia estat abandonat, si s'havia perdut, escapat. El cas és que a can Mirabaix (on no aconseguien posar-se d'acord en l'edat exacta del pròfug) havia començat a donar mostres d'una intel·ligència avantatjada. Els amics van explicar-li que, ja de petit, el senyor Ricard era més fort que els altres, en tots els aspectes. Encara que la seva estructura òssia fos més reduïda i minsa, igualment era més dur i resistent. També posseïa una fortalesa mental que el diferenciava dels germanastres. Era frugal, directe, callat; de seguida es convertí en el preferit de la mare, i els germans aviat van adonar-se'n. Des d'un inici, havien començat a competir amb ell des del silenci de la seva presència agressiva i salvatge. De fet, ni tan sols parlava, o almenys al principi no ho va voler fer. El pare Mirabaix, el padrastre, que també es deia Ricard, jugava amb aquest gran desavantatge quan voltava per la comarca per veure si s'havia perdut algun nen. «Bona gent», apuntà Serra. Òbviament, el pare adoptiu endevinava també el trasbals que l'aparició de l'intrús ocasionava en els fills, a la casa, a la senyora Maria mateix. Com més s'adonaven de la dificultat de situar-lo geogràficament, la possibilitat de retornar-lo es complicava i més difícil i insuportable se'ls feia la convivència amb ell. S'hi van obsessionar.

No se sabia si tal vegada era de Sant Fruitós (en aquest cas s'hauria difós la desaparició d'un nen de la zona) o de Balsareny, Berga o Igualada, o de qualsevol lloc on els Mirabaix fossin capaços d'imaginar que podria haver estat capaç un nen, caminant tot sol, de travessar boscos, rius, muntanyes, pobles i ciutats. És cert que a mesura que l'anaven coneixent descobrien que el petit Ricard estava dotat d'una resistència anormal, fora del comú.

—I psicològica! —va exclamar Prat.

—I psicològica, en efecte —va reafirmar Martí.

Un cop descartats municipis i localitzacions més o menys properes, les tesis i especulacions es van disparar. Bé que l'astúcia i el coratge del nen podien haver-lo portat de més lluny, tal vegada d'algun poble d'Andalusia; potser era extremeny, o portuguès, pel color més fosc i olivaci que presentava les primeres setmanes. Havien sorgit una innombrable quantitat d'hipòtesis i es va arribar a dir que era marroquí, o fins un *pied noir* d'Algèria.

—Rus! —exclamà Prat.

—Impossible —afirmà Llonch.

—No tots són rossos i amb els ulls blaus, els russos —digué Martí.

L'únic que sabien era que no s'havia sabut mai. Amb els anys, s'havia conjecturat amb diverses possibilitats, però sempre es tractava d'especulacions, mai comprovacions exactes. Alguns asseguraven que era probable que l'haguessin fet fora de casa, que potser n'havia estat expulsat i que, veient la gosadia i el desvergonyiment del personatge, no era d'estranyar que al seu poble natal haguessin mirat de treure-se'l de sobre. Com sovint passava quan es parlava de Mirabaix, sorgien les presumpcions més inversemblants i variades. S'havia arribat a dir que potser el nen s'havia esmunyit de polissó en algun vaixell de càrrega; altres reflexionaven i teoritzaven al voltant de la possibilitat que Ricard Mirabaix Torres se n'hagués anat per iniciativa pròpia, o simplement s'hagués perdut i hagués vagat per turons i camps fins que el destí, o aquell instint fortíssim, inherent a la seva naturalesa, semblant a la poderosa intuïció que l'empenyia, l'havia situat com sorgit del no-res al graner ple de fruita, queviures i gra de can Mirabaix, com si l'hagués ensumat a quilòmetres de distància. El que era segur és que la senyora Maria s'havia disgustat amb els fills per haver tingut la pobra criatura tancada al corral tot un cap de setmana. Era sabut que des del primer moment la presència de l'estranger havia creat una gran tensió entre els germans, sobretot perquè la mare s'havia mostrat invariablement a favor del nouvingut; així que, abans fins i tot que el galifardeu ho sabés, que ho decidís, va ser com si realment alguna cosa més enllà d'ell ja hagués decidit que can Mirabaix i tot el que hi veia, germans, menjar, pare, mare, porcs, camps, era seu, era casa seva i li pertanyia. Des del primer instant, a més, la senyora Maria l'havia anomenat Ricard, en memòria, i tal vegada també en homenatge i record, del nen que havia perdut de manera prematura. Això sens dubte va ser crucial. I, tanmateix, mai es va saber d'on procedia. Mai. Aquest fet disparà durant dècades les teories més absurdes i estrafolàries, perquè lògicament les hipòtesis al voltant del seu origen amb els anys es van multiplicar. Cada cop eren més atrevides, desconcertants, excepcionals.

—Es va arribar a dir —deixà anar Prat, abans que el doctor Martí li clavés un cop de colze—, que el senyor Ricard era fill d'una dona i una rata.

La pertinent colzada no va fer més que afuar l'histrionisme de Prat, com passava sempre quan parlaven d'amagat del tema; sovint, l'amic del nét de Mirabaix culminava la reflexió al voltant de l'intrús, dient «està bé, està bé —sorneguer, com d'habitud—, potser Mirabaix era fill de dues rates directament». En qualsevol cas, tots estaven d'acord que semblava que el destí l'hagués abocat a assemblar-s'hi, a una rata. Era normal pensar-ho, com també era més o menys estrafolari i passable que s'afirmés en to jocós que se'ls havia cruspit, els pares. I que també ho hagués fet literalment amb els progenitors adoptius, i amb els germanastres, i amb la família Mirabaix sencera. Era cert que s'havia bromejat molt al voltant de la fam insaciable de l'adoptat, de la gana anacrònica i literal que portava ficada a dintre, sense saber exactament d'on li sortia; s'especulava i força sobre el color de pell del foraster, almenys el que presentava quan havia arribat. Pel to fosc, pel que oferia el seu rostre en els primers anys a la granja Mirabaix, s'afirmava, encara que de manera tova, que no podia ser del país. Però tal vegada era degut a l'exposició prolongada al sol, d'haver passat els tràgics dies d'infància a la intempèrie. Per contra, també es comentava que amb el temps s'havia anat emblanquint, i que d'origen havia arribat a ser negre com una oliva, coloració que òbviament s'exagerava, segurament per la brutícia que el fugitiu havia acumulat pel camí. Quan Trinitat l'havia enxampat al corral, és probable que el nen hagués estat caminant durant dies; potser feia setmanes, mesos que circulava sense direcció concreta, com si s'hagués escapat del lloc més miserable que es pugui imaginar, de la font de la gana; potser l'havien expulsat d'una guerra o l'havien alliberat d'un camp de refugiats.

El que era segur és que havia après ràpid, sense perdre el temps, com sempre amb el senyor Ricard. Si no havia sabut parlar, perquè a penes se'n recordava o no n'havia sabut mai o simplement no volia, de seguida va mostrar una gran capacitat per fer-ho, fins i tot millor que els altres. L'aprenentatge veloç, una ànsia intellectual eminentment pràctica, feia endevinar que el vagabund havia agafat la iniciativa de marxar de casa per desig propi, fos pel rebuig que despertava la seva cara de rata o per cercar una llar més segura, com a mínim millor de la que procedia. Tothom havia fet la seva conjectura. Però mai ningú el va reclamar, almenys que s'hagués sabut. L'únic fet segur, l'únic que almenys era comprovable, és que tenia gana, molta gana, una fam que mai podia satisfer. I que això també s'heretava. Aquell cap de setmana havia buidat el rebost del corral dels Mirabaix i ho va seguir fent quan la senyora Maria se'n va fer càrrec. La bona dona posà tot l'esforç en el noi. El formà, se'l va fer seu, li va fer de mare, el va fer anar a escola, fins li va fer costat quan va començar a delir-se pel menjar dels germans i tot seguit a cruspir-se'l, i a posar-los en competició entre ells. La senyora Maria s'obsessionà amb el fillastre. Certament, era diferent, i no s'adonava que els destruiria. A ella, a la senyora Maria, l'afillat fins i tot li acabaria fument la granja. Volia tot el que tenien ells; era una dèria sense aturador. Com més podia obtenir, més desitjava. Si al germà li regalaven un pis, ell també n'acabava aconseguint un. Quan es va casar, en primeres núpcies amb la Teresa, ho va fer perquè el Mauri, el germà petit, també ho havia fet i, per tant, havia pogut obtenir un pis dels pares. El nouvingut actuava per mimetisme. Però sobretot era impressionant constatar com s'havia fet seva la senyora Maria, i encara més que la deixés morir sola i desemparada en una residència de mala mort, sense absolutament res, pràcticament en la misèria.

Alguns cops, la gent es preguntava si el senyor Ricard no assajaria iniciar una nova vida lluny de la ciutat que l'havia acollit, però sempre tornava a Manresa. Per molts dies que s'hagués absentat, sempre tornava. Se'l veia arribar en taxi, baixava sense dir res i s'escapolia cap al portal de casa com una ombra, on la Teresa, o l'Angelina després, l'esperaven cosint, cuinant, plorant, sempre alguna de les tres activitats, o almenys la darrera junt amb una de les altres dues simultàniament. Només arribar, apagava la llum general i es ficava al llit, bressolat, a saber si estranyament reconfortat, pel plor de la dona que li havia donat fills, tant l'una com l'altra, o sigui, continuïtat al cognom adoptat i l'oportunitat d'anar eliminant els germanastres a mesura que l'ocasió es presentava. Semblava que s'hagués dedicat tota la vida a fer el mateix, sistemàticament, quasi per una qüestió de supervivència. Quan el seu amic taxista havia mort, el 1962, Mirabaix quedà aïllat. Deixà de baixar a Barcelona, i poques vegades més va sortir de Manresa. Quan tothom començava a viatjar i a sortir amb assiduïtat, ell havia deixat de fer-ho. No tenia amics. O només els que li convenia o li devien favors.

—I el gos! —exclamà Prat rient.

—Quin gos? —preguntà el doctor, desolat.

Tots van tornar a callar.

—Ah! Un gos —explicà Serra, evasiu— que l'acompanyava a tot arreu, en els darrers anys.

Es referien a un gos petaner, malgirbat, coix, que el senyor Ricard havia recollit del carrer i que sempre anava amb ell. De fet, era com si hagués trobat en l'animal la imatge desemparada d'ell mateix; l'arribaria a acompanyar ben bé fins a la tomba.

—Quan el gos va morir va ser l'única vegada que el van veure plorar.

El gos devia ser l'únic, potser, que devia acostar-lo vagament a la misèria que amb tota seguretat havia viscut, i ell es devia haver promès, en algun moment de la infantesa de vagareig i solitud, que mai més en patiria. Quan els nois van explicar-li que, per petició expressa del senyor Ricard, l'havien enterrat junt amb el petaner, Bou els va tallar; mig marejat, igual que abans amb Ton, hi havia detalls que preferia no conèixer. El sorprenia la naturalitat amb què de cop els amics li explicaven aquesta història; s'adonava que, per primera vegada, en parlaven entre ells de manera oberta i que, per altra banda, en coneixien infinitat d'aspectes i detalls, contràriament al que havia suposat. Però es veia que gairebé mai en parlaven. S'adonava que el silenci imposat pel senyor Ricard al voltant de l'origen incert i la història miserable que l'empaitava s'havia estès com una taca, entre el temor pel personatge i una mena de consigna no escrita, un tipus d'indiferència apassionada que no tenia rival. Del tema no se'n parlava, era tabú; fins més enllà de l'avi, estava prohibit. En el fons, el silenci era el resultat de la vergonya inconfessable d'un crim amagat, perquè tan bon punt s'arribava al fons de la qüestió les ganes de fer broma sobre l'origen del personatge passaven de cop, sobretot quan es descobria que, en efecte, d'aquella manera subreptícia i arrossegada, s'havia preocupat de treure's la família sencera de sobre, d'esborrar-los del mapa. Ara Bou ja sabia per quina raó li havia costat tant obtenir dades sobre els Mirabaix. Els possibles rastres de l'arbre genealògic previs a l'arribada del senyor Ricard havien desaparegut, s'havien fet fonedissos en poc temps sota el cop de vent d'una ambició i una voluntat anònimes i brutals.

La fi dels germanastres havia estat tràgica i lamentable. D'una manera o d'una altra, tots havien estat eliminats. La pitjor història era la de Carles Mirabaix Torres, el segon, que s'havia suïcidat l'any 1965, després d'haver-se endeutat increïblement amb el senyor Ricard, arran dels diners que aquest últim li havia prestat per mirar de frenar la decadència a què es veia abocada la fàbrica de pinso dels pares. La il·lusió de mantenir el vell corral dels Mirabaix se n'havia anat en orris, Carles s'havia deprimit, i ofegat pel deute i la pressió del germà adoptiu s'havia llançat d'un cinquè pis. El quart, Sebastià, havia estat l'únic que s'havia atrevit a enfrontar-se amb el nouvingut, però havia mort d'un atac de cor, desesperat, després d'haver-se passat mitja vida tractant d'evitar que Ricard Mirabaix Torres s'ho quedés tot. Era una història de resistència similar a la del germà gran, Trinitat, l'únic que encara sobrevivia. Fart dels tripijocs d'aquell monstre, però, finalment havia optat per desprendre's de totes les propietats a Manresa i anar-se'n a viure amb la família a Olesa de Montserrat. En definitiva, se'ls havia tret de sobre a tots. Havia aconseguit el control de l'herència dels pares i, l'un rere l'altre, els havia esclafat; els havia deixat sense ni cinc, mitjançant les seves argúcies administratives, d'aquella manera acaparadora que tenia d'apropiar-se de tot el que li podia caure a les mans. Com si la por atàvica de quedar-se sense res hagués engegat un mecanisme infal·lible a dintre seu contra el qual era impossible lluitar.

Esfereït, dolgut, marejat, Bou deixà d'escoltar els amics. A mitja conversa es va aixecar. No va voler que li expliquessin res més. Va pagar ell, i per primer cop els tutejà, com si ja des d'aquell moment sabés que necessitava proximitat, suport, amics autèntics i vertaders. La intuïció no l'havia enganyat. Aquella tarda de febrer, mentre pujava tot sol pel passeig, arrossegant els peus, veia aquell pobre noi, un infant encara, impulsat per la necessitat i la fam, de manera prou potent i sentida per haver transmès a la descendència la inquietud, l'angoixa, la mateixa sensació de gana, així com la força per conservar el que ja no els podrien arrabassar: el nom. Va arribar al pis de la Marina estabornit. Quan va trucar a la porta, ningú va respondre. Va obrir amb la seva clau. No hi eren. Va entrar al menjador, es deixà caure al sofà i agafà el telèfon fix, però oblidà a qui volia trucar. Deixà reposar l'aparell sobre l'estómac, abatut. Va tornar a veure la foto del misteriós avi, en un prestatge del moble que Ricard i la noia tenien per al televisor, la imatge insondable, misèrrima del senyor Ricard. Va tancar els ulls, però li va semblar que eren pertot arreu, i va tenir la impressió que ja podia llençar els estudis genealògics a les escombraries. Quantes històries devien haver estat escrites en la falsedat, mancades de comprovació, per aquells personatges apareguts del no-res. Va veure, un cop més, el nen vagant pels turons, pels camps, marcat per la condició obligadament feréstega que l'impulsava, dormint al ras, fins que havia anat a espetegar a can Mirabaix, en aquella santa casa, al corral, on l'havien proveït de tot el que necessitava: de teca i d'un nom. Tant de bo no ho hagués sabut mai, pensava. Li feia l'efecte que aquelles cares el fitaven en la distància, des d'algun lloc estrany i desconegut, des d'enlloc i des de tot arreu al mateix temps, aquelles cares burlesques, des de l'obscuritat del seu origen inconegut. Li rodà el cap, necessitava imaginar-se d'on podia venir, d'on era originari, formular hipòtesis... «I de nosaltres», es preguntava, «què volen de nosaltres?». Arrasar-ho, tot i tothom, es repetia. «Oh, vostè és un senyor! A vostè l'admira, no es preocupi», recordava que li havia dit Ton. Ara comprenia, però, un munt de fets i circumstàncies que havia mig endevinat, i de sobte va tenir la idea que Mirabaix anava per ell i es va espantar. Per primera vegada se n'adonava. Empassà saliva, notant la por: la dèria per la propietat, per fer-se la casa junt amb ell, els papers! Per què havia hagut de signar-hi papers? Bou sabé també que Mirabaix l'admirava i que, sens dubte, voldria apropiar-se del que tenia. Una onada de calor li mullà la camisa. El cansament li va caure a sobre com una llosa, una fatiga de mesos que li ensorrà definitivament les parpelles. Però no podia descansar. No podia abaixar la guàrdia. No se'n podia refiar. Com havia pogut permetre el casament de la filla amb aquell sapastre?

De sobte, les va descobrir al celler de casa, a Tortosa,

al despatx-consulta; grimpaven per les escales cap al despatx, i tot seguit el pessigolleig de les petites urpes engrapant-li les cames; les rates se li tiraven a sobre, li mossegaven els llavis, les galtes, i en l'instant que una de grossa li clavava una estrebada a la panxa obrí els ulls: el telèfon li espetegà a sobre. Recollí l'auricular de terra. Rascant-se pertot, enmig de l'esglai, primer no ho va entendre: a l'altra banda hi havia una barreja d'enuig i alegria.

—Joan, es pot saber on t'havies ficat? —I acusatòria, la seva dona—: Tens el mòbil apagat!

Bou va emetre un so estrany, de queixa, i va fer com si espantés mosques.

—Les nenes, ruc, que ja són aquí, ja han nascut —va repetir la Remei.

Encara amb picor per tot el cos, el doctor va agafar el cotxe en direcció a la clínica. Atabalat, confós, enmig d'una gran desolació, anava veient els escenaris manresans caient al seu darrere com cortines que es despenjaven, com si tot el que veia i coneixia en realitat no existís o fos totalment fals,una ciutat construïda expressament per evitar la veritat, la història. Tot plegat se li feia inhòspit, inassolible, rar. Veia Manresa sota un prisma diferent, amb una sensació completament oposada a la que havia tingut fins aleshores. Quan per fi va entrar, fins i tot la clínica de Sant Josep, que coneixia de sobres, se li va fer distant. A la planta de nounats va trobar-se amb tothom. En l'entretemps, Ricard els havia trucat a tots i els amics del bar, que havia vist feia un moment, també hi eren. Era com si no haguessin parlat de res. Tothom el felicitava, li donaven cops a l'esquena davant de l'aparador on s'exposaven les criatures, amb una alegria que no acabava de comprendre. Atordit, observà com la infermera girava els tres bressols cap als espectadors, per tal que la família pogués contemplar les criatures. Remarcà que una tenia la boca entreoberta, el cap tot allargat, girat cap a un costat. En efecte, ja es podia endevinar: les trigèmines s'assemblaven més al pare que a la mare. Considerablement. Va sentir que li rodava el cap. Una nova intranquil·litat s'apoderà d'ell i es recolzà en l'ampit del vidre. Era evident: les nenes s'assemblaven a Ricard de manera prodigiosa. Era inqüestionable.

—Pobretes... —repetia la Remei, commoguda, embadalida.

Bou sentí els cops a l'esquena, la fisonomia allargada de la cara brutal del consogre reflectida en el vidre, que li deia, mentre el doctor notava la humitat dels seus dits sobre l'espatlla:

—Felicitats, home!

Bou va fer el mateix: posà la mà sobre l'espatlla de Jaume Mirabaix, i mentre ho feia s'adonava que la volia retirar. Va notar la tensió rígida del seu cos movent-se sota la roba, amb aquella immobilitat tensa, expectant, alhora que percebia les puntes fredes i flonges dels seus dits i la boca prominent, amb la mandíbula penjant, davant de les tres criatures, mentre la Remei, pietosa, amb aquella mena d'insistència conclusiva, insuportablement maternal, verbalitzava l'evidència del que tothom tenia al davant, com si encara algú no se n'hagués adonat.

—Pobretes —deia—, si semblen ratetes.

SEGONA PART

16

PROSTITUTES, SUÏCIDES I FUGITIUS

Un mes després del naixement de les nenes, el doctor per fi es va jubilar, anticipadament, encara que per motius diferents dels que havia previst. Els canvis que havia provocat, que en principi l'havien de convertir en un home enèrgic i rejovenit, lluny d'haver-se produït havien quedat momentàniament estancats. Es va deprimir i, sobretot, començà a remarcar amb especial èmfasi el pes i la monotonia del seu matrimoni. Experimentava una barreja de sensacions retrobades d'avorriment i desídia, la impressió d'una nostàlgia indefinible que no sabia d'on provenia: un sentiment de tristesa que, sense previ avís, el deixava escarxofat a la butaca del despatx. Sobtadament, la consulta li semblava antiquada, completament desfasada. Llavors havia decidit tancar la barraca, fer un cop de cap i retirar-se abans d'hora. Tanmateix, el fet de deixar la clientela li restà vitalitat; en lloc de propulsar-lo, la jubilació el va ensopir. En qüestió de dies, dos metges joves havien aparegut a la ciutat i s'havien apropiat ràpidament de gran part dels pacients.

Ara, a Tortosa, n'hi havia dos per substituir-lo. En poc menys de dues setmanes sentí que l'havien esborrat del mapa, apartat de la circulació. Les criatures van desaparèixer de casa. Les visites de mares preocupades per nimietats i les representacions escabellades del doctor al despatx es van esfumar. Va ser com si l'il·lustre metge de nens no hagués existit mai; sense els tripijocs socials que havia promogut en la històrica consulta, les xafarderies, les confessions, la roda de favors i el dinamisme que s'havia generat a la sala, es va trobar sol i desemparat. Havia passat massa temps fora de Tortosa i ara, en voler tornar, els amics, els veïns, la ciutat li girava l'esquena; l'havien deixat al marge. I el pitjor de tot: no es podia fer enrere.

Encara més: després de tants anys d'espera, el temps que havia pensat dedicar a l'estudi de genealogies, a les investigacions que l'havien de projectar mundialment per l'atreviment de les conclusions genòmiques i l'estudi exhaustiu de nissagues familiars, doncs ara tot allò se li escapava de les mans. El descobriment de la tràgica història dels Mirabaix, sumat al fet de no saber d'on venia el pròfug que havia aniquilat els germanastres, feia que, per una banda, es veiés capaç de relacionar experiències traumàtiques com la fam amb la transmissió de trets fisonòmics concrets i certes pautes de comportament, però per l'altra no sabia com explicar-ho. Tot plegat no es deixava escriure. No trobava la manera. Estava col·lapsat i la sensació d'impotència li provocava un patiment continu inaudit. Quan de sobte se sentia amb forces, vagarejava en el «crec crec» del despatx i reflexionava; cercava la manera de posar en ordre la muntanya d'hipòtesis i suposicions indeterminades, poc concretes, sobre l'origen incert de l'avi Mirabaix, però no hi havia manera. Va reconstruir amb cura i de dalt a baix l'arbre fins on li havia estat possible conèixer: des de la pobra senyora Maria Torres i els cinc fills biològics que havia tingut amb Mirabaix pare, l'original, passant pel nadó que havien perdut, que Bou batejà com a Ricard I, traspassat el 1931, fins a l'arribada apoteòsica del fugitiu que adoptarien per desgràcia i patiment de tota la família, Ricard Mirabaix Torres, el senyor Ricard, que el doctor en els escrits anomenava Ricard II, per distingir-lo també del nét, al qual es referia com a Ricard III. Quan en parlaven amb el cronista, era com si xerressin de prínceps i reis. El doctor tenia una manera curiosa i pintoresca de donar nom als personatges: els rebatejava fins al punt que alguns semblaven de ficció novel·lada. El dibuix genòmic dels Mirabaix, tant en l'etapa anterior a l'arribada destructora de l'ínclit germanastre, Ricard II, com en la posterior, tan fèrtil i expansiva, que en el dibuix Bou separava amb una línia vermella i anomenava «L'estirp dels fugitius», semblava poblada de reis catalans (a Jaume Mirabaix l'anomenava Jaume I, i a Sebastià Mirabaix li deia Sebastià II); a vegades també semblaven extrets d'una antologia de Shakespeare (Ricard II, Ricard III), possiblement per la dèria literària i teatral de l'anomenat *Xècspir d'Amposta*. Es tractava d'una temàtica que, en principi, semblava tenir-ho tot perquè el pediatre pogués desenvolupar una obra substancial i sucosa, però en conjunt la revelació d'una història d'aniquilació familiar tan contundent i abassegadora, tan propera i bestial, l'atabalava. Se li feia tan indescriptiblement inhumana que el sobrepassava; se li desfeia a les mans i li semblava inenarrable.

Llavors, una de dues: o quedava aixafat a la butaca, o bé, nerviós, irritat, anava d'una banda a l'altra de la casa com una fera engabiada; a vegades, en aquest estat d'alteració i de neguit, s'arribava al garatge ple de ràbia, però allí es quedava aturat, aclaparat sota una llosa d'indecisió inexplicable, i ni tan sols tenia esma d'obrir les portalades de l'antic graner. Quan ho feia, seguint un antic costum, engegava una estona el cotxe sense treure'l del garatge, fins que, fastiguejat, se'n tornava al crepitar incessant de la fusta al pis de dalt. Segons explicava, en moments així li semblava que la casa se li esquerdava sota els peus. S'adonava, entotsolat, que el misteri insondable al voltant del senyor Ricard, les innombrables teories sobre el seu lloc d'origen, era pràcticament irresoluble i que, sobretot, havia sacsejat profundament les seves conviccions científiques i socials sobre les herències i els clans familiars; la història miserable d'aquell element extern, com qui diu arribat del no-res per destarotar la família sencera, li havia fet trontollar l'ortodòxia d'unes hipòtesis totalment obsoletes que lligaven societat, costums i cultura amb antics vincles i tradicions de caràcter familiar. Tanmateix, si bé, per una banda, a l'inici li havia semblat fascinant lligar el gen de la gana amb el caràcter agarrat de les persones i, en el fons, amb la misèria i l'ambició exacerbada, la història apàtrida i alhora ultrafamiliar del senyor Ricard l'havia paralitzat. Definitivament, no sabia per on agafar-la. En aquest punt, immers en la ràbia i la impotència, Bou arribà a dir-se que allò dels arbres genealògics era una estupidesa. Com és que no havia tingut en compte la influència decisiva dels individus arribats de fora, dels que tenien capacitat d'introduir algun tipus de novetat trencadora en les sagues? I el més important: no era ell mateix un nouvingut en el quadre impressionant dels Antich?

Mogut per aquesta inquietud nova, per fi va decidir el que sempre havia posposat, el que mai s'havia atrevit a realitzar: analitzar el seu propi arbre, estudiar els personatges que poblaven la seva nissaga, la dels Bou. Però encara s'havia de deprimir més. Com havia fet tantes vegades, se'n va anar a l'arxiu municipal de Tortosa. Tanmateix, aquest cop, en lloc d'aprofundir en avantpassats relacionats amb els Antich, s'endinsà en els papers i la documentació referent a la seva branca. Per fer les seves recerques, Bou se servia d'un investigador local que li agradava molt, un amic seu anomenat Frederic Mallol, l'arxiver de tota la vida de l'arxiu municipal. Mallol era un rastrejador nat, tot i que força especial. Era un home sec, descregut, vehement, que vivia pràcticament envoltat de llibres i papers, amb una manca total d'empatia. Tenia poca relació amb els altres. Vivia amb un periquito i la seva mare, que era muda, sorda i cega. La conversa i el contacte li desagradaven i a l'hora de comunicar informacions l'arxiver sovint era massa directe; sovint, com que no estava acostumat a xerrar, s'expressava de manera eloqüent, a vegades feridora, amb un punt de sarcasme que podia arribar a molestar. Mallol era una rata de biblioteca, en definitiva, encastat a unes ulleres immenses, rere les quals es movien uns ullets nerviosos, bellugadissos, enxiquits per les diòptries. Era capaç de trobar-ho tot. Agradava al doctor perquè era ràpid, intuïtiu i precisament clar en les seves exposicions conclusives. Tal vegada amb el doctor era més treballador i sincer que amb els altres. Fos com fos, cercava notícies i papers a una velocitat astoradora. Havia ajudat molt el pediatre. I com que era tortosí de soca-rel, coneixia multitud d'aspectes de paisans i famílies de la ciutat i de la comarca. Mallol havia estat clau en l'època en què el pediatre reconstruïa amb passió la saga immensa de les mítiques matrones dels Antich. Junts, enterrats a l'arxiu, el doctor i ell s'havien divertit d'allò més, si és que això era possible amb algú com l'arxiver. La troballa d'algunes d'aquelles senyores notables i el rastre de les capacitats mamàries que il·lustraven contes i llegendes havia suscitat comentaris inoblidables de l'arxiver. Alguns cops, com el dia que resseguien la pista de la llegendària tia Maria dels Antich, l'havia dita grossa: «Aquesta senyora devia tenir unes mamelles com les de la teva dona». Bou no s'havia enfadat mai amb ell. Mallol era d'aquesta manera: deixava anar les coses tal com rajaven. El doctor ho sabia prou bé. Així que tampoc l'havia de sorprendre la reacció de l'arxiver quan li revelés, amb la mateixa claredat i vehemència, l'amorositat candent de les senyores de casa seva, de can Vidal. Per increïble que pugui semblar, Bou no sabia pràcticament res de la família més propera. La història dels cognoms de casa els pares restava com un misteri. És cert que, de petit, recordava el secretisme i la discreció amb què li havien mencionat les ties àvies maternes de can Vidal; Bou rememorava amb vivesa alguns flaixos ocasionals de les visites que, en general per festes, feien a les germanes de l'àvia Conxita: li venia a la memòria la imatge estrafolària d'unes senyores simpàtiques i petoneres, així com la fortor del perfum que envaïa la casa, situada en algun lloc entre Amposta i Tortosa. Recordava el tacte envellutat dels cortinatges, que tenia les ties en un pedestal i també la brevetat de les trobades, però sobretot l'extrema discreció dels pares, la reserva i timidesa que els caracteritzava i la resolució de no parlar mai dels altres, encara menys de la gent de casa. Fer el xafarder era de mala educació. Així que, amb els anys, el record exòtic de can Vidal, fins i tot de la discreció i bellesa de les noies Vilagrassa, o sigui, de la mare i la seva germana, per no parlar del misteriós oncle Rafel, l'aventurer germà del pare, Joan Bou Vidal, conformaven el petit univers familiar, tan allunyat en el temps que simplement el doctor el conservava en la vaguetat ideal, gens concreta, amb què es guarden els records d'infància.

És clar que intuïa alguns aspectes foscos aquí i allà, però, contràriament a la seva naturalesa estudiosa, pensava que ningú n'havia de fer res. A casa seva, com deia, havien estat gent reservada. S'havia format, per exemple, la imatge idealitzada de l'oncle Rafel, que sempre estava de viatge i de tant en tant apareixia a la barraca dels pares, fins al punt que s'havia arribat a creure que havia desaparegut perquè, segons li havien explicat, se n'havia anat a provar fortuna a ultramar. Igual que els altres, l'oncle s'havia mantingut en la nebulosa hermètica en què també sempre s'havien mantingut els altres familiars, amb un halo d'heroïcitat.

Ara, però, després de mesos sense trepitjar l'arxiu

municipal, quan el doctor s'hi presentà i anuncià a Mallol la perspectiva d'investigar la seva pròpia branca genealògica, la reacció de l'arxiver el va sorprendre. Mallol s'hi negà en rodó; inesperadament, li va dir que tenia feina i se'l quedà mirant a través de les ulleres. Es mostrava esquiu, i Bou no entenia per què.

—Vol dir que hem de remenar tot això, ara? —li va dir.

Primer, el doctor va quedar tan parat que no va saber què contestar. Es coneixien de sobres, amb l'arxiver. Es respectaven, i fins i tot es diria que s'apreciaven. Per això no li admetia que es comportés com els altres tortosins i li girés la cara. El doctor es va ofendre. Sense recordar potser la discreció i reserva que li havien ensenyat els pares, ara amb aquest estudi s'havia fet il·lusions. Contestà amb la mateixa duresa:

—Vostè què n'ha de fer, Mallol, del que jo vulgui o no vulgui investigar?

Bou, en el fons, necessitava refer-se de la plantofada que s'havia emportat amb la tràgica història dels Mirabaix. Es volia obsequiar amb la dels propis parents, saber d'on venia una intel·ligència tan intuïtiva i meticulosa com la seva i, tal vegada, desencallar la investigació sencera de tot plegat. L'arxiver va entendre el missatge. A Mallol no li havien de dir les coses dues vegades. No hi posà més pegues.

Van començar pels avis paterns, però amb prou feines tenien papers.

—Pràcticament res —va dir Mallol. Ni tan sols se'n sabia l'origen concret; només una barraca a Amposta, registrada a nom de l'avi, Josep Bou, junt amb el rastre de diversos incidents amb la policia local, així com algunes denúncies per temes relacionats amb l'alcohol, llegat que va deixar el doctor una mica sorprès i que, per altra banda, amb generositat, Mallol qualificà de «normals en aquella època». Van deixar estar de seguida el busca-raons de l'avi i van saltar a Conxita Vidal, l'àvia, de la qual el doctor conservava un record especialment immaculat. Mallol també va provar d'evitar el personatge. El pediatre se li va tornar a encarar i la insistència va fer que l'arxiver, per la suposada manca de papers, tragués el registre general de noms. El doctor va veure amb il·lusió i delectança el dit esquelètic de l'amic resseguint l'alfabètic dels noms.

—Aquí la tenim —va dir Mallol, aturant-se—. Conxita Vidal.

Però de de seguida saltà a un altre personatge, i dissimulà dient no sé què d'un brot de grip.

—Vagi per feina, Mallol —es queixà l'altre—. Què hi diu de Conxita Vidal?

—Prostituta —va dir Mallol, consternat.

—Què diu?

—Que Conxita Vidal... era prostituta.

Bou gairebé es desmaia. La seva àvia, prostituta!

—Però com pot ser, una cosa així? —preguntà, sufocat, repassant-se la tofa de cabell.

L'arxiver callà. Bou recordava vagament l'àvia Conxita, certament una dona esquiva, que havia tingut en un pedestal. Després d'un moment d'incertesa, el doctor decidí investigar les famoses ties àvies, a qui potser havia idolatrat encara més. Tot d'un plegat, Mallol també s'hi va resistir, però finalment el dit s'aturà en una altra Vidal, la segona de les germanes, l'Encarnació. Bou observà Mallol ple d'inquietud.

—També... —xiuxiejà aquest, els ullets clavats en l'evidència del que deien els papers—: puta.

—Escolti! —es queixà el doctor—. No pot ser, la tia Encarnación —va dir, en castellà.

—Ho sento, doctor, és el que diu aquí.

—Ha de ser un error —insistí, en el moment que veia com el dit de l'arxiver s'aturava en Maria Lluïsa Vidal, la tercera i més petita de les germanes.

—Ho sento —va dir l'arxiver.

—Què vol dir?

—També era prostituta.

Bou no se'n sabia avenir, i aleshores el dit implacable s'aturà més avall.

—Purificació Vidal —anuncià Mallol, com rabejant-se en els resultats.

—La tia Puri! —exclamà el pediatre, momentàniament il·lusionat.

Mallol callà, per deferència, el dit encastat en la professió antiquíssima de l'estimada tia.

—Ho sap tothom, doctor —li va dir.

—Què vol dir que ho sap tothom?

—Can Vidal —va fer l'arxiver—, que era una casa de barrets.

—Calli! —exclamà el nét de can Vidal—. Calli!

Sobtadament, el doctor entenia moltes coses. La discreció, el silenci de casa, l'aire de misteri, la vaguetat i la imatge idealitzada que s'havia format de les ties àvies, tan estimades. El dit de l'arxiver, malgrat tot, assenyalava altres detalls i calamitats. La tia Puri, que Bou recordava com la més simpàtica i carismàtica, a més de puta era suïcida.

—La tia Puri ho tenia tot —comentà Mallol.

El doctor se'l quedà mirant amb cara de pomes agres. Recordava, de manera indeterminada, que els pares havien patit i força, amb la mort de la seva tia preferida.

—La tia Puri... —gemegà.

En darrera instància, Mallol va voler-ho arreglar, atribuint la feina respectable de les ties àvies a les circumstàncies, la misèria i els temps difícils de l'època. Al doctor, el que li sabia greu era no haver-se'n adonat i que tothom ho sabés menys ell. Això és el que li va fer més mal. Aleshores se sufocà una altra vegada; recordà que la mare havia anat a fer feines a can Vidal. Quan s'havien casat amb el pare, hi fregava. El dit de l'arxiver es tornà a posar en marxa. Primer va sortir la germana de la mare, Angeleta Vilagrassa Garcia.

—Puta —va dir l'arxiver, remarcant que la pobra noia, després d'haver treballat a can Vidal, havia passat els darrers anys ingressada en un centre psiquiàtric de València.

—Marededéu! —va fer el doctor—. Totes eren...

Mallol va rematar la frase:

—Una colla de putes.

—Escolti! —tornà a dir el doctor, ofès, veient com el dit s'aturava més avall, en la seva mare.

—Enriqueta Vilagrassa Garcia —anuncià l'arxiver.

—No segueixi! —exclamà el pediatre—. Tot això... ha d'estar equivocat.

Amb el dit encara en el nom de la mare de Bou, Mallol no va dir res. Enriqueta Vilagrassa també apuntava ocupacions llicencioses. Sense voler-ne veure el resultat, el metge li demanà que dirigís la investigació cap a una altra banda, sense saber que estava a punt de furgar forats i remenar racons encara més foscos i delicats. Rafel, el germà aventurer del pare, resultà que era un pròfug escapat de la justícia, amb una ordre de cerca i captura per robatori a mà armada. Ara entenia per què a casa sempre li havien dit que l'oncle se n'havia anat de viatge. L'àuria aventurera i mistificada de l'oncle Rafel li va petar com una bombolla al cap, i encara més quan Mallol va trobar a l'arxiu de premsa una fotografia de la seva cara. La foto impactà d'allò més el doctor. És cert que mai li havia semblat que s'assemblés gaire al seu pare, però ara el rostre de l'oncle, aquells ulls botits, li va recordar la seva pròpia imatge. Breument, rememorà l'home que de petit, comptades vegades, sempre l'amanyagava i li donava caramels. La visió de la foto li va fer extreure un seguit de conclusions i pensaments que... de manera sobtada va haver de deixar de contemplar. Malgrat tot, seguí veient la cara neutra, esventada, els ulls sortints del fugitiu, com de sorpresa. Va tornar a recordar el seu pare, aquell pobre home xuclat, prim, estrafet, que es trencava les banyes al camp. Amb un nus a la gola, i la sensació més estranya del món, Bou pensà, com havia fet tantes vegades, encara que sense reflexionar-hi gaire, que, en efecte, no s'hi assemblava gens.

—El pare de vostè... —va dir Mallol, endevinant el pensament al doctor, i corroborant tal vegada allò que de manera secreta i popular tothom havia sabut menys ell—... era un sant.

Desolat, Bou s'adonava que no tenia ni idea de la

pròpia història. Ni tan sols sabia res més enllà dels avis, per no parlar dels pares... Això el fustigà de manera definitiva. Enmig del panorama familiar, atapeït de prostitutes, suïcidis i fugitius, tan absolutament descoratjador, es preguntava qui era ell, d'on venia. Procedia, potser, d'algun mico extraordinàriament pelut? I finalment, amb gran dolor: «Qui era en realitat el meu pare?», tot d'una, davant la incertesa, se sentia apàtrida, descastat; després de la nefasta visita a Mallol, observava el despatx on havia treballat durant quaranta anys com un lloc estranger, que mai li havia pertangut, que no es mereixia. Massa descobriments en poc temps. Els darrers fets el van paralitzar de manera definitiva. S'adonava, tot d'una, que a vegades el més important de les persones era precisament el que no se'n sabia. Llavors li venia al cap la imatge esquiva de l'oncle Rafel, els ulls rebotits, els cabells caiguts als costats de la calba, l'expressió de sorpresa, d'autèntic diletant, com si hagués girat el coll per la instantània i l'haguessin enxampat enmig d'una acció inqualificable. La viva imatge d'un fugitiu, d'un vagabund. Bou pensava igualment en les hordes de personatges sense història que, com un degoteig constant, arribaven als pobles, a les ciutats, a les famílies: tant si es quedaven com si marxaven, d'una manera o d'una altra, deixaven marca amb la seva empremta escàpola i fugitiva.

Va passar gairebé un any, un any horrible, desesperant, en què el pediatre notà que envellia a marxes forçades. No acabava d'arrencar. Vagarejava per la casa com un espectre. No feia res de profit, es veia incapaç d'escriure cap mena de paper; només completava l'arbre genuïnament exemplar dels Antich, però quan arribava a la seva branca, la dels Bou Vidal, quedava aturat, ensopit. Enmig de la típica laxitud peresosa que és el pas previ a la depressió, es passava hores mirant per la finestra, rumiant, sense saber què fer ni on anar. Uns dies després de la reveladora sessió a l'arxiu, hi havia tornat per veure's un moment amb Mallol. Li havia demanat que sisplau per força no digués res a ningú del que havien descobert. Tanmateix, al doctor li feia l'efecte que tothom ho sabia, que els veïns i els amics se'l miraven pel carrer. Tenia la impressió que es burlaven d'ell i que, en efecte, l'havien apartat. Fins i tot que el rebutjaven. Des que s'havia jubilat, per trist que pugui semblar, no havia rebut cap més visita a la consulta. Era com si la gent percebés que estava deprimit, o que havia succeït algun fet estrany. Durant setmanes, mesos, els vianants el podien descobrir badant durant hores a la finestra, els ulls clavats en el tros de carrer davant de casa, com si no hi fos tot i tractés de reconèixer el trosset de vorera que, de manera incomprensiblement absurda, se li havia fet estrangera, distant.

Malgrat tot, el disgust s'anà diluint, i de mica en mica s'ho anà agafant amb filosofia; contràriament al que havia pensat, cada vegada donava menys importància a la trista història dels avantpassats. En el doctor arrelà amb força la idea que s'havia de preocupar més del dia a dia, del present, i sense que se sabés com ni de quina manera li va tornar amb força la dèria pels Mirabaix. S'hi va tornar a obsessionar, i aviat semblava que «aquella gent» tenien la culpa de tot. Pensava en la terrible història d'aniquilació familiar que havia portat a terme el senyor Ricard: trobava ignominiós l'origen de la nova nissaga. Observava atentament i analitzava l'evolució del dibuix familiar i tot plegat li produïa fàstic, una gran repulsió. És clar que el que havia descobert a Manresa sobre l'origen de la família del gendre no l'hi havia explicat a la dona ni de broma. Ella s'hauria mort de l'ensurt. Però ara ell atribuïa a Mirabaix l'anorreament creatiu que l'oprimia. Després d'hores i hores de reflexió, es va anar mentalitzant que la història desgraciada dels seus parents no era, ni molt menys, ni tan greu ni destructora com la d'aquella gent. Al seu costat, allò no era res. No es podia ni comparar. I com més se'n convencia, com més consciència prenia de la innocència i bonhomia de la seva família, més intrínseca i indesitjable li semblava la maldat dels Mirabaix, més els menyspreava, fins al punt que, de manera inconscient, els acabà culpant del descobriment, de les sospites, de les hipòtesis fantasmals que no es podia treure del cap i, al cap i a la fi, d'haver posat en dubte la seva paternitat.

Així que, mentre el dolor i la rancúnia li anaven creixent per dintre, el doctor s'amoïnava per nimietats. Mentre pensava en el rebuig i el fàstic que li produïa la història d'aquell fugitiu astut i jove que havia arribat a la granja dels Mirabaix per maquinar la manera de devorar la família adoptiva, recordava l'esforç titànic que havia hagut de fer ell per organitzar el casament de la Marina amb Ricard, feinada impressionant que l'havia deixat completament baldat, així com el sacrifici i les hores de treball per aixecar la casa doble de Sant Fruitós. Potser havia esperat algun tipus de compensació, un petit detall per part dels Mirabaix, però no havia estat així. No li havien donat ni les gràcies. Res.

En el moment que havia decidit espaiar de manera voluntària les visites a Manresa, la seva dona havia començat a insistir en la necessitat de visitar més la Marina i les «ratetes», com sempre anomenava les trigèmines, a més de la necessitat d'enllestir la nova casa «de forma definitiva», com també deia. *Doña* Remei es fixava que el marit estava cada vegada més planxat, sense entendre'n la raó concreta, i es referia subtilment a la tendència del doctor a deixar els projectes a mig fer. També insistia en la necessitat d'anar a veure més sovint la filla i les nétes. Al contrari que abans, Bou deixava anar frases així: «No s'han dignat a venir ni un sol cop a Tortosa, aquesta gent». Tampoc el divertien les anècdotes i facècies que Ton li explicava dels Mirabaix. El pediatre ara més aviat evitava el paleta. Però la veritat és que les tres criatures suposaven una feina de por i que l'única manera de mantenir contacte amb la Marina era anant-la a veure al pis del passeig de Manresa, on vivia enclaustrada amb les nenes. La Remei havia hagut d'establir més lligams amb l'Elvira i, per força, també amb els Mirabaix. A més, les nenes eren mogudes. Havien heretat el neguit incombustible del pare. Però de seguida que podia el doctor se'n tornava a Tortosa. Exercir d'avi d'aquelles criatures el fastiguejava. «No sé què t'ha agafat», li deia la Remei, «tant que t'agradaven, els Mirabaix», i veient-lo encaparrat i commòs, preguntava: «Què et passa? Que ja no escrius?».

Trist, solitari, empantanegat en el col·lapse creatiu, el doctor se sentia clavat en un fangar, amb la mateixa passivitat indolora i atònita d'un rumiant, regurgitant una vegada i una altra els darrers descobriments familiars, sense altre remei que esperar condicions propícies que li permetessin trobar sortida, amb aquella esperança assossegada i bovina que li recomanava esperar. Mirava de convence's que tard o d'hora hi havia d'haver novetats, sense comptar que el que estava per succeir era immediat i tremend, un salt al buit definitiu, perquè de cop i volta la vida tornà a la casa un dia de febrer del 2006, encara que les notícies no fossin del tot positives. Com tantes vegades, aquella tarda estava mirant per la finestra quan de cop i volta va fer un salt. Va descobrir la Marina al cap del carrer, empenyent el cotxet triple, amb les nenes. Venia directa cap a casa. Li va semblar veure també que les bessones, lligades als seients, es frisaven per arribar; com sempre, estaven insuportables. El doctor va poder-ho comprovar: de seguida va sonar el timbre, i quan la Remei va córrer a obrir sentí que la casa s'omplia de les exclamacions de sorpresa de la dona i els esgarips de les criatures. A vegades semblava que les estiguessin degollant. Acostant-se a l'ull de l'escala, entre els plors, Bou va poder escoltar el fil de veu de la Marina explicant breument a la mare que s'havien discutit amb Ricard. *Doña* Remei deixà anar un esglai, i seguidament se sentí perfectament la corredissa de la noia i el cop de porta de la cambra.

La casa va quedar sotmesa en un desconcert antic, de quan ell i la Remei passaven l'època d'adolescència dels fills i les escenes de crits i plors eren el pa de cada dia. Els havia pujat a tots cinc amb la imposició i respecte de la seva autoritat. Aleshores sortia del despatx i, fent retrunyir les escales, baixava tot solemne; davant de l'esposa, la seva veu de barítton retronava: «Si volen plorar, que se'n vagin a l'habitació». Aquest cop, la versió del doctor era una altra: quan va aparèixer per l'escala, semblava una ànima en pena, amb la diferència també que la dona tampoc hi era. A baix només hi havia les nenes, que en percebre la presència inesperada i fantasmagòrica del doctor van deixar de plorar de cop. La Noe i la Bel se'l van quedar mirant amb curiositat, amb aquelles cares indòmites, adelerades, molles de llàgrimes. De seguida van allargar els braços cap a ell, mentre que la Lis, la gran de les trigèmines, es tornava a posar a plorar, sense deixar de llançar els braços cap al pediatre. Bou l'alliberà a ella de l'arnès i prengué la criatura a coll. A l'instant, la Lis va callar i començà a jugar amb el corbatí desfet i a ficar-se'l a la boca. Bou acostà l'orella a la porta tancada. La veu de la Marina se sentia entretallada. «L'odio —somicava—, m'hi sento estrangera, sembla que no sigui casa meva». De fons, sentia el xiuxiueig de la Remei mirant d'encalmar-la, i fins i tot li va semblar que la noia pronunciava la paraula «separació». En sentir això, ple d'una il·lusió nova, el doctor s'havia anat acostant a la porta amb la criatura a coll, però quan pràcticament hi tenia l'orella enganxada un tros de parquet va crepitar sota el seu pes. Les veus van callar i quasi al mateix instant la dona va obrir, va topar amb el pediatre i va fer «oh!»; se'l quedà mirant amb sorpresa, com si hagués oblidat que el doctor era a casa. Després li va clavar els ulls, com volent dir «ho veus?», com si ell tingués la culpa de tot. Apartà el doctor cap a un costat com hauria fet amb un objecte qualsevol de la casa i tornà a tancar, com qui surt de visitar un malalt que no pot rebre visites.

—No entris —li ordenà—, deixa-la sola.

Bou arribà a veure el rostre enllagrimat i rodó de la Marina, asseguda al costat del llit. Abans que la porta es tanqués, besllumà la fatiga en aquella cara de desmai, l'expressió esllanguida, accentuada per la tensió, la fugida i les circumstàncies del terrible moment d'incertesa. «Com poden ser tan figaflors, les meves filles?», es preguntava. Per un instant, li van venir al cap les peculiaritats del seu arbre genealògic, però de seguida es va treure el sentiment de culpa recordant que, històricament, les femelles de ca l'Antich també eren de plorar fàcil. Ell no tenia la culpa de tot. La Remei s'emportà el cotxet amb les dues nenes cap al menjador. Amb la Lis enganxada al coll de la camisa, el jubilat tornà a la solitud del pis de dalt; aquest cop no amagà la remor pesada de les seves passes en el fustam de l'escala. A dalt, es passà una estona escoltant el silenci de la tarda en el casalot. De cop i volta se sentia animat. No perquè s'alegrés de la tristesa de la filla, sinó pels detalls immensos que havia caçat en la conversa. De sobte, se sentia content; va asseure la nena a la llitera, accionà el pedal i, fascinat per la magnitud de les incisives que li sobresortien de les genives, observà la cara atònita de la criatura, bocabadada pel «blub blub» de la campana de vidre i el fetus en moviment. Exultant, secretament entusiasmat, el doctor es deia: «Se separen, la meva filla se separa d'aquell sapastre».

17

L'ENCANTADOR DE SERPS

Ajaguda al llit de quan era petita, la Marina es va treure de la butxaca del texà una foto de la Michele, sense ni tan sols saber que l'ex de Ricard es deia així. Al migdia, al pis de Manresa, fent dissabte havia descobert la instantània, tota arrugada, al fons de la tauleta de nit: de seguida va reconèixer la imatge; no per la noia, que la Marina no identificava de res, sinó perquè Ricard li havia fet a ella una foto exactament igual, en el mateix escenari trist i desemparat de quan s'havien conegut als Estats Units, a l'exterior d'un motel de Minneapolis, al costat d'un d'aquells pallassos enormes del McDonald's. La mateixa foto, però amb aquella desconeguda, amb la qual, com li explicà Ricard, s'havien de casar mig any abans que ho fessin ells.

En descobrir la foto, a la Marina se li havia fet de nit. Contemplava incrèdula la imatge de la forastera. Recordava que ell havia insistit per fer la foto, com si n'hagués volgut reproduir algun tipus de record bessó al costat de la figura terrorífica i descolorida del pallasso.

Havia demanat explicacions a Ricard; després d'una breu discussió, sentint que de cop descobria més del que podia suportar, s'havia ficat la foto a la butxaca, havia lligat les nenes al cotxet i havia sortit del pis de Manresa. S'havia passat el viatge plorant, igual que les bessones, encara que per motius diversos. Com que la Marina, a diferència de la Rosabel, no conduïa, perquè el doctor des de sempre havia intentat que les filles no es traguessin el carnet de conduir, cosa que no havia aconseguit amb la petita, doncs primer va haver d'anar amb autocar de línia a Barcelona; un cop allí, a l'Estació del Nord, n'havia agafat un altre cap a Tortosa, maleint un cop més no haver batallat amb força contra el pare per treure's el carnet. Ara, mentre sentia el «crec crec» de Bou pasturant al pis de dalt, s'omplia de ràbia i enuig. S'adonava que s'havia precipitat en la decisió d'anar-se'n. Pensava en les paraules de Ricard, sempre tan mesurades, traient importància a l'assumpte, jurant i perjurant que havia trencat amb la forastera, i pensava que s'havia equivocant anant-se'n, marxant de casa d'aquella manera. Tenia la impressió que, un cop més, actuava tal com ell havia previst: l'eterna sensació que el marit ho tenia tot calculat, pràcticament ben bé des de l'instant mateix en què s'havien conegut i el noi havia passat a ser l'únic motiu per viure d'ella.

Ara, arran del petit incident fotogràfic, després d'un any d'esforços i sacrificis amb les nenes la Marina queia de bocaterrosa sobre el seu llit, en l'únic moment de descans que tenia després d'haver-se casat. No podia fer més que perdonar-lo, penedir-se de la seva conducta arrauxada. Recordava, un cop més, el conte de fades que havia viscut amb ell, almenys a l'inici als Estats Units, l'atracció indefugible cap a la singularitat fisonòmica de Ricard, la naturalesa escàpola, captivadora i misteriosament adolorida del rostre que tot d'una havia descobert passejant pel carrer, just quan ella es trobava també en un moment delicat, de decisions transcendentals i perduda, no pas a Minneapolis sinó a la capital de l'estat veí, Des Moines, on vivia de feia mesos; la ciutat freda, agressiva, que la seva exparella mai havia aconseguit fer-li sentir familiar ni propera, sinó distant, estrangera, i on de cop i volta, com per art de màgia, de casualitat, havia topat amb aquella mena de fugitiu sense reconeixe'l, sobretot perquè era el darrer lloc on hauria pensat trobar per atzar un amic de la Rosabel. La topada accidental amb aquell ésser inquietant i rar havia liquidat i desfet quasi de la nit al dia la vida fàcil i assossegada que la Marina tenia projectada als Estats Units i, sobretot, havia provocat el trencament inesperat amb el Mark, el xicot de sempre, un granger d'Iowa, de bona família, que pesava el doble que el seu pare i feia una cara de bon jan que no s'aguantava. De manera imprevista, sense saber ben bé què li passava, com si aquell personatge ja li dirigís l'existència, la Marina havia deixat el Mark vilment i de cop, en qüestió de dies i quasi sense donar-li explicacions. Tot, arran de l'aparició casual de Mirabaix. Encara se'n feia creus.

La Marina allargà el braç cap a la tauleta de nit, cap a l'ombra nord-americana d'aquella altra vida, ara distant, llunyana; guardava la capseta amb l'anell de compromís. Mark ni tan sols havia volgut que l'hi tornés; la joia portava indeleble el record flamejant de les trobades amb Mirabaix i la intensitat d'unes hores que revivia una vegada i una altra: inqüestionablement, la vida li havia fet un canvi després de veure aquell rostre, que li havia de provocar una rebel·lió en tota regla contra el desig convencional dels pares de casar-se amb l'home ideal, totalment prototípic, que representava el vaquer d'Iowa, el noi treballador, tranquil, normal, el gendre perfecte, en definitiva, que completava l'arquetip familiar, el model que engegava amb la idea no menys clàssica del pare d'acompanyar de bracet les filles a l'altar, amb la dèria també de fer les coses per ordre i segons el protocol tradicional de la frase bíblica de Laban davant de Jacob, que el doctor Bou, mig seriós mig de broma, durant una època havia repetit a tort i a dret a la seva manera xecspiriana i teatral davant de família i amics: «A casa nostra, primer es casa la gran i després la petita», com si també l'exemple assenyat que segurament seguiria la primera filla hagués de servir per a la segona, «sempre que sigui pujant les escalinates de l'església de Tortosa», recalcava el progenitor, sorneguer i alhora seriós. Veure la carxofeta ampliada als Estats Units havia estat massa per als pares. Tant el doctor com *doña* Remei s'havien entusiasmat amb el Mark, però finalment la Marina s'hi havia rebel·lat. Observant, embadalida igual que ara, la brillantor extasiada de l'anell refulgint a les portes d'una vida tan exageradament modèlica, passejant pels carrers del centre de Des Moines, plena de dubtes, reflexiva, desvagada, s'havia creuat amb Ricard; ella s'havia girat ràpidament, com si li sonés amb vivesa d'alguna cosa. Li semblava haver vist la fesomia indolent del desconegut, encara que, tan lluny de casa, de primer moment no el va relacionar amb cap amic de la germana, i encara menys amb l'ambient de la nit barcelonina. Tanmateix, aquell vespre, amatent i desperta pels roncs tremends de l'ós d'Iowa, seguia veient en la foscor la inexpressivitat vaga i descarada d'aquelles dents il·luminades, sense aconseguir recordar els detalls concrets que el definien com a cara humana, com si els rostres d'incisives grosses s'assemblessin tots per la seva peculiaritat monstruosa.

Just l'endemà, al mateix lloc i a la mateixa hora, se'l va tornar a creuar, per atzar. Aquest cop ell també s'havia fixat en la Marina, o almenys això és el que ella va pensar: li va fer l'efecte que l'estranger li somreia, sense saber exactament si ho feia perquè era conscient que ella s'hi fixava, pel fet de saber que la seva cara estava carregada d'una universalitat del tot inclassificable, o bé perquè la reconeixia d'algun lloc que no aconseguien esbrinar. Poc imaginava que l'amic de la Rosabel, obeint un destí encara més estrany, indefugible i recargolat, havia aparegut a Des Moines per una feina puntual, per resoldre un problema informàtic també puntual, a baix cost i ràpid, per a una empresa local; encara molt menys que, en realitat, s'havia fet cridar des de Minneapolis, on l'apagafocs sovint distribuïa i tractava d'ampliar el servei i el negoci de la Paradox. Aliena a tot plegat, la Marina, amb la impressió clavada a dintre d'un personatge tan rematadament lleig, no parava de preguntarse qui era, d'on havia sorgit, i amb una certa obsessió, també, divagava sobre la sensació de patiment que li havia transmès: li havia semblat que el noi deambulava per la ciutat estranyament ferit, preocupat, movent-se i caminant impulsat per una determinació altiva, plena d'orgull, irreductible, que se li havia fet enormement atractiva i encomanadissa. Al tercer dia se'l va tornar a trobar, al mateix lloc, com si ho haguessin fet expressament. Quan se l'havia creuat ell anava ràpid, com si tingués pressa per arribar a algun lloc. Va decidir seguir-lo sense que ell se n'adonés. Un cop que el xicot es va mig girar, ella va fer un salt al costat per amagar-se; gairebé es menja una senyora. Més endavant, va haver de ficar-se tot d'una en una cantonada. Quan va tornar a mirar, l'havia perdut. Fins aleshores mai s'havia fixat en cap altre home que no fos el Mark. Tanmateix, s'havia sentit desesperada, tant per l'atracció incomprensible per l'estranger com pel neguit creixent de desconèixer, de no recordar on coi s'havien vist. El quart dia el va tornar a seguir. El va veure entrar en un hotel del centre. Però el cinquè dia no el va trobar per enlloc. El va perdre. La Marina s'esperà tota la tarda als carrers on normalment havien coincidit. Al capvespre fins i tot decidí anar-lo a buscar a l'hotel, però un cop allí no s'atreví a preguntar per ell. El foraster no va aparèixer per enlloc. El sisè dia tampoc el va veure. Va tornar-lo a esperar tota la tarda, asseguda en un banc a la plaça del davant de l'hotel, la mirada fixa en la façana. L'estrany no va entrar ni sortir. S'havia esfumat. No hi era. La desaparició li va fer ballar el cap: la feia sentir encara més sola i desemparada. Sense adonar-se'n, Ricard havia foragitat el *cowboy* de la seva vida. Enyorada de casa seva, totalment avorrida i havent decidit que no es volia casar amb el vaquer, va passar la jornada a la granja amb ell, amb el Mark, en la que en teoria havia de ser la seva futura llar. No va atrevir-se a explicar-li res, ni a parlar-li dels dubtes que l'assaltaven. Aquells dies tampoc s'atrevia encara a posar-se l'anell que li havia regalat, i encara menys a parlar del tema. Ja sabia que no s'hi volia casar.

Al vuitè dia, sense poder esperar més, la Marina seguí fent el mateix que la darrera setmana: agafava l'autobús, baixava al centre de la ciutat i buscava el desconegut. Aquest dia concret, va reunir prou coratge per entrar a l'hotel. Era al vespre. Mark tenia un sopar, així que no hi havia pressa per tornar a la granja. Va anar directa a la recepció i va preguntar directament pel possible client, descrivint-lo, fins i tot imitant breument amb un gest de la boca les dents, com s'imitaria un conill o una rateta. El grum va saber de seguida a qui es referia, li assenyalà el bar i llavors la Marina el va veure, assegut al fons de la barra. O més ben dit, s'adonà que el noi ja la mirava fixament amb aquells ulls neutres des del bar, abans que ella l'hagués descobert. Ja no hi havia escapatòria, perquè davant per davant, malgrat el tros de barra que els separava, fins i tot abans de trobar-se a la seva altura, ell li havia dit: «Escolta, ens coneixem d'alguna cosa?», directament en català, a l'instant que la noia, escoltant la veu inesperada i afable del noi va saber que el xicot era amic de la seva germana, i de Prat, i que sí, efectivament s'havien vist alguna vegada, encara que de passada, quan havia acompanyat la Rosabel en alguna de les seves sortides esbojarrades per Barcelona. Des d'aquell instant, Ricard passà a tenir el domini abassegador de la seva vida i de tot, i ella no se'n podia desenganxar. Sense poder apartar la mirada d'aquell rostre corprenedor, el noi li semblava la mar d'ocurrent i simpàtic. «Quina casualitat», barbotejava ella, sorpresa encara de no haver-hi caigut abans, com si aquell rostre hi hagués sigut sempre i, en canvi, ella no s'hi hagués fixat més enllà del primer instant, pel simple fet que l'havia descartat, rebutjat abruptament i de manera descarada per la lletjor, però ara el capficament inexpressiu de Mirabaix, si bé primerament se li havia fet repulsiu, a mesura que passava l'estona trobava que també era una mica seu, que s'adaptava a l'estat de tristesa, introversió i dubte que l'atabalava a ella. La Marina s'havia posat a xerrar pels descosits. Notava que podia compartir els neguits amb el desconegut perquè justament li feia la impressió que era ple de secrets que el sacsejaven per dintre, a l'instant que reconeixia igualment la fúria, la desesperació, les ganes bessones d'escapar que se sentia com a pròpies. I el més important, l'havia fet sentir com a casa. Per estrany i rar que pugui semblar, des del primer instant la filla gran del doctor Bou també va saber que volia aquell home. Li semblà que diferia totalment del que havien pensat a casa com a marit, com a ideal i exemple; o sigui, de la millor aspiració de gendre que havien imaginat per a ella. La vida lluny de la protecció paterna i del Mark era plena de fets interessants i remarcables. Es llançà a la piscina amb l'atreviment infantil que dóna el dubte i la inexperiència. La resta del local va desaparèixer; només hi havia l'expressió de desassossec, aquelles dents, els ullets que engolien la resta. Notava que l'estranger li extreia la veu d'algun lloc impossible de dins la gola, i va començar-li a explicar la vida; sense adonar-se'n, va anar buidant el pap. Va passar-se gairebé tres hores parlant ella, només ella. I com si sabés que el xicot havia d'acostar-la de nou als de casa, alliberada, la figaflor no va parlar de res més que no fossin els pares, els germans, de quan era petita, que si la Rosabel, que si *doña* Remei; ho deixava anar tot davant d'aquella cara de ratolí. Parlava fins de Tortosa i en un moment donat s'arribà a emocionar, quan de manera inconnexa, sense venir al cas, havia gemegat: «Oh, me'ls estimo tant...». A Ricard, semblava que el monòleg li interessava d'allò més. Només havia fet que mantenir l'expressió d'imbecil·litat, tan oportuna, que el caracteritzava, trenant la jugada, escoltant la història familiar que ja devorava, cavalcant l'instint que invariablement l'impulsava. I ella vinga xerrar. No podia anar-se'n del bar. Ni tan sols recordava on eren; xerrava i xerrava, descrivint admirativament, lluny de Tortosa, la casa dels pares, l'autoritat mèdica del futur sogre, encomanada de l'atordiment desemparat de Ricard, com si ja fos el propi, verbalitzant la torbació distingida i silenciosa que l'aclaparava per la indecisió del compromís amb el vaquer, amb el mateix estat d'emoció plorosa amb què ara rememorava la història de com havia reconegut el qui seria el marit i com havia anul·lat l'estaquirot nord-americà, sense imaginar-se que el manresà també sortia del propi infern, besllumant l'expressió de sofriment terrible que havia començat a devorar-la sense que se n'adonés, com si ella ja no pogués deixar de parlar cap enlloc més que no fossin les conques buides de l'efígie solitària de la barra. La tenia absorbida, xuclada; estava atrapada en l'ésser misteriós i reservat que aviat es convertiria en espòs, i aleshores la noia s'esglaià, va sentir el «crec crec» de fusta rere la porta i amb un gest reflex, mentre veia el pare aparèixer a la cambra, amb la nena a coll, amagava la foto de la Michele sota el coixí.

Davant per davant, encarats en la vermellor pigada que els feia assemblar-se tant, ella endevinà de seguida el que li anava a dir el pare: li clavaria el discurs de sempre, que si el matrimoni, que si la parella, la tradició, els fills, i va tornar a desitjar Mirabaix, com una glopada de rebel·lió sobtada. El matrimoni amb el Ricard era el peatge que havia de pagar per la seva llibertat. Va recuperar la Lis dels braços del doctor.

—Coses de parella —va dir, com si li calgués disculpar-se davant del pare.

Bou s'arreglà breument el llacet i es passejà la mà pel cap, però deixà anar el contrari del que la filla havia pensat.

—Torna a casa —li va dir—. Si no ho veus clar, torna aquí a casa, Marina.

En un primer instant, la noia va quedar paralitzada. Tot seguit, va pensar: «Que llest que és el meu pare; m'ho diu perquè faci el contrari». I això era exactament el que faria. És clar que sospitava de Ricard; per primera vegada, el veia mesquí. Fins i tot temia una taca més grossa en tot allò de la foto. Però el perdonava, fos el que fos el perdonava. Tot plegat, potser no era tan important. El mateix Ricard s'havia mostrat trasbalsat. Li havia demanat que no parlessin més del tema de l'estrangera. Davant la insistència de la Marina, s'havia mostrat vehement i, amb duresa, havia assegurat que no hi havia hagut res més i que sisplau per força no n'hi parlés mai més. A ella tampoc li hauria agradat parlar del

Mark. Era just, per tant. Però en aquell moment d'escalfament, en plena ceguesa, s'havia endut la foto i les criatures.

—Vine a Tortosa. Tu i les nenes —afegí el doctor.

La Marina es va tornar a quedar de pedra. Se'l va mirar amb un mig somriure. Malgrat tot, no li podia explicar al pare que li havia semblat que Mirabaix tenia un embolic amb la seva ex, i encara menys que sis mesos abans de casar-se amb ella havia estat a punt de casar-se amb una altra, que això era el que li havia dit Ricard i que... bé, no n'havia parlat amb ningú, com l'hi havia d'explicar ara al seu pare? De fet, temia assabentar-se de més coses i, fos el que fos, preferia no saber-ho. El que li deia el doctor, a més, l'anava reconciliant amb Ricard.

—Farem una habitació per a vosaltres a dalt, a la consulta —va afegir referint-se a ella i les nenes.

Aquesta vegada, la Marina el contemplava amb uns ulls com unes taronges.

—Una habitació —seguí l'home—, per a elles tres, aquí dalt, per a vosaltres.

Sense entendre el seguit de canvis que operaven en el pare, tornà a pensar que era molt llest; com més incidia en la idea escabellada de tornar a Tortosa, més pensava ella en el marit. De sobte, el trobava a faltar terriblement. On era? Què devia estar fent? I amb qui? Va recordar la desaparició antològica a Des Moines, quan no n'havia sabut res en uns quants dies. També que havia explicat al foraster fil per randa la seva història ja acabada amb el Mark, i de cop i volta Mirabaix havia decidit fer un petit viatge amb ella. L'hi va proposar de manera sobtada. «Ens n'anem de viatge», havia dit, exultant. Ella s'hi havia entusiasmat. Amb el *cowboy* mai havien improvisat res. Amb Ricard, tot eren sorpreses. Sense donar explicacions de res al d'Iowa, es llançà a l'aventura amb el nouvingut, amb la impressió fabulosa que, en realitat, ho tenia tot preparat i que ja formaven una parella sòlida des del primer instant. Això era el que semblava. Reserves d'hotel, el cotxe de lloguer, més habitacions en diversos motels, Ricard havia calculat fins i tot les benzineres on s'acabaria el combustible. Contravenint la imatge de precipitació i improvisació que donava, demostrà posseir una capacitat d'organització increïble. Se la va emportar cap als dominis de l'estat veí de Minnesota, que ell controlava. S'ho coneixia com ningú. En quinze dies, va visitar més Estats Units amb ell que en dos anys de relació amb el Mark. No sabia que Ricard estava resseguint pastat el viatge romàntic i senzill que havia fet amb la Michele, o sigui, una mena de lluna de mel avançada, i que ja de tornada a Barcelona havien patit la crisi i trencat, amb la pena indicible per la pèrdua de la francesa. En efecte, Mirabaix la conquistà amb el viatge, corprenent-la amb detalls i sorpreses que li havien encès els ulls d'emoció, com la primera nit, en què la Marina s'havia trobat, a l'habitació del motel als afores de Minneapolis, amb allò de Mr. & Mrs. Mirabaix, o el fet constant de voler-la fotografiar justament on l'altra noia es devia haver despertat del malson, tal vegada al costat del pallasso descolorit del McDonald's; no s'imaginava que estaven celebrant el mateix viatge de noces, precisament en els escenaris viscuts amb l'altra, en el misteri trencat del cor de Ricard, en l'essència mateixa del dolor, la introversió, el secret, la reserva d'aquella cara diferent i peculiar que l'havia enamorat. Ara entenia la noia per què a tot arreu se la miraven amb tanta atenció, com si els que havien vist l'anterior, la primera Mrs. Mirabaix, s'adonessin, sense poder-l'hi dir, que tot allò era tan sols una il·lusió passatgera i que l'altra havia estat allí feia poc i que probablement algun dia n'hi acabaria havent una tercera; a la vegada, es devien preguntar què li havien vist al noi, per quina raó hi ha dones que senten una atracció tan irrevocable per aquesta classe de personatge, com una crida que porta inscrita la condició de desestimar una vida normal, plena de convencions, per una altra de fascinant, imprevisible, igualment fatal.

—Hi faríem un apartament —seguia suggerint Bou— que fos independent de la casa...

—És el meu marit! —exclamà la Marina.

—Les nenes —seguí dient el pediatre— podrien anar a col·legi aquí, prop de casa.

Què devia estar fent? On anava quan s'absentava? Darrerament, Ricard baixava molt a Barcelona, pensava la noia. Recordava els dies inicials amb ell: havia descobert que, al seu costat, succeïen els fets més estrafolaris, inesperats i curiosos, sobretot desaparicions clamoroses, amb les corresponents sospites flagrants que es produïrien des del primer moment. Però la captivava, perquè per sobre de qualsevol altre aspecte se sentia atreta per tot allò d'intocable, turmentat i sí, diferent, fins i tot monstruós que sovint se sentia prop d'un Mirabaix, per la tensió constant i serena de l'aïllament salvatge que mai els abandonava; el desempar, la sensació de solitud extrema, que a la vegada era portadora també d'una intuïció i comprensió de l'entorn fora del comú, quasi animal, desesperant, inabastable, anònima.

La Marina s'adonava que, en el fons, en sabia ben poca cosa, d'ell. Ricard no havia explicat quasi res de la seva vida. Ben mirat, fins al moment no en sabia pràcticament res, del marit. En el transcurs d'aquella nit al bar de l'hotel de Des Moines li havia semblat que sí que tenia ganes de viatjar i de rodar món, però en el fons Mirabaix era d'allò més familiar i casolà. Ricard només s'havia posat a parlar cap al final de la trobada, quan ja es feia de dia. El cronista d'aquesta història gairebé podria transcriure fil per randa el que li havia explicat a la noia; segurament era el mateix que li havia engegat el primer cop a la Michele, amb la mateixa infal·libilitat hipnòtica i narrativa: l'admiració infinita per Manresa, per la família (el clan familiar, del qual no podia prescindir) i pels quatre amics d'infància. En això no li calia mentir. És probable que Ricard, com a colofó, hagués posat èmfasi en la idolatria que sentia per anar de tant en tant a Barcelona, cosa que devia haver causat efecte en la noia. Amb set o vuit frases l'havia embolicat. És segur que ella devia haver notat que Mirabaix s'inflava el currículum, que presentava més varietat i cosmopolitisme del que en realitat posseïa, fins i tot la sospita, que encara el feia més entranyable, que anar per feina als Estats Units li suposava una càrrega, un patiment extra: els seus somnis en realitat es reduïen a moure's per la seva ciutat natal; poca cosa més. El que segur que no s'imaginava és que el periple romàntic que farien per Minneapolis, recorrent motels, devorant patates fregides del McDonald's i fent-se fotos als llocs més estrambòtics, era la primera i la darrera sortida que farien junts: la següent fase seria deixar-la embarassada, casar-se a correcuita i tancar-la a Manresa amb les seves dèries i peculiaritats, entre les quals conservar la fotografia de l'altra per fer-la patir i començar, també de pressa i corrents, el compte enrere per executar el pla secret que, de totes maneres, Ricard feia temps que desenvolupava en la sublimitat apoteòsica de la seva venjança.

Mentrestant, la Marina es preguntava per què el marit conservava encara la foto, justament al fons de la tauleta de nit. Com era possible un error, un descuit, en un home que en general no cometia equivocacions? Mai se l'havia pogut imaginar amb una altra dona, i ara, en canvi, en quina mena de joc la feia entrar? Què pretenia? Mirant el pare, la noia pensava que mai podria suportar ni perdonar Ricard una infidelitat, però en el fons reflexionava en el que, de manera real i profunda, podia estar afectant el marit, el motiu del seu malestar.

—Ell vol un nen —deixà anar la Marina, sense saber exactament com havia arribat a una conclusió tan psicoanalítica i extrema, com si aquest tema fos la causa de tot, sense perdre de vista tampoc que, de fet, els havia afectat des del dia mateix de la boda.

Primer el doctor no va reaccionar. No va saber què dir. Pensà que, certament, es tractava d'una dèria compartida per alguns pares; recordava el drama de mares que havien acudit a la consulta desesperades amb l'obsessió del marit per tenir un mascle.

—Però si ja en teniu tres, de criatures! —contestà, mirant d'animar-la.

—Doncs ell vol un nen —insistí la noia.

El pediatre es tornà a inquietar. Ple d'angoixa, sentia que no podia més d'aquella gent i repetí la seva voluntat que agafés les nenes i es quedés a viure a Tortosa, a la mateixa casa.

—Ho arreglarem —va dir amb un punt de nerviosisme, repassant-se el cabell—. Ja veuràs com...

Però la noia esclatà. Semblava que la idea de tornar amb ells no quallava i s'entossudí en el mateix discurs que havia engegat a la Remei quan havia arribat amb les nenes.

—M'hi sento estrangera! —exclamà, deixant anar un crit ofegat.

Bou va provar per una altra banda; amb molta habilitat, fent una sèrie de giragonses, va treure el tema que l'amoïnava. Aquesta vegada va semblar que l'encertava.

—Si al final no veniu a Tortosa —va dir—, t'has de quedar a Manresa... però en un pis més gran. —Llavors va treure l'assumpte—: I potser és veritat que això de la casa nova...

—Mai em vau preguntar si hi volia anar, en aquella casa —protestà ella, irada—. Què hi faré, jo, allà dalt? —rematà.

El doctor es va quedar parat. El menyspreu inesperat de la filla per la casa que ell i Mirabaix havien aixecat a Sant Fruitós li donà ales, un motiu de lluita i confrontació amb aquell home. A la Marina, el tema també la superava. Era clar que la feina amb les bessones i el tràngol amb el Ricard l'havien atabalat fins al punt que el nou habitatge no li feia cap mena d'il·lusió ni gràcia. Poc imaginava la noia que allò de la casa al doctor l'havia anat minant i se li havia ficat a dintre, que n'estava fart per les despeses i per tot i que miraria de treure-s'ho de sobre.

—Ja veuràs com ho arreglarem —digué el metge, reflexiu.

Veient que el pare s'enfilava en la seva obsessió, ella va suavitzar la crítica.

—Però a ells —va dir tota pietosa, referint-se als Mirabaix—, els fa tanta il·lusió, la casa.

Bou coneixia bé la filla. Sabia que la noia persistiria en el seu amor, que no deixaria Ricard per les bones. Se l'estimava. Tanmateix, allò de la casa tocaria els Mirabaix i Ricard en la línia de flotació. Per ells, la casa nova de trinca, tenir un lloc còmode per viure en una urbanització de xalets com les Brucardes i, sobretot, la perspectiva que la família del doctor s'encarregaria absolutament de tot era, de ben segur, un somni fet realitat.

Als Estats Units, la Marina havia descobert que, des del punt de vista domèstic, Ricard era un desastre: el primer cop que havia pujat a l'habitació del noi, en lloc de ficar-se al llit, com hauria fet qualsevol parella d'enamorats, havia començat a recollir la roba i a endreçar el desordre descomunal de la cambra. Semblava que hi hagués esclatat una bomba. De seguida, doncs, va encarregar-se dels assumptes relacionats amb la intendència, com si realment treballés per a ell, com una dona de fer feines, oberta a un servei exclusiu de vint-i-quatre hores i una sèrie d'automatismes que es convertirien ja des del primer dia en costums de parella, que incloïen llit, menjar, roba. De sobte, la Marina cosia, cuinava, fregava, estava per la casa. Feia justament el que no havia fet mai; com si Ricard, amb l'excusa que sempre anava amunt i avall amb els ordinadors, tens, atabalat, nerviós, «collapsat de feina», expressió que l'informàtic utilitzava sovint, li desenvolupés un instint casolà i maternal que fins al moment la noia no es coneixia. Sentia que amb ell acomplia una mena de missió, un tipus de servei al qual s'havia sentit arrossegada des del primeríssim instant de coneixe'l; era la resposta a una crida ancestral, en efecte, inexplicable, que l'empenyia a encarregar-se'n amb totes les conseqüències i amb la càrrega insuperable que suposava la quantitat enorme d'afers domèstics que generava: una resposta gairebé genètica, que la noia no sabia d'on venia, igual de poderosa que el patiment inexplicable que el fustigava a ell, el dolor incomprensible que secretament neguitejava Ricard, que ho havia començat tot i pel qual la Marina Bou Antich se sentia profundament atreta, fins al punt d'entregar-s'hi en cos i ànima.

D'aquesta manera, quan al cap d'uns dies havien decidit tornar (junts) a Barcelona, ella no només li havia fet les maletes sinó que a més havia pagat el compte de l'hotel, sense saber encara que, al cap i a la fi, ho acabaria pagant tot ella, com a part indestriable dels assumptes domèstics de parella. De forma paradoxal, sens dubte exagerada, al final de l'etapa americana la Marina es va trobar creient, elevada al quadrat i sense adonar-se'n, en la família exemplar i prototípica que durant tant temps els pares havien mirat d'inculcar-li: o sigui, el paper d'esposa, que incloïa satisfer el marit i, encara més, fer que s'acomplissin els seus somnis.

Per això ella també vivia obsessionada amb allò de tenir un nen, un mascle. Quan hi pensava, com ara davant del pare, la noia s'atabalava, es posava a plorar. Quan això succeïa, el doctor es desbordava; igual que la filla, s'amoïnava massa. Se li trencava el cor. En aquesta ocasió, va fer el que havia fet sempre: en lloc d'acostar-s'hi, fer-li costat i mirar d'abraçar-la, va sortir de la cambra i exclamà: «Mama!», en el moment també que sonava el timbre de la porta d'entrada. De nou amb la Lis a coll, el doctor va afanyar-se a obrir, i es trobà, un cop més, davant d'aquell rostre despietadament inexpressiu. La Marina va sortir de la cambra; es quedà palplantada enmig del rebedor, contemplant el marit, expectant, emocionada, els ulls en blanc com si hagués vist el Messies. Igual també que la primera vegada que els havia visitat, Ricard va fer el característic «hehe». Enèrgic, projectiu, magnètic, no dubtà a l'hora d'entrar a la casa: va passar pel costat del doctor sense dir-li res, al mateix temps que anunciava amb tota la barra, alegria i jovialitat (com si no hagués passat res) que, de part de l'Elvireta, els Mirabaix finalment vindrien a Amposta. Farien la visita que s'havia anat posposant des de feia gairebé dos anys. Va haver-hi exclamacions de tot tipus. Sobretot de la Remei, que arribava de la cuina amb un drap a la mà. «Quina notícia!», exclamà la dona. Semblava que el gendre hagués vingut a portar la primícia, la bona nova per compensar l'episodi lamentable de l'escapada de la Marina, el simulacre inesperat de separació, per sumar punts i contrarestar-ho. Ho va aconseguir. I amb escreix: la Marina va llançar-se als braços del marit i començà a petonejar directament aquelles dents. Mirabaix era un encantador de serps. Per força, els seus misteriosos antecessors havien de provenir d'algun lloc exòtic on les persones tenien alguna mena de capacitat hipnòtica a la mirada, o a les dents, on fos: la noia ja no va tenir ulls per res més en tot el vespre. Incrèdula, la Remei assistia a l'espectacle amb escepticisme, a la vegada que estava contenta per la reacció del xicot. El cop d'efecte del manresà i el factor sorpresa van funcionar. Allò de la visita a Amposta resultà proverbial. La casa tornava a bullir de vida. Se'ls havia ficat a la butxaca per onzena vegada.

El doctor va assistir de nou a l'espectacle de Mirabaix devorant sandvitxos a punta pala, al xou incommensurable de la Comfort Cream i, per rematar-ho, mentre elles posaven a dormir les nenes, el truc increïble de fer desaparèixer per moments el cendrer de plata de la taula de vidre. «Com diantre ho fa?», es preguntava el pediatre. També, com sovint succeïa, quan tots quatre estaven escarxofats al sofà mirant la tele, en un moment donat va aparèixer la Rosabel per sorpresa, com sorgida del no-res. Va passar per davant d'ells al menjador. No va badar boca. Ni tan sols va saludar. Va entrar a la cuina, recollí uns *tuppers* que li havia preparat la mare i girà cua. Ni un trist adéu quan va tornar a desaparèixer. Ningú va dir res. Ja la coneixien. Es diria que la filla petita amb prou feines havia parat esment que hi havia altres persones a la casa. El doctor no va tardar gaire a aïllar-se al despatx. Mentre pujava, va saber que ja n'estava fart. Havia quedat fixat en allò de la casa de Sant Fruitós. Ho portava ficat a dintre. Hi començà a donar voltes. Ja no la volia, la casa nova. No almenys la part que corresponia als Mirabaix. Va veure clar que s'havia precipitat. Allò no podia ser. Li tornà a sortir la vitalitat i la ràbia. Li feia la impressió que aquell home li havia aixecat la camisa, i

Bou es preparava per treure's l'edifici de sobre com fos. N'estava fins al capdamunt d'haver-ho de pagar tot ells; en definitiva, volia posar cadascú al lloc que corresponia. Aquell vespre, quan el gendre i la filla ja havien marxat, van discutir amb la senyora. A la Remei, la casa de Sant Fruitós li semblava necessària com a punt comú per estar a prop de nétes i filla.

—Joan —li recriminava—, si eres tu qui volia la casa...

Tanmateix, després de l'incident d'aquell dia, desprendre's de l'habitatge de Sant Fruitós li quedà com una fixació, un cavall de batalla. Havia decidit trencar el contracte amb Mirabaix i, en la mesura del possible, també els lligams, encara que fos de mica en mica.

—Què li diràs, a la Marina? —li preguntava la Remei, preocupada.

El problema no era dir-ho a la Marina, sinó al pare Mirabaix. I com més voltes hi donava, més es convencia que l'afer de la casa era ideal per donar un cop sobre la taula, recuperar la posició de respecte que li pertocava, i que la visita dels Mirabaix a Amposta era també l'ocasió idònia per cantar-n'hi quatre de ben fresques a aquell home i deixar les coses clares.

18

ELS VISITANTS

En el transcurs de les setmanes següents, la carxofeta tortosina va girar indefectiblement al voltant de la visita dels Mirabaix a la caseta d'Amposta. Per més que durant els primers dies el doctor fes mans i mànigues per evitar parlar-ne, per fer veure que tot plegat li relliscava, a ca l'Antich no es parlava de res més. El doctor era conscient que el diumenge de la reunió seria el moment de plantejar al consogre la venda de la seva part de Sant Fruitós. Tanmateix, com era de preveure, arrencar els Mirabaix de Manresa va ser complicat. La trobada es va anar allargant i no es va poder fixar fins al cap de tres mesos, pel 21 de maig del 2006. A aquelles altures, Bou ja no podia més. N'estava fart de pagar-ho sempre tot ell. Sobretot, de carregar amb les despeses de l'habitatge nou de la família política, de la casa bessona enganxada a la seva. És clar que la Marina i Ricard tenien previst instal·lar-s'hi, però el doctor entenia que, almenys, el consogre s'havia de fer càrrec d'aquell segon sostre. Al cap i a la fi, els Mirabaix ja es veia que s'hi ficarien tots a dintre. Se n'acabaria aprofitant tota la família. «No estic disposat a pagar la casa dels altres», deia, empipat, a la Remei.

Tant sí com no, a Bou se li ficà al cap que cada família havia de tenir el seu habitatge. Es van discutir agrament amb la dona. Fins i tot va fer-hi anar un pèrit per valorar la casa. El pèrit fixà un preu de mercat que Mirabaix no podria rebutjar. En tot cas, fins i tot estava disposat a adquirir la part de terreny que li corresponia. Tal vegada li proposaria un bescanvi. Terreny per casa. El que estava clar és que la situació era insostenible. S'adonava que Mirabaix l'havia enredat amb els seus tripijocs comercials, i s'havia trobat pagant una milionada. Impulsat per aquest nou pla de venda, abans de la trobada crucial a Amposta amb el consogre el jubilat viatjà a Manresa per enllestir els últims detalls del xalet. Després de mesos d'aïllament i depressió, de cop i volta es presentava a la casa, tot elegant i solemne com sempre, amb el vell Mercedes, que ja aleshores començava a treure una fumera important, per desencallar les obres i mirar d'acabar d'una vegada. En realitat, només hi faltaven alguns detalls. Amb la dona, s'hi havien gastat un dineral. L'edificació feia patxoca. I el que havien proveït per a la seva, també ho havien col·locat en l'altra; al cap i a la fi, era la casa de la filla: res no desentonava en el conjunt de l'edificació. El doctor va fer construir dues magnífiques portes d'entrada, d'estil anglès, senyorials, fosques, molt boniques, que acabaven de donar el toc britànic que havia volgut que tingués tot plegat. A Barcelona havia trobat unes catifes perses allargades, força cares, per vestir els passadissos d'ambdues cases. N'havia comprat deu, cinc per a cadascuna. Havia passat el mateix amb les baranes. Les d'origen no li havien agradat i n'havia fet fer de noves a un ferrer especialitzat. En el transcurs d'aquells dies, es va fer evident que Bou havia envellit. Els darrers mesos l'havien deixat tocat. Volia ser el metge ocurrent i simpàtic de sempre però no ho aconseguia. Es passejava per la finca amb posat preocupat, mancat de la frescor d'abans i amb el principi d'una curvatura cifòtica a l'esquena que ja no l'abandonaria. Va topar-se amb Mirabaix un parell de vegades, però gairebé no li dirigí la paraula, encaparrat amb les obres i a deixar-ho tot llest. El paradís perdut que havia suposat que seria Manresa no ho era ni de bon tros.

Per això tenia totes les esperances dipositades en la trobada familiar a Amposta: la xerrada cara a cara amb el consogre era fonamental. Volia donar un gir a tot plegat, i semblava que el canvi havia de tenir l'inici i el final en aquella festa. Així que, com no hauria pogut ser d'una altra manera, segur del seu èxit, va decidir deixar-los impressionats. Un cop més, es va entestar a celebrar una gran festa, precisament per contraposar-la a la misèria d'aquella gent i deixar-los amb la boca oberta. Bou tenia necessitat de mostrar-se esplèndid, i va posar en marxa el xafarranxo habitual. Si en un principi havia pensat oferir un parell d'amanides i quatre entrepans, ara optava per arranjar una barbacoa al màxim d'opípara i suculenta, que no hi faltés de res, al més pur estil nord-americà. Quan va veure que la data s'acostava, va encarregar tot tipus de carns a la carnisseria de confiança, va comprar dues caixes d'un cava rosat que li encantava i, com a cirereta, es faria portar de Tortosa aquelles plates de rebosteria que tant agradaven als consogres. Tan bon punt els Mirabaix van assabentar-se que el doctor tirava la casa per la finestra, com el pediatre també havia previst, s'hi van apuntar en massa. Els començava a conèixer. A dues setmanes de la reunió, com aquell que no vol la cosa, un vespre l'Elvireta va trucar a *doña* Remei per demanar si també hi podien venir l'Uri Mirabaix, la seva dona i els tres fills. L'endemà va informar directament que també s'hi apuntava el segon germà, Carles Mirabaix, i la seva esposa, l'Amèlia Soldevila, amb els corresponents nens, que també eren tres, i al cap d'un parell de dies més l'Elvireta, demanant totes les disculpes del món, anuncià que, ja que hi estaven posats, la resta de germans també hi assistirien, amb les respectives famílies. A quatre dies de la barbacoa, a la festa hi assistiria pel cap baix una autèntica multitud. Sobretot perquè el doctor, preveient-ho, va decidir decantar la trobada al seu favor. Ricard li havia demanat de convidar els amics d'infància, Prat i la Guanyabens, el cronista, Serra, Llonch, amb les corresponents amigues si volien. El jubilat va respondre fent-hi anar tots els seus fills, la Rosabel inclosa, i convidant també el doctor Martí amb la muller.

Acabà llogant dos cambrers per agilitzar la festa, una màquina per fer sucs de taronja natural i un expenedor de xiclets de bola per als nens i es va fer portar tot de barrets de *cowboy* de color blanc. L'efecte dels barrets vaquers coronant els cossos malgirbats i les cares inexpressives dels Mirabaix, amb les seves dentasses, va ser impagable. El detall ianqui, tal vegada un pèl atrevit i inconscient per part de Bou, pels records d'Iowa que podia portar a la Marina, va encantar als manresans. Van arribar en bloc, com si haguessin vingut en comitiva, i la majoria no es van treure el barret en tot el dia. Jaume Mirabaix, que aquell diumenge portava una camisa de quadres nova de trinca, semblava un potentat petrolier texà. Només li faltava el cavall. El cronista i els seus amics van anar a Amposta imbuïts pel cuquet de la curiositat; les coses entre la parella no semblava que anessin gaire bé. Havia començat a ser habitual veure la Marina amunt i avall pel passeig empenyent atabalada el cotxet de tres places, sempre carregada amb bosses de plàstic de supermercat, una versió prematurament angoixada de l'Elvira. Ricard brillava per la seva absència. Seguia fent la seva com si no estigués casat, i protagonitzava desaparicions clamoroses. Per això es veia la noia cada vegada més trista i apagada. Tanmateix, el dia de la visita a Amposta ella va aparèixer radiant. Portava un vestit campestre folgat, molt bonic. Respecte als barrets de *cowboy* no va fer cap comentari, ni va semblar que l'afectés. Més aviat el contrari: amb la cabellera de rissos panotxa li esqueia i no se'l va treure en tota la jornada. Aquell dia de maig, a més, feia una calor espantosa, o sigui que els barrets anaven bé.

La casa d'Amposta havia pertangut als pares de Bou. Es tractava d'una construcció d'una sola planta enmig d'uns terrenys esventats i humits, prop de la desembocadura de l'Ebre, en una zona envoltada de maresmes i de plantacions d'arròs, que els Antich, per cert, havien explotat antigament. El doctor i els seus pares hi havien viscut humilment durant anys. En aquesta caseta, que ell i *doña* Remei havien convertit en lloc d'estiueig ideal per als nens per l'extensió, seguretat i riquesa paisatgística, Bou recordava l'esforç encorbat del pare, els temps difícils dels arrossars i altres detalls desagradables dels quals ara havia decidit passar pàgina. La caseta feia goig, s'havia convertit en el lloc perfecte per celebrar reunions familiars i grans barbacoes, i Bou provava de gaudir-ne amb tota l'amenitat i il·lusió. Va aparèixer vestit com un lord anglès, amb uns pantalons bombatxos amb tirants, una armilla i un barretet tocat amb una ploma; en lloc de fer una barbacoa, semblava que anava a caçar perdius. En realitat, es tractava del vestit de caçador que havia utilitzat el seu progenitor. Però com que el doctor s'havia engreixat tot li anava estret, i només arribar, la Valentina li va demanar si anava disfressat de tirolès. Malgrat tot, l'entusiasme i el bon humor van marcar la trobada. En general, els Mirabaix contemplaven les extensions de les maresmes amb interès i avidesa. I també de seguida van centrar-se en la barbacoa.

Com sempre, va semblar que no veien res més que el menjar. Tenien una gana descomunal i van arrasar. La carn va tenir l'èxit esperat, la rebosteria va volar abans de tocar la taula i la màquina de sucs treia fum. Fins aleshores, Bou havia decidit mostrar-se correcte, amable. Aquell dia també havia decidit no abusar del cava, que aquella gent igualment va fer desaparèixer. El pediatre es dedicava a contemplar la Marina. «Que bonica que està avui la meva filla», pensava, advertint que, en efecte, s'estava al fons de la taula amb una brillantor trista als ulls, maquíssima amb aquell vestit folgat. *Doña* Remei, igual que els cambrers, anava de bòlit, i fins i tot va fer anar un fill a Tortosa a buscar més carn on fos mentre aquella gent endrapava. L'amfitrió va permetre que els nens fessin l'indi amb ell, se li pengessin del coll, juguessin amb la ploma del barretet i l'estiressin dels elàstics. S'ho van passar d'allò més bé, i fins i tot acabà traient un tricicle de quan era petit. Però havent dinat tot va canviar. En un moment donat, el tirolès es va aixecar, va fer un gest a Mirabaix i, aprofitant l'avinentesa que s'havien de reunir per arreglar assumptes, el consogre el va seguir cap a l'interior de la casa.

Tot estava obert, feia calor. Des de fora, ambdues figures es retallaven al fons del despatx del metge. Mirabaix admirava l'estança: amb sorpresa, el cronista, igual que els altres, observà que s'asseia a la butaca de Bou. Aquest li va fer un gest, el consogre es tornà a posar dempeus i es quedà dret al costat de la taula mentre el jubilat s'asseia, ocupant el seu lloc, ben a prop de la figura orgullosa i desmenjada del pare de Ricard. Llavors es va sentir un espetec que va fer que tothom es girés esglaiat cap a la finestra, fins i tot els nens, que van deixar de jugar. Bou es posà a cridar. S'havia posat dret; davant l'estàtua contorbada de Mirabaix, exclamava:

—No pagarem res més! N'estic fart de fer-me càrrec de tot! No hi ha dret!

Es va sentir Mirabaix comentar alguna cosa, impertèrrit, dret com un pal davant la imatge exaltada del pediatre, que es balancejava endavant i endarrere, dominat pels nervis, sense parar de posar-se la mà al cap i de repetir frases inintel·ligibles. Mirabaix, sense alçar la veu, va tornar a parlar. Es va poder veure que portava una copa de cava a la mà. Enmig de la tempesta, es diria que fins i tot va fer-ne un glop, tot prosaic. Llavors, tothom s'adonà que l'espetec que s'havia sentit havia estat la copa de cava que el doctor, fora de si, havia fet caure o havia llançat contra el terra. Tothom callava. Mirabaix, estoic, aguantava una segona pluja d'improperis. Era com assistir a la representació d'una obra de teatre tancada en el marc de la finestra. Però, fos com fos, el visitant aconseguí calmar el pediatre i, per sorpresa, fins va semblar que parlaven una estona amb els ànims més relaxats. A fora, la baralla havia trasbalsat la festa, i de quina manera. La Marina plorava. Ricard li agafava la mà.

—A veure què passa aquí —digué la Remei quan ja no va poder més, anant cap a la finestra.

Bou sortí de la barraca vermell com un tomàquet. Però a la vegada es mostrava satisfet. En efecte, semblava que havia executat el seu pla tal com l'havia pensat.

—Ja estàs més tranquil...? —va dir-li Jaume Mirabaix, que havia sortit al seu darrere.

Bou no va dir res. Era evident que havien arribat a una mena de pacte o de compromís.

—Des que s'ha jubilat... —es despatxà la Remei—, que està insuportable.

Però aquest cop li semblava que s'havia sortit amb la seva. Estava sorprès del que havia succeït, del que li havia estat capaç d'arrencar: un tracte, una jugada rodona amb Mirabaix. A més, estava segur que la convivència de la filla amb Ricard no duraria gaire més i, per tant, desprendre's d'una part del xalet era urgent.

—Què has fet? —deia la Remei—. Es pot saber què has fet?

Bou, alterat, i alhora content, va haver d'aguantar l'esbroncada de la senyora. Suava copiosament mentre ella li deia tot de coses amb preocupació i enuig. Els cabells s'havien alliberat de la pomada que utilitzava per subjectar-los, i semblava que el metge s'hagués electrocutat. Al fons de la taula, la Marina mirava el pare i plorava. Havien passat més de tres mesos des que s'havien dit tot allò de la casa.

—Us hem de dir una cosa —va dir ella, aixecant-se.

A Bou li va canviar la cara. Es va quedar mirant la filla. Va veure com s'eixugava les llàgrimes, sobreposant-se; abans que ella ho comuniqués, el progenitor ja estava tot pàl·lid.

—Us hem volgut reunir per... —va dir la Marina—, anunciar-vos que...

Hi va haver un esclat de joia general.

—Un nen! —digué la noia, emocionada—. Esperem un nen.

Al doctor li va caure l'ànima als peus. «Un nen», repetia, «un nen», sense saber si això el posava molt trist o rematadament content. Una onada d'alegria inundà la tarda i la casa. Va tornar el cava, i aparegué una plata de rebosteria que havia quedat arraconada, fruita, galetes, i uns carquinyolis que l'amfitriona va trobar per la cuina, amb un parell d'ampolles de moscatell. Mentre els Mirabaix berenaven, el tirolès només feia que sentir el «hehe» victoriós del gendre. La Marina també va informar que estava de quatre mesos i que no hi havia cap dubte sobre el sexe del bebè. Era mascle, «un nen», repetia la Remei, donant tot de cops a l'espatlla al marit, sense que aquest sabés ben bé si l'esbatussava dolçament o el felicitava amb excessiva fermesa. Mirabaix se li acostà per darrere; li oferí la mà.

—No et preocupis, home —xiuxiuejà al doctor—. Ja trobaré comprador per a la casa.

Immers encara en el xoc de la bona nova, el pediatre es va tombar cap a aquell home, se'l quedà mirant amb la boca entreoberta i amb gest tremolós li encaixà la mà. S'adonava que havia estat completament desconnectat dels desitjos de la Marina. Convençut que el matrimoni amb Ricard no tenia futur, i que tard o d'hora se separarien, s'havia fet fort en la decisió de desprendre's de la part de casa que corresponia als Mirabaix. Ell, almenys, no havia pogut més. Però ara ja estava venuda. Havien arribat a un acord. S'havien donat la mà. Contràriament al que havia pensat, el consogre havia acceptat adquirir-la. A més, no hi havia posat cap trava. El preu també li havia semblat bé. No es va saber amb exactitud la xifra de venda. El pediatre mai va voler-ho precisar, sobretot pel que havia de passar després. El que sí que és segur és que la transacció es va fer pel mateix valor de mercat que el pèrit havia comunicat al doctor. Malgrat l'esbroncada d'aquella tarda i el malestar entre ambdós homes, Bou no havia volgut jugar amb Mirabaix, ni entrar en regateigs o negociacions de cap mena. Tan sols volia posar fi a tot allò d'una vegada. Pel que semblava, el pare de Ricard també. Es diria que al consogre la xifra de venda li havia semblat barata. El doctor no s'imaginava que l'aventura de la casa només acabava de començar i que els esdeveniments, com sempre amb Mirabaix, succeirien de manera ràpida, contundent i precipitada. Tampoc s'hauria pogut imaginar que en qüestió de dies, pel desastre que s'estava a punt de produir en el conjunt de l'edificació, hauria de recomprar la part venuda al consogre pel doble de preu. Bou ja no podia aturar la màquina, l'engranatge, la roda que s'havia entestat a posar en marxa.

L'endemà de l'accidentat berenar a Amposta, amb sorpresa i satisfacció es va trobar al compte bancari de la dona la transferència de Mirabaix, amb l'import exacte que li havia comentat. Li acabava de comprar la seva part d'edifici. Tot anava com una seda. Bou s'afanyà a preparar els papers de la nova escriptura. Els hi va enviar i al cap de només dos dies els va rebre signats. Els advocats de Mirabaix treballaven amb celeritat. Bou fins i tot s'enorgullia secretament d'haver-se sortit amb la seva i haver encolomat un tros de casa a aquell miserable.

L'esbroncada de la dona va ser fenomenal. *Doña* Remei es va disgustar d'allò més. Però ja no es podia fer enrere. Al cap i a la fi, per primera vegada estava passant allò que el pediatre realment desitjava: desprendre's de la meitat del xalet i separar-se dels Mirabaix o, almenys, deixar de tenir-hi negocis comuns. Encara menys una casa. Definitivament, se sentia allunyat de la seva família i de la filla que tant estimava, però per fi actuava com ell volia. Al cap de tres dies, només tres dies, de l'ingrés, i d'haver resolt en temps rècord la paperassa, va començar a saber de primera mà com rematava els negocis un Mirabaix.

Aquell matí de maig del 2006, el doctor estava sol tranquil·lament a casa, desvagat, escarxofat a la butaca del despatx, arrodonint pits aquí i allà en l'arbre genealògic dels Antich. Quan no tenia res a fer, que darrerament era sempre, es dedicava a incrementar la pitrera d'algunes matrones de la nissaga, aprofitava per afegir alguna dada en el quadre i alguns cops també n'esmenava i ampliava d'altres. La dona va trucar-li pel telèfon mòbil des de Manresa, amb un aparell que quasi no utilitzava però que portava sempre a sobre, només per a casos d'urgència, com el dia que li havia trucat feia més d'un any per comunicar-li que havien nascut les ratetes. Havia passat alguna cosa greu. Va notar de seguida que la Remei estava alterada. Era a la casa de Sant Fruitós. Respirava ràpid i repetia, entretallada: «Ho has de veure, Joan». Des que el doctor s'havia desendollat, la Remei es traslladava sovint a les Brucardes per arreglar una mica la casa. L'embaràs de la Marina, que des de l'inici va ser complicat, sumat a la desídia del doctor, feia necessària la seva presència per resoldre assumptes de caràcter domèstic, mirar de deixar la nova llar preparada amb uns mínims i, tal vegada, provar de posar data al trasllat de la parella i les nenes. Bou procurava mantenir-se'n al marge, però aquell dia havia succeït una cosa extraordinària. «Ho has de veure, Joan». Bou agafà corrents el cotxe. Mai havia fet el viatge entre Tortosa i Manresa tan ràpid. Aquesta vegada, amb una fumerada tremenda. A l'autopista tothom feia sonar la botzina quan l'avançaven. «Què deu haver passat ara?», es preguntava. Després de tres hores, quan va arribar a la casa, no s'ho podia creure.

El primer que va remarcar va ser uns homes arrencant els marcs de les finestres del tros d'edifici que ja pertanyia a Jaume Mirabaix. Semblava que estiguessin desmuntant la façana a cops de martell. La porta d'entrada d'estil anglès que havia fet col·locar en ambdues llars també havia desaparegut. En el seu lloc, n'hi havia una altra de més senzilla, semblant a un tros de fullola. *Doña* Remei contemplava l'escena des de casa seva.

—Has de fer alguna cosa —va dir al doctor amb sequedat, sense ni tan sols mirar-lo.

Quan ell va tornar a sortir a fora, es va adonar que la barana de ferro que hi havia al porxo d'aquells rebentapisos tampoc hi era i que, en substitució, n'havien construït una amb quatre fustes mal posades, que s'ajuntava amb la seva amb un seguit de filferros. Quan va baixar les escales per acostar-s'hi, a l'altre porxo havia aparegut una senyora grossa, tota vestida de negre. La dona tenia els ulls molts junts i l'esperava amb les mans a la cintura, seguint-lo amb la mirada amb gest desafiant. El doctor seguí endavant, però abans de traspassar el límit del jardí s'aturà en sec. Darrere la dona van aparèixer quatre homes amb cara de pocs amics; es va fer enrere. No va atrevir-se a dir res. Se'n va tornar a casa. La Remei seguia enganxada a la finestra del menjador. El doctor va deduir en veu alta que aquells bandits tenien pinta «de l'Est», però la dona va replicar de seguida, en veu baixa, com si tingués por que la sentissin, que provenien de Romania, sense que en realitat tampoc ho sabés del cert. Informà al marit que havia intentat dir-los alguna cosa, però que no parlaven català i que amb prou feines barbotejaven el castellà. L'únic fet que la Remei podia afirmar amb seguretat és que el marit era el culpable del daltabaix.

—Ara sí que l'has feta grossa, Joan —va dir, en veu baixa, i molt abans de plantejar que la solució indiscutible seria tornar a comprar la casa a Mirabaix va girar-se cap a ell amb els ulls vidriosos—: Sobretot, Joan —va dir—, que no se n'assabenti la Marina.

En aquell moment es va sentir un soroll fortíssim, com si hagués caigut un tros de casa.

—Valga'm Déu! —exclamà la Remei, tornant a mirar cap al jardí, i sense poder identificar què havia provocat el cop, en veu baixa, repetí—: Ara sí que l'has feta grossa, Joan.

Segurament Mirabaix els havia llogat la casa, o havia arribat a alguna mena de conveni amb els nouvinguts, per revendre el material i col·locar-ne de menys qualitat, el que fos. En qualsevol cas, el doctor tenia un problema. Un problema gros.

Quan l'endemà va tornar, tot sol, la casa estava pelada. Feia pena. La gespa que amb tant d'afecte ell mateix s'havia encarregat que cobrís el jardí comú del voltant del xalet havia estat arrencada en la zona de Mirabaix. Li va caure l'ànima als peus. A la nit, a més, els visitants havien cremat fustes a la part del darrere i ara pertot arreu hi flotava una mena de polsim, com un sutge de carbonet que ho deixava tot negre. Des del darrere, Bou va fixar-se que aquella colla de pillards encara tenien el foc encès. En tornar a la part del davant, va observar, astorat, que dos homes construïen un mur de totxanes per separar les dues cases.

Allò era massa. Sota l'estigma d'aquell «sobretot, que no se n'assabenti la Marina», que durant tota la nit li havia repetit la Remei mentre, en silenci, somicava, el doctor va decidir anar a parlar amb el consogre. Havia d'esmenar l'error com fos i, sobretot, trobar la manera de recuperar tota la casa, tornar-l'hi a comprar. En mans de Mirabaix, allò era una disbauxa. No podia ser de cap de les maneres. Ell i la dona també ho havien tingut clar. Ple de vergonya, amb l'orgull ferit i les mans plenes de sutge, el doctor se'n va anar a Manresa, aparcà el Mercedes davant de Correus i es dirigí cap al pis d'aquell miserable. No hi va trobar ningú. Sense atrevir-se a tornar al pis de la Marina, deambulà mig matí pel passeig. Tornava a trucar al pis, però ningú responia. Per fi, es va trobar l'Elvireta. Li va dir que cercava el seu marit i ella li aconsellà que provés d'anar-hi a l'hora de dinar. A les dues en punt, Bou ja hi era. Jaume Mirabaix no va aparèixer. De fet, el va empaitar dos dies seguits. Sense èxit. Va intentar de trobar-lo al Registre de la Propietat. Tampoc hi va haver manera. Aquells dos dies, mentre buscava el depredador per Manresa, el pediatre va preferir instal·lar-se a l'Hotel Pere III. No tenia pebrots d'anar a dormir al pis de la filla. «Sobretot —recordava, i això era el més important—, que no se n'assabenti la Marina». Es va donar la circumstància que l'embaràs de la noia s'havia complicat i ara estava encara més delicada. Havia de fer repòs absolut i estar-se estirada al llit els cinc mesos que, pel cap baix, quedaven per al naixement del petit Sebastià. La Marina va passar setmanes al llit, tancada en el pis minúscul de Manresa. No podia rebre disgustos, es posava a plorar per qualsevol nimietat i la Remei i la Rosabel procuraven que tot anés llis al seu voltant. Allò de la casa l'hauria amoïnat massa. Així que Bou preferí no arriscar i procurar, en efecte, que no s'assabentés del serial.

A l'hotel, van donar al doctor una habitació fastigosa, massa fosca, excessivament petita i amb vistes a l'aigua terrosa del Cardener. Al pediatre, aquells dies, li semblava que tenia el món en contra. Al tercer dia va atrevir-se a visitar el xalet una altra vegada. La casa estava feta un nyap. Els pirates havien omplert el jardí de cotxes vells. Havien muntat una mena de taller de reparació, però el pati més aviat semblava un desguàs. A la part de darrere, Ton fregia botifarres alegrement amb els estrangers. Ara el foc era permanent. Les parets de la casa estaven ennegrides de carbonet. Per dintre també. Quan va tornar a Manresa, va decidir esperar Mirabaix al portal de l'edifici on vivia. En tot un matí i una tarda, va haver d'empassar-se topar a baix a l'entrada amb mitja parentela del clan. Al llarg del dia, pràcticament tots van passar per allí, en una època en què el doctor, quan se'ls trobava, ja ni tan sols els mirava a la cara.

Finalment, al vespre, l'espanyaportes va arribar. Eren gairebé les nou. L'hora sagrada del sopar. L'home tenia pressa. No el va ni convidar a pujar. Era com si ja sabés què anava a proposar-li el doctor. Ho van despatxar a baix al portal, de peu dret, a les fosques. Amb tota naturalitat, Mirabaix li va explicar, per a desesperació del metge, que hi havia dos compradors més i «grans ofertes» per la casa, segons va dir. Bou pensava que aquell vespre tindria un infart. Quan va comunicar al consogre que li semblava que el més correcte seria reingressar-li la xifra exacta que li havia transferit feia poc més d'una setmana, el molt rapinyer li va respondre amb un simple i prolongat «hehehe», amb la cara de pal de sempre. Ara el doctor ja sabia què era fer negocis amb Mirabaix.

Al quart dia el consogre no va donar senyals de vida. Al cinquè va trucar-li a l'hotel, sense que Bou sabés com havia esbrinat que aquells dies estava instal·lat allí, ja que no ho havia dit a ningú. Sovint, el doctor pensava que aquell miserable era capaç de llegir el pensament o avançar-se a les accions dels altres de manera prodigiosa, gairebé sobrehumana. La jugada del pare de Ricard també havia estat programada per una ment avantatjada i netament diferent de les altres. Bou mai no s'hauria pogut imaginar tot allò. Eren una colla de bandits. La xifra proposada pel furtador era exactament dues vegades el preu pel qual havia comprat la casa, feia tot just sis o set dies. El doble. El mateix nombre però multiplicat per dos. Va quedar tan parat que no va saber què dir. Estava entre l'espasa i la paret. Només va poder escoltar, a l'altra banda, que Mirabaix li deia:

—Ho veus? Ja he trobat comprador per a la casa.

L'endemà, Bou es trobava tan malament que no va poder sortir de l'hotel. Fatigat, malalt, presa del disgust i la ràbia, només feia que maleir-se els ossos i demanar que li pugessin aspirines. El segon dia per força es va haver d'espavilar. Va fer el cor fort, va anar cap al banc i en el transcurs del matí solucionà l'assumpte dels diners i la recompra de la casa. A la tarda, va quedar amb Ton a Sant Fruitós perquè li tornés les claus. De seguida va anar cap a la urbanització, cap a la casa. Els estranys havien desaparegut. Probablement, Mirabaix els havia manat desallotjar. La casa estava saquejada. Un autèntic desgavell. Un vertader daltabaix. Igual que si haguessin entrat a robar. Però no podia denunciar el lladre. El furt s'havia produït legalment. I el delinqüent era el seu propi consogre. En qualsevol cas, la Marina no podia assabentar-se de res. Ni tan sols el dia que tornés a trepitjar l'habitatge. Així que la feina de Bou va ser intentar tornar-ho a deixar tot com estava abans del pillatge.

El primer que va fer va ser recuperar la porta d'estil anglès. Per sort, la va poder recuperar amb el mateix pany i tot. Increïblement, l'havien revenut al fuster de Santpedor que l'havia construït. L'home explicà al doctor que, en efecte, l'havia comprat d'estranquis a uns forasters i que, per ser ell, l'hi deixava al mateix preu anterior. Sense l'ajut de ningú, el pediatre va intentar amb totes les forces de redecorar el casalot dels Mirabaix de manera exacta. Va fer venir una quadrilla de pintors, tornà a comprar catifes perses per als passadissos al basar de Barcelona, es discutí amb el ferrer de Balsareny perquè li tornés a fondre una barana idèntica. Van haver d'arrencar la de casa seva per fer-ne una d'igual, i fer venir dos paletes per tornar-les a instal·lar totes dues. Tot plegat, a cuita-corrents. A hores d'ara, el doctor amb prou feines saludava en Ton. El paleta de Mirabaix, que seguia ficat com sempre a la barraca del fons del jardí, observava els moviments per reformar la casa. Bou tirava d'orgull: es negava a demanar al consogre la mà d'obra de la parella d'africans que havien aixecat l'edifici i del mateix Ton. Així que va haver d'anar al barri de les Escodines, negociar amb dos marroquins i fer que li instal·lessin al millor preu els marcs de les portes i les finestres. La veritat és que li van cobrar una morterada; a dintre la casa hi havia més feina de l'esperada.

Havien desaparegut una sèrie de detalls, com els topalls de les portes i els sòcols. També faltaven els poms platejats de les finestres. Els originals havien volat i al seu lloc havien aparegut uns tiradors fets amb trossos de filferro enrotllat. També havien aparegut altres objectes desagradables, dels quals calia desprendre's amb urgència; a part dels cotxes vells, probablement robats, que era necessari allunyar del pati, la casa s'havia omplert de bosses de plàstic, terra i deixalles, com unes cadires de vímet ratades, que els furtadors devien haver recollit del carrer. Bou descobrí que alguns matalassos estaven tacats i pràcticament tots els edredons havien estat estripats, com si abans de tocar retirada els llogaters de Mirabaix haguessin volgut carregar-s'ho tot. Els forasters també s'havien emportat les cortines i havien tallat el fil de telèfon dels trams que no s'havien pogut endur. També va caldre tirar a terra el mur de totxanes que separava ambdues cases i restablir la gespa que havia estat arrencada. Quan el doctor, al cap de dues setmanes frenètiques, donà la tasca per finalitzada, era com si sentís en Ton rient a tota hora per sota el nas, amb aquell «hehe» bessó de Mirabaix, un so antiquíssim, d'ultratomba, que no es podia treure del cap. A més de l'orgull, Bou també va haver de tirar dels diners de la Remei: fet i fet, amb reformes incloses, la casa en realitat havia costat el triple.

El més increïble va ser que tan bon punt el doctor, cansat, vilipendiat, humiliat, amb les mans destrossades i fart de tot plegat, tan bon punt entregà les claus a la Remei amb la consigna jurada i perjurada que la Marina mai sabria res ni notaria cap canvi a la casa, els Mirabaix van tornar a aparèixer al xalet. Com si no hagués passat res, l'Elvireta tornà a entrar i sortir de casa seva com sempre havia fet, contenta com unes pasqües i xerrant a tort i a dret. Ni un comentari, ni una mala cara, res. Ricard, i la resta de familiars, van fer el mateix.

Bou optà definitivament per no dirigir més la paraula a Jaume Mirabaix. Va fer un clic. A la resta del clan també provava d'ignorar-los. «S'ha acabat», es deia. Si per casualitat se'ls creuava, ni se'ls mirava. Girava la cara, com ja havia intentat fer. Va voler quedar al marge d'aquella gent com fos, sense tenir en compte el perill que això suposava i que pagaria car l'aïllament voluntari. Més del que mai s'hauria pogut imaginar. El trencament amb els Mirabaix també va afectar la pròpia família. Deixà d'anar a veure i de visitar regularment la Marina al pis de Manresa, sense pensar que allò de l'embaràs del petit Sebastià era més complicat i greu del que els metges podien preveure, i que la seva actitud suposaria un greuge irreparable. Tampoc creia que el naixement s'anés a desenvolupar de manera tan irreversible i fatal. Però el pediatre ho feia tot per evitar trobar-se amb els Mirabaix. A més, estava convençut que els metges de Manresa ho tindrien tot controlat. Però evitava d'anar-hi. Tenia la impressió que la seva presència molestava. La Remei va començar a passar més temps a Manresa que no a Tortosa. Mentre el doctor anava a la seva, ella es va convertir en el pal de paller de la família. L'arribada imminent del nen obligava a fer un esprint en tots els sentits. Va ser un mal moment per abaixar la guàrdia, sobretot perquè la Marina no podia fer res, ni tan sols sortir del llit per anar al bany. Fet i fet, l'humiliant episodi de la recompra de la casa allunyà alegrement el doctor dels familiars. Quasi de manera inconscient, havia decidit quedar al marge del naixement del nen.

Durant aquelles setmanes de solitud, va reprendre el dibuix genealògic dels Mirabaix, sobretot per publicar i esbombar allò tan intrigant de l'origen desconegut del misteriós avi, i allò encara més fastigós d'haver aniquilat els familiars que l'havien acollit. Bou va avançar amb fermesa en l'estudi fins que l'embaràs de la Marina es va complicar de veritat, molt més del que hauria pogut preveure. La criatura va néixer al vuitè mes. Van sorgir algunes complicacions, però el doctor, en un primer moment, va preferir no anar-hi. Es va mostrar indiferent i gelós. Va dir que tenia el cotxe espatllat i d'entrada no hi va anar. Que els bombin, pensava, que els bombin a tots. Ja se'n sortiran. Ja em demanaran que hi vagi, pensava.

I ho van fer. La Remei va trucar al doctor just el dia que s'havia diagnosticat un tipus rar de meningitis al prematur. Llavors va descobrir que tota la família, els fills, els nebots, els néts, feien torns per tenir cura de la Marina i preocupar-se per la situació. Va ser quan el pediatre es va acollonir. Semblava que el vuitmesó tenia una sèrie de dificultats serioses. Tot d'una s'adonava que tal vegada eren a les portes d'un drama i va començar a córrer. Tan bon punt van penjar amb la Remei, va anar cap al garatge, va agafar el cotxe i es dirigí cap a Manresa. Un cop allí, va traslladar-se directament a la clínica Sant Josep. Quan va arribar, el panorama no podia ser més desolador. No s'ho podia creure. Després d'un calvari interminable de visites i corredisses, d'aquella manera inesperada, atuïdora i sorprenent en què els fets més tràgics mai no s'haurien de produir, feia un parell d'hores, per un seguit de problemes respiratoris i sense que els metges hi poguessin fer res, el bebè acabava de morir.

19

EL TAÜT BLANC

Al doctor li va caure el món a sobre. S'adonà de l'error que havia comès, i que la mort del petit Sebastià havia de causar una sacsejada de magnituds insospitades. Bou, de sobte, va haver de fer un esforç titànic i acollir-se al dol familiar de la manera més afectuosa possible, com quan de cop el que s'ha portat malament en pren consciència, vol fer-se perdonar i s'esplaia per força en l'oportunitat. Però de seguida es va sentir estranger. Els fills, excepte en Max, el depressiu, que directament el va ignorar, se'l miraven de reüll. Enmig del drama, la dona va semblar que ni advertia la presència de l'intrús; la Marina, completament devastada, plorava, desconsolada, estirada al llit de l'habitació. Ricard, en silenci al fons de la cambra, observava l'escena. Tothom va quedar tens, sorprès, quan el doctor va llançar-se als braços de la filla. La Remei s'afanyà per apartar discretament el foraster i emportar-se'l a l'exterior de la cambra. El seu comportament havia estat imperdonable, li va dir. Tanmateix, malgrat tot, després d'uns moments d'incertesa, per fer-li fer alguna cosa de profit a la dona se li va ocórrer que el marit podia, tal vegada, encarregar-se de les gestions per enterrar sí o sí la criatura a Tortosa, al panteó dels Antich. Bou acceptà el repte; va fer-ho amb certa suficiència i l'orgull ferit. No es van dir res més. Tenia una missió. I aquesta vegada no podia fallar.

Després de mesos de silenci i distància, va trobar-se amb Jaume Mirabaix al tanatori. Primer de tot, no va saber què dir. Va creuar-se breument amb l'Elvireta, que havia portat roba per al nen, uns pantalonets i un jersei de punt. Bou es mostrava inesperadament afectuós, cavallerosament comunicatiu, com si la gravetat del moment exigís un armistici temporal. Quan per fi es va quedar sol amb el consogre, notà que Mirabaix s'havia aprimat; l'home estava apagat, trist, llagrimós: es van estar en silenci una bona estona, l'un al costat de l'altre. Es trobaven al començament d'una batalla que tindria lloc a les trinxeres, cos a cos i amb baioneta, arran d'un tema en aparença secundari que ho faria saltar tot per l'aire: la tria de la caixa de morts, perquè de seguida, davant del fullet informatiu de la funerària, l'afaneta va escollir un taüt de color marró que al doctor li semblà d'una vulgaritat notable.

—Home, Jaume —li digué—. Vols dir, de color marró?

Els petits ulls van clavar-se, inexpressius, en els penjolls de la papada del doctor.

—Aquest és més recomanable —argüí Bou, tens, educat, assenyalant un taüt de color blanc, que, també cal dir-ho, era més car—. Aquesta és una caixa —sentencià— com Déu mana; els bebès en general s'enterren en caixes blanques, símbol de la puresa, sinònim de la virtut...

Mirabaix va fer un gest amb la mà. Bou es quedà mirant la petita grapa alçada.

—Ara no, sisplau —va dir Mirabaix, i literalment—: Discursets ara no.

Malgrat tot, Bou no es podia desviar de l'assumpte principal, de la missió encomanada.

—De cara al trasllat —explicà, donant per fet el viatge del fèretre a Tortosa—, ens agradaria...

—Ni parlar-ne —tallà Mirabaix, i tot seguit girà cua; el va deixar penjat.

Desconcertat, Bou no va tenir més remei que seguir-lo. El consogre anava tan ràpid que al pediatre li va ser impossible atrapar-lo. Quan, ben bé al cap de mitja hora, va arribar al pis del passeig, esbufegant i xop de suor, la porta de baix encara estava oberta. La de la porteria també. Bou va entrar, va agafar l'ascensor i va pujar. Per a sorpresa seva, la porta de dalt també estava ajustada. Va empènyer. El primer que va veure va ser la corrua de catifes que ell havia comprat per a la filla al basar de Barcelona; les estores cobrien el llarg passadís, formant una filera fins al menjador. «Es pensen que tot és seu», es va dir, però havia de mostrar-se comprensiu i obert. Per força. L'Elvireta i la Remei eren a la cuina. Ploraven. El doctor va poder observar que s'agafaven de la mà. Van aixecar un moment el cap i el van tornar a abaixar, amb la mateixa indiferència amb què haurien contemplat un desconegut pel carrer. Bou entrà al menjador. Mirabaix estava assegut, capcot, davant de la taula plena de papers. Plorava de manera molt rara, proferint tot d'esgarips aguts, com si rigués.

—No us hem demanat mai res —li va dir el doctor, acostant-s'hi—, mai, ni amb el casament de la Marina, ni amb la casa... i ara em discuteixes això del taüt, que ha de ser blanc —recalcà, i aleshores esclatà—: Doncs molt bé! —exclamà—. El senyor el vol marró, doncs marró.

Mirabaix aguantà el xàfec. Bou observà que li bategaven les temples, però seguí la prèdica.

—Nosaltres només volem enterrar el nen a Tortosa —va dir—, és l'únic que demanem.

Llavors, Mirabaix es posà dret. Se'l quedà mirant amb els ulls inerts.

—Tu me la vas voler vendre, la casa —li recordà, sense venir a compte—. Ningú t'hi obligava, a construir-la, quan vaig oferir-te el terreny. Vas estar-hi d'acord. T'hi vas mostrar entusiasmat. Després vas canviar d'opinió, i vas voler que te la comprés de males maneres, davant de tots, com si jo tingués la culpa de la teva precipitació, de la teva... —el consogre cercava la paraula—: de la teva inutilitat —digué, davant l'astorament del doctor—. I ara em surts amb això del trasllat a Tortosa... Quin sentit té? Com si us deguéssim alguna cosa, a què ve tot això ara?

Bou quedà tan parat que en un principi no va saber què dir. Mirabaix prosseguí:

—Ja saps que per nosaltres és important enterrar-lo aquí. —Inesperadament, el consogre es va encendre—: Sempre s'han de fer les coses a la vostra manera —s'esbravà—. Tan poc és un Mirabaix per vosaltres? Per què ens menyspreeu així?

Es va tornar a asseure. El doctor, esverat, veié que les temples li bategaven amb força i que Mirabaix respirava fondo, proferint tot de roncs estranys.

—Va, home —li digué, reconciliador—, no t'ho prenguis així. —I fixant-se en els papers i documents estesos sobre la taula—: Ho podem negociar, vosaltres sou gent de negoci.

Des de la taula, l'altre se'l va mirar amb ràbia: una ira immensa sortint d'aquells ulls morts.

—Què t'has pensat!? —exclamà, aprofitant l'oportunitat que Bou li brindava—: Els homes de negocis fan negocis; els metges, en canvi —recalcà—, se suposa que salven vides.

La frase va caure al doctor com una llosa. Sentí que el menjador giravoltava al seu voltant. Pensà en una resposta plausible, però l'acusació emmascarada de no haver fet prou per salvar la vida del nen el tocà en la línia de flotació. Quedà encarat al moble ratat del menjador, ple de fotografies, cara a cara amb la foto sèpia del senyor Ricard, l'il·lustre saltaterrats. El doctor admirava la rapidesa de resposta del consogre. Mirant la foto, intentà explicar amb bones paraules que havia estat una meningitis i que els vuitmesons habitualment tenen certes dificultats. En resum, que s'embolicà en un galimaties de frases mèdiques massa tècniques, es ficà en un atzucac i l'atent interlocutor el tornà a tallar.

—Vosaltres, els metges —contraatacà Mirabaix—, us penseu que sou els amos del món, la majoria viviu com reis però res més. Tan sols us preocupeu de viure bé. En el fons, només existeixen els vostres problemes, els vostres hospitals, consultes, metges... les vostres grans famílies, els arbres genealògics, la fama —rematà—. Però en sabeu poc de la vida, i a sobre encara voleu donar lliçons de moral, de com s'han de fer les coses, com si els altres no comptéssim.

Bou va quedar estabornit.

—Vosaltres no sabeu res —insistí Mirabaix—. Tu no saps quin és l'autèntic valor de les coses, de la vida, de tot. Ens menysprees, no pots entendre això que t'explico. La mort d'un dels nostres és una tragèdia irreparable, de la qual ens hem de recuperar ràpid —recalcà—. El volem enterrar amb nosaltres per no oblidar d'on venim, allò que al meu pare tant li va costar aconseguir.

Mirabaix va fer una pausa: l'estigma del senyor Ricard actuava sobre ells, poderosament, en el menjador. Era la primera vegada que l'anomenava. Assenyalà la imatge del progenitor.

—Saps què ens va costar enterrar-lo aquí, a Manresa?

Ricard Mirabaix Torres els fitava, inexpressiu, multiplicat, des de les prestatgeries del moble.

—És la creu de venir de fora... de no ser d'aquí —explicà el fill, que d'alguna manera sabia prou bé que el metge s'havia esforçat per rascar en l'origen inconegut del misteriós personatge—, i el que costa que la gent t'accepti —seguí, i assenyalant el senyor Ricard—: Ell va haver de sentir-se dir de tot, com si tothom tingués dret a insultar qualsevol que no hagi nascut en aquesta terra, però tan important és, això? —I dirigint-se directament cap al doctor, que seguia mirant la foto exposada en el moble, el rostre indeterminat, la cara inescrutable i anònima del nouvingut, les dents exagerades, anormalment grosses, d'origen incert—: Tu creus que realment té algun interès? Potser sí, però no ho sabem; ell podria ser israelià, libanès, o tal vegada d'Austràlia, però si fos algerià això ens etiquetaria, oi que sí?

Bou es girà cap a l'interlocutor. Havia d'aguantar la prèdica com fos, però es va anar endurint.

—Tu creus que aquest home venia de Romania, oi que sí? —va demanar-li Mirabaix—. Però per què no podria ser manresà?, i segur que també has pensat que podríem ser marroquins, moros. Ho has pensat, oi? I per què no francesos? Oh, no! —s'exclamà—, els francesos tenen calés, igual que els japonesos i els australians. I aquest home era pobre, molt pobre... tot i que jo conec rics com vosaltres que són ben sapastres, dignes de menyspreu. —Mirabaix afuava cada cop més el to del discurs—. Ser francès tindria un cert què, i per què no xinesos? Fixa't en la meva germana —Bou contemplà una foto de la Valentina, de jove, que l'home li assenyalava en el moble—, podria ser alemanya, per bé que també he conegut xinesos amb les dents ben grosses, i algun austríac també. Nosaltres tenim les dents així, què vols que t'hi digui. Hauríem pogut tenir els ulls allargats com els asiàtics, o el cabell roig —va dir, assenyalant l'ensaïmada al doctor—. Doncs no, jo crec que som polonesos —seguí Mirabaix, desafiador—. Ah!, si fóssim ucraïnesos ja no et semblaríem tan miserables, oi que no? Però tant és, perquè en realitat som libanesos. Ah!, això ja no ens agrada tant, m'equivoco? I per què no podríem ser de Líbia? A mi m'agradaria ser d'origen libanès, no ho trobes interessant? O de Tunísia, o de Manresa —sentencià, aixecant-se de cop; passant per davant del doctor, agafà la foto del senyor Ricard i l'hi plantà davant dels morros—. Però deixa'm pensar —va dir, agressiu—: són massa foscos, els libanesos; nosaltres tenim un to més claret. —Davant la jocositat truculenta de Mirabaix, el pediatre, molest, va fer un gest, a la qual cosa l'altre respongué acostant-li més la fotografia—. Mira, però si ets més morè que el pare. Tal vegada el doctor és portuguès, però jo, amb sinceritat, preferiria ser brasiler. T'has fixat —li va dir— quines dents que tenen a vegades els brasilers? Com es deia aquell jugador de futbol? —I en to encara més ofensiu—: Ara que ho penso, jo conec un pagès de Santpedor que podria ser-ho, de brasiler, per les dents, vull dir, i en canvi és ben d'aquí.

Mirabaix havia reflexionat i força sobre tot plegat.

—Saps quants tipus d'ésser humà hi ha? —li va dir—: Espècies humanes, vull dir.

El doctor estava desconcertat. Ja no sabia cap on mirar.

—Una, només una espècie. No hi ha diferències notables entre nosaltres, ni tan sols entre un xinès i un caucàsic. Una sola espècie humana, entens?

Mirabaix retornà la imatge del seu pare a la prestatgeria, aquella cara de rata que ara li semblava que venia de tot arreu i d'enlloc al mateix temps.

—Una cosa és segura —va seguir, descarregant contra el metge i somrient forçat, deixant al descobert les dents enormes que havia heretat—: Saps d'on venia, el pare? De la desesperació, de la gana, i per això nosaltres estem tan units —recalcà—; ho portem a dins, i per això vull enterrar el meu nét a Manresa, a casa. Fer-ho en qualsevol altre lloc seria trair la memòria del pare, d'aquell patiment, d'aquell esforç... i ara em surts amb això de Tortosa? Que si el taüt blanc, que si el símbol, la virtut... estic segur que tot això és voluntat de la dona, oi que sí? Ella és la rica, veritat, doctor? I tu dius que jo sóc un home de negocis? I els teus pares —digué de cop, de manera totalment inesperada, amb malícia—: qui eren, els teus pares?

—Com t'atreveixes? —protestà el doctor, estupefacte.

—Tu només vols netejar-te la imatge davant de la família, enterrant el nen a Tortosa.

—Com t'atreveixes? —l'interrompé el doctor, encarant-se al consogre—. Prou!

—Per nosaltres és més que això —va dir Mirabaix—. Quan un dels nostres mor és una tragèdia de la qual mai més ens recuperem, portem inscrit aquell patiment a dintre, te n'adones?

—Prou! —exclamà el metge, ofès pel comentari sobre els seus pares—. Prou!

—No ho podem oblidar, tot és conseqüència d'aquell patiment. És l'instint de supervivència. La gent com tu m'ho recorda cada dia. Ens ha costat molt arrelar, ser considerats d'aquí.

—A còpia de devorar els altres —s'atreví a dir el metge—, d'aniquilar els Mirabaix Torres.

Rabiós, atent, sota l'estigma aferrissadament destructiu d'aquell pobre nen afamat que va arribar al graner de la família adoptiva que havia d'anul·lar, Mirabaix replicà, amb fúria:

—El meu pare era més fort, més llest, més valent

que tots *ells* —afirmava—, que els seus germanastres. És llei de vida, la llei del més fort. Ho veus com no entens res, doctor? *Ells* eren un desastre. El meu pare hi tenia dret perquè era més poderós, i la seva gana més gran. —Bou havia posat el dit a la nafra, just en l'estigma indefugible i maliciós de les dentetes—. Si els Mirabaix encara existeixen és gràcies a ell —afirmà el consogre—. Quina culpa tenia de ser més fort que els altres? —preguntà, incidint en la fortalesa atàvica del senyor Ricard—: Però, ah!, és clar —afegí—, potser és que nosaltres no som prou senyors! És clar, és això el que penses, veritat? —Va fer un gest amb la mà, com d'efeminat—. Un taüt de color blanc. Quina cosa tan ridícula! No sé què és més *miserable*... —remarcà—. I saps una cosa?

Aleshores acostà la cara a la del doctor. Se'l quedà mirant fixament.

—Sóc més llest que tu —mormolà, desafiant-lo—: ho has d'admetre... al final sempre guanyaré.

Bou quedà garratibat. «M'ha dit miserable, com s'atreveix?». Tornà a veure-li la sang bategant-li a les temples i sentí les seves pròpies venes colpejant-li els costats del cap. Ara, aquelles dents li van fer tant de fàstic que va haver d'apartar la cara. De sobte, també, va veure clar que aquell home el volia tornar a fúmer, que aprofitava mesquinament la mort inesperada del bebè per jugar amb ell. Va mirar de guardar la calma, es passà la mà per la closca, i, encara amb to reconciliador, va dir:

—No em pots parlar d'aquesta manera, i encara menys acusar-me de la mort del nen. Són coses que passen, una meningitis... —I encara amb més protocol—: No trobo correcte que aprofitis aquesta circumstància desgraciada per formular una acusació tan dura i gratuïta contra mi.

Mirabaix se'l va tornar a mirar, deixà anar un esbufec fent que no amb el cap.

—Tant de bo jo pogués culpar-te'n —va dir, mirant-se'l, irat. Aleshores va pronunciar una frase que es va clavar profundament en el doctor—: La mort del nen l'ha provocat alguna cosa que és com tu, la desídia, la peresa, una cosa que ve d'aquest senyoriu vostre i que els que són com tu no feu més que ostentar. —I llavors ho tornà a dir—: T'has comportat com un *miserable.*

—Com t'atreveixes? —digué el doctor.

—T'asseguro que si tingués la mínima certesa —esbufegà l'altre, amb ràbia— que ets culpable de la mort del meu nét... t'escanyaria aquí mateix.

—També ha mort... un... dels... nostres! —protestà Bou, quequejant.

De sobte, no sabia ben bé què li passava. Va sentir que un tremolor general, una ràbia inaudita el posseïa i que només tenia ganes d'abraonar-s'hi, esbravar-se, cridar.

—Saltataulells, lladregot!

Mirabaix no va reaccionar.

—Lladre! —li tornà a dir.

Però aquest cop tampoc no contestà. En el moment que feia mitja volta i sortia del menjador, fins i tot li va semblar que Mirabaix reia per sota el nas. Al passadís, sense poder-se dominar, relliscà perillosament amb les estores, sentint que el tremolor se li apoderava de tot el cos. A la cuina, l'Elvireta i la Remei miraven cap a la porta, bocabadades.

—Diu que l'he matat jo —va dir a la dona—. Aquest home insinua que jo he matat el meu nét!

Doña Remei va entendre de seguida que el marit, com sempre, s'havia distret i que no estava ni molt menys en procés d'acomplir l'encàrrec d'enterrar la criatura a Tortosa.

—S'acaba de morir el nen —gemegà, aixecant-se i colpejant-lo amb la bossa de mà—, i us heu barallat?

Immersa en la decepció de veure que el nét seria enterrat a Manresa, plena d'odi, la Remei li seguí etzibant tot de cops. Mentre el metge es protegia, sentia que, en efecte, Mirabaix era més llest que ell, més astut, més tot, i que l'agudesa demostrada exigia elevar la seva a nivells encara més alts. No suportava que aquell penques l'hagués superat amb les paraules, amb la seva filípica incommensurable, però encara menys que l'insultés amb un grapat d'insolències. «Miserable —es deia—, m'ha dit miserable, a mi!». No podia pensar en res més que no fos allò i en la humiliació irrebatible que havia sofert al menjador. Llavors va sentir que, a l'altra estança, el consogre emetia un seguit de «hehes» sincopats, com si s'ennuegués o... amagués el riure, a batzegades. El doctor tornà a parar l'orella. «S'està rient de mi?», es preguntà. Realment, semblava que Mirabaix se'n fumia. Allò no ho podia suportar, «com s'atreveix?».

De seguida va notar que l'episodi llastimós al menjador, la impotència i l'odi cap a aquell home obria en el seu interior una dimensió animal i primitiva que feia temps que no sentia. Pressentia que se li posava en marxa una màquina sorda, bestial, anihiladora que l'impulsava a comportar-se com el seu oponent, sense cap altra opció que la lluita, una embranzida rabiosa que el va empènyer de nou cap al menjador, relliscant en les seves pròpies catifes, disposat a posar els punts sobre les is a aquell miserable, emportat per la fúria dels propis antecessors, fins i tot encoratjat, propulsat per aquella part de família Mirabaix tan tristament trepitjada i aniquilada. Li arrencaria el coll, si calia, i s'endinsà en la penombra del cau on aquell animal dormia a un costat del llit de nyigui-nyogui i barat on cada dia es llevava a les sis del matí sense necessitat de despertador i apagava els llums a la dona sempre que podia, cap a la penombra on vivien les rates, al cap i a la fi, però, com si l'altre hagués sabut preveure l'impuls del doctor i veritablement fos més intel·ligent i astut que ell, com un espectre se li avançà i se li plantà per sorpresa al davant, com sortit del no-res en el passadís:

—Tots vostès són una colla d'arreplegats! —exclamà el doctor, esglaiat per l'aparició sobtada—. Ni tan sols —quequejà— sou capaços de tenir... una petita deferència cap... cap... cap a nosaltres, cap a la meva família... cap... cap a la meva filla. —I totalment fora de si—: Un pocavergonya, això és el que ets, un miserable i un desgraciat! I es pot saber de què rius!?

Doña Remei i l'Elvira van aconseguir agafar-lo pel braç. Mentre l'arrossegaven cap a l'exterior del pis, seguit de prop per Mirabaix, Bou s'enfilava cada vegada més; li semblava que aquell home realment es reia d'ell, amb una ganyota de plaer indescriptible, i es posà a proferir tot d'insults, improperis i esgarips.

—Saps què farà, aquest miserable!? —cridà cap a la dona—. Enterrarà el nostre nét en un taüt que sembla un tros de merda, el molt garrepa. —I quan ja tenien el doctor al replà—: I saps per què? Doncs perquè és més barat, més infinitament barat! Si ni tan sols tindran la deferència de fer una cerimònia mínimament digna. —I abans que la Remei pogués ficar-lo a l'ascensor i emportar-se'l—: Però no pels diners, no!, sinó perquè no en saben; no saben fer-ho elegant ni maco ni en un dia com aquest, no ja per nosaltres, sinó per ells! Mai sereu uns senyors com nosaltres! —Quan l'esposa aconseguí posar l'ascensor en marxa, Bou seguí cridant a dintre tan fort com podia perquè el sentissin els veïns, elevant més el to; era com un altaveu que baixava per l'interior de la ratera on vivia mig clan Mirabaix—: Nosaltres! —cridava—. Només us demanem una mica de dignitat, per l'amor de Déu! —I assenyalant cap amunt, cap al pis del consogre, quan van sortir a la porteria, com si l'altre el pogués sentir—: I les catifes són meves!

Va seguir renegant contra ells i proferint injúries quan van arribar al pis de la filla, a l'altra banda del passeig, i fins i tot va seguir fent-ho un cop van estar ficats al llit amb la Remei, just a l'habitació del costat on dormia la parella, tot i que Ricard de sobte aquell vespre no hi era i la Marina feia hores que plorava en companyia de les bessones i dels germans, que feien torns per no deixar-la sola. Amb el llum apagat, i malgrat el somiqueig de la noia tan a prop, i també de la Remei, que ja no sabia què fer ni què dir, Bou continuà el seu rumrum particular. Els va dir de tot. Va durar tota la nit. Qualsevol paraula o definició que li pogués semblar ofensiva, l'expressava en veu alta per mirar de ferir encara més els Mirabaix, encara que no el poguessin sentir. El monòleg li sortia del fons maquinal de la ràbia i l'enuig que portava a dintre, sense poder-lo aturar, fins al punt d'encabir en el seu deliri els prejudicis més recòndits que, pel que deia, el doctor sentia de cop contra gairebé totes les races i ètnies dels món. Va titllar els Mirabaix de gitanos, després de moros, al cap d'una estona de romanesos i, posteriorment, fins i tot de filipins, sense que ni tan sols *doña* Remei entengués ben bé què hi podien pintar els filipins en tot allò. També els va dir lladres i castellans. Al cap d'un parell d'hores, el pediatre va perdre totalment la xaveta i acabà barrejant de manera paorosa qualsevol adjectiu, mot o derivació que pogués relacionar la immigració amb la misèria dels Mirabaix. Va començar a cridar: «Africans!», i tot seguit, com si el seu cap anés repassant el mapa geogràfic dels prejudicis universals que afectaven el planeta, començà a enumerar pràcticament totes les races humanes i nacionalitats i grups que se li acudien. Va arribar un moment que, per ofendre la família política, ho mesclà absolutament tot. Abocà la rauxa iracunda de la seva arenga cap a tot allò que li semblava diferent. Va caure en la trampa que li havia parat el seu oponent i ho acabà encabint tot en el mateix sac, amb la mateixa intenció inenarrablement dogmàtica i mesquina amb què l'havia provocat el consogre. «Africans! Aquesta gent que vénen de fora ens ho robaran tot, negres, mulatos!», exclamava. I ja posats, després d'haver-se ficat amb mitja humanitat, arribà a un punt de la nit en què Bou aprofità per deixar anar directament el que li sortia de dins: «Proxenetes, rebentapisos, vietnamites, mandarins!». Tot el que en la vida no havia insultat, ho va treure aquella nit, esbravant-se; l'injuriat injuriava fins i tot nacionalitats i països que, en principi, ningú hauria associat amb misèria ni immigració: «Portuguesos, italians, francesos!». Sense adonar-se'n, el doctor arribà a mencionar oficis, situacions i orígens que, tal vegada, el tocaven de prop: «Saltimbanquis, lladregots... putes!». Era com si ara el món sencer, tot i tothom, conformés una massa homogènia i turmentada que per ell simbolitzava el dolor profund que l'afectava, i que es resumia a la vegada en l'ofensa que per ell significava el cognom Mirabaix. Tot allò que, en un moment donat, hagués pogut amenaçar l'entorn immediat de les seves tradicions, com la d'enterrar el petit Sebastià al panteó familiar dels Antich o qualsevol aspecte que li hagués sonat a estranger, cosa que incloïa tots els Mohameds, Pérez i Ibrahimovic del món, encapçalats per Jaume Mirabaix i companyia, òbviament, tots absolutament tots eren mereixedors de menyspreu, posseïdors del tipus de murrieria salvatge i desganada que l'havien tret de polleguera. Renegà fins de la pròpia família, la Remei inclosa; tot d'una, cap a les sis del matí, quan ja es feia de dia, el marit se li havia girat de sobte i, tot escabellat, s'havia posat a cridar: «Sou totes una colla de putes, em sents?». La dona, mig adormida després d'haver passat la nit del lloro per culpa seva, primerament no va reaccionar. I veient que ningú de casa tampoc era capaç de ventar-li una bufetada, el doctor va començar-se-les a donar ell mateix, exclamant «miserables!» just quan entraven els fills i, desesperat, refinava l'insult: «Rates!».

De cara a l'enterrament a Crist Rei, els fills li van

administrar un seguit de calmants, però tan bon punt l'havien tingut dutxat i arreglat s'havia posat a remugar de nou. Quan a l'església va tenir la plana major dels Mirabaix al davant, per un instant s'hi tornà a posar amb força; la Remei va haver-li de tapar la boca, però en arribar als primers bancs i asseure's Bou quedà sobtadament callat. Es va quedar mirant el fèretre del nét, a punt del desmai i amb la boca escumosa, la retina giravoltant en l'èxtasi reticular de la pròpia ràbia, mirant el petit taüt, lluent, de color blanc, el mateix que ell havia escollit, mentre en veu baixa, aplacat de sobte pel desassossec i el cansament de la nit en blanc, barbotejava, «miserable, miserable», i també, «no li demanaré disculpes, no senyor, de cap de les maneres, no senyor», mentre la dona el subjectava pel braç i, sorpresa, escoltava, desencaixada, el doctor dient: «No, si encara resultarà que el salvatge sóc jo».

Poques vegades s'havia tornat a veure tanta gent a Crist Rei. Però tothom es fixava en el doctor. Fins la Marina, ara sòbria i serena, mirant d'esquitllada el seu pare, amb pena i pietat, contemplant els cabells esbullats, esbarriats com els d'un boig, i la manera com aixecava el cap i se li posaven els ulls en blanc, es quedava amb la boca oberta i gemegava, assegut de gairell al costat de la Remei, amb una barreja bocabadada de dolor indicible i de fúria irreprimible, pronunciant tot de frases entretallades i paraules soltes, incomprensibles.

Un cop al cementiri, Max el va haver de retenir amb força. El fill gran, l'August, els havia acompanyat en la carraca del doctor; l'home estava tan alterat que no podia ni conduir. Però el que va passar allí va ser encara més gros, la confirmació que enterrar el bebè a Manresa era una altra batalla guanyada, una victòria llargament projectada per aquella gent i la força inexorable del destí implacable i brutal que els empenyia. Al revés del que Bou havia suposat, la comitiva fúnebre, en lloc d'anar cap al mausoleu dels Mirabaix Torres, una construcció fantàstica de marbre, pedra i vitralls de colors atapeïts decorada amb motius bíblics, situat a prop de l'entrada del cementiri, i on, lògicament, hi havia enterrada la plana major de la llegendària nissaga manresana, encapçalada per l'estimada senyora Maria, doncs en lloc de reunir-se en aquella mena de cripta preciosa, l'arreplec de familiars i amics es va dirigir cap a un racó força més allunyat. Després de passar per nombrosos passadissos de blocs altíssims de nínxols i més nínxols, els assistents, encapçalats per Jaume Mirabaix i la Valentina, per fi es van ajuntar, en silenci, davant d'una làpida de pedra d'aspecte cendrós, una làpida que semblava abandonada i esquerdada per un impacte com si algú li hagués etzibat un cop de roc, enmig de la qual es llegia: «Ricard Mirabaix i Torres (Manresa, 1998)». Un nínxol allunyat del mausoleu de la família adoptiva, on els fills del senyor Ricard, com li explicaria el cronista, l'havien hagut d'enterrar sol, lluny de la tomba dels germanastres, a petició expressa dels ultratjats que l'havien sobreviscut, sobretot del segon germà Mirabaix, Sebastià, el resistent, que *in extremis* havia pogut evitar, després d'una batalla legal indescriptible, que l'avi Mirabaix, el monstre que els havia amargat l'existència, fos enterrat a la sepultura imponent on reposaven els pares i els germanastres, la gent que, al cap i a la fi, tan bonament l'havien acollit de petit. Fins i tot la Teresa i l'Angelina, les dues germanes que havia casat, havien estat honorablement acollides a la sepultura Mirabaix. Però el senyor Ricard no. Tal vegada havia estat l'únic despropòsit que ell, i els seus fills, no havien aconseguit.

Mirabaix, en efecte, reposava en aquella tomba esberlada i cendrosa. Però ara, gràcies a la ruqueria imperdonable i la innocència esfereïdora del doctor, el seu nét, el primer decés que vivien després de la mort del fundador, passava a engruixir aquella història tan desgraciada. Bocabadat mirant la llosa que tenia al davant, s'adonava que per ells era impensable consumar el sepeli del bebè en cap altre indret; la preponderància que per aquella gent tenia celebrar el soterrament just allí era màxima: inhumar el nen a la tomba del senyor Ricard suposava la consecució d'un gran èxit, un objectiu primordial que segurament els empenyia més enllà de la voluntat subconscient de venjança, més o menys immediata, per la situació i l'aïllament del nínxol, perquè tot plegat significava, en certa manera, començar la pròpia saga familiar, la segona sèrie Mirabaix, passar a formar part de la història, i el més important, deixar-ho escrit sobre la pedra, gravar en lletra impresa i finalment la seva aventura humana sobre el marbre, en la fredor inesborrable del temps que no passa.

Enfonsat, mentre al seu voltant escoltava el plor apagat dels Mirabaix, Bou comprovà que l'enterrament, a més, tenia un altre objectiu paral·lel, diabòlicament programat. Tot d'una van aparèixer els dos paletes marroquins del consogre, la parella fantàstica que havia aixecat el xalet de Sant Fruitós a tota pastilla. Van arribar amb una placa de marbre nova, novíssima, brillant, junt amb una pala, el cabàs i els estris necessaris per cimentar, en el moment que el cotxe fúnebre s'aturava al costat de la comitiva, amb el taüt blanc. Sense que encara ho sabés, no almenys de manera ben bé conscient, el metge contemplava l'escena de renovació i dignificació de la sepultura, ignorant que la factura de tot plegat, taüt inclòs, li arribaria puntualment a Tortosa en menys de vint-i-quatre hores. Tan bon punt el martell del primer africà tocà la pedra esquerdada de l'antiga tomba, la làpida s'esmicolà com una cortina de sorra. Per un moment, aquella història s'esvaní com si, en un miratge, el doctor i la seva família despertessin del malson. Però de seguida el pediatre es va posar a gemegar, pensant: «Només espero, sisplau, que la meva dona no ho vegi», en l'instant també que la tropa de curiosos, amics i visitants anònims que no s'havien volgut perdre la representació culminant del psicodrama estrenyien el cercle al voltant dels familiars i l'essència precisament miserable del forat, formant una petita aglomeració. Perquè llavors es va produir la sorpresa, allò que en realitat molts dels presents havien anat a veure. Del cendrot del nínxol van aparèixer davant de tothom unes estranyes restes òssies: un grup d'ossets llargs, increïblement prims, que reposaven replegats sobre el taüt polsós del senyor Ricard, talment la radiografia mortuòria d'un animaló amb el crani allargat, perfectament identificable, reposant sobre els ossets encreuats de les potes, com si el mític gos petaner del senyor Ricard hagués traspassat amb tota la tranquil·litat dormitant sobre les restes apoteòsiques i encara calentes del seu amo. Mentre la senyora Bou començava a colpejar el marit una altra vegada amb tot de cops impotents, dèbils, sorpresos, sense entendre de manera exacta de què anava tot allò i encara menys quin tipus de bèstia s'havia pogut ficar a dintre el forat, els curiosos contemplaven delerosos, petrificats, amb el punt de morbositat i horror amb què s'assistia als actes i muntatges escabrosos d'aquella gent, com Jaume Mirabaix feia una indicació al primer africà. Mentre el segon paleta remenava el ciment i l'aigua en el cabàs, l'altre s'encarregà de recollir les despulles del petaner que el senyor Ricard havia acollit del carrer i que en el seu dia havia encomanat als fills que enterressin amb ell, quan la seva hora també arribés. El marroquí va fer la maniobra d'inhumació amb tota la delicadesa que es pugui imaginar, com ho hauria fet amb les restes humanes d'un familiar i com li havia estat consignat; amb la pala empenyé curosament i de manera prodigiosa les petites restes cap al fons, traslladant el conjunt intacte de l'animal cap a la part posterior del taüt de Mirabaix, deixant-lo allí en la mateixa posició inicial, inamovible i encarcarada, com si hagués aconseguit traslladar el gosset sense necessitat de despertar-lo.

Aleshores, tot va passar de pressa. El segon africà ja tenia el taüt blanc encarat, i també amb cura extrema, quasi agafant-lo a pes, l'utilitzà per empènyer suaument més cap al fons la caixa del fundador. Tot quedà perfectament encaixat. Mentre Bou i la seva dona, que havia deixat de colpejar el marit i contemplava l'escena totalment impàvida, amb el bec de la boca obrint-se i tancant-se en el propi estupor, observaven el calvari que mai s'acabava, van assistir encara a la remodelació del nínxol. La col·locació de la làpida nova es va fer d'una manera impecable. Els dos noms, nítids, perfectament llegibles, immaculats en la blancor gravada del marbre: Ricard Mirabaix Torres (Manresa, 1998); Sebastià Mirabaix Bou (Manresa, 2006), el malaurat nét del doctor que, de manera estel·lar i amb una mort tràgica, horriblement precoç, acabava d'encetar allò que aquella gent tant havien anhelat. Si primer havia estat la recerca d'un nom, amb l'aniquilació absoluta dels Mirabaix Torres, ara tocava començar a deixar impresa la història en la làpida inaugurada. Els Mirabaix, per fi, veritablement començaven de zero la saga iniciada per aquell mort de gana, que fins i tot un cop mort tenia la capacitat increïble de seguir-se mofant d'ells, més intel·ligent, més genialment maliciós que tots, sense que el doctor es fes encara a la idea que el nét descansava per sempre amb aquell trepa miserable i el seu gos.

20

«PLOP PLOP PLOP»

Va ser per aquella època que el doctor, sense adonar-se'n, va començar a imitar els Mirabaix. A partir d'aleshores, semblava haver decidit fer exactament el que li donés la gana. Des del traumàtic enterrament es comportava de manera encara més estranya, com si tot li rellisqués. Havia agafat alguns gestos de la família política i en ocasions actuava amb un gran desvergonyiment. No és que els volgués imitar conscientment, però de tant pensar-hi se li havien enganxat alguns trets; de sobte, se't quedava mirant amb la boca oberta, amb la mandíbula penjant, amb un aire de badoc lamentable, com si li faltés un bull. O bé arrugava el llavi superior, com per ensenyar les incisives, tot i que Bou les tenia petites, una mica grogoses, ben arrenglerades i més aviat tirades cap endins; no tenien punt de comparació amb Mirabaix. Quan ja havien passat dos mesos de la mort del nét, el cronista d'aquesta història va trobar-se el doctor al passeig de Manresa. Abans que el pediatre el veiés, de seguida va detectar que Bou caminava diferent; arrossegava una mica els peus i separava molt els braços, amb aire fatxenda, com un pistoler. Com que estava més gros, el balanceig i l'obertura dels braços s'accentuava i, per tant, el caminar es feia encara més exagerat i grotesc. Al periodista, primer li va semblar que no ho feia expressament, però en aturar-lo s'adonà que realment havia experimentat canvis notables. No sols en la manera de caminar, sinó també en la de comportar-se.

Només veure's, el cronista s'interessà pel seu estat d'ànim, però ell no volia parlar de res que fes referència a la mort del nadó; encara menys de l'enterrament, ni de la morterada que havia hagut de pagar per la làpida nova, el taüt, les despeses del sepeli i la neteja del nínxol.

—No vull que me'n parli —li demanà, amb vehemència—, no em tregui més aquest tema.

Sense raó aparent, ara tractava al periodista de vostè. Bou s'adonà que havia estat excessivament rude i va voler-ho arreglar; l'agafà de bracet i canvià el to de la conversa.

—Miri —li va explicar, més paternal, anant passeig avall agafats com dues àvies—, he decidit que ja és hora que comenci a fer coses per mi mateix.

El cronista va dir que no l'entenia.

—Sí, home, sí —contestà el doctor, amb alegria—, pel meu propi gaudi, pel meu propi bé...

Ple d'aquesta il·lusió nova, saludà breument algú pel passeig, «adéu, adéu!». Però immediatament, en un canvi d'humor inesperat i vertiginós, s'encarà al cronista.

—M'he passat la vida fent coses pels altres! —exclamà sense deixar-lo anar del braç, mirant-lo fit a fit, amb una fredor inusitada als ulls—. Sempre intentant satisfer la dona, els fills.

Li va quedar la boca entreoberta, el llavi superior lleugerament arrugat, deixant veure les seves dentetes. Tanmateix, com si per un instant se n'adonés, s'hi passà la llengua com per esborrar l'expressió que l'havia segrestat i més calmat, de nou simpàtic i alegre, seguí dient:

—El meu segon fill no em parla. —Es referia al Romà—. No comprenc per quina raó concreta.

A mercè d'aquestes oscil·lacions d'ànim tan sorprenents, el doctor era una muntanya russa. El seu humor pujava i baixava i passava de l'estat eufòric al més desafiant i xulesc amb una facilitat inaudita. De cop, va tornar-lo a agafar de bracet i com si no hagués passat res van seguir passeig avall. Amb tota normalitat, xerraire com sempre, fins i tot més que d'habitud, li explicà que es plantejava anar amb més freqüència a la Ciutat Comtal. S'havia donat d'alta a la secció de jubilats del Col·legi de Metges de Barcelona, i li feia il·lusió assistir a conferències, exposicions, actes diversos que se celebraven per als socis. Però quan eren a l'altura de la plaça Sant Domènec, se li va tornar a girar la truita, quedà paralitzat, se'l quedà mirant, embadocat com un idiota, i li digué, quasi cridant:

—Ho he fet tot, per ells, se n'adona!? —I ensenyant les dents—: I ara, miri com m'ho paguen!

Tot seguit va recuperar l'expressió de sempre, somrigué a una gent que passava, va fer «ah!, hola, hola» amablement i sense solució de continuïtat van seguir passejant, ell de nou amb el llavi arromangat, la mirada somorta cap a la llum decreixent de la tarda. Era un cas de mimesi extraordinari. No se n'adonava. Van seguir pel carrer del Born. Al fons, en la llunyania, el doctor observava amb aquella fredor inexpressiva als ulls, com entollats de ràbia, la torre de Santa Caterina, l'oneig mític de la bandera catalana que l'encapçalava.

—La meva pròpia família —mormolà, amarat d'una tristor tremenda, com si parlés en veu alta— m'ha girat l'esquena, i ara... només tinc ganes de divertir-me.

Quan es van acomiadar, al carrer de Sant Miquel, el cronista tornà a adonar-se del canvi. Tan bon punt s'havien separat, el doctor va tornar a agafar el caminar de pistoler d'abans, una mica poca-solta, a la vegada que, amb tot l'afecte per l'acompanyant, una mica més amunt encara es va girar per saludar-lo amistosament. De manera simultània, semblava que Bou representava dues cares del mateix home. S'havia convertit en un ésser híbrid. Per una banda, devia ser de les persones més bones i generoses del món, en el sentit literal; per l'altra, s'agradava en el seu vessant més miserable, fosc i xulesc. La posada en pràctica d'aquest canvi s'havia de veure a Barcelona. Com li havia explicat, començaria a anar-hi amb freqüència, molta més de la que es podia pensar. Per un costat, l'engrescava allò del Col·legi de Metges; per l'altre, era evident que es dedicava a vagarejar per la ciutat caminant amb aquella actitud desafiant i els braços oberts que el feien semblar doblement simiesc. S'instal·lava a la Via Augusta, a l'hotel Balmoral. Tot i anar-hi sense la Remei, Bou seguia els costums de fer el que sempre havien fet junts amb la dona, i tampoc se li hauria acudit anar enlloc més, provar opcions alternatives ni arriscar-se a començar res sense ella. A la vegada, dormir fora de casa sense la Remei era un fet inusual, excitant. En la seva oscil·lació, sentia remordiments per anar sol a Barcelona. Després de remenar el telèfon amb les mans, feia el cor fort i li trucava, però tan bon punt li contestava li parlava amb brusquedat: «Em quedo al Balmoral, que tinc molta feina».

En la reconstrucció d'aquest vespre fatal de finals de març, alleugerit per la justificació amb la dona, va sortir del Balmoral ben content, com un gos amb dues cues, disposat a recórrer el mateix camí que resseguia amb l'esposa, però sense ella; assaboria el gust de la llibertat, ple de força, empès pel vell impuls de la joventut i amb la impressió que podia reescriure la seva vida; en definitiva, fer el que li donés la gana. Si bé la intenció era deambular sense rumb fix, no s'apartava ni un pam del recorregut que habitualment feien amb *doña* Remei. Sentia un estrany plaer en el fet de moure's en solitud pel llocs que havien compartit, així que, un cop va ser als jardinets de Gràcia, s'aturà un moment per contemplar la casa de les Punxes. Tot seguit, com també acostumaven a fer, el doctor baixà per la banda esquerra del passeig de Gràcia. Cinc o sis travessies més avall, s'aturà a la terrassa del cafè de sempre; per la força inamovible del costum, es va asseure a la mateixa taula de feia anys. Van saludar-se amb efusió amb en Josep, el cambrer de tota la vida, que preguntà si la Remei estava malalta, i sense ni tan sols demanar-l'hi, li serví el Bitter Kas de rigor que habitualment demanava. Com també tenia costum de fer, Bou es dedicà una estona a observar la fauna de la terrassa del costat a través de la cortina de plantes de bambú que separava ambdues cafeteries. En l'altra terrassa hi havia un ambient divers. Bàsicament, només tenia turistes i a les cadires no hi havia coixins. Amb el to habitual, Josep deixà una d'aquelles frases que encantaven al metge: «Això ja no és el que era, doctor», seguida d'un: «Algun dia, aquest bar farà un pet».

Fos com fos, les terrasses estaven sempre plenes. Els cambrers no paraven. El doctor es lliurà a gaudir del refresc i del capvespre; però es dedicà una estona a observar la disbauxa de l'altre bar a través de les canyes de bambú. Dues taules més enllà, uns joves feien xerinola. Reien i xisclaven fora mida, i no paraven de brindar. Tot seguit, Bou es fixà en la riuada de turistes que anaven i venien de visitar la Pedrera. Distret, també pensava en les seves coses, sobretot en la Rosabel. Feia mesos que no anava al pis del carrer Balmes, que era a quatre passes d'allí, on la filla petita vivia sola feia mesos, des que la Marina s'havia casat. Havien decidit amb la dona deixar-la tranquil·la; que no passés com amb la filla gran, que per la pressió familiar i la il·lusió per col·locar-la s'havia precipitat. La Rosabel era diferent. Calia deixar-la estar. «Al seu ritme i que vagi fent», com deia la Remei, «tard o d'hora ja trobarà un noi». Bou pensava que potser no havien fet bé de portar els fills interns a una escola religiosa. Tanta duresa els havia allunyat d'ells, sobretot de la petita.

El va distreure un petit espetec sobre la taula, un pinyol d'oliva que va anar a parar a terra; l'havien llançat des de l'altra terrassa. Indignat, va veure la taula sorollosa a través de les plantes. Tot seguit, encara més molest, va fer el gest d'aixecar-se, amb ànim d'esbroncar els incivilitzats. Però va passar un fet estrany. Quan ho anava a fer, en fixar-se en la taula veïna, els seus ulls es van creuar fugaçment amb els d'una noia del grup. Una rosseta, tota bufona, que li somreia. En el gest d'aixecar-se de la cadira, Bou havia quedat paralitzat. Incrèdul, es tornà a asseure i, dissimulant, es pentinà amb un moviment ràpid. Tornà a mirar. A través del bambú, les seves mirades es van trobar, encara que breument. Bou observà al voltant. La noia li havia somrigut a ell. Va ser a temps d'assajar un somriure, però li quedà forçat i acotà el cap; vermell com un tomàquet, deixà els ulls botits, de devot il·luminat, clavats en l'amargor vermellosa del Bitter Kass. Tanmateix, tornà a esguardar entre les canyes. Mentre xerrava amb els companys de taula, una parella que Bou tenia d'esquena, la noia es recollia la cabellera dalt de tot del cap. Els cabells li van quedar estarrufats com si li sortís disparat del cap un sortidor ros platí. Tot d'una, ella el va sorprendre espiant-la i li va tornar a somriure, ara més descaradament i de manera oberta. Bou assajà una altra ganyota en el moment que ella li feia una caiguda d'ulls. Sense apartar la vista de l'aparició, ho aprofità per passar-se la mà per l'ensaïmada i assegurar-se que no anava amb cap ble disparat. Es tractava d'una noia vistosa, ben dotada. «Una xiqueta abundant», pensà, de cara bruna, rodona, amb una brusa ajustada, potser massa, com si s'hagués equivocat de talla. S'adonà que havien estat rient d'això, perquè un botó de la camisa se li descordava sense voler i no hi havia manera de deixar-lo cordat. I vinga riure. Ella devia tenir màxim trenta anys. A part que fumava, també es fixà en un altre fet, certament remarcable. La noia reia, brindava i s'ho passava bé, però detectà que, en el fons, en veritat semblava arrossegar un estat de tristesa indefinible, que li enfosquia l'expressió i la feia remoure en la cadira. Per aquesta raó, per la inquietud que l'assetjava, els seus ulls s'havien trobat; malgrat la xerinola, la seva mirada intranquil·la divagava per la terrassa, aquells ulls grossos, perduts, esquius, com si se sentís atrapada i es volgués escapar. Bou intentava veure la cara del xicot que acompanyava les dues noies, però el tenia d'esquena i se li feia difícil besllumar-lo, quan tot d'una la rossa s'aixecà. Era altíssima, i encara semblava més alta per l'efecte d'uns talons de campionat. Igual que els cambrers i part de les dues terrasses, Bou va seguir-la amb la mirada cap a l'interior del local. Portava una faldilla curta; caminava amb el cap ben alt, com si mirés de conservar l'equilibri, sobretot perquè, entre el pit abundant i els talons, havia d'avançar en passes ràpides i petites; era com una nina: la fontana estarrufada i vertical dels cabells, tot i caminar sorollosa i desvergonyida, semblava el secret que li feia aguantar l'equilibri, com si caminés delicadament amb un vas d'aigua sobre el cap. Bou provà de redreçar-se, de desencorbar l'esquena. Aleshores va clavar una llambregada cap a la taula. L'amiga morena aprofitava l'absència de l'altra per acostar-se al xicot i ell es girava cap a ella i l'acaronava. Llavors el doctor el va poder veure, just en el moment que el Josep s'atansava per demanar si desitjava una altra beguda. Bou ja no hi era; ni tan sols s'adonà de la presència del cambrer. Només tenia ulls per al que acabava de descobrir. No podia ser.

Quan la rossa tornà a la taula, no la va ni mirar. Els

següents minuts, abans de saltar al coll del gendre, se'ls passaria estudiant la situació, observant cada detall, retenint-se, agafat als costats de la cadira, mormolant, ple de ràbia: «L'acabo d'enxampar *in fraganti*». Ricard ni tan sols se n'amagava. Observà que passava descaradament la mà per la cintura de la seva amiga, i en una terrassa del passeig de Gràcia!, es deia. Quines penques. El noi ni tan sols es prenia la molèstia de trobar-se amb l'amant en algun lloc apartat, a recer de mirades indiscretes. «Sort que no vaig amb la Remei», pensà, mentre seguia atònit aquella mà amb l'anell de casat que, per cert, havia acabat pagant ell. Profundament indignat, el sogre apartà la cara. «Que no em vegi», es va dir.

Aleshores, li succeí un fet difícil de descriure i predir: la bona fe, la bonhomia, la bona pasta de què, en el fons, estava fet el doctor i que, majoritàriament, basava i aguantava les accions de la seva existència, va fer que tot li sortís al revés de com ho va planificar en aquell quart d'hora de contemplació enrabiada. Mentre Ricard es refregava com un animal en zel amb aquella bagassa, a l'altra banda de la cortina vegetal, Bou esperava el moment d'aixecar-se, plantar-se davant del gendre i clavar-li un cop de puny en tota la cara. Tal vegada l'agafaria pel coll, o potser pel braç; s'hi mostraria inflexible, autoritari i violent com segurament mai ningú no s'havia atrevit a mostrar-se amb cap Mirabaix.

Enretirant sorollosament la cadira, el doctor tot d'una va fer un salt i, sense ni tan sols fer la volta a les plantes, travessà directament la paret de bambú, com dotat de poders especials, llançant-s'hi lleugerament de costat i tirant els braços cap endavant. Tota la ràbia concentrada en aquell instant. Els clients de la seva terrassa van observar amb estupor que les plantes engolien literalment el client, i els de l'altra, amb més sorpresa encara, van veure aparèixer del no res herbat aquella mena de ximpanzé amb la papallona de colors nuada al coll i tot de fulles de bambú enganxades a l'americana. Tothom, també Mirabaix, va girar-se per veure l'espectacle, el sogre encès, amb cara de voler matar algú, el cap esbarriat com una teia ardent, amb filferros de cabell esborrifats aquí i allà, ple d'una ira pèl-roja que el va precipitar cap a la taula del gendre, amb tanta mala sort que, en passar per entre la gent i les cadires, amb l'atabalament s'entrebancà i gairebé s'empassa una clienta, i va tombar una ampolla de cervesa sense poder evitar que caigués a terra i es trenqués en mil trossos, amb un terrabastall tremend. El doctor, aclaparadíssim, es va haver d'aturar en sec, esbufegant, desconcertat, al bell mig de la terrassa. De cop, era com si tot plegat hagués estat un incident involuntari, i la seva aparició sobtada, provocada per l'emoció irresistible d'haver reconegut un vell amic, perquè a l'instant, plantat davant de la taula de Mirabaix, hi va haver algun instint superior, més fort que la voluntat, que, en el moment en què havia sortit dels matolls, l'havia aturat fent-lo actuar de manera diferent de com s'havia proposat. Va actuar com si, en descobrir-lo de sobte per casualitat, li hagués fet una gràcia tremenda trobar-se'l al passeig de Gràcia, oblidant-se de la decisió dràstica de feia uns instants i de la fermesa amb què havia pensat atonyinar el gendre; en plantar-se al seu davant, potser també per la sorpresa horripilada que mostrà Mirabaix, no pogué fer més que presentar-s'hi inesperadament comprensiu i amable. Ricard es va quedar de pedra. Les seves amigues contemplaven, entre sorpreses i enriolades i amb les mans a la boca, l'aparició estel·lar d'aquella mena d'aborigen il·lustrat sorgit d'entre les plantes. Bou abordà el noi amb el punt irònic, burleta, de qui acaba d'enxampar un amic *in fraganti*.

—Caram —va dir, mirant d'enroscar-se el cargol del cap, somrient amb mofa, com si per sorpresa descobrís les noies que l'acompanyaven—, veig que no perdem el temps.

Roig de vergonya, Ricard comprovava que tothom els mirava. Alguns turistes s'havien aturat enmig de la riuada per observar l'incident. A l'altre costat, Josep havia vist l'arrencada fabulosa del doctor travessant la paret de bambú; va veure que no havia pres mal i, amb cert disgust, mentre els cambrers s'afanyaven a netejar-ho tot, es va dedicar a empènyer trossos de vidre amb el peu cap a la terrassa enemiga. A les noies, aquell ximpanzé atrevit i simpàtic els va caure la mar de bé.

—Sóc el doctor Bou —va dir, els ulls brillants, encesos per la ira que l'havia fet saltar.

Davant d'un personatge tan educat, atrevit i respectable, elles van quedar desconcertades. La morena alta, prima, nerviosa com Mirabaix, es deia Mònica. La rossa va dir que es deia Júlia i es van tornar a mirar d'aquella forma amb el doctor, amb el punt de tristesa i amb aquell capteniment que l'havia captivat. Però, sobretot, davant per davant amb Ricard, encara va ser més impressionant. Ell havia quedat tot compungit, com un ocellet, completament aclaparat, anul·lat, confós, sumit en una consternació absoluta.

—I de què és metge, el doctor? —va preguntar la Júlia, amb un somriure ampli, nostàlgic.

Es fixà sobretot en la veu fonda, singularment ronca, de la noia.

—Pediatre —va dir l'home, amb orgull.

Bou mirava el gendre. «Pobre noi», es deia, amb certa satisfacció.

—Doctor, no esperava trobar-me'l aquí —va dir Ricard.

Inesperadament, el va convidar a seure i va explicar que era el seu metge de capçalera.

—Bé, no vull molestar —deia el doctor—. Sembla que esteu de festa.

—En realitat, l'hem vingut a veure a ella —digué la Mònica, assenyalant l'altra.

Malgrat tot, Mirabaix no sortia del seu aclaparament. No sabia on ficar-se; es mostrava preocupat i seriós. A la vegada, les noies estaven molt animades, fet que esperonà el visitant. Passava una cosa que els havia fet riure a tots tres. La Júlia tenia un seriós problema amb els botons que li cordaven la brusa, perquè, tan bon punt es movia, la major part de vegades, generalment quan reia i per la tensió de la brusa, el primer botó de l'escot, «plop», es descordava. I es tornava a obrir moments després que se l'hagués tornat a botonar, com ara, «plop». Tots van riure, fins i tot Mirabaix, en el moment en què, «plop», de manera inesperada es va descordar un segon botó, del total de quatre de la brusa. I vinga riure. Bou va tornar-se boig. Els ulls li anaven d'una banda a l'altra. Ja no sabia on mirar, però tot plegat li feia una gràcia immensa. L'escot s'obria tan bon punt la Júlia se'l botonava. Així que les noies, finalment, van decidir aixecar-se per anar juntes al lavabo. Bou ho aprofità per acostar-se al gendre i li donà un cop amistós a l'espatlla.

—Va, home, tots estem passant moments complicats —li va dir, referint-se a la mort recent del bebè—, comprenc que estiguis trist, però això... home! —digué, renyant-lo—. Depèn de quines coses no, que es tracta de la meva filla.

Mirabaix se'l va mirar amb la fermesa dels seus ulls indolents. «Què em passa —es preguntava el doctor—, què li estic dient? No li havia de clavar una plantofada?». Tanmateix, l'humitejament dels ulls del noi, provocat sens dubte per les seves doctes paraules, va semblar que el tranquil·litzava. Per primera vegada, el doctor tenia la impressió d'estar-se guanyant un fill. Mirabaix se li acostà. Amb la boca entreoberta, des d'aquella imbecil·litat intel·ligent tan seva, li va donar les gràcies, just en el moment que les noies tornaven, enriolades.

—Bé, sembla que tots estem més contents i tranquils —digué el doctor.

Ricard, en efecte, va semblar que es recuperava. Va fer un gest amb la mà. El cambrer va entendre el missatge, alhora que es fixava en la tensió de la brusa, en el «plop», la Júlia es posava la mà al pit per tapar-se i tots esclafien a riure. Mirabaix també, ara més obertament, mentre la noia es tornava a cordar. Llavors van explicar que s'havien reunit per celebrar un comiat, el de la Júlia, com a aprenent d'actriu a l'Institut del Teatre.

—Actriu! —cridà el doctor.

—Una bona actriu —va dir la seva amiga.

—Au va, calla! —exclamà la Júlia, amb la veu esquerdada.

—Ja ho sents —seguí dient la Mònica—, la veu...

Júlia explicà que s'havia fet operar per un problema de pòlips feia sis mesos.

—Però ja ho sents —va dir ella—, la veu segueix igual.

Malgrat tot, el *Xècspir d'Amposta* es mostrà entusiasmat per la seva dedicació al teatre. Per deformació professional, se l'escoltava com si fos una pacient. La frescor de la noia, la joventut insultant, la vitalitat, trencada per un simple problema de veu.

—No, doctor —protestà la Júlia—, la veu és fonamental. Què seria un actor sense veu?

Bou la podia comprendre perfectament. Escoltant la noia, sentia l'eco d'un altre temps, de la joventut passada, les il·lusions perdudes, de quan ell mateix havia hagut d'abandonar el somni del teatre. La confiança, la proximitat de la Júlia l'afalagà. La manera com reia, aquella actitud nostàlgica, aïllada que tenia, i també com se sacsejava, «plop plop». Malgrat la xerinola, el to festiu i la gresca al voltant dels botons que es descordaven, s'adonava que aquella història el tocava de prop, de manera íntima i personal.

El doctor proposà obrir una ampolla de cava per acabar d'aixecar els ànims; es trobava ple de vida. Mentre brindaven, amb tota l'alegria i disbauxa, «plop», es miraven constantment amb l'actriu i, *sotto voce*, li xiuxiuejava tots els ànims per l'amargor i la duresa d'haver de deixar la professió més bonica del món. «Algú sap què vol dir això per a un artista?», li preguntava ella. Ell sí que ho sabia. De sobres, que ho sabia. La noia abaixava els ulls.

Bou s'empassava una altra copa de cava i tornaven a riure, «plop». Ordenà que duguessin una segona ampolla. Tenia un seguit de flaixos de sensacions inoblidables, de claudicació del somni que a ell també se li havia trencat. A la vegada, s'encomanava del moment i del vespre, perquè al mateix temps la noia se sacsejava, amb una forma de riure encomanadissa, com si la vida pugnés per sortir de dintre seu, «plop».

Mentrestant, Ricard es recuperava de manera prodigiosa; tot i que seguia estant una mica cohibit, la morena l'amanyagava obertament. Aquest cop, Bou notà que no l'afectava tant. Encara menys quan la Júlia, de tantes confessions que li feia a l'orella, no parava de posar-li la mà sobre l'espatlla, el braç, i també un altre cop l'espatlla. Ell i el seu gendre es clavaven llambregades. En efecte, per primer cop, encara que fos en circumstàncies excepcionals, se sentí proper al noi; hi compartia la gelor feridora del cava. Bou demanà una tercera ampolla. Assaboria el gust picant de la llibertat. Sense dir-se res, acabaven d'establir un pacte entre cavallers. Compartien un secret que de cap de les maneres podrien trair, pels seus propis interessos i famílies. Més que mai, aquell vespre el doctor arrugava el llavi de manera exagerada. Imitava Mirabaix en el comportament. Se sentia en la cresta de l'onada. En aquest moment complicat, entenia el xicot, el pare que havia perdut un nadó, i potser sí que calia fer-li costat. Però sobretot se sentia jove, ple d'una alegria nova, amb ganes d'agafar les coses com venien, d'adaptar-se als canvis que poguessin arribar. «I que surti el sol per on vulgui», es deia, observant de reüll, «plop», aquells pits sobreeixint de la brusa cada cop que tots reien.

Al cap d'una hora anaven ben torrats. Ricard insistia a posar-li més beguda al doctor, i com que aquest s'havia convertit en amfitrió accidental d'una festa on s'havia convidat, se sentia eufòric, embriagat per la situació. Per primera vegada, «plop», semblava que les coses anaven pel camí que havia somiat. No faria res per evitar-ho. Per una banda, havia enxampat el gendre amb una altra, però al mateix temps es trobava vivint, de rebot, un fet excepcional, gràcies al noi! Durant una bona estona, van riure de com Bou havia travessat la cortina de plantes. La Júlia s'aixecà i el va imitar. Es deixà anar la cabellera rossa; va posar en escena una interpretació fantàstica, quasi com si el doctor fos una mona. Bou va quedar perplex, impressionat. L'imitava molt bé, i en veure ella que el pediatre potser s'ofenia, per la gosadia, es tornà a asseure amb ell i començà a omplir-lo de petonets. Josep contemplava l'escena des de l'altra banda. El doctor, sens dubte, havia fet un canvi radical. Tothom se'ls mirava.

A les onze tocades, la Júlia començà a patir perquè perdia el tren. Era el darrer que sortia cap a Mataró, on compartia pis amb altres estudiants de teatre. També li va explicar que feia de secretària d'un advocat. Bou es mirava el gendre, preocupat, divertit, com volent dir: «I què farem ara?». Mirabaix, eufòric, proposà una animalada. Va dir que Bou no tindria cap problema a acompanyar la Júlia a casa. S'ha de dir, abans que res, que el metge no es reconeixia, de cap de les maneres, la debilitat que tenia de caure rodó quan bevia massa o passava un cert límit d'alcohol. Ara, per tant, entenia que si aquella nit volia arribar més enllà se n'havia d'estar. Només va dubtar un moment... La Remei, les filles, els néts.

Però ràpidament va oblidar-se de tot, «plop plop»; en el fons, no li semblava que estigués fent res dolent. Exercia el dret a passar-ho bé; almenys per una vegada, anava a la seva. S'escudà en la idea que amb aquesta actitud protegia Ricard. Agermanat en el seu dolor, es divertien, com igualment li explicaria al cronista. «Quin mal hi ha a passar-ho bé», li diria, i també: «Un gendre hauria de ser com un fill, i aquest que tinc —referint-se a Ricard— és un gendre perfecte, que a sobre em proporciona una amiga». Bou, aquell vespre fatal de maig, se sentia renéixer, connectat a un instint ancestral, a Mirabaix autènticament i per primera vegada. Eren confidents, es miraven, es picaven l'ullet. En un cert moment de la nit, es diria fins i tot que Bou s'oblidà que estava de festa amb el gendre. Per desgràcia, també era cert que la brusa de la Júlia cada vegada es descordava amb més facilitat; aquell canal de possibilitats s'obria davant del pediatre amb una freqüència insostenible, almenys fins que la Mònica i Ricard van decidir marxar. En un moment donat, es van aixecar, van dir que se n'anaven i no els van tornar a veure més. El noi clavà un cop a l'esquena de Bou; se'l mirà breument, amb un somriure de complicitat i un «hehe» dels seus. Al doctor li va semblar el fet més normal del món. Com ho farien dos amics. Mentre veia com se n'anaven i es quedava tot sol amb la Júlia, fos el que fos, notà que tot allò era més fort que qualsevol altra cosa. Va lluitar encara una estona contra la seva pròpia voluntat, contra la pròpia natura dividida.

Al final va pagar, van aconseguir aixecar-se i se'n van anar com si alguna cosa més enllà hagués decidit per ells. L'actriu havia perdut el darrer tren. El temps se'ls havia tirat a sobre i ara es dirigien cap a l'aparcament dels jardinets de Gràcia. Bou clavà una llambregada a l'antic cambrer. Josep va ser a temps encara d'albirar la imatge del tortosí, avançant passeig amunt amb la mossa; s'agafava a aquell tros de dona com ho faria amb un fanal. El doctor ni tan sols es recordà d'acomiadar-se'n, i encara menys d'amagar-se. Es diria que no podia pensar en res més. Estava a mercè del seu destí. «I que surti el sol per on vulgui». Lluitar contra el mareig i l'alcohol. Per un instant, mentre caminaven, a batzegades, va notar que s'esvania, però es va sobreposar. Una gran força li sortia de dintre. Tenia ganes de cridar, d'exclamar-se, però van anar d'una banda a l'altra fins que van ser a l'aparcament. Abans d'entrar, ella es va haver d'asseure en un banc: «Creus que estic grassa?», li preguntà. Ell es quedà contemplant-la, la mirada tèrbola, amb les claus del cotxe a la mà. Ja no podia dir res. Van passar-se una bona estona buscant el cotxe pels passadissos. La Júlia es feia un fart de riure. Va començar a tractar-lo de vostè: «Creu que estic grassa, doctor?». L'home percebia, amb orgull, que la gent se'ls mirava. Entre els talons, la pitrera i l'alçada, ella li treia ben bé un pam. Li encantava. Bou duia ara la cabellera desembolicada. Ni tan sols es pentinava. Quan van trobar el cotxe, ell va semblar que agafava el control de la situació. De sobte, la més afectada era la noia. Estava exultant, xerraire; li explicà la seva història d'actriu frustrada, que havia viscut en moltes cases, que el seu pare els havia deixat i no sé quantes coses més, mentre dirigia el doctor per la carretera, ara cap aquí ara cap allà. «Creu que estic grassa, doctor?»; després, ella taral·lejà una cançó una bona estona i va posar la ràdio, una emissora que el pediatre ni tan sols sabia que existia. Bou s'agafava fort al volant, la noia botava al seu costat. Estaven units per algun fet que desconeixien, com si fes temps que sortissin. La impressió de naturalitat i franquesa amb la noia creixia i creixia, no tenia aturador.

—No ho deixis —li va dir ell, tot d'una—. Jo t'ajudaré.

La casa era fosca com la veu de la Júlia. Van deixar el cotxe al davant. Un empedrat, una porta que grinyolava, cap llum. Un rebedor, i ella dient-li que no digués res, un passadís, habitacions tancades, la d'ella amb tot de roba pel terra i el cap de la noia desembolicant-se i, tot seguit, «plop plop plop plop», «creu que estic grassa, doctor?», sense que Bou sabés respondre ni què dir. Confós, atabalat, marejat, era tot mans i colzes. Tenia una amant.

21

EL FEMELLER

De cop, al pediatre se li girà feina a Barcelona. Emportat per l'excitació secreta de tenir una amiga, d'un dia per l'altre l'ocupaven assumptes urgents i de tot mena a la capital: segons va dir, tenia una feinada de por organitzant actes i esdeveniments per al col·legi. Ja des de la primera nit amb la Júlia a Mataró, les visites a la Ciutat Comtal es van convertir una altra vegada en dèria constant. S'hi va llançar de cap; es deixà portar. Però, sobretot, per ell va ser entrar en sintonia amb la manera de fer i pensar d'un Mirabaix. Assaboria la voluptuositat, el risc, la prepotència, emportat per un menyspreu salvatge per tot plegat; tot li relliscava, i en el seu nou paper de conyarrí impenitent, de faldiller empedreït, el *Xècspir d'Amposta* se sentia també més intel·ligent i astut. És clar que, en les inevitables reunions familiars, que mirava d'espaiar com podia, els seus ulls es creuaven amb la mirada feréstega, inescrutable del gendre i, encara que una inquietud indescriptible s'apoderava d'ell i s'adonava que el xicot tenia la paella pel mànec, apel·lava en silenci al pacte de cavallers que els unia. Llavors es tranquil·litzava; tornava a la satisfacció impagable de fer el que li donava la gana i deixar-se portar, tan gratificant, fent allò que mai s'havia atrevit a fer, això és, jugar, i fins a arribar al límit de ser descobert, com a part fonamental i més valuosa del joc. Es diria que, gairebé, era com si volgués ser enxampat, que la Remei s'assabentés de tot.

Aviat es va convèncer que ho feia prou bé. La seva dona no entenia res. Li havien canviat el marit. Entre la senyora Antich i l'ovella esgarriada es produïen escenes impagables. Com el dia que va aparèixer a casa amb el vestit tacat.

—Oh! —va fer Bou, i amb tota la barra—: Crec que m'ha caigut una copa de cava a sobre.

—I què hi feies tu, amb una copa de cava, Joan?

Aleshores, el doctor s'havia tret un paquet de cigarrets i n'havia encès un davant de la dona. Ella se l'havia quedat mirant, atònita, i al cap d'un moment plorosa, amb el bec contret.

—Des de quan fumes? —havia preguntat, sense obtenir resposta—. Ai, Joan, no sé què et passa —havia dit, eixugant-se les llàgrimes amb el drap.

Ni ell mateix ho sabia. Ja no anava quasi mai a Manresa. Barcelona li ocupava la major part del temps. Dedicava dies sencers a organitzar exposicions per als col·legues metges jubilats, assistia a congressos gairebé tots els vespres. Tocava el flabiol, en definitiva; l'únic que sabia és que estava boig per trobar-se amb la Júlia i que les excuses per desempallegar-se de l'esposa eren cada vegada més escabellades. La història amb l'actriu el dotà d'una impetuositat i d'una insolència encara més inflada, orgullosa, suficient. Quan retornava a casa després d'aquests actes enigmàtics a Barcelona, va prendre el vici de callar i no dir res a ningú, ni tan sols a la Remei: es feia l'interessant i es mostrava distant. La noia de la veu ronca li havia fet guanyar confiança, domini, i un desvergonyiment exagerat. Qui l'hagués vist amb ella no l'hauria reconegut.

Per començar, sempre quedaven a la mateixa terrassa on s'havien conegut. Aquell racó del passeig de Gràcia era com propietat dels amants. Davant de la gernació que passava per allí tot el dia, la Júlia i el pediatre representaven la seva història d'amor, com si des del principi es tractés d'un assumpte públic i notori. Xerraven sobre teatre i el somni d'actuar, sobretot ella. Bou escoltava amb atenció aquella veu d'ultratomba amb els ulls humits; parlar amb la Júlia el va fer reflexionar i, sobretot, recordar fets i experiències que no havia compartit mai amb ningú, ni tan sols amb la seva dona: el descobriment del teatre, de Shakespeare, d'Àngel Guimerà, i que en realitat, en conseqüència i per culpa de tot allò, havia acabat estudiant medicina a Barcelona. Bou havia començat a fer teatre de molt jove, a Amposta, justament per escapar-se, encara que fos momentàniament i per breus espais de temps, de la pobresa extrema de casa seva. És clar que mai ningú, almenys no fins pocs mesos enrere, li havia explicat ni revelat la vertadera història, el vertader misteri de can Vidal, o sigui, que les dones de casa seva s'havien dedicat a la prostitució. Tanmateix, el treball sacrificat del seu pare, esllomant-se amb ell a les maresmes dels voltants de la barraca, per cultivar arròs de manera incansable, any rere any, l'absència enigmàtica de la mare, els moviments secrets de la parentela i la mala maror que sovint es respirava a casa, l'havien endinsat de manera igualment secreta i misteriosa en el món del teatre local. Quan es feia de nit, sense que ningú de casa se n'assabentés, s'escapava per la finestra, caminava furtiu durant quilòmetres i assajava Shakespeare i Guimerà amb un grup d'Amposta. A trenc d'alba, Bou tornava a la barraca, completament fatigat, es rentava la cara i, sense que ningú s'imaginés que s'havia passat la nit declamant, començava a ajudar el pare en les tasques quotidianes del conreu d'arròs o del que fos. La feina al camp era infinita, no s'acabava mai. La passió pel teatre tampoc. Fins que un dia, després de dos anys d'insomni i d'aprofitar qualsevol moment del dia i de descuit del pare per dormir o ajaçar-se un moment per fer una becaina, el *Xècspir d'Amposta* es va adormir, quan tornava de matinada, a la soca d'un arbre. Va haver de confessar la doble vida al seu pare, que de nit saltava per la finestra, travessava quilòmetres de camps i assajava obres de teatre a Amposta, interpretant els clàssics i que provava de... L'esbroncada paterna va ser monumental. El disgust a casa, majúscul. Actor! Ni parlar-ne. La seva mare es va passar dos dies plorant. Va ser aleshores que el xicot va expressar la ferma voluntat d'anar-se'n a Barcelona per estudiar interpretació, tal vegada per ficar-se en el món de la faràndula. Al pobre Josep Bou quasi li agafa un cobriment. «Si vas a Barcelona —li va dir—, almenys fes-hi alguna cosa de profit». Van acordar que estudiaria medicina, i el xicot, a empentes i rodolons, aconseguí matricular-s'hi; en poques setmanes ja era a la capital.

«Primer, medicina —li havia dit el pare—, després la faràndula; fes-t'ho com vulguis». Així que l'aprenent d'actor de dia s'esllomava encorbat sobre els llibres; de nit, persistia en l'ofici de la interpretació. «Quan acabi la carrera faré teatre», pensava. Vivia en una pensió de mala mort al Raval. Un cop al mes baixava a Tortosa per passar comptes amb el pare. Però sense el noi la situació a la barraca es va anar deteriorant. La mare no hi era mai. El pare, sense el suport i els braços del fill, va anar decaient; en pocs mesos va fer una davallada ostensible. Es va fer vell. La mare, si fa no fa el mateix. Els trobava grans, prematurament apagats. El jove aprenent d'actor, immers en el seu somni de poeta, mai va veure, o mai havia sabut veure, que en realitat la mare dedicava mitja vida a can Vidal, amb aquelles ties tan simpàtiques i estrafolàries. Mai havia endevinat que la carrera de medicina, i també la de teatre a la capital, es pagava trinco-trinco amb l'arròs del pare i el jornal equívoc i nocturn de la mare.

Es va especialitzar en pediatria, i per allargar uns mesos l'estada farandulera a Barcelona rematà la llicenciatura amb una altra especialització en epidemiologia. Al cap de cinc anys d'estudis esgotadors i continuats, el jove doctor va tornar a casa. Els seus pares estaven extenuats. Al cap de poc, van posar-se tots dos malalts i se'n va haver de fer càrrec. De sobte, s'adonava de l'esforç que havien hagut de fer. En aquesta situació provisional, preparà la barraca com si fos un hospital, i mentrestant va conèixer una noia de Tortosa. La resta era història. La Remei Antich, filla de grans propietaris, cacics del Delta, es va enamorar d'ell i li acabà fent d'assistent sanitària a la barraca. De fet, el primer consultori de pediatria del doctor Bou va estar situat allí. L'opció de casar-se amb la Remei Antich era una xamba per a tots plegats, per als pares i per a ell, una gran sort. «Ara sí que tens la vida solucionada, fill», li havia dit el pare. Li acabaven d'enfonsar definitivament el somni. Però no se n'adonà. No almenys fins que el sogre li muntà la consulta de pediatria a la gran casa, tres-cents quaranta-quatre metres quadrats d'història, amb garatge inclòs. El doctor es va deixar estimar. S'havia acabat dormir sobre les fustes a la barraca, caminar descalç camps a través, aixecar-se a trenc d'alba. El *Xècspir d'Amposta* inicià una vida d'horaris i visites, vestit de ben jove amb americana i armilla. Es podria dir que de la feina va fer-ne un petit teatre, una representació única i continuada. Els seus espectadors, les desenes i desenes de nens que, tot d'una, contemplaven extasiats el pediatre escabellant-se com una boja enmig de la cambra, i declamant, ululant, receptant en l'escenari de la seva claudicació. Va acabar sent allò que, en el fons, havia estat cridat a ser: un home de bé, que se'n diria, arrapat a una vida acomodada, quasi de luxe, en uns anys difícils i des del 1964. Després, el dia a dia, el riu de la vida, cinc fills, la consulta, quatre dècades d'exercici mèdic. Fins al punt que, posteriorment, ell mateix exalçava el matrimoni, els avantatges de la família, encara que això a la Júlia no l'hi va dir. Tampoc li va explicar que, de manera una mica fanàtica, s'havia aproximat a la parròquia i havia fet el contrari del que pensava. Havia arribat a afirmar que allò del teatre popular eren rucades, bajanades de joventut, i a lligar-ho amb conceptes propis que no hi tenien res a veure; insistia, però, en el fet que ell era un home bo i conseqüent, que tenia les seves limitacions i que, tal vegada, a la vida només es podien fer bé una o com a màxim dues activitats.

Per aquesta raó concreta i personal, Bou adoptà amb la Júlia un paper tan paternal. L'aprenent d'actriu es convertí en la nineta dels seus ulls. Representava el seu somni trencat. Almenys era l'única que se l'havia escoltat. I com si el doctor no es pogués escapar de la seva naturalesa apassionada i de bon jan, les seves dues activitats, durant aquelles quatre setmanes d'abril es trobà plenament immers en el flirt. Sota l'estigma de l'estudiant de teatre i la seva claudicació desgraciada, li va pagar un curs de mim, li avançà els calés per a diversos mòduls d'interpretació i el lloguer del pis d'estudiants. A la tarda, passejaven pel barri antic, o se la passaven enganxats a la terrassa del passeig de Gràcia. Bou experimentà una transformació en el vestir. Recomanat per ella, es va comprar uns pantalons bombatxos, per dissimular l'obesitat, i també el va convèncer perquè de tant en tant es posés una camisa hawaiana. El doctor, a vegades, semblava un pallasso. A ella li agradava anar amb un senyor, com havia dit. La feia sentir segura. I de nou brotava dintre d'ell la vitalitat, l'esperança d'antany, la sensació de córrer pels camps de nit, cap a un somni, cap a un destí de bohemi i poeta. La gent es girava pel carrer per mirar-los. Alguns cops, sobretot quan deambulaven per Barcelona, en general mamats, a Bou li faltaven mans. A més de *clown*, també semblava un pop. En només quatre setmanes quedà ben retratat. Es desvivia per la noia.

Ella també el va convèncer perquè es comprés un

mòbil, un de millor, que Bou no tenia ni idea de com funcionava. Això va ser un problema, un inconvenient gros, sobretot perquè els amants es comunicaven mitjançant missatges escrits, que a vegades incloïen fotografies. S'ho deien tot: «Ets el meu caramelet», «*pichurri*», cuqueta, ratolí, microbi i, fins i tot «xoxet», i alguns cops expressions encara més profundes i expeditives. És clar que, mentrestant, la Remei percebia canvis substancials en la forma de comportar-se del marit. El doctor anava a mal. Ara li agradava el picant, bevia licors havent dinat, fumava. Un dia, el va descobrir fent ganyotes al mirall al lavabo, imitant les dents de Mirabaix. «Ai, Joan, sembla que tinguis quinze anys». Es posava camises de coloraines. Xiulava a la dutxa. S'estava al despatx fins ben entrada la matinada i es llevava a l'hora de dinar. El pitjor era el mòbil. No se'n desenganxava. Tampoc el controlava. Un matí, llagrimosa, la Remei li preguntà:

—Què vols dir amb això de «xoxet»? —I ensenyant-li el seu telèfon—: Joan, per qui m'has pres?

El doctor s'havia equivocat. Però tant li feia. Va riure. Tot li semblava deliciosament màgic i arriscat. La situació va arribar a punts inenarrables, sobretot quan, també per error, arribà a enviar-li a la Remei una foto de la Júlia, una foto!, sense que la dona acabés de saber qui era aquella bandarra, i encara menys que es tractava de l'amant. Tan sols es quedà amb la cabellera tenyida de la bagassa, la cremor de la mirada i la joventut insultant de la maturranga, que el marit sens dubte devia haver fotografiat a la carretera. Darrerament, el doctor afalagava les senyores pel carrer. Anava de guapo per la vida i feia com si pesés la meitat. Anava més descontrolat del compte.

Amb tot, va començar a córrer amb fermesa el rumor que tenia una amant, que Bou es passejava per la Diagonal amb una rossa espectacular de vint-i-cinc anys. Tothom l'havia vist. Un dels fills, que treballava en una casa d'assegurances a Barcelona, precisament a tocar de la plaça Francesc Macià, un migdia des de la finestra de l'oficina va veure passar el ganàpia per la vorera, amb el braç a la cintura d'aquella xicota enlluernadora. Òbviament, el Casanova no el va veure, tal vegada perquè la gallinassa li treia més d'un pam i, com de costum, portava el cap estarrufat, circumstància que devia restar visió i perspectiva al doctor, perquè la Júlia acostumava a portar la cabellera recollida ben amunt, a dalt de tot del cap, però amb els rínxols deixats anar com una font ros platí que li vessava per les espatlles. Era espectacular. Quan estava amb ella, l'home no veia res més. Estava completament obnubilat. Era un cas digne d'estudi. Tampoc va descobrir el cronista el dia que aquest va pescar la parella morrejant-se a la rambla Catalunya. Pensant que el doctor l'hauria vist, el periodista fins i tot s'aturà; s'acostà als colomins amb naturalitat, senzillament per saludar l'amic, però Bou ni tan sols va percebre la seva presència. Lliurat en cos i ànima a la Júlia, posant-hi tota la voluntat, entregat al tornavís, besava la noia amb els ulls en blanc. No estava per res més. Es podria afirmar que tampoc se'n volia amagar. No li importava que l'enxampessin, i encara menys amb una mossa tan vistosa. A inicis del mes de maig, va començar a comportar-se de manera encara més rara. El punt culminant va arribar el dia que la Júlia el va convèncer per fer-se un canvi d'imatge. El va fer anar a la perruqueria, li van tallar les puntes i li van bufar els flocs que li quedaven als costats i al clatell, bàsicament per donar-li volum al cap. Semblava que el tortosí portés un flotador granat a la testa. Només li faltava l'aneguet al front. També li va fer comprar unes ulleres de pasta vermelles; com que va coincidir que portava el jersei arrapat i els pantalons bombatxos, el conjunt era inenarrable: la pinta que hauria tingut la seva pròpia germana amb seixanta anys. Aquella tarda, en lloc de tornar a Tortosa, decidí fer visita a Manresa, no se sap si per desvergonyiment o perquè tocava. Va tenir la valentia d'anar-hi vestit així. De seguida va penedir-se'n. Al pis de la filla, l'ambient era més hostil que mai.

Quan va entrar al menjador, la Remei i la filla gran se'l van quedar mirant embadocades, com si no el reconeguessin, fins i tot amb espant. En sentir el rebuig, Bou s'empipà i es va tancar al lavabo amb un cop de porta, com un nen. Però el grandolàs de seguida va sentir-se culpable. Per primera vegada, va tenir una crisi. Una davallada forta. Es va sentir caure en l'abisme. En realitat, no li anaven aquest tipus de situacions. Es mirava al mirall i, de cop i volta, se'n feia creus. Després de tota una vida plegats, havia decebut la Remei. Descobria que era home d'una sola dona, que allò no podia ser i que no podia estar amb dues. «Però quina?», es preguntava, «quina de les dues?». Va sentir que la Remei trucava a la porta. En gairebé cinc setmanes, Bou s'havia arrapat al silenci i a la comicitat amb Ricard com una paparra. Ell era l'únic amb qui ara no tenia problemes. Encara que gairebé no el veia mai, com de costum, el tractava en la distància amb una barreja de temor i respecte, fins i tot adulació, que sorprenia els fills. Quan es creuaven, li donava cops amistosos a l'esquena, o li picava l'ullet com si fossin col·legues, en senyal d'entesa i complicitat. Quan per fi va sortir del bany, va anar cap al menjador. La Remei era a la cuina donant el sopar a les nenes. El doctor es va asseure al sofà, però, fet un embolic, no va tenir esma de mirar la Marina a la cara. Notava que ella l'observava fixament, les ulleres noves, les vaporositats de perruqueria, el posat distant, rebel, inexplicable. La noia va fer un d'aquells esbufecs que denoten menyspreu.

La Marina s'havia anat marcint; fins s'hauria dit que cada cop s'assemblava més a l'Elvireta, per aquella mena de bellesa trista, ensopida i estressada que passejava. Feia olor de menjar. S'havia engreixat i ja carregava la pitrera exagerada de les Antich. Com que la situació al pis era insostenible, havien posat data per al trasllat a la casa nova, però Bou no intervenia. A ell tant li era. Considerava que ja havia fet prou i ni tan sols volia opinar.

—La mare diu que vas molt a Barcelona —li digué ella, tot d'una—. Pare, tu saps què fa... ell? Com que ara hi tens bona relació, he pensat que potser t'ha explicat alguna cosa.

Bou callà. Primer s'atabalà una mica. Però aconseguí guardar la calma i mantenir una postura indiferent, en el seu paper distant, mentre la noia s'hi confessava; li explicava, per primera vegada, que li semblava que Ricard anava amb més freqüència a Barcelona, al darrere d'unes misterioses programacions informàtiques, segons deia, i que no sabia què pensar. També va comentar, per primer cop, que des de la mort del petit Sebastià s'havien distanciat. Feia un parell de setmanes, ella s'havia fet unes proves i li havien comunicat que segurament no podria tenir més fills. En un primer moment, la Marina s'havia enfonsat, però ràpidament la feinada amb les bessones, el trasllat imminent, els problemes i les despeses l'havien distret i l'havien obligat a tirar endavant. La Marina li explicava tot això amb un fil de veu, com si realment es trobés al confessionari i necessités desfogar-se; Bou se l'escoltava sense badar boca. Va veure les tres nenes sortir de la cuina; n'hi havia dues que ja caminaven dretes, temptejant, mentre que la Lis la major part del temps encara ho feia de quatre grapes. La imatge li va produir molta pena. Va ser com un cop. En aquella casa s'havia agafat el costum dels Mirabaix d'aprofitar la roba de germans i cosins. Les tres nenes anaven vestides a l'antiga, amb jerseis i pantalons vells de la Maria, el Mauri i el Toni, de quan ells havien tingut quasi dos anys. La roba els sobrava pertot arreu; era evident que algunes peces havien passat d'una generació a l'altra sense solució de continuïtat, amb pedaços i colzeres. Ara a cal Bou s'aprofitava tot, al més pur estil Mirabaix.

Aquell vespre, sentint el pes del remordiment i una pena immensa, el doctor va estar a punt de confessar a la Remei que tenia un embolic, que li demanava perdó i que tot tornaria a ser com abans. En la solitud i el silenci de la nit, mentre ella roncava al seu costat, les dues cares del mateix home es debatien en un combat fratricida. Per una banda, quasi en veu alta, l'home bifurcat es deia: «Estimo la meva dona, la meva família, els meus fills». Per l'altra, tot d'una s'enfilava i, malgrat la idea de deixar la Júlia immediatament, es convencia que només es viu una vegada, botava del llit i li venien unes ganes boges de tornar-se a trobar amb l'amiga. L'endemà, quan ben d'hora al matí conduïa cap a Barcelona, amb el jersei estret, les ulleres vermelles i el cabell bufat, la Remei li va trucar al mòbil per sorpresa. Li va dir que s'havia deixat de transmetre-li la seva preocupació per la Rosabel, que tenia la impressió que la noia, totalment desmarxada, s'havia llançat a una vida encara més desordenada que abans i que havia de mirar de parlar amb ella. No li demanava poca cosa. En els darrers temps, per no dir anys, la Rosabel i el seu pare havien parlat comptades vegades. Però li va trucar. Va fer el cor fort i es va posar en contacte amb ella. Simplement, va demanar a la filla petita que sisplau per força anés a veure la seva mare algun dia, que la necessitava i que la trobava a faltar. Res més. Tot seguit, el doctor va trucar a la Remei; tot cofoi, li va explicar la conversa, i també va comunicar-li que no aniria a dormir, que aquell vespre tenia una feinada de por a Barcelona.

No va tornar a Tortosa fins al cap de dos dies, i amb els pantalons tacats de cava. La Remei l'esperava amb els llavis premuts. A casa hi tornava a haver cares llargues. La Marina i les trigèmines eren al menjador. En veure'l, la noia es va posar dreta, li clavà una repassada de dalt a baix i, sense dir-li res, va tancar-se a la seva cambra, com si no pogués suportar els pentinats del pare. Bou es quedà mirant la dona. La Remei va explicar-li de mala gana que Ricard li havia anunciat que es volia separar i que aquesta vegada era veritat. Es veu que aquella tarda s'havien discutit fort, la noia havia agafat l'autocar amb les nenes, igual que l'altre cop, i esperaven el doctor des de l'hora de dinar, feia més de quatre hores.

—Es pot saber on t'havies ficat, Joan? —li preguntà, mirant-li el cabell.

Tot seguit, la Remei es tancà a la cuina amb les nenes per fer el sopar. A l'habitació, la noia estava asseguda al costat del llit; es mostrava obertament preocupada. No plorava, ni tan sols somicava.

—T'has d'animar, Marina. —I referint-se a allò de no poder tenir més fills—: Aquestes coses...

—Podem parlar, sisplau? —va tallar-lo ella.

Bou quedà garratibat. Era la primera vegada que veia la Marina d'aquella manera. La contemplà amb temor, esporuguit. Ella tampoc se'l va mirar, aliena a l'habitació, als records, a tot. Havien canviat els papers. S'havia assabentat d'alguna cosa.

—No he dit res a la mare —va fer ella—, no vull que li agafi un cobriment.

Bou es posà a suar. Es va treure les ulleres, mirà d'aplanar-se el cabell, però li quedava bufat.

—Com? —va dir, tocant-se el cap—. A què et refereixes?

—Saps perfectament a què em refereixo —digué ella, misteriosament.

La impressió del moment, de trobar-se acorralat, el col·lapsà.

—Mira, jo no sé què t'han explicat... —començà a fer ell, dubitatiu.

La noia aixecà la mà, no volia sentir res més; la reacció de Bou el delatava, i el pitjor de tot: s'havia passat per la barretina allò amb què tant li havia inflat el cap. Tot era una falsedat, tot el que havia passat com una veritat incontrovertible era fals. S'havia obert una escletxa. Va veure amb espant el rostre de la filla, encara amb la mà aixecada, rebutjant-lo, amb un decaïment terrible, emmirallada en la decepció, enfonsada en el silenci emperrucat i misèrrim del progenitor. Bou intentà pensar com ho faria Mirabaix. Ja no hi tenia res a perdre. Amb la màxima fredor, li va dir:

—Bé —temptejant la noia—, és cert que el vaig veure a Barcelona.

Les paraules van ressonar en la cambra. «Per què ho he dit —pensà a l'instant—, per què?».

—Aleshores, és veritat —saltà ella—. És que tothom em pren el pèl? Ets el meu pare!

Bou mirà de corregir el que havia dit i engegar el discurs de sempre, que si el matrimoni, que si la parella, parlant mesquinament davant dels ulls atònits i desesperats de la Marina.

—Tots ens equivoquem alguna vegada —digué.

—Calla! —deixà anar ella, plorant—. No vull sentir el monòleg de sempre. Calla!

—Marina! —exclamà el pare, autoritari.

Encara sensible a l'autoritat paterna, ella emmudí, però amb la mà un altre cop enlairada en senyal de rebuig, petrificada en el dolor, en el possible engany. El doctor acabava de reconèixer que sabia més coses de les que havia explicat. Però què, exactament què? El pànic, la vergonya, s'apoderava del traïdor, es defensava. El faldiller quedava, així, completament desprotegit davant la filla. «Què més sap, ella?», es preguntava. «Què més li ha explicat aquest malparit?». I el més important: «Sap que estic embolicat amb la Júlia?».

—No et consento que em parlis així —li va dir—, no sé què t'ha explicat aquest miserable. Però, sigui el que sigui —i resolutiu, dues frases curtes, disparades a l'aire—, no és veritat. És fals!

I se n'anà. En sortir de l'habitació, tot inflat, el doctor topà amb la dona:

—Puja'm un cafè amb llet —ordenà.

Però el cafè amb llet no va pujar. Sentí que la Remei i la noia parlamentaven al pis de baix. Bou s'esperà al despatx, anant d'una banda a l'altra, rondant, sense saber què fer ni on anar. Mirava cap al carrer. No tindrà pebrots de venir, es deia. Aquest cop, mirant de pensar com ell, Ricard no vindrà a buscar la Marina. Aquesta vegada va de debò. Sentia com, al pis de baix, la noia havia perdut confiança en l'home que havia dirigit la seva vida ordenadament i falsament: l'home que li havia ficat allò del matrimoni al cap ara s'havia fet enrere, incapaç de defensar per més temps la unió per la qual tant havia lluitat. Una pena infinita cobria la casa. Gairebé sentia que la filla li llegia el pensament. Però què sap, ella? Què li ha explicat? S'anà encenent. Quina deslleialtat! Teníem un pacte, pensà. «Aquest xitxarel·lo m'ha traït». Havia de plantar-li cara. Es posà la jaqueta i baixà al rebedor, en el moment que la Remei li pujava el cafè amb llet.

—On vas tu, ara? —exclamà—. Ara me'l portes?

Bou clavà un cop de porta i abandonà la casa.

La carraca sortí disparada del garatge. Sí, es deia, el trobaré, l'agafaré pel coll i li cantaré les quaranta. Descobrí el cotxe de Ricard a la benzinera de Tortosa. «Tot això s'ha acabat. Ara sí que s'ha acabat. Ja ha jugat prou amb nosaltres». Bou aturà el xicot, l'agafà pel coll i l'estampà contra la paret dels serveis. Descarregà tota la fúria contra Mirabaix.

—A què estàs jugant? —li preguntà, empenyent-lo—. Què li has explicat? Què li has dit?

Ricard quedà empetitit, dubitatiu, sense oferir resistència. El metge observà que duia un petit trau al cap, amb una contusió, com si s'hagués barallat.

—Tinc ganes de dir a la teva filla —balbucejà— que no li he estat fidel...

—Per què li has dit que jo ho sabia? —preguntà Bou, empenyent-lo amb més força.

—No se m'ha acudit res més —contestà, somicant com una criatura—. He hagut de recórrer a tu.

Bou el va deixar anar.

—Però què li has explicat, desgraciat?

Ricard plorava de veres. Estava desmuntat. Es fixà que duia tot de cintes de casset entaforades a la butxaca de la jaqueta.

—No li he explicat res teu i de la Júlia, si és això el que vols saber —gemegà—. La Marina no en sap res. Simplement, que jo tenia dubtes, i que tu ho sabies, que n'havíem parlat.

Bou quedà parat. Veure'l plorar era insòlit. Tot d'una, el noi se li abraçà, plorant, encara més desconsolat. Ambdós homes, abraçats davant dels lavabos de la benzinera, el doctor vestit amb aquell jersei ajustat que no es treia ni per dormir.

—M'ho hauries d'haver dit, home —li retreia mirant al voltant, esperant que ningú els descobrís.

Mirabaix estava esparverat, sacsejat per una pena indicible; per primer cop, Bou havia advertit en el rostre del gendre l'ombra sofrent, fins i tot bella, de la seva mare, de l'Elvira. S'adonà que realment patia, almenys en aquell instant; a dintre seu s'hi debatia algun fet important, un dolor incurable, terrible.

—Ella sempre parla de tu —li va dir somicant, parlant de la Marina—, per a ella ets important —afegí, entre gemecs—, i si tu hi ets entremig... em pots ajudar.

Van entrar junts al lavabo. Ricard es va rentar. Just quan sortien, el grapat de cintes li van caure de la butxaca o les va llançar ell a terra. Bou no va fer preguntes; les cintes van quedar allí tirades. Li va semblar que ningú no els havia vist. Quan van arribar, davant de casa van trobar-se amb un dels fills de Bou, que també arribava. Van entrar al rebedor junts tots tres; Bou va fer-ho amb Ricard agafat pel braç. No el deixà estar fins que l'entregà a la noia. Pel doctor, allò va ser un triomf, una batalla guanyada. La parella es va passar una bona estona plorant, dient-se coses al rebedor. La Remei no hi cabia a la pell de satisfacció, tot i que es mirava de reüll el marit, amb recel i malfiança. És clar que els dubtes sobre ell no s'esvanirien així com així. «M'ha anat pels pèls», mormolava. Fins i tot la Marina se'l mirava amb un punt d'agraïment. Li havia portat el marit a casa. Quan van entrar al menjador, tot era alegria. Les nenes van sopar per segona vegada. De sobte, al doctor li semblava que el noi no era pas dolent, sinó que patia enormement; tan sols es tractava de maquinacions puntuals i obscures, però no hi veia finalitats dolentes. És clar que tampoc se n'havia de refiar massa, ni tan sols de la màscara que utilitzava. Fos com fos, la pau i l'harmonia tornaven a ca l'Antich. Això era el més important. El moment culminant va ser quan va aparèixer la Rosabel; fosca, tancada, aliena a tothom i tot plegat. Davant la sorpresa de tots, s'acostà a la seva mare i li va fer un petó. Això acabà de sumar punts al pediatre. En conjunt, li havia anat prou bé.

Es va sentir tan eufòric, que es va passar el vespre fent el pallasso al menjador, mentre Ricard devorava plates senceres de sandvitxos i les bessones reien. El doctor es desfeia els cabells i interpretava la Maria Antich Antich de la manera més esbojarrada. Sempre tot s'acaba arreglant, pensava. Ho havia après del gendre, tot i que aquesta vegada s'havia espantat de veritat. El que havia passat era un avís. En aquest moment àlgid, el femeller va pensar en la urgència de deixar-ho estar amb l'amant. Havia de desfer-se de la Júlia com fos, engegar a rodar la història d'amor passatgera. Calia tornar als llaços torçats, al batí, a les migdiades de diumenge a la tarda, a la butaca, als papers, a la seva dona, en definitiva.

—Ai, Joan —reia *doña* Remei, mentre el marit imitava la seva antecessora—, pareixes una senyora.

Aquell vespre, quan tothom dormia, es van enviar una sèrie de missatges amb l'amiga. No sabia com dir-l'hi, però al final se'n sortí i ho van deixar córrer amb la Júlia. Al doctor li va sorprendre la facilitat i resignació amb què ella ho acceptava. Malgrat tot, mal que li pesés, allò s'havia acabat. La Júlia va desaparèixer tal com havia aparegut. Es va fondre en la il·lusió i el record. Bou recuperava per fi la normalitat exemplar i convencional de sempre.

22

EL DARRER VIATGE DE MARINA BOU

Com era de preveure, la Marina i l'Elvira es van haver de fer càrrec del trasllat definitiu a la casa nova de Sant Fruitós. En una demostració d'esforç i energia formidable, van fer mans i mànigues per adaptar els gustos decoratius a la manera austera dels Mirabaix. Pràcticament tot el que havia comprat el doctor havia tornat a desaparèixer. Ara la casa era plena d'objectes desagradables i sense sentit. Van sorgir, com del no-res, una sèrie de mobles raríssims, alguns corcats. Bou va preferir no saber-ne la provinença. En quedà definitivament al marge. El consogre rapinyava el que podia i li donava la gana. Quan l'Elvireta li havia demanat calés per decorar la llar, Jaume Mirabaix s'hi havia encarat preguntant-li que què li calia: si ella li deia un llum, l'home apareixia amb un llum; si la Marina parlava d'una tauleta de nit, Mirabaix n'hi portava una. El mateix per als estris de cuina, l'aixovar, tota la resta, sense que elles tinguessin idea ni poguessin esbrinar d'on ho portava, ni de quina casa havia sortit. El que era segur és que Mirabaix havia anat proveint exactament tot allò que l'esposa i la nora li demanaven, així que la part de xalet de la parella va agafar un aire mínim, garrepa, frugal, que obligà a utilitzar el poc que tenien i adaptar-ho a l'espai. La Remei, com si la paret que separava les dues cases fos de paper de fumar, va anar passant objectes diversos i, al final, un autèntic arsenal a la nova casa de la filla.

El més remarcable, però, és que el trasllat va ser francament delicat per a la Marina. Per als altres, es tractà d'una simple formalitat, però a ella la va engabiar. El dia que hi van dormir amb les nenes per primera vegada ho va sentir de seguida. A més, encara anava més atrafegada que de costum. Havien decidit que les bessones començaven la guarderia i ara anava amunt i avall amb l'autobús de línia per deixar-les a Manresa cada matí i tornarles a buscar al migdia. S'havia de llevar a les sis per enllestir-les i preparar-ho tot; la nova llar, la distància, li feia perdre temps i es trobava completament sola. En realitat, no hi havia volgut anar a viure mai. La decepció, la solitud, se la menjà per dintre des de la primera setmana. En pocs dies, es va sentir cada cop més aclaparada: abandonada. Portant-la a viure allí, li feia l'efecte que l'havien volgut limitar. Encara més del que estava. Una vegada i una altra, revivia l'escena de la confessió de Ricard, jurant i perjurant que aviat tot canviaria per millorar, sense atrevir-se tampoc a confessar els motius exactes del seu distanciament i mal humor. Tampoc era capaç de dir-li a la cara si estava o havia estat amb alguna altra dona. Com més li repetia que no, més segura estava la Marina que secretament tenia una amiga o que passava alguna cosa estranya. Mai quedava al cent per cent convençuda. Mirabaix l'havia ficat en una presó, amb les nenes, mentre campava lliurement al seu aire. Anava sol a Barcelona constantment; tornava a Sant Fruitós tard i de nit, a vegades ben entrada la matinada. Quan Ricard se n'anava, amb qui es refugiava? Al llit de quina barjaula es ficava?

El neguit i les sospites es van accentuar amb el trasllat. Ricard seguia desapareixent, sense que mai se sabés on parava. S'imaginava, de manera encertada, que ell, en el fons, la culpava de la mort del bebè, del petit Sebastià, del nen que tant havia desitjat. Tanmateix, s'endinsava en el misteri que l'havia enamorat de Mirabaix, en el seu sofriment, amb l'entrega, ceguesa i devoció d'una creient fervorosa. Apel·lava a l'esperit que els havia unit als Estats Units. Seguia sentint-s'hi unida pel patiment d'enyorança que els havia agermanat tan lluny de casa. Però les sospites no cessaven, i alhora ell callava, quasi en la voluntat de voler viure en el seu propi misteri, d'endinsar-se en allò que l'hagués pogut decebre d'ella. «I els sacrificis que he fet per ell?», es preguntava la Marina. El trasllat a la nova casa també l'havia fet pel marit, en favor de la unitat familiar i de la seva felicitat. La resposta del noi, malgrat tot, havia estat, sense consultar-l'hi, muntar-se un despatx professional amb llit inclòs a l'antic pis del passeig, a l'habitatge que acabaven de deixar. Moltes nits ni tan sols anava a dormir a Sant Fruitós. Era com si l'hagués volgut apartar del seu costat. Ja ni se la mirava. La ignorava; veia, amb espant, la repercussió insalvable de no poder tenir més fills. Des del moment que ho havia sabut, la possibilitat de l'adopció també va semblar que horroritzava el marit. Per acabar-ho d'adobar, el seu pare també estava transformat. La crisi dels seixanta i de la jubilació prematura se li allargava penosament. Es comportava com un nen. I des que defensava Ricard, sense saber ben bé per què, la filla notava que l'actitud del doctor era ambigua, esquiva. S'havia allunyat d'ella i de tots; s'arrapava de manera insòlita al gendre. No els anava a veure mai. Ni tan sols li preguntava com estava.

Cap a finals d'aquell mes de maig del 2007, la Marina va començar-se a comportar de manera estranya. De cop i volta, es feia fonedissa. Desapareixia. Ningú sabia exactament què feia ni on anava. Sortia d'hora al matí, acompanyava les bessones a la guarderia i quan les anava a buscar al migdia ningú sabia on s'havia ficat. De sobte, s'arreglava més que de costum. Semblava determinada per algun fet que no explicava. Tot d'una, deia que anava al gimnàs; el seu físic havia desmillorat amb tants avatars. Després es va saber que no hi havia anat ni una sola vegada. Ni tan sols s'hi havia matriculat. Se l'havia vist anant passeig avall, apressada, esmunyedissa, sense que es pogués esbrinar on s'acabava ficant. S'allunyà de l'Elvira. Tampoc deia res a la seva mare. En portava alguna de cap. Era segur. Només adaptava les desaparicions als horaris en què havia de recollir les criatures. Es va pensar, amb tota lògica, que la Marina es veia amb algú: que tenia un amic, un amant, per difícil que resultés imaginar-la a ella en una situació així. Finalment, el misteri es va revelar; per fi es va saber de què es tractava. Tres setmanes més tard, pels volts de Sant Joan, un bon dia que Ricard i el cronista eren al bar, la filla gran del doctor Bou va aparèixer davant del local. Ricard es va quedar amb la boca oberta. La Marina arribava en cotxe, i el més sorprenent encara, el conduïa ella: un utilitari blanc, amb les tres nenes botant al darrere, debatent-se perfectament lligades a les tres cadiretes que la nova conductora havia fet instal·lar en el vehicle. Un Fiat Cinquecento de color blanc, un model petitíssim que li quedava la mar de bé. La noia va entrar al bar eufòrica, somrient, satisfeta fora mida, amb una nena a coll i les altres dues, inquietes, excitades, penjades de les faldilles. La noia va fer un petó al marit. Ricard no va dir res. Ni tan sols van parlar del vehicle. Ara ja sabien on havia estat durant tot aquell temps, què havia estat fent. S'havia tret el carnet de conduir i havia aconseguit comprar-se un cotxe a terminis. I ho havia fet d'esquena a ell, sense que se n'assabentés. Ricard també es devia preguntar d'on coi havia aconseguit els diners i, segurament també, que era evident que a finals de mes encara n'hi hauria de passar molts menys. De totes maneres, va quedar tan parat que, en un principi, no va reaccionar. Al mateix temps, era lícit pensar que Mirabaix ho tenia tot previst. Fins i tot, saber que la Marina era capaç d'una maniobra d'aquest tipus. Tal vegada, pensant-ho millor, coneixent el caràcter especulatiu i calculador del noi, és possible que ho hagués estat esperant i que, anant més enllà, tot estigués succeint més o menys com esperava.

Fos com fos, va ser una jugada mestra: la noia havia anat fent calaix i estalviant diners, dels pocs que Ricard li passava mensualment. De cada compra que feia, cada dia havia anat apartant una moneda d'aquí, algun bitllet d'allà. Havia anat omplint el pot i li havia clavat un gol per tot l'escaire. Havia fet els tripijocs més fantàstics per assumir els pagaments del cotxe, fora del control del noi. I també és veritat que s'havia gastat el just i necessari, per tal que no es notés i sense que, lògicament, res de tot allò, dels pagaments per l'utilitari, pogués suposar escatimar menjar o manutenció a les trigèmines. Finalment, ho havia aconseguit: acabava de treure's, amb nota, el certificat, el màster d'economia a la millor escola possible, la de l'Elvira. Sens dubte, havia comprat el vehicle més barat que havia trobat. El cotxet era ideal per a ella. Es tractava d'un auto de tercera mà, és veritat, però estava en perfecte estat. El Cinquecento li permetia entrar en un món nou d'autosuficiència, que li assegurava també poder anar i venir de les Brucardes i d'on fos amb total llibertat. Era fàcil endevinar, fins i tot recrear-s'hi, l'esforç grandiós que havia hagut de fer per treure's el carnet en tan poques setmanes, sense que ningú tampoc se n'assabentés; s'havia hagut de familiaritzar amb els senyals de trànsit, amb tot aquell univers de signes i senyalitzacions, un llenguatge que desconeixia per complet perquè el doctor mai havia permès que les dones de casa seva poguessin conduir. Només ho havia aconseguit la Rosabel, per descomptat; la Remei tampoc el tenia, el carnet.

Doncs ara la Marina es traslladava pertot arreu amb aquella caixeta mínima de color blanc. Es diria que la noia fins semblava que s'havia aprimat. Ara tenia un marge d'actuació molt més ampli. La sensació de llibertat que demostrava la seva cara era tremenda. Es veia més àgil; sens dubte, estava més bonica. La cara de Ricard, per contra, era tot un panorama, un autèntic poema. La situació se li descontrolava. Tot i així, devia haver admirat (en aquell moment és segur) la gosadia inesperada de la Marina. Fins i tot era d'esperar que fes veure que tornaven a ser amics, almenys per un dia. També és segur que la maniobra no li va agradar gens ni mica. Tal vegada, la noia havia perdut de vista que Mirabaix no deixava mai res a l'atzar. L'episodi del cotxe només acabava de començar. Tant és així, que va arribar el dia que el cotxe de la Marina va demostrar la seva finalitat concreta, l'objectiu real pel qual ella l'havia adquirit, més enllà de l'ús quotidià per acompanyar les nenes a la guarderia i tornar del súper sense haver de carregar el cotxet amb bosses de plàstic. Barcelona. L'objectiu de la Marina era, per fi, poder anar a Barcelona sense l'esclavatge que suposava dependre d'algú o haver d'agafar l'autocar. Per primer cop a la vida, podia anar a la ciutat amb vehicle propi, amb autonomia completa, vorejant les carreteres amb el cotxet blanc i la L verda penjada al vidre del darrere, amb la satisfacció i el plaer que representava per ella poder actuar, veure, comprovar i judicar sense limitació d'espai ni horaris, amb els propis ulls, el que el marit feia en les seves misterioses escapades i, òbviament, poder-ho calibrar, entendre i, fins i tot, perdonar. En el fons, la Marina, impulsada per alguna cosa a la vegada més forta i poderosa que la voluntat que l'hagués pogut retenir o frenar, necessitava convence's que no passava res, que tot eren falses alarmes i que, simplement, es tractava del tràngol que podia passar qualsevol parella. No era capaç d'adonar-se tampoc que la malfiança ancestral que l'empenyia, una visió plena d'una fatalitat irremissible, l'estirava cap al propi final; no sabia que en realitat allò era un compte enrere, que aquell seria el primer i l'últim viatge que feia, almenys amb vehicle propi i de manera més o menys conscient. En tornar a Sant Fruitós, al vespre, després de la breu excursió a Barcelona, la noia havia deixat el Cinquecento mal aparcat a la vorera de davant de casa, havia obert la porta, havia pujat les escales i havia entrat a la cambra de matrimoni, on només hi havia el somier, el matalàs, un llençol i la tauleta de nit amb un petit llum sense pantalla. Ja no en sortiria més. No almenys per ella mateixa, ni pel propi peu. Es va quedar al llit estirada, sense moure's, panxa enlaire, amb la bombeta engegada i la mirada perduda. Era com si no hi veiés, els ulls fixos en la paret blanca, en l'abans i el després del que havia descobert a Barcelona.

D'un dia per l'altre, sense que ningú ho pogués entendre, la Marina no menjava, no bevia, no mirava, no escoltava. No feia res. Només s'estava allí estirada, mirant a l'infinit. Ja des d'aquella darrera nit quan s'havia ficat al llit no era ella. Quan Ricard va arribar, pels volts de les tres de la matinada, havia trobat les criatures dormint en diversos llocs de la casa. Ni tan sols l'Elvira aconseguiria arrencar la noia de l'habitació. La Marina tampoc no va explicar res. S'estava allí, ajaguda, cada vegada més pàl·lida i de cara a la paret, sense voler veure ningú i tampoc parlar-hi. La Remei aconseguí posarli almenys la camisa de dormir, per la força. Encara no s'imaginaven que aviat, molt aviat, la camisola li sobraria pertot arreu com si fos la d'una altra dona. Els seus ulls seguien oberts en la pròpia perplexitat desinflada. A casa seva encara no ho sabien, i és possible que ni ella mateixa ho pogués percebre encara, però la Marina havia decidit morir.

Quan es van adonar que estava malalta, que era evident que hi havia alguna cosa que no rutllava, el doctor va moure cel i terra per mobilitzar els seus amics metges. Va fer venir especialistes de tota mena a casa, es va obsessionar i va voler esbrinar tant sí com no, malgrat la passivitat i la falta d'espurna de la noia, què era el que li succeïa a la filla, la raó per la qual de sobte havia emmalaltit. Des que havia anat a Barcelona aquella tarda, la noia no havia menjat res. Tampoc hauria pogut fer-ho. Qualsevol tros de menjar o de líquid que li ficaven a la boca, ràpidament el vomitava. No l'escopia, ni el rebutjava; un cop mastegat i empassat, el seu cos simplement l'expulsava. No li entrava res. Tan sols, alguna vegada, es veia capaç de beure una mica d'aigua. Al cap d'uns dies, ni tan sols això. Finalment, al cap de dues setmanes, a mitjans de juliol, la van ingressar uns dies a l'Hospital de Barcelona. Van fer-li tot de proves exhaustives. La noia seguia en la més absoluta desídia, sense mirar, ni escoltar ni dir res a ningú, com si no tingués força ni per moure un dit. L'havien hagut de carregar en braços. Els metges no havien vist mai un cas així. Finalment, però, va semblar que l'assumpte es resolia, que tot plegat tenia explicació: li van detectar un petit tumor al budell. Els col·legues de Bou van opinar ràpidament que no seria res, un quist de greix i res més; al mateix hospital, van sotmetre la Marina a una petita intervenció. Almenys això va donar explicació a l'ensopiment fulminant, al cansament i a l'engreixada inexplicable que havia patit en els darrers mesos, tot i que ara havia començat a perdre pes de manera vertiginosa. Malgrat tot, per uns dies va semblar que es recuperava. Estranyament, però, la noia seguia sense dir res, enfonsada en la inòpia més absoluta, una desídia i una manca de voluntat total i definitiva. Els metges que la seguien visitant no sabien què dir. Quan li van retirar el sèrum encara va ser pitjor. Vomitava sense motiu aparent i sense que tampoc hagués menjat res que provoqués les nàusees. Semblava que el seu cos hagués decidit que no acceptava res més, o més aviat, que refusava la vida i que tenia un motiu clar per fer-ho, per justificar el rebuig. Certament, la Marina el tenia. El cafè amb llet que, *a posteriori*, els amics de Ricard descobririen que havia pres la filla gran del doctor Bou a Barcelona, havia estat la darrera substància que havia estat capaç d'engolir, i segurament no se l'havia pogut ni acabar. És clar que els amics van adonar-se quasi de manera immediata que hi havia alguna cosa més al darrere de tot allò. Alguna conseqüència i fatalitat física lligada per força a la ment i les seves fluctuacions. Marina Bou havia assistit a algun fet extraordinari en aquell darrer viatge. És possible que ja tingués la malaltia abans de rebre el disgust, tot podia ser, però la pena indescriptible del que havia comprovat li havia accelerat sens dubte el procés, el càncer fulminant que se l'havia d'emportar, almenys això és el que es va dir, i aquesta seria la versió oficial de la família, tot i que mai es va saber amb certesa ni concreció científica el tipus de malaltia que havia tingut.

Què li havia passat a Barcelona? És clar que molts la coneixien, aquesta història, abans que ella la descobrís. Potser l'impacte també va ser aquest: haver-se assabentat la darrera, en darrera instància, d'un fet que algunes persones de l'entorn ja sabien o havien intuït que succeïa. Malgrat tot, molts també van pensar que la Marina es recuperaria. Que seria prou forta. Només Ricard devia saber que no ho faria, que el cop final era fatal i definitiu. En efecte, la noia havia estat testimoni, i Ricard no deixava res a l'atzar, d'allò que mai a la vida hauria hagut ni volgut saber. El xoc de l'evidència ho havia fet precipitar tot. Fins i tot dintre el seu cos. Mirabaix havia sabut que ella tard o d'hora ho esbrinaria, que ho voldria investigar. Els amics immediatament van entendre el que passava: després del descobriment, ella ni tan sols havia tingut esma d'acabar-se el cafè amb llet, havia anat a buscar el cotxe i havia tornat cap a Manresa, botant per les carreteres en la capsa blanca que s'havia comprat expressament per corroborar tot allò, recorrent cap enrere el poc temps que li quedava.

És clar que no és pas que la noia, no almenys en el sentit estricte del terme, hagués decidit morir. Uns dies després que li extirpessin el petit quist que li havien trobat a l'intestí petit va semblar que intentava recuperar-se. La Marina ho va provar. Però en la voluntat de remuntar va trobar que el cos li seguia rebutjant la vida. Alguna cosa a dintre, també superior a ella, fins la capacitat de vèncer l'entumiment i la debilitat que hauria de tenir qualsevol persona jove, li seguia dient que no. Quan la van tornar a intubar ja era massa tard. Tothom es va desesperar. Ara sí, en contra de la seva voluntat, li era impossible menjar, ni beure. Tanmateix, en aparença, i per insistència, va semblar que a l'hospital es recuperava. Tan bon punt li van donar l'alta i va tornar a ser a casa, es va ficar al llit i seguí igual que abans. L'aprimament era dràstic. A través de la camisa de dormir, el cos se li començava a endevinar esquelètic, sec. Ara, els seus ulls miraven al voltant espantats, sense entendre exactament què li passava. Cercava una resposta que no podia obtenir. No era capaç de comprendre el procés que el seu propi cos havia desenvolupat per dintre, la decepció i el dolor que tot plegat li havia provocat. Volia menjar, però l'esòfag rebutjava el que li donaven.

A casa seva sempre van pensar que es refaria; hi van creure fins ben bé el darrer dia. El doctor no va perdre mai l'esperança. Quan van veure que seguia rebutjant l'aliment, aquesta vegada només els sòlids, van tornar a fer venir metges i especialistes a casa. Per moments semblava que el seu cos volia, però tot seguit vomitava el que ingeria. Ben aviat, fins començà a treure el que mai havia engolit. I aviat també tornà a rebutjar els líquids. Ja no beuria mai més. Semblava que tingués un tap a l'esòfag; ella volia, però de seguida ho rebutjava. A mitjan agost, en plena onada de calor, va agafar una gastroenteritis aguda. També es va deshidratar. I quan per fi es va decidir a començar a dir, a començar a explicar alguna cosa, per culpa de la deshidratació es va quedar completament ronca. I al final, pràcticament sense veu. Li van trobar una llaga a l'esòfag i ara es quedava amb la boca oberta, seca, ofegada per la irritació i el mal al coll. Així, de mica en mica, la noia es va anar diluint. Mirava al voltant amb una mena de fàstic inhumà. Bou tornà a fer venir una tropa de metges amics seus. Van fer una sèrie de viatges al centre hospitalari, la van omplir de proves, injeccions i pomades, li van fer radiografies, escàners, tacs, i aviat la noia va tornar a estar clavada al llit. L'havien d'anar movent per evitar les llagues. En un mes i mig va quedar transparent com un vidre; va semblar que mai podria tornar a ser la mateixa. Les galtes cada cop les tenia més xuclades, cada vegada se li veien més enfonsades. Sense parlar, sense dormir, mirava els visitants com si fossin estranys, amb uns ulls brillants i plorosos, com de cristall esmicolat, i com si tot ho veiés a través d'un prisma esquerdat, amb una candidesa descreguda, totalment pàl·lida, esfereïdora, que feia feresa i invariablement provocava estupor. Tampoc volia saber res de les filles. Encara menys del pare, ni dels germans, ni tan sols de la seva mare. *Doña* Remei estava desesperada. L'única conversa més o menys llarga es va produir amb la Rosabel, en una de les seves escapades a la casa. La germana petita va entrar a l'habitació, dubitativa, plena de basarda, fins i tot de por. La Marina s'havia girat cegament cap a ella, amb aquells ulls esblaimats.

—Tingues cura d'elles —havia dit únicament, quasi imperceptible, amb la veu ronca.

Res més. Cap retret. La malalta retornà la mirada cap a la paret nua i ja no diria res més. No es van tocar. Tot havia quedat entès. La Marina s'havia tornat a girar i havia quedat inerta, com un objecte inanimat, un braç torçat estranyament sota la camisa, com si se l'hagués trencat en tombar-se. Plena d'impressió, la Rosabel sortí corrents de la cambra. Havien establert algun tipus de pacte per encarregar-se de les nenes. Com si ja no fossin d'ella i sí, en canvi, de l'altra. Només de tant en tant, en els darrers dies, li posaven les nenes al llit. Però ella no feia res. No reaccionava. Ni se les mirava. Ni el gest de voler-les acariciar. Fins que al final, un dia, també les hi van haver de treure. L'Elvira aprofità la circumstància que les tenia allitades mig adormides amb la seva mare per sortir un moment. Sort que havia tornat a temps. S'havia absentat un parell d'hores per anar a comprar quatre coses a Sant Fruitós. Va haver d'agafar l'autobús ràpidament, perquè ella tampoc tenia carnet de conduir, i en tornar a la casa quedà esgarrifada. Va trobar-se una de les nenes somicant al rebedor, amb la cara tacada de vermell, com si s'acabés de menjar un gelat de maduixa o un tomàquet. Llavors va sentir un estrany brogit que venia de dalt, de la cambra de la Marina. Va pujar corrents. A l'habitació, les altres dues nenes estaven enganxades als pits buits de la mare, que, mig inconscient, totalment ensangonada, gemegava amb una mena de miol greu, sincopat; va ser la darrera vegada que la van poder deixar sola amb les nenes; les hi van haver d'arrencar. Una de les bessones fins i tot s'havia quedat adormida, enganxada a la sang del pit. Amb la mania que tenien de mossegar-ho tot, les dentetes li havien provocat tot de ferides i nafres. Havien aconseguit descordar-li la camisa de dormir per la part del coll, i li havien començat a devorar els pits, aleshores ja dues pelleringues allargades, toves i estriades, com bosses de plàstic molles i buidades. En l'atac innocent de les criatures, com tres rates de gairebé deu quilos de pes, i entre les clivelles provocades per les incisives, d'uns pits dels quals ja no podien succionar res de res, les nenes s'havien barallat entre elles per mirar d'obtenir algun tipus d'aliment, en el record del que havia estat sa mare. La Noe, la que l'Elvira s'havia trobat a baix a l'escala, es va passar la nit plorant. A la Marina la van portar d'urgències a Barcelona, mig dessagnada. S'explicava que, mentre la curaven, ni tan sols gemegava. No reaccionava al dolor; ja no era d'aquest món.

23

ELS ETERNS AMANTS

Fos el que fos el que la Marina havia descobert a Barcelona, Ricard devia haver-se encarregat de mostrar-l'hi amb tota la cruesa possible, de manera que a ella no n'hi quedés cap dubte. Coneixia prou la seva dona per saber de sobres la devastació progressiva i l'abast destructiu que el descobriment li causaria. Però la Marina també en feia culpable l'entorn, sense excepció de ningú, per la simple raó que no va entendre que no l'haguessin avisat. De cop, no els dirigia la paraula. Ni tan sols parlava amb els germans, ni amb les amigues de l'internat. Amb ningú. I amb aquest silenci inescrutable els culpava. Quan, només per unes hores, va semblar que tornava a reviscolar, alguna cosa en el seu cos encara va tornar a dir prou i de seguida tornà a enfonsar-se en la inòpia. Amb el pit embenat, un cop més els metges van tornar a desfilar per la casa. Els amics d'infància mai s'havien atrevit a revelar a la noia el que havia succeït. Tot i que ho sabien... ho havien sabut tot de feia temps, i ella, amb el seu silenci sepulcral, ara només feia que pagar-los amb la mateixa moneda: la noia no comprenia per què no li havien dit res: els acusava, en definitiva, d'haver estat sempre al costat de Mirabaix, de la misèria, de la seva maldat incorregible, en lloc d'haver optat per la lògica i la valentia de delatar-lo, de parlar almenys amb ella per mantenir-la informada. Havien estat ballant al seu voltant, com tothom havia fet, igual que el seu pare, i ara no tindrien més remei que ser testimonis de la seva pena i del seu enfonsament tan tràgic.

No, no l'havien ajudat. Ningú s'havia atrevit a intervenir i a ficar-se en un assumpte tan greu. Va ser un d'aquells actes i desercions inexplicables que a vegades té l'entorn immediat pel familiar més vulnerable. Per una banda, ningú no es volia ficar on no el demanaven, i per l'altra, hi havia l'experiència recent amb la Michele, que havia aixecat una paret definitiva entre Ricard i els seus amics. Ara tampoc s'havien vist amb cor de delatar-lo. Però, amb el seu silenci, ella, amb tot el dret, els acusava: ningú l'havia avisat. Contemplaven el darrer episodi d'aquesta història, la crònica del decés, tal com segurament havia previst també la ment perversa de Mirabaix. Un cop, el cronista havia cercat els ulls de la malalta; la Marina els hi havia clavat, amb un tipus de candidesa desafiant que li desconeixia. No s'havien dit res. Però el periodista va saber que mai no els podria perdonar el mal que li havien fet callant d'aquella manera, conxorxats, guardians en el regne de silenci que havia erigit Mirabaix; a la vegada, la noia també ho veia clar, s'adonava de la seva pròpia impotència i que a la seva manera, igual que ells, també havia quedat a mercè de Ricard. Fos com fos, ja no era d'aquest món, tot i que, pensava, hauria merescut almenys i com a mínim haver sabut de l'existència de la Michele, per dir alguna cosa, abans d'assabentar-se per casualitat, o per qualsevol altra circumstància, de les vicissituds que havien envoltat el dolorós trencament, el que fos que li hagués pogut donar pistes sobre les dèries i voluntats amagades de Ricard.

Al cap de tres mesos de ser a l'hospital, el 22 de setembre, la noia va morir. Va tenir una aturada cardíaca. La mort es va produir sense escenes de dolor, deliris familiars ni escenes desagradables; un matí, aparegué estranyament pàl·lida, amb la pell finíssima, com de cera, inviolada. Acabava de morir. Ricard havia estat present en el decés. La pena del marit deixà la família corpresa. De cop i volta, va començar a anar pel món amb un posat d'indiferència i desafiament total. A Manresa, la notícia va ser majúscula. Va caure com una brasa sobre la ciutat. Poca gent, molt poca fins al moment, havia sabut pràcticament res de la gravetat de la malaltia. Al mateix temps, ningú no es podia creure el que havia succeït; va ser un vist i no vist. Com ha pogut passar?, es preguntaven. Només després, quan es comencés a saber, quan es comencés a besllumar el que es podia haver esdevingut, sempre de manera subterrània i en forma de rumors malèvols, com s'acabaven sabent sempre les coses al voltant dels Mirabaix, es va poder arribar a lligar-ho tot plegat. I aquest tot plegat es va començar a veure a l'enterrament, quan el mal ja s'havia produït. Rere la cortina de fum estesa per Ricard, van anar apareixent els detalls nítids i concrets dels esdeveniments i les conseqüències imprevisibles que algú ja havia previst per a la noia el dia que havia estat presentada en el primer dinar familiar a Manresa.

Aquesta vegada, el lloc del sepeli no es va discutir. Els Bou Antich ni tan sols van acudir al funeral. Van haver d'atendre *doña* Remei a casa. El doctor es va quedar amb ella i tampoc s'hauria vist amb cor d'anar-hi. Es van recloure a la casa de Sant Fruitós, en la seva part de xalet, amb les nenes. Van quedar anul·lats. Sí que, en canvi, van voler-hi assistir els tres fills i la Rosabel. Però van arribar com estrangers. No tocaven ni quarts ni hores. Dos d'ells es van perdre pel camí, per cert, i no van aparèixer al cementiri. L'altre germà va arribar tot sol i estava desfet. Només la Rosabel, separada d'aquest altre, s'erigia com a representant familiar, com si, després d'un estrany acord dels pares i germans, haguessin volgut deixar-la a ella sola al capdavant de la cerimònia. Els amics van quedar just al darrere d'ella, quatre figures clares, visiblement retallades en el dolor i la consciència de culpa pel que havien sabut i no s'havien atrevit a revelar. Qui més qui menys es mirava de reüll i estava atent a la Rosabel. Alta, misteriosa, inescrutable. També aquesta vegada al cementiri s'hi van reunir una quantitat notable d'acompanyants i curiosos. Es va haver d'enterrar la noia en un nínxol provisional i de lloguer. No havien passat els dos anys de rigor per obrir l'altre, on hi havia enterrat el senyor Ricard, el petit Sebastià i el gos petaner. Els Mirabaix semblava que hi eren tots. Van assistir-hi en massa. Es diria que fins n'hi havia més que en qualsevol aplec anterior. Tothom estava d'acord també que la malaltia de la difunta l'havia provocat el disgust per la mort sobtada del nadó feia pocs mesos.

Però va ser a l'enterrament, al cementiri, que els amics per fi van poder veure i corroborar les sospites, que es començà a posar en evidència el que Ricard havia anhelat i volgut des del començament: exactament allò que un dia havia tingut i sigut de Prat. Mentre ficaven la noia al forat, enmig dels plors entretallats, d'aquella mena de crits aguts que deixaven anar els Mirabaix, Ricard, les bales seques dels seus ulls, just al costat de la Rosabel, semblava somriure amb la mirada de vidre de la Marina; era com si mirés cap endintre, reflectint la pròpia negror... i les seves mans agafades, premudes en el dolor, no de manera amistosa no, sinó, com es diria, indicant un cert afecte i predisposició, allò que, en efecte i ja des d'aleshores, tampoc la parella no va tenir gaire cura a amagar: la seva història d'amor, la sospita, tan llargament amagada, especulada i considerada pels amics i també per alguns familiars. Fins aleshores, també ho devia haver intuït i percebut alguna gent a Manresa. Tampoc tanta. No almenys els que s'haguessin atrevit igualment, en coneixença dels Mirabaix, a explicar-ho i esbombar-ho, i encara menys a establir la sèrie de relacions i connexions que haurien portat a altres conclusions, i encara a les de més enllà. Perquè, des del funeral, Ricard va començar a mostrar el seu trofeu, el triomf de la batalla guanyada, tal vegada la més autèntica i vertadera de la seva existència. Després del sepeli, la Rosabel s'havia retirat, trasbalsada, potser pudorosa, momentàniament avergonyida. Però aquell entrellaç de dits, el besllum d'una sèrie de carícies més o menys velades just davant la tomba, havia parlat per si mateix.

Havia estat la manera com ho havien fet, que no

portava equívoc. Encara escèptics, sense poder-s'ho creure, els amics corroboraven que la gravetat i la sorpresa mortal del que devia haver descobert la Marina probablement no havia estat tan exagerat. Només que hagués vist allò mateix, en alguna terrassa del passeig de Gràcia, o si els havia enxampat al pis de Balmes, es van adonar d'allò que, malgrat tot, no se sabria fins més endavant i de manera pública, a la manera calculada i oficial al cap de sis mesos, quan molts ciutadans van saber que a cal Mirabaix hi tornava a haver festa grossa i que la nova parella es casava. En principi, a ningú li semblaria ni bé ni malament, sinó més aviat, lluny de pensar que tot podria haver estat finament premeditat, s'acabaria revelant com una solució familiar efectiva, una bona manera de combatre la tristesa i el trasbals provisional de la família, sense sospitar ni de bon tros que aquest potser havia estat el cop de gràcia, el disgust i el descobriment que havia matat la Marina. Només els amics havien primer sospitat amb fermesa i després sabut amb seguretat que el flirt no només havia corregut paral·lel al matrimoni, sinó molt abans, i que tan sols algú com Ricard era capaç d'una maniobra tan diabòlicament enrevessada. També estaven segurs que el propòsit del noi era contundent i determinat. Un simple joc, un desig morbós, seriosíssim en tota la seva competitivitat, que devia haver nascut arran de l'escàndol de la Rosabel amb Prat, des del moment que l'amic havia aconseguit la tortosina. En aquell precís instant, ell també l'havia desitjat. Amb tota la força. Ara s'encarregava de fer saber als nois, a través d'aquell petit gest al marge, com qui no vol la cosa, que havia aconseguit la germana petita. Començava a preparar, ja des d'aleshores, l'entorn familiar i les amistats.

Era allò, exactament allò el que els havia començat a insinuar des de l'enterrament, a la manera cruel, inequívoca, quasi salvatge amb què excusava les seves accions inexcusables. En efecte, amb un simple detall havia donat a entendre la importància i la dimensió del joc en què es trobava ficat, així com el destí fatal que esperava a la seva amant, la Rosabel, la noia rebel que ell havia desitjat i volgut tant sí com no des que l'havia vist amb Prat. Només algú com Ricard havia estat capaç de comprendre que en ella, en la noia esquiva i malcarada, en la germana petita i malcriada, havia trobat una ànima bessona. Calia ser com ell per entendre, en tota la realitat miserable que els definia a ambdós, que la petita, igual d'envejosa que ell, igual de misèrrima, tan sols desitjaria l'home que s'hagués casat amb la Marina, amb la germana gran, i s'hi casaria. D'aquesta manera i de cap altra, la petita dels Bou havia volgut i desitjat també aquell bèstia que, en un principi, havia ignorat a Barcelona, però que havia començat a anhelar amb fermesa tan bon punt la Marina havia anunciat que s'hi unia en matrimoni. La Rosabel havia sabut de sobres que el noi engegava aquella maniobra nefasta per empaitar-la i castigar-la, per aconseguir-la a ella, al cap i a la fi, i fer-li dentetes de la manera més irresistible, a través de la germana a qui tant envejava. El Ricard deixaria de ser, per fi, un satèl·lit lleig i mal fet, fins i tot menyspreable en la colla manresana de Prat. La Rosabel s'havia començat a fixar en ell tan bon punt ell havia conegut la Marina als Estats Units.

Alhora, les dues germanes ignoraven, però, que Ricard havia començat la lluita després de perdre una primera batalla important, quan havia intentat casar-se amb la Michele, justament per la raó que el mateix Prat ho acabava de fer amb la Guanyabens. I a sobre de seguida havien tingut un fill, un nen. Tot això, i molt més, és el que la Marina devia haver vist en un sol instant... i la sospita que tot plegat era potser encara més ampli, profund i greu. S'adonà de l'evidència, va tenir la certesa que la Rosabel estava amb Ricard potser molt abans que el noi hagués anat a buscar-la a ella a Des Moines i la comencés a estirar des del fons de la barra de bar d'aquell hotel de mala mort. Tot li devia haver lligat en un moment, en l'instant immediatament posterior al descobriment *in fraganti* i premeditat dels amants. Fos el que fos, havia estat vilment utilitzada, al més pur estil Mirabaix. I pensar que la Marina s'havia entestat a aconseguir aquella part indomable i adolorida de Ricard... de la mateixa manera que la germana petita s'havia enlluernat de sobte pel noi insignificant que, per fer-la morir de gelosia, tenia intenció de casar-se ni més ni menys que amb la Marina. La Rosabel també ignorava que, en el fons, tot formava part de la mateixa maniobra per ensinistrar-la i fer-se-la seva. I que la competició per aconseguir l'hereva intocable de ca l'Antich havia començat molt abans, com explicaria Prat, quan ell havia estat l'amic que l'havia aconseguit abans i primer que Mirabaix. Ja llavors s'havia iniciat, secretament, la cursa per veure quin dels dos amics se l'enduia. Calia llegir els esdeveniments segons la ment perversa de Ricard, justament perquè ara, al cap dels anys, obtenia el que alesbores s'havia proposat. Algun dels amics ho havia vist clarament el mateix dia que, per a sorpresa de tots, la Marina els havia estat presentada en el dinar conjunt amb els seus pares a Manresa. S'havien quedat de pedra. Fins i tot la Rosabel també hi era. I Ricard era allí, fred, hieràtic, una mica apartat però al centre de tots, per llegir l'escena, el desenvolupament del drama al complet i, per sobre de tot, actuar, calcular, començar a treballar pel propòsit final. I aquesta era també la cara de satisfacció que, en realitat, havia ofert Mirabaix al cementiri: el cansament i l'orgull fatigat per la batalla que finalment i de manera secreta havia guanyat. Les punxes inertes de la seva cara mostraven exactament una expressió d'èxtasi impenetrable.

També és veritat que el noi s'havia sabut vencedor des de l'inici, abans que als possibles contrincants, principalment Serra i Llonch, els passés pel cap anar al darrere de la Rosabel; un cop que Prat havia demostrat que la peça es podia aconseguir, la guerra estava oberta. I Ricard sabia que la podia guanyar. Havia endevinat com fer-ho. Havia sabut que, de totes totes, coneixent la noia sense conèixer-la, l'única clau per captar-la era convertir-se en el seu cunyat. Els amics van saber que Mirabaix també devia haver previst l'impacte que rebria la germana petita dels Bou amb la seva maniobra sorprenentment atrevida i directa, i que des d'aleshores la Rosabel ja no pensaria en res més que a ser amb ell. A ella, el fet d'anar a conèixer casualment la germana gran a l'estranger, de manera tan mil·limètrica i calculada, amb tot l'esforç que això suposava, devia haver-la impressionat i de quina manera. En aquell dinar de presentació a Manresa, van adonar-se que Ricard havia decidit, sense ben bé decidir-ho, conquerir la dona que mai ningú havia pogut fer-se seva amb fermesa, jugar a un joc habitual per a ell i en el qual es desenvolupava com peix a l'aigua, millor que ningú; obsessiu, solitari, abans que ell nasqués, fins i tot abans que ho fes el seu avi, el senyor Ricard, el fugitiu vingut del no-res per llançar-se a la cerca i captura d'un nom i d'una casa, amb la mateixa gana insaciable que li havia fet posar a la diana i de quatre grapes igualment dues germanes, tot, absolutament tot era venjança, misèria, dolor, sense compassió per res ni per ningú.

La Marina també es devia haver adonat que, amb tot plegat, sí que Ricard en conjunt completava amb ella la frustració pel fracàs amb la Michele, però que en realitat tot havia començat abans, molt abans; en un salt formidable en el temps, en el reconeixement de la misèria infinita del marit, que havia tingut la barra d'embolicar-se amb la seva germana, la Marina, ja malalta, devia adonar-se clarament de com i de quina manera havia estat capaç de calcular-li el patiment, l'enfonsament i la mort. I l'havia encertat. Ricard devia haver sabut quina seria exactament la reacció de l'esposa, de quina manera irreversible respondria al cop tremend de la trampa mortal que li havia parat. La coneixia molt bé. Molt més del que ella el coneixia a ell. Perquè, fos el que fos el que havia vist la tarda que la Marina havia anat a Barcelona, en el seu primer i últim viatge amb vehicle propi, havia estat mortal de necessitat; segurament li havia transmès la mateixa impressió irrevocable, el mateix xoc cruel, similar o bessó a la certesa irrefutable que es desprenia de la visió fugaç del gest i del joc de mans que van advertir els amics al cementiri entre Ricard i la Rosabel, l'essència terrible de la veritat en la carícia inequívoca que cronista i companyia havien descobert o —més ben dit— que Ricard havia deixat que descobrissin, en ple enterrament, i que demostrava que la Rosabel i ell simplement eren amants, o millor, que ho havien seguit sent, que ho havien estat des del moment que la petita havia sigut per unes setmanes la parella inaconseguible de l'amic Prat. La Rosabel i Ricard havien estat amants fins i tot abans que s'haguessin vist per primera vegada. Efectivament, de forma inqüestionable, el que la pobra Marina havia esbrinat li havia donat idea de la circumstància que ambdós tenien un embolic i s'entenien, no de manera passatgera o accidental, sinó incontrovertible, tenaç, fins i tot cruel i premeditada, fins al punt que la Rosabel s'havia arriscat a deixar-se enxampar, o potser havia preparat l'enxampada junt amb Ricard, no se sabia. Senzillament, havia enredat la seva germana igual que havia fet amb ella.

Devia haver comprès també que la història d'amor que acabava de descobrir, en lloc de tractar-se d'una trobada furtiva, era més aviat un fet irrebatible i consumat, contra el qual no es podia lluitar ni fer res, un flirt que s'havia desenvolupat en paral·lel a la seva lluita igualment ferotge, sacrificada i maternal per obtenir l'amor impossible de l'home que, des de l'inici, ja des d'aquell bar a Des Moines, havia començat el seu enfrontament contra el món sencer, contra el propi odi, el passat inconegut, el dolor, com se'n vulgui dir, contra ella, en definitiva, i tot el que representava. És clar que la Marina, la pena que sentia, no li venia de la coneixença d'una traïció ja per si mateixa cruenta, del mal irreparable que el descobriment significava, que també, sinó del fet que Ricard li hagués posat les banyes amb la germana. I del fet de pensar en la hipòtesi, en la possibilitat de la premeditació de la Rosabel; la malícia d'ella, que per la pròpia germana hi hagués pogut haver tanta maldat. Li havia semblat imperdonable que l'actitud miserable hagués sortit també d'ella, de la seva família mateix. Malgrat tot, per fi li devia haver semblat que tot lligava. Ara entenia tantes coses. Mentre estava estirada al llit, li devien venir al cap escenes soltes, com quan havia vist, sense immutar-se, com una vegada la Rosabel li tancava la porta als morros a Ricard, o el besllum llunyà del desaire el dia que el marit havia anat a Tortosa per reconciliar-s'hi. Ja estaven junts aleshores, ara ho havia entès, i ella allí al mig, sense que hi pintés res, i el pitjor: que desitjaven que desaparegués, que els deixés el camí lliure, com una simple peça del joc que molestava i entorpia la nova parella, els amants que, sense saber el temps que feia que estaven junts, li devien semblar eterns, que ho havien estat sempre. Havia obert els ulls a aquest fet aberrant. Un cop de realitat definitiu, terrible. Així que havia decidit aturar-se. En arribar a Sant Fruitós havia deixat el cotxe aparcat davant de la casa, al mateix lloc on el vehicle quedaria abandonat els tres mesos següents, i encara fins molt temps després; el petit utilitari blanc seria com un vestigi llunyà, oblidat, de la misèria inescrutable dels Mirabaix.

Així que la Marina, amb el poc que devia haver vist, ho havia vist tot: també fins on podia arribar la gelosia imparable de la germana, ficada en la roda indeturable que girava i girava, impulsada per les pròpies passes frenètiques i atabalades en la gàbia de Mirabaix. Va decidir, probablement també sense decidir-ho, que no tenia cabuda en aquell petit univers mesquí. Va optar per deixar el camí lliure als amants, i el seu directament obert cap a la tomba manresana. En certa manera, era lícit creure que la noia hagués pensat que la Rosabel feia més per ell, més bona parella, i que, amb tota probabilitat, de manera admirativa, la germana petita era capaç de fer coses que ella mai s'hauria atrevit ni tan sols a pensar.

Els amics de Ricard només esperaven i elucubraven sobre el temps que trigaria a treure a la llum pública la novetat de l'afer. No va tardar gaire. Al cap de poques setmanes es va començar a dir, a saber, que Ricard i la Rosabel, en un d'aquells tics familiars i imprevisibles, tan Mirabaix, tan furiosament optimistes i simpàtics, igual que havia fet l'avi, es casaria amb la germana, tal com el seu antecessor ho havia fet amb la de la Teresa pocs mesos després que aquesta hagués mort. Encara sota el xoc tremend i les especulacions sobre el que acabaven de viure, tot plegat ja estava succeint. Ningú s'ho creia; com si ningú, a hores d'ara, no conegués encara Mirabaix ni del que era capaç. Ell mateix s'havia encarregat d'explicar la nova circumstància als amics, tot trist i compungit, com a bon actor que era, i va fer que en veritat tothom pensés que estaven junts per una mena de necessitat familiar urgent, gairebé com un accident. I, tanmateix, semblava que sempre havien estat plegats. Pocs imaginaven de quina manera. Els demostrava, un cop més, que havia vençut. O sigui, que completava el detall mortífer, totalment preparat, de casar-se amb la Rosabel i que els designava com a testimonis de boda, per deixar constància que no només havia pres el pèl a tothom, sinó que havia empastifat l'entorn de la misèria inabastable que acompanyava la seva història.

Mentrestant els amics d'infància només podien fer que especular de quina manera els devia haver enxampat la Marina, o més ben dit, de quina forma Ricard havia fet que els enxampés: les hipòtesis, com sempre al voltant de Mirabaix, eren múltiples i variades: potser els havia vist morrejant-se al passeig de Gràcia; tal vegada es refermava la idea que ho devia haver fet de manera més inequívoca, al lloc on, en general, són enxampats la majoria d'adúlters: al llit. Els amics estaven segurs que, almenys, Ricard devia haver-l'hi mostrat de la forma més clara possible i suficientment descarada, amb prou mala llet, entitat i solidesa per provocar l'efecte de càrrega de profunditat tan terrible que havia matat la Marina, per dintre primer i per fora després. O tot al mateix temps.

Els amics observaven el Cinquecento mal aparcat, mig creuat davant la vorera de la casa, i esperaven amb impaciència que arribés el moment de poder-ne obtenir les claus, entrar al vehicle i mirar de reconstruir, per poc que poguessin, el que havia passat. A ningú fins aleshores se li havia acudit obrir-lo i escorcollar-lo per provar de trobar alguna pista sobre aquella última tarda de la Marina a Barcelona, ni tan sols els metges. Els amics van haver de pensar a la manera perversa, premeditada i freda de Ricard. Així que van trobar les claus de l'utilitari, que el vidu tenia custodiades a la butxaca d'una americana, a ple dia, i amb ell i la Rosabel jugant amb les nenes al jardí de darrere de la casa, es van disposar a portar a terme la inspecció. La Guanyabens s'encarregava d'estar-se al darrere de l'edifici per distreure la Rosabel i Ricard, intentant que per res del món se'ls acudís anar cap a la part del davant del xalet. En qualsevol cas, Prat s'estava de guàrdia a dins de la casa per si Ricard de cop sospitava alguna cosa i se li acudia anar a veure què feien els seus amics. Serra i el cronista van anar cap al Cinquecento. La Remei, per cert, sense que ningú li hagués dit res, semblava estar al corrent de la jugada, com si un sisè sentit l'hagués posat en alerta i vigilés que, per espai d'uns minuts, ningú pogués acostar-se al cotxe. Es va estar donant voltes pel menjador, atenta, nerviosa, expectant: la mort de la Marina l'havia deixat summament impactada, però de seguida havia reaccionat i, de manera digníssima, de forma quasi immediata, al revés que el doctor, s'havia traslladat amb la Rosabel a la casa nova per tenir cura de les nenes i de tot. A la pobra dona també se li devia haver acudit que algú, a una hora o altra, hauria d'entrar al vehicle, netejar-lo, tal vegada apartar-lo d'allí, sense que al mateix temps volgués mostrar excessiu interès a saber gaire cosa ni voler participar d'excessius detalls. La mare de les noies feia temps, a més, que estava assabentada de molts aspectes; al cap i a la fi, era la mare: *doña* Remei coneixia les seves filles perfectament, com ningú, i cal pensar que, tal vegada, també ho havia sospitat i sabut tot des de l'inici.

El cronista va obrir la porta de l'auto i Serra de seguida s'hi va ficar. L'altre va donar la volta i es va asseure al seient del copilot. La Marina era una noia meticulosa. Ho guardava tot. El resum de la jornada fatídica a Barcelona havia quedat per força registrat en els paperets, resguards i tiquets que devia haver guardat en algun racó, les pistes dels llocs que havia visitat durant tot el dia. El vehicle feia olor de tancat. Serra abaixà la finestreta de la seva banda. La guantera era plena d'informació. Fins i tot van trobar-hi la calculadora, amb la qual la noia devia sumar, restar, multiplicar i dividir per portar a terme els tripijocs quotidians per quadrar els comptes de la casa, el supermercat, la nevera, les nenes. Amb gran escrúpol, digne d'una alumna avantatjada de l'escola d'economia de barri on s'havia format i graduat amb resultats més que brillants, els paperets de l'excursió a Barcelona estaven agafats amb una pinça. També hi havia unes claus tirades a terra, amb un petit rètol de plàstic blau, d'aquells de ferreteria, que deia: pis Balmes. Van recollir-ho tot, excepte les claus; quan sortien del cotxe, Prat i la Remei els feien senyals des de la finestra, alarmats, amb tot d'escarafalls amb els braços. Quan van entrar a la casa, la Rosabel, que executava de forma quasi religiosa l'encàrrec pòstum de la germana, havia entrat a la cuina amb dues de les bessones per berenar. Però ningú va notar res. Ricard encara jugava amb la Lis al jardí. La Remei s'encarregà de tornar les claus del Cinquecento a l'americana del gendre, i el cronista i Serra es van acomiadar. En darrera instància, es van mirar amb la senyora. La Remei esclatà a plorar en silenci. Però mai va demanar res. No volia saber res. La Rosabel també era filla seva.

Van reunir-se a casa del periodista per analitzar els rebuts i fer recompte de la situació: recompondre la diada. En el viatge de la Marina cap a la llibertat, hi havia el resguard de pagament del peatge de Martorell, quan encara ningú no se'l podia estalviar. Un cop a Barcelona, com si hagués decidit anar per feina i tirar pel dret, o bé hagués quedat amb algú, pels horaris dels tiquets, havia deixat el cotxe durant dues hores en un aparcament del carrer Balmes, a tocar del pis que havien compartit amb la Rosabel en la seva època d'estudiants. Per alguna raó desconeguda, devia haver fet temps abans i després dels fets extraordinaris que havia descobert: els paperets indicaven dos cafès amb llet, en total dos i no un de sol, separats per un espai de temps de vint minuts. El primer, tal vegada, per matar l'estona abans de pujar al pis, potser per esperar que arribés la germana, o, en tot cas, per agafar forces i decidir-se a pujar i trobar-se amb el que s'havia de trobar. En aquells moments també és probable que la Marina, la darrera del seu entorn a esbrinar el que estava succeint, es devia imaginar que el viatge a Barcelona probablement podia fer-li descobrir fets i circumstàncies que li canviarien la vida. En tot cas, devia haver utilitzat les claus del pis. Ni el cronista ni Serra van resoldre per què una noia tan rigorosa i ordenada les havia deixat tirades al terra del vehicle quan hi havia tornat. També van especular i força al voltant del segon cafè amb llet al bar de sota el pis de Balmes. Tal vegada assaboria per darrer cop l'espai, el tros de carrer, el bar i l'entorn on havia viscut de soltera, i que havia deixat enrere per amor. No van saber si aquell segon cafè se l'havia pogut acabar. Certament, si havia aconseguit empassar-se'l havia hagut de beure-se'l ben de pressa i calent, perquè només hi havia deu minuts, només deu minuts de diferència des que li havien portat el tiquet de la beguda i el pagament de la sortida de l'aparcament, situat a dos-cents metres. La Marina se n'havia anat corrents. Havia vist, assistit a algun fet que l'havia fet escapar, córrer, marxar a la desesperada, com si ja no volgués veure ni xerrar ni discutir amb ningú. Havia començat el compte enrere. Fos el que fos el que havia descobert a Balmes, li devia haver quedat prou clar. En menys de mitja hora ja hi tornava a haver tiquet del peatge de Martorell, de tornada a casa. Tal vegada en el transcurs d'aquell curt espai de temps ho havia entès, havia vist el que, potser, ni tan sols havia sospitat. Al pis havia estat testimoni, segurament, de la prova definitiva.

De tornada, abans d'arribar a Sant Fruitós, quadrant papers els dos amics es van adonar per sorpresa que la noia havia anat en direcció Tarragona, uns quants quilòmetres més enllà i avall, suposadament en direcció a Tortosa. A l'altura de Santa Margarida i els Monjos havia fet mitja volta, havia tornat a pagar el peatge de Martorell i s'havia dirigit ara sí cap a Manresa. Anant cap a casa devia haver dubtat. Així ho indicaven els tiquets. Durant ben bé un parell d'hores, la Marina havia estat deambulant amb el petit utilitari per l'autopista. Ja no sabia on era casa seva. Van calcular que devia arribar a les Brucardes pels voltants de les nou del vespre i que havia deixat el cotxet mal aparcat, caldria dir ja que abandonat, davant del xalet. Ni tan sols es devien haver dit res amb l'Elvira, que havia tingut cura de les nenes en absència seva. A aquella hora, és probable que la sogra tingués pressa per marxar corrents i arribar amb bus a Manresa per enllestir el sopar del marit amb la puntualitat de sempre.

Abans de tancar el cotxe, és segur que la noia, com un tic del passat, en què repassava amb rigor les despeses mínimes de les excursions i compres que feia, havia fet recapta de rebuts i tiquets i els havia guardat a la guantera. De les claus de Balmes, no havia sabut què fer-ne. Potser ja se n'havia oblidat. El cas és que ja no era ella. Les claus del pis, tanmateix, s'havien quedat allí a terra. Potser li havien caigut. Potser no havia sabut on guardar-les. Era evident que ja no les volia. Devia pensar que aquell lloc ja no era el seu pis. Tampoc s'havia preocupat de desar-les. Estava desconnectada. Ja no es preocupava de res. S'havia estirat al llit i és probable que tampoc ni recordés que hi havia tres nenes deambulant per la casa. Què importava, això, ara? La Marina estava morta i enterrada. Pel que fa a la Rosabel, mantingué el posat esquerp i distant, però cada vegada més penjada d'ell. Devia haver pensat que seria capaç d'aconseguir i controlar la part més indomable del personatge. Això era el més incomprensible de tot. Que una escalfabraguetes com ella, una noia que, en aparença, coneixia tan bé el caràcter dels homes i allò que els feia embogir, que sabia lligar-los curt i fer-los bavejar, pogués ser engalipada d'aquesta manera tan exasperant i clara; ningú no entendria que s'hagués penjat tan seriosament de Ricard Mirabaix. Per la manera com es miraven, per la forma com precisament s'havia vist que s'agafaven les mans i es tocaven a l'enterrament, al mig de tothom, gairebé sense poder-ho resistir o voler-ho amagar, o sense tenir intenció de passar mínimament desapercebuts... desafiadors i capriciosos fora mida, tot plegat només es podia entendre des de la incomprensió: tothom va veure el mateix, o el pinyol, del que havia de copsar de manera tan xocant la difunta. Un engranatge terrible de frustració i dolor que els endinsava cap a la seva pròpia història pusil·lànime i mesquina. Ricard ho havia mostrat, amb aquella mirada freda i l'actitud sostinguda i desafiant de sempre amb què havia contemplat durant una bona estona el cronista d'aquesta història: la mateixa postura tensa, el repte constant, i ara sí, la maldat, la naturalesa inhumana absolutament depravada que el movia i li havia fet deixar la mà de la Rosabel tot d'una, com si la renyés públicament i comencés, ja aleshores, a fustigar-la, a fer amb la petita el que havia fet amb la gran. Als amics no els havia calgut veure res més que allò per entendre-ho, perquè la resta s'havia desenvolupat sol. Què importava saber què havia vist exactament la Marina, si a sobre o a sota, si a un costat o a l'altre, si al davant o al darrere; tan sols la comprovació, adonar-se per fi que Ricard era una màquina implacable que ho havia preparat tot per tal que ningú pogués establir cap relació entre la malaltia que des d'aquell mateix moment tenia la noia i l'alta traïció i el maltractament a què havia estat sotmesa.

Com sempre amb Mirabaix, potser des de temps immemorials, en conjunt tot va semblar progressiu, equilibradament perfecte, fins i tot producte de l'atzar i la casualitat; en la tasca ingent de fer semblar implicats i culpables els altres, en un acte magistral de cirurgia psicològica aplicada a diverses bandes, a propis i a estranys, va posar en escena la representació de la darrera bretolada, l'últim acte, de manera brillant; durant els sis mesos següents, fins i tot va semblar que protegia la Rosabel a través de les nenes, o a l'inrevés: fos com fos, ningú hauria pogut dir que la noia feia temps que estava atrapada en la seva teranyina, perquè els fets es produirien amb la màxima discreció i urgència. Però, sobretot, va aconseguir el que s'havia proposat des de l'inici: no tan sols que ningú no hi pogués fer res, ni tan sols oposar-se a la unió, sinó que el casament arribés a semblar una solució familiar plausible, fins a cert punt adequada, exemplar: un acte sublim de sacrifici, de pietat incommensurable.

24

EL FUNERAL DE LES RATES

Tanmateix, sense que ningú en pogués esbrinar la raó concreta, d'un dia per l'altre el casament entre la Rosabel i Ricard es va torçar. La filla petita del doctor Bou tornà a fer gala del mal humor i l'arrogància infantil de sempre. La il·lusió desfermada que havia mostrat per la boda amb Mirabaix de sobte es va trencar, va desaparèixer; el dia de la celebració, des que havien aconseguit arrencar la núvia del llit i fer-la pujar al Mercedes, ella no va dirigir la paraula a ningú, ni tan sols a la seva mare. Esquerpa, seriosa, la mirada desenfocada pel mal geni inexplicable que l'aclaparava, la noia ni tan sols s'acomiadà de *doña* Remei quan aquesta li va haver enllestit el tocat de roses blanques, que tanta feina i hores li havia costat, i que tan laboriosament s'havia treballat per mirar d'arreglar, pentinar i presentar, de la manera més elegant possible, la cabellera negra i rebel de la mossa. Quan ja eren al cotxe amb el doctor, la Rosabel esclatà amb un «arrenca d'una vegada». Bou, vestit de frac, no podia posar en marxa la tartana. Sense saber-se avenir de l'exabrupte sobtat de la filla i davant del seu nerviosisme inexplicable, exclamà:

—Es pot saber què et passa, avui? —I encara més desconcertat—: Per què fas aquesta cara?

Per sort, aconseguí treure el cotxe al passeig; la noia seguia sense dir res. Ella havia volgut anar-hi motoritzada per salvar com fos els pocs metres que els separaven de Crist Rei. La nit abans, sense donar cap explicació, la núvia no havia volgut que el pare l'acompanyés a l'altar. Havia demanat no tan sols que no ho fes, sinó que l'hi portés algun dels germans. Era com si volgués castigar-lo per uns fets que el pediatre desconeixia. Però li havia fet rentar el cotxe de bon matí, i ara pensava que tal vegada estava de mala lluna per l'antiguitat de la carraca. Havia canviat algunes peces corrents al mecànic de Tortosa i segurament per això el cotxe no s'havia engegat a la primera. Havia canviat el tub d'escapament sencer, s'havia fet col·locar un parafang nou, tot lluent, i a trenc d'alba havia fet passar l'aspirador a un treballador del túnel de rentat. La noia no es podia queixar. El cotxe estava més net i polit que el dia que l'havia comprat. També era cert que feia un dia rúfol, i que el sol no acabava de sortir. Fitant-la pel retrovisor, provava de descobrir què coi havia capgirat l'humor de la núvia.

—Es pot saber què et passa? —mormolà, i a manera de retret—: Ho hem fet tot exactament com tu volies.

El doctor tenia raó. Obeint els desitjos secrets de la Rosabel, el casament va ser encara més vistós que el de la Marina. La núvia, en el fons, volia que fos una boda ben sonada. Per evitar conflictes, els Bou no havien ni discutit celebrar la unió a Manresa. La felicitat de la

Rosabel era prioritària, igual que mirar de conservar l'alegria que per primera vegada ella havia mostrat de forma inusual i oberta. Des que havia resolt que es casaven amb Ricard, havia demanat expressament que hi hagués «moltes flors a les baranes». Ho havia volgut així, com per demostrar que el seu casament, el seu amor, també era autèntic i real, o almenys igual d'important que l'anterior, el primer entre la Marina i Ricard; el termòmetre de la seva passió era idènticament elevat i volcànic. Entre una cosa i l'altra, Bou es trobà pagant el doble del que havia costat la boda de la gran; ara encara hi havia més flors, més parafernàlia. Si en el casament de la primera havia encarregat dos poms, ara n'hi havia quatre. En lloc de pètals per terra, havia fet instal·lar una catifa vermella més llarga, i havia aconseguit que la núvia pogués entrar per la porta central de la nau. Sí, era tal com ella havia desitjat. O almenys s'hi acostava. Es diria que fins i tot havien fet massa i que la florista s'hi havia esforçat en excés, amb resultats discutibles: la façana de Crist Rei tornava a semblar una mona de Pasqua.

Molt abans que el Mercedes blanc hi arribés, el pediatre també s'adonà que la boda havia despertat una expectació més elevada que l'anterior. És veritat que no hi havia participat tanta gent i que alguns convidats havien excusat la seva absència; l'ambient estava enrarit per les circumstàncies recents del decés de la Marina i la precipitació amb què la Rosabel s'unia en matrimoni amb el mateix home. Altres ni tan sols s'havien dignat a justificar la campana. Els Rossell de Tortosa havien dit directament que no hi anaven, sense donar cap excusa. Als Antich, els havia dolgut que alguns dels seus amics ni tan sols haguessin donat resposta a la invitació. El cas és que davant l'església hi havia una gentada de por. Primer, el doctor s'alegrà de tanta aglomeració. Li va costar entrar el cotxe a la plaça i s'adonava que la concentració ciutadana davant la parròquia era cada cop més que notòria. Sortí del Mercedes per fer-hi la volta i obrir la porta a la núvia, tal com ella també havia determinat. El metge tortosí s'havia engreixat, i també s'havia estovat una mica. Es movia més encarcarat. Semblava un pingüí. Presa del mateix frenesí extasiat de sempre que no el deixava parar mai quiet, com que s'havia engreixat, entre les ulleres noves i el buf circular dels cabells, que no hi havia manera de rebaixar, embotit en el frac, a part que semblava un transvestit amb sobrepès, entre l'afaitat, la perruqueria i la lluentor de solapes feia l'efecte que l'havien envernissat.

Tanmateix, sense raó aparent, els ulls fatigats de la Rosabel havien començat a espurnejar de ràbia; de sobte s'encenien, després s'apagaven. El doctor no entenia res. La filla petita retornava a la rebel·lia i el mal humor usual de tota la vida. Va haver de dissimular la seva indignació quan la noia el va empènyer de mala manera i gairebé el fa caure per les escales; al mateix temps, la mare, les nores i les nenes arribaven corrents del passeig per recollir-li la cua i ajudar-la amb el vel. En veure l'església decorada com una capsa de bombons la dona va renyar el marit amb una barreja de vergonya, alegria i satisfacció: «Joan, t'has passat». La núvia s'agafava al braç del pare, tot i que semblava que fos ella qui l'estirés a ell, perquè a Bou el vestit li anava francament estret i li costava pujar els graons.

A dintre encara hi havia més gent. La nau central estava plena de gom a gom. Insatisfeta, capriciosa, una mena de vergonya infantil s'havia apoderat de la noia. Els Bou Antich, però, tiraven d'orgull i d'estirp. Sabien que ella s'hi havia obsessionat. Enderiada per aconseguir el cor d'aquell home esquerp i agarrat, el vidu de la germana, la voluntat de la Rosabel estava per sobre de qualsevol altra circumstància. Fins i tot de la mort excessivament recent de la Marina. Mostraven la unió com una solució digna, fins i tot romàntica, i també per a les nenes, que, per cert, l'adoraven. Tanmateix, la maniobra era pur maquillatge. Una alegria estranya i desmesurada aclaparava els testimonis i els amics. Tothom mostrava una alegria excessiva, sospitosa. Ricard havia mobilitzat els col·legues de sempre per aconseguir una cerimònia curta, alegre, distreta. Havien trobat un capellà entranyable, un mossèn realment simpàtic que algú havia descobert en una altra boda. El pobre home estava sord com una tàpia, però li havien explicat diverses anècdotes de la parella, tant de l'un com de l'altre, i li havien demanat que deixés anar una prèdica que passés bé i fos divertida. Tothom semblava il·lusionat, menys la noia. Ella somreia, forçada, presa d'un nerviosisme estrany, com si just aquell dia ho fes tot a desgana, com si de sobte hagués obert els ulls sobre el fet crucial que l'havia portat fins allí. Els amics d'infància de Ricard especulaven que potser aquella nit no havia pogut dormir, tot i que feia cara d'haver passat moltes nits sense aclucar l'ull. Quan va arribar a l'altar els fulminava a tots amb la mirada, igual que sis mesos enrere, quan lluitava secretament i de manera acarnissada per aconseguir el cor d'aquell animal.

Bou deixà la núvia amb Mirabaix. Quan es va asseure al costat de la dona, al primer banc, es va sentir un rumor persistent que en lloc de complaure'l el va destorbar; li va semblar que l'església havia quedat convertida en un jurat popular improvisat. Les coses no acabaven d'anar bé; l'actitud de la filla, per molt habitual que li pogués semblar, tampoc era normal. «Què hi fan tota aquesta gent aquí?», es preguntava. «Què han vingut a veure?». Li semblava que esperaven que succeís alguna cosa, amb un tipus d'avidesa que no comprenia, espectadors d'algun esdeveniment que se li escapava. A la vegada, se sentia una espècie de celebritat local. Es girava, observava, i s'adonava que tal vegada s'havia convertit en un metge conegut. Mirava a una banda i a l'altra, suava; neguitós, lluent com una poma, es començava a passar la mà pel cap. Els canells peluts li sobresortien de les mànigues com si el frac pertanyés a un altre home. Havia muntat aquell sidral per tapar la vergonya familiar. «I ara —remugava—, que passi tot això...». Li va semblar que l'audiència se'l mirava més a ell que a la núvia. S'adonava, atabalat, que el contemplaven amb cert aire de crítica, fins i tot de retret. Va suposar que les ulleres vermelles, tan *chic*, devien causar el seu efecte. Malgrat tot, Bou no havia perdut el toc d'elegància que el caracteritzava. Tampoc la intuïció. Fins i tot podia percebre que en general la gent pensava que la mort de la Marina era massa recent per celebrar una boda. Ell tampoc sabia quina cara hi havia de posar; n'era conscient i comprenia que se'n parlés. Ell hauria volgut muntar una boda més discreta, però, sense poder-ho evitar, s'havia encomanat de l'excitació inusual que movia la Rosabel. Tanmateix, era evident que en aquella unió hi havia una morbositat afegida, un doble fons. «A veure com s'acabarà tot això, ara», va sentir que comentava Prat als testimonis. Bou va pescar la frase al vol i encara es va posar més nerviós. Prat tenia raó: coneixent Mirabaix, el fet que en cada sarau familiar li agradés armar alguna martingala, fos com fos, el mal humor de la núvia hi devia tenir relació. Intentava endevinar per on anirien els trets. Igual que els espectadors. Tothom sabia que anava a veure un espectacle, com qui assisteix al circ amb la morbositat incorporada de descobrir el tipus de festival que s'hi produirà, en quin moment s'entrebancaran els actors, de quina forma aquella família honorable i antiga s'ofegava definitivament en els propis errors.

Els manresans contemplaven aquest darrer episodi amb la tranquil·litat impàvida i expectant de qui forma part de les pedres i la història mil·lenària de la ciutat, amb l'excitació mòrbida, passiva, bessona, amb què el mateix Pont Vell, la Seu o l'estàtua guerrera de Pere III seguirien i observarien des de la seva naturalesa indiferent i rocosa un drama comú al carrer. Tenien la impressió que la pròpia història els passava per davant de la finestra de casa i que només havien de fer que estar atents i observar. I el primer que van copsar va ser que el doctor i la seva dona, per nervis o desorientació, s'havien assegut a la banda que ocupaven els Mirabaix. Bou se n'adonà tard. Més endavant explicaria la impressió que li havia provocat asseure's en el banc equivocat. Incomprensiblement, havien quedat instal·lats en aquell costat, a tocar de la insolència inexpressiva de la cinquantena de cares adelerades que tenien al darrere. A l'altre costat, els

Bou Antich havien quedat immòbils i expectants com estaquirots, asseguts en una bancada molt més reduïda. Abans que Bou deixés de ser Bou, atrapat, moll, ofegat en les costures del frac, va saludar breument els seus i també els testimonis, com volent dir «ja parlarem després»; un instant de gaudi. Només un petit instant, perquè de seguida tot plegat es precipità cap al desastre; de sobte, van sentir enrenou a l'entrada de l'església. Un tumult, una sacsejada. Bou es girà un cop més i distingí, entre la gentada, la tofa de cabells rossos avançant orgullosa cap als bancs que ocupaven els testimonis de Ricard, just fins a les primeres fileres. Fent petons a tort i a dret, la Júlia s'assegué entre Serra i Llonch. Al doctor li marxà la sang de la cara; quedà blanc com el paper: esfereït, es tornà a tombar cap endavant i s'arrapà a la mà de la dona sense dir res en el moment que *doña* Remei, interessada en el rebombori, es tombava per esbrinar què succeïa. La Remei descobrí la barjaula que li havia manllevat el marit; va reconèixer els cabells tenyits a l'instant, la cremor d'aquella mirada i la joventut insultant d'aquell putot de carretera de la foto indescriptible que ell per error li havia enviat una vegada pel mòbil. L'aprenent d'actriu estava xerrotejant amb veu ronca amb els amics de Ricard, uns bancs enllà, com en un bar.

—Què hi fa, ella, aquí? —xiuxiuejà nerviosa la Remei. I pensant que tal vegada el doctor i ella encara estaven junts—: Que em prens el pèl, Joan? Què hi fa aquesta aquí?

Un murmuri general va recórrer Crist Rei just en el moment que el capellà començava la cerimònia tot simpàtic i divertit, tal com se li havia demanat.

—Germanes i germans, tots sabem que la Rosabel i el Ricard es coneixen fa una eternitat.

Es va sentir algun riure. Els amics havien explicat al vell mossèn, una mica per sobre, la història rocambolesca del casament, però el pobre home s'havia fet un embolic i la cerimònia començava de la pitjor manera. En la següent frase, arribà a dir Marina en lloc de Rosabel. Una catàstrofe. La remor de l'audiència arribà a punts de xerroteig i se sentí una riallada.

—És amiga de tots aquests? —preguntà *doña* Remei al marit, irritadíssima, enmig d'una tensió extraordinària—. Del Ricard? —I quasi en veu alta—: No m'ho puc creure, Joan.

Doña Remei es removia al banc, semblava que botava al costat del doctor. En l'escalfor del moment, amb la presència de l'amant n'hi havia prou per destarotar el casament.

— ...el destí i la vida —seguí el capellà— han fet que aquest noi, amb la vida per refer, hagi trobat en ella, també... una altra vida per refer... —Ara aconseguí estendre els riures.

Bou es tombà, amb mirada increpatòria. Horroritzat de la darrera jugada del gendre, s'adonà d'un altre fet: la Júlia havia vingut amb la seva amiga morena, la tal Mònica. Tornà a mirar cap endavant. Quina barra!, pensà, amb els ulls clavats en el clatell del gendre.

—Jo no l'he convidada —digué a la seva dona en to de súplica—. Jo no l'he convidada.

Però ella extreia altres conclusions, sobretot la més important i definitiva.

—És amiga del Ricard, doncs —va dir al marit, afirmant-ho en veu baixa—. No m'ho puc creure.

En cercar la mà de la dona, aquesta l'hi rebutjà. Sense mirar, com si tingués ulls al clatell, el doctor percebia la Júlia movent-se al seu darrere, vestida com una meuca, amb una brusa ajustada plena de botons «plop»; segur que això també estava estudiat. Podia sentir el murmuri de la seva veu roncant com el motor d'un camió, fins que un dels Bou va fer «xxx».

—Els vostres amics, que són testimonis de la vostra unió, ja m'han explicat que us vau conèixer a Minneapolis... —Ara va haver-hi una protesta més o menys llarga i important entre el públic. El capellà tornava a confondre greument la Rosabel amb la Marina.

Per la seva banda, la Remei no parava d'extreure conclusions l'una rere l'altra.

—A la segona també te l'has beneficiat, Joan? —parlant de la morena.

«També l'ha clissat», pensà el doctor. Bou es girà una altra vegada. Era com si tingués un tic a l'esquena. Les seves mirades es van creuar. La Júlia el saludà alegrement i de manera breu amb un gest del cap. Bou es redreçà, els ulls esbatanats, clavats en el desastre de mossèn.

—I ara Tortosa i Manresa queden agermanades amb aquesta unió... una altra vegada.

Bou recordà la tarda mítica en què havia enxampat Ricard amb l'amiga morena a la terrassa del passeig de Gràcia. Rememorà el rostre perdut del noi, el besllum de tristesa que l'havia corprès. I també que sí, que era possible que tot es tractés d'una maniobra, però, sobretot, no parava de repetir-se: «És possible que jo caigués en la trampa, que no me n'adonés?». Després reflexionava al voltant del seu enamorament estúpid. Mirabaix l'havia utilitzat, i ara la seguia utilitzant a ella, a la Júlia, per acabar de fúmer enlaire el casament, per mantenir el sogre a ratlla, en definitiva, i provocar un trasbals de campionat, atabalar la Remei, desunir-los i separar-los. Sí, la Júlia era allí; tot plegat, a canvi de vés a saber què.

Amb el cor encongit de ràbia, clavà la vista al clatell tens de Ricard Mirabaix; tremolava de satisfacció. El doctor esperava el moment que es girés. El nuvi ho va fer; els seus ulls inexpressius van posar-se en els glòbuls injectats de sang del metge. Se'l va quedar mirant, desafiant, aguantant-li la mirada. En efecte, ara ho sabia del cert: tot estava calculat.

—És el maridatge de dues maneres de fer... un fet gairebé humanitari que els uneix... i aquestes tres nenes, pobretes... però a casa vostra, a casa vostra, qui rentarà els plats?

Tothom va riure. En especial, van sentir-se les rialles de la Júlia. I el xiuxiueig posterior. La notícia de la presència indignant de l'amiga es va estendre com una taca. Tothom sabia, fins i tot els fills, que aquella era l'amant de Bou. I el pitjor de tot: el cap de la Remei seguia avançant en doloroses conclusions.

—Vas embolicar-te amb una amiga del marit de la teva filla —va dir al doctor—. Quina vergonya!

La presència provocà un desconcert inapel·lable en la família dels Antich i en aquella parada de jutges implacables. La noia, que tantíssims havien descobert festejant amb el doctor per Barcelona, també era amiga de Ricard, en efecte. A Bou, l'havia enxampat tothom i pertot arreu, des dels col·legues, jubilats i no jubilats, del Col·legi de Metges de Barcelona, fins a alguns amics de

Tortosa: però sobretot constataven que l'amiga d'aquell pobre home no només tenia la barra d'assistir al casament de la segona filla sinó que en realitat eren posseïdors, tots dos, d'un mal gust terrible. La Júlia escatainava com una gallina. No sabien que Ricard l'havia convidat sense que ningú ho sabés. Va ser una sorpresa. Encara va ser-ho més quan tothom comprovà que pujava a l'altar per fer de testimoni. Ricard ho havia muntat així: havia convidat les dues noies amb tota la barra però sense venir al cas, com dues amistats seves, com havia convidat la resta, encara que amb propòsits reactius i concrets.

—Però que encara vas amb ella, Joan? —gemegà la senyora Bou, plorosa—. Digues.

Col·lapsat, el metge es girà, amb una liana de cabell desfeta que li penjava, encarcarada.

—No —quequejà—, és clar que no, no sé què hi fa ella aquí, t'asseguro que no ho sé.

—Mira que n'ets, de ruc, embolicar-te amb una amiga del teu gendre. Quin fàstic, Joan. Mira que n'ets, de fals. Quin ridícul! No em vas dir que te l'havia presentat un metge?

La dona quedà ensorrada al seu costat.

—No entenc res —mormolà, plorosa.

—Quan un estira per una banda, l'altre estira per l'altra. Ja se sap. Però en circumstàncies especials no es coneix millor exemple d'amor que aquest. Aquestes criatures...

—Ja no estic amb ella. Et prometo que ja no hi estic, Remei.

Ricard va tombar-se de nou cap al doctor. Giravoltava amb el noi dins la roda, en una d'aquelles accions tan ben pensades, imprevisibles, severament perverses, tan seves, per provocar confusió, ràbia, trinxar la celebració i fer anar a tothom de corcoll; tal vegada, marejava la perdiu per tapar el que passava en realitat: amagar el fons de la qüestió, la raó fonamental que ensopia la Rosabel. Bou tancà els ulls amb ràbia davant la conclusió del que havia succeït. Ricard fins és possible que no hagués pensat que li sortís tan bé. Potser esperava alguna reacció del doctor, que es posés en evidència davant de tothom, s'aixequés i anés a agafar-lo pel coll, com ja havia fet; o sigui, que armés un bon sidral. Havia utilitzat la Júlia, com la seguia fent servir, com els havia manipulat a tots, com s'aprofitava de tothom sempre que podia i per a benefici propi. El coneixia tan bé, el doctor, que el noi havia sabut que mai confessaria a la dona que s'havia embolicat amb una amiga del gendre. En el moment de plantar l'evidència al seu davant, ho havia fet saltar tot. Intel·ligent, sagaç, Ricard gaudia al màxim del seu moment estel·lar.

Bou resistí. Mirava cap amunt, cap al sostre llunyà de la nau, desolat. Callava. Hauria estat miserable delatar el nuvi, pensava. Esbombar que ell també havia estat amb una altra noia, o acusar-lo d'haver fet alguna mena de muntatge, d'haver-lo ensarronat. Hauria estat admetre que era un pallús. Que l'havien enganyat vilment. Mentre digeria la darrera jugada de Mirabaix, el darrer cop de teatre, es repetia a ell mateix: «No m'aixecaré, no senyor, no ho facis... no li segueixis el corrent», en l'instant en què els ulls del cafre tornaven a posar-se fredament sobre els seus i el doctor apartava la mirada, dient-se, mentre observava el perfil impertèrrit, la inexpressió rabiüda i silenciosament jocosa del gendre: «És un muntatge, un muntatge d'aquest miserable». Coneixia el doctor millor que ningú. «Vol distreure el personal», va pensar, «pel que realment està passant», mentre advertia un cop més la tristesa de la filla. «És tan típic d'ell», sospirava. «Ho fa per despistar. Però jo també el conec, ara», tot lamentant no haver donat més importància a alguns episodis, i com si tot fos conseqüència del primer enlluernament, de la fascinació inicial, com si a partir del primer error la resta hagués estat un cúmul rere l'altre d'equivocacions encadenades. Tot allò era culpa d'ell.

Quan els nuvis es van dir el «sí, vull» i encara més, quan va veure els testimonis desfilant davant l'altar, la Júlia, un gall dindi gros entre tots ells, Bou, encès per dintre, s'enfilava de la ràbia de pensar que Mirabaix havia llogat l'aprenent d'actriu, una morta de gana, per fotre'l. I el pitjor de tot. El més dolorós: s'adonava que la Júlia interpretava el paper de la seva vida. Segons descobriria més tard, ni tan sols es deia Júlia. Ara entenia tantes coses. Havia subestimat el poder de Mirabaix.

—Em fas fàstic, Joan —sentencià la Remei—. T'enganxes amb la primera... Ets un inútil.

Rere el fet evident que havia mentit dient que no coneixia la noia, no li havia volgut dir que era amiga de Mirabaix, precisament per protegir el gendre, i també una mica a ell. Aquesta era la veritat. En un moment en què el doctor es tornà a girar cap a la gent, va semblar terroritzat de cop i volta. Quan se li va desprendre una altra ala del cap, el pediatre semblava una bruixa. Espantat, els ulls li sortien encara més fora d'òrbita. Preocupat, desencaixat, enmig d'una torsió de cap impossible i sentint que s'ofegava, es va desfer el corbatí del frac. Amb el coll desmuntat, semblava estar sent víctima d'una transformació horrorosa. Gesticulava nerviós i cercava la mirada de la noia al seu darrere. Quan per fi ambdós van coincidir, li va semblar que es mostrava avergonyida, tot i que no gaire. Va pensar que la Júlia es devia haver endut una bona picossada, es deia: «Vés a saber què n'ha tret i a canvi de què ho ha fet». «Una altra paparra», es va dir. Per fi comprenia per què s'havia comportat tan fredament amb ell quan ho havien deixat: tot havia estat fals, inventat. I ella havia estat magistral, ho havia d'admetre. Bou posà la mà sobre la de la dona. La trobà freda, morta. Però ella no va fer res. Almenys no va apartar-la. La presència de la Júlia havia tornat a espatllar-ho tot. Fent tot de gestos nerviosos, mentre sostenia la mà inerta de *doña* Remei i fitava Ricard, l'expressió buida, tensa, del seu gendre, que reia per dintre, el doctor pensava en la tarda que havia conegut l'aprenent d'actriu. Al moment, comprovà que la dona li apartava subtilment la mà.

—Joan, comporta't —li va dir, com si només aleshores s'adonés que el marit l'hi havia posat a sobre la seva, com si ni tan sols ho hagués notat i amb un moviment inconscient i reflex espantés una cuca i se la tragués de sobre.

En un flagell de clarividència, quan la dona li tornà a dir «ets un miserable», el doctor va fer un bot. Ho va comprendre tot. Va ser com un flaix, segons explicaria. Una vegada més, gràcies a la presència de la seva dona va entendre per fi què havien anat a veure i a comprovar tota aquella gent. En girar-se, de nou en una torsió impossible, gairebé còmica, despentinat com una bruixa, amb el coll obert i un parell d'ales de cabell aquí i allà, acabava de fer un descobriment increïble. Amb els ulls ben oberts, tornà a contemplar aquella fresca traient el cap per entre les cares multiplicades dels bancs de l'altra banda. El rostre de la traïció, de l'engany, se'l mirava desafiant; però tot d'una a Bou li havia vingut a la memòria allò que feia mesos, anys, havia anat reflexionant. En efecte, per una estranya associació d'idees i conceptes lligats en el temps, de la manera estranya que la memòria té a vegades d'actuar, sobretot en moments cabdals, rememorà la lliçó magistral d'epidemiologia de quan era estudiant de medicina. Una classe sobre la pesta bubònica anomenada «El funeral de les rates», en què el professor els revelava la manera curiosíssima i casual com s'havia descobert la transmissió de la malaltia que havia assotat Europa i aniquilat milions de persones. Amb els ulls fixos en l'altar de la seva penitència, del sacrifici en públic del casament de la petita, aïllat de tot i de tothom, removent-se, gesticulant, el doctor, sense saber exactament per què ho feia, reflexionà al voltant de les conclusions del metge francès que havia fet la descoberta, Simond, al voltant de les rates, la transmissió de la pesta i el fet crucial que el moment de morir semblava tenir en el contagi. Mentre el cor li saltava a dintre del pit, en el record esfereïdor i llunyà de la classe magistral, sentia que acabava de trobar el que la gent havia vist en tot allò però ningú s'havia atrevit a verbalitzar. Va saber què havien anat a veure els espectadors apilats a l'església, tal com també s'havia preguntat en el casament de la Marina.

A la taula del laboratori, el tal Simond havia disposat diverses gàbies individuals separades: la primera amb una rata malalta pel virus de la pesta, i la resta amb una sèrie de rates sanes. La rata contagiada va tardar poc a morir, però en un principi el científic no va notar que succeís res especial. Al cap d'unes hores, però, quan ja pensava que l'experiment havia fracassat, Simond observà que, del cos fred de la rata morta, en començaven a sortir tot d'animalons minúsculs, i com aquests de seguida s'amagaven en el pelatge calent de les sanes. Els transmissors de la pesta no eren les rates en si, com acabava de descobrir, sinó la colla innombrable de paràsits que les habitaven, que saltaven d'unes rates a les altres, o als éssers humans. Al contrari del que s'havia cregut, la pesta la transmetien els paràsits i no les rates. D'aquesta manera, Bou arribava a la darrera i també dolorosa conclusió de la seva tesi. Immediatament després de l'oportuna reflexió al voltant d'«El funeral de les rates», pensà que ell mateix havia contribuït amb escreix a difondre la mesquineria i l'escarransiment dels Mirabaix, com si fos un paràsit; l'acostament excessiu als Mirabaix i la permissivitat envers ells havia provocat el desastre. Ell n'era el culpable; la seva pròpia mesquineria havia propiciat el desenvolupament d'uns fets tan lamentables. Amb la seva dèria estúpida i la seva fascinació inexplicable per aquella gent no havia fet més que escampar la malaltia. Era una paparra. Mai s'hi haurien hagut d'apropar tant, pensava. «Ells simplement són rates», es deia.

Durant l'eucaristia, molts assistents van passar per davant de Bou: anava despentinat i remugava tot de frases incomprensibles gesticulant amb la boca; badava pensant en el record de l'antiga lliçó magistral d'epidemiologia. «Sóc un home bo», es repetia, «però m'he comportat miserablement, i la mesquineria d'un home bo és doblement perillosa», mormolà. I per això, justament, no n'havia sabut, de ser dolent. Perquè en el fons no ho era. Convençut que en veritat era un home bo, seguia mormolant: «M'he volgut comportar com una rata, i no he fet més que ser un paràsit». Es tornà a girar. Quantes coses s'arreglarien si «individus com jo», afirmava, no caiguessin en el parany, i també remugava alguna cosa sobre «la temptació de la gent bona». «He fet el joc a aquesta gent». De cop es va mirar la seva mà grossa i peluda, com si no la reconegués; fità breument la dona, i amb la boca entreoberta li va dir:

—Sóc un paràsit.

Mirant al voltant, la dona li cobrí la mà. Tothom se'ls mirava. La Rosabel els va fulminar. La pota de la paparra s'aferrava a la Remei. «Què importa d'on vinguin els Mirabaix», pensava el doctor. «Són rates; sempre ho seran». Ell tampoc sabia exactament d'on provenia, al cap i a la fi. Inesperadament, engrapà l'altra mà de la senyora; les ajuntà ambdues dins la seva.

—Rates! —exclamà, i mirant la seva dona—: Només són rates.

—Sí, Joan, sí —va dir ella, summament avergonyida i aclaparada.

L'home encara va xiuxiuejar.

—Sóc una paparra.

—Ai, Joan —va fer ella. Aleshores, va veure com al marit se li arrugava la cara amb tot de gestos i que quedava sobtadament escabellat; a l'acte, ell li va treure una mà de la falda i mirà de pentinar-se d'aquella manera obstinada i persistent.

Malgrat tot, els cabells retornaven al buf inicial. No hi havia res a fer. En l'acalorament d'un seguit de conclusions tan doloroses, el doctor sentia al darrere la presència adelerada d'aquell conjunt de cares multiplicades. Esgarrifat, va tornar a pensar que eren allí per una decisió equivocada d'ell, perquè s'havia deixat fascinar per la seva misèria i murrieria. «M'ho mereixo», es deia. Llavors es va inclinar cap a l'esposa.

—Tu —li va dir, pensant en veu alta sense adonar-se'n— ets una bona dona.

Doña Remei se'l mirà. Ja no sabia on ficar-se.

—Joan —xiuxiuejà; va provar de cordar-li el coll i d'endreçar-li una mica el corbatí. També li va treure la mà de la boca—. Ai, Joan —lamentà, mirant que passés el moment—, tothom ens mira.

Completament alienat, el pediatre va tenir diversos tremolors, encara que esporàdics.

—Pobre home —va dir Prat—, s'ha trastocat.

Però Bou ja no va dir res més. S'adonava, amb espant, que havia quedat condemnat a viure a remolc de la misèria que ell mateix havia escollit. I que, per tant, tota la seva família, *doña* Remei, els fills, els néts, els amics... els havia posat en perill, els havia arrossegat cap a l'abisme. En depenien. Seria difícil evitar-ho, però *ells* els devorarien, n'estava segur; simplement, es quedarien les seves coses, les seves cases, les seves vides. Mirabaix aviat podria estendre els tentacles immobiliaris i familiars cap a Tortosa: s'apoderarien del que feia temps que ja consideraven seu, sense cap mirament ni escrúpol per ells, la casa, la seva història. Ho arrasarien tot.

Ara, els testimonis somreien per a la fotografia de rigor: el nuvi mostrava cofoi el certificat signat del casament. Observà també el noi fitant de reüll la Rosabel, seriosa. Bou intentava endevinar què més podia succeir. Va entendre que no se'n podria desempallegar mai més: l'estigma inexpugnable del senyor Ricard l'empaitava, i ell s'hi havia enganxat. L'atracció pel misteri desconegut de la dolenteria l'havia perdut: la venjança amorosa del xicot, immers en la desesperació i el dolor incurable que l'assetjava, arribava al seu punt culminant, en el record inesborrable del nen, del fugitiu que havia saquejat el graner dels Mirabaix i Torres; la seva memòria flotava en el record en cadascuna de les escenes que construïa, amb l'impuls insostenible i rabiós de la fam, de la no pertinença, dels desheretats sense llar, ni nom, ni pau. Bou reconeixia per fi que tenia rates a casa. Malauradament, arribava tard: eren indeturables, com la mesquineria que les empenyia. «La casa», pensava, desesperat, «els mobles, la casa... tot».

Va veure també com ara la Rosabel besava la humitat d'aquelles dentotes.

—Salva la llibreria —digué a la dona, tot d'una—, i la casa! —exclamà encara.

—Joan —va fer ella, avergonyida—, per l'amor de Déu, no em tornis a fer el número, ara.

«Sí», pensava el doctor, «són més llestos que nosaltres; estan impulsats per alguna força poderosa». I sentint el pessigolleig de l'angoixa que li resseguia el cos, barbotejà: «Ho arrasaran tot per culpa meva, per culpa de gent com jo». Recordà amb vivesa la impressió que havia tingut temps enrere quan havia vist entrar la Marina atabalada al despatx, amb aquella alegria inusual, xisclant «papà, que em caso». A l'instant, s'havia sentit atret per una joia i una esperança falsa, teatral, pensant que allò l'alliberava, tot i sabent que arriscava identitat, cartera, filla, família... que acabava de deixar que la perdició li entrés a casa.

Per primera vegada, en lloc de pensar en la vida, la joventut, el futur, Bou reflexionà intensament sobre la vellesa, la decrepitud, la mort. En el reconeixement dolorós de la culpa, en pensar igualment que els Mirabaix responien a un instint indefugible que els aniquilaria i que, per tant, en dependrien per sempre més, espaordit, encara reflexionà: «I a mi, on m'enterraran a mi?». Va reviure la imatge inesborrable dels ossets del gos petaner reposant amb el nét, amb el petit Sebastià; és clar que, almenys, podria descansar al costat del nen. Per uns instant es posà a barrinar també el temps que faltava per poder traslladar la Marina del forat provisional on havia hagut de ser enterrada cap a la tomba de Mirabaix. Bou s'esborronà una altra vegada. Amb una pena indicible, la seva mà es tornà a arrapar a la de la Remei. Va tirar el cap enrere, molt enrere; somrigué àmpliament. Tothom el mirava. En efecte, aquella gent obeïen a un instint que mai en tenia prou. Mirà d'aferrar-se encara més a la mà de l'esposa; aquest cop, la Remei no l'hi retirà. «Sort en tindré d'ella», es va dir el doctor. Llavors es fixà en la imatge fatigada de la Rosabel, trista, abatuda, perdudament enamorada de Ricard, el besllum d'una visió fugaç, la bellesa melancòlica i pigada de la Marina. I en un darrer instant de lucidesa, en la vidriositat del record, Bou desitjà una sola cosa, només una: que la criatura que amb tota probabilitat la Rosabel portava a dintre no fos una nena sinó un nen, un mascle, tal com segurament Ricard Mirabaix anhelava.